James Douglas

Tote leben länger

James Douglas

Tote leben länger

Thriller

LangenMüller

Das vorliegende Werk ist ein Roman. Die Ereignisse und Personen basieren auf der Vorstellung des Autors oder werden fiktiv verwendet. Jede Ähnlichkeit mit lebenden Personen und tatsächlichen Ereignissen ist rein zufällig.

FSC
www.fsc.org
MIX
Papier aus verantwortungsvollen Quellen
FSC® C014496

Umschlaggestaltung: Wolfgang Heinzel
Umschlagmotiv: Trevillion Images, Tim Robinson
Satz: VerlagsService Dietmar Schmitz GmbH, Heimstetten
Gesetzt aus: 11/13 pt. Adobe Garamond Pro
Druck und Binden: GGP Media GmbH, Pößneck
Printed in Germany
ISBN 978-3-7844-3398-1

Auch als ebook

www.langen-mueller-verlag.de

PROLOG

Der Tag begann friedlich in Bern. Auf dem großen Bundesplatz ging der Marktbetrieb langsam dem Ende entgegen. Die Bauern und Händler packten schon mal die übrig gebliebenen Waren zusammen: Frischgemüse, Käse und kamingeräucherte Würste. Aus dem Parlamentsgebäude strömten Abgeordnete, Bundesangestellte, Journalisten, um in den begehrten Gaststätten der Innenstadt den vermeintlich verdienten Lunch einzunehmen.

Das Hotel Bellevue erhebt sich unmittelbar an der Straße, die den Stadtteil mit dem lang gezogenen Bundeshaus in zwei Teile schneidet. Das Gebäude selbst beeindruckt mit seiner Sandsteinfassade, dem Giebeldach und einer weitläufigen Terrasse auf der Sonnenseite, hoch über der Aare. Es grenzt nahtlos an den denkmalgeschützten Ostflügel des Bundeshauses, der, mit dem Parlamentsgebäude zusammengewachsen, das Verteidigungsdepartement beherbergt.

Im eleganten Vortragssaal des Hotels ging das Referat der israelischen Ministerin langsam dem Ende entgegen. Zahlreiche Parlamentarier hatten es sich nicht nehmen lassen, der interessanten Einladung des israelischen Botschafters mit anschließendem Mittagessen zu folgen. Solche Veranstaltungen waren im Berner Politbetrieb beliebt. Sie boten Abwechslung und Gelegenheit, gesehen zu werden und Kontakte zu knüpfen.

Die zwei mit schwarzen Sturmhauben vermummten Männer kamen durch die Servicetür aus der Hotelküche. Sie preschten in den Saal hinein und eröffneten sofort das Feuer aus ihren Kalaschnikows. Die ersten Garben durchsiebten die Ministerin am Rednerpult. Dann feuerten die Angreifer in die vordersten Reihen, wo sich der Botschafter, der Parlamentspräsident und weitere Honoratioren Israels panisch zu Boden geworfen hatten. »Allahu Akbar«-Rufe und »Nieder mit den Zionisten« gingen im Kugelhagel, im Tumult des schreienden, sich über Stühle stürzenden Publikums unter.

Der Überfall dauerte knapp eine Minute. Die Terroristen zauderten nicht. Sie stürmten, die Gewehre im Anschlag, zum Ausgang, erschossen zwei zivile Sicherheitskräfte, die sich ihnen mit gezogenen Pistolen in den Weg stellen wollten, rannten zum Haupteingang, um hinaus auf die Straße zu gelangen.

Dort sollte der Wagen für eine schnelle Flucht bereitstehen.

Der Einsatzleiter der Berner Kantonspolizei hatte ein Scharfschützenteam in der Dachgaube eines alten Patrizierhauses postiert. Einen besonderen Anlass hatte er nicht. Die israelische Botschaft hatte das Angebot für Schutzmaßnahmen der Berner Polizei höflich abgelehnt und auf ihren eigenen Sicherheitsdienst gepocht, der für den Anlass im Bellevue aufgeboten würde. Scharfschützen der Spezialkräfte *Enzian* waren generell eher unterbeschäftigt, weshalb der Einsatzleiter trotz allem entschied, einen Beobachter und einen Schützen in Stellung zu bringen.

Im Militär werden Scharfschützen meistens in Zweierteams eingesetzt. Der Beobachter sorgt für Präzision und Feuerkraft. Er berechnet die Flugbahn, misst die Distanz, den Winkel zum Ziel, beurteilt Wind und Wetter und informiert sonst über alle Elemente für einen todsicheren Treffer. Wenn der Schütze ermüdet, weil Zeit totschlagen an den Kräften zehrt, tauscht das Team die Rollen: Der Beobachter wird Schütze, der Schütze übernimmt die Erkundung.

»Entfernung zum Hoteleingang 653 Meter«, bestätigte der Beobachter. »Mittlerer Neigungswinkel.«

»Wind?«

»Knapp zwei Beaufort. Ostsüdost.«

Der Schütze nickte, sah, wie sich die Blätter im Baum am Straßenrand leicht bewegten, konzentrierte sich auf Kimme und Korn seiner Diopter Visierung, den Finger leicht auf den Abzug gedrückt. Die Sicht war frei von Hindernissen. Die kurze Schussdistanz ideal. Kinderspiel. Doch, er wusste, kein Schuss war einfach. Jeder Auftrag erforderte höchste Konzentration. Auf dem Trainingsgelände übten sie auf Ziele bis auf 1800 Metern. Den Weltrekord des längsten Scharfschützenschusses hielt ein britischer Sniper: Er traf im Südirak auf knapp 2500 Meter.

Das Team rechnete nicht mit scharfem Einsatz, lag aber höchst angespannt hinter dem offenen Fenster in perfekter Feuerstellung.

»Action«, rief plötzlich der Beobachter, der ununterbrochen sein Binokular auf den Hoteleingang gerichtet hielt. Ein Auto fuhr heran und hielt vor dem Haupteingang auf dem reservierten Parkplatz, der mit Halteverbot signalisiert war. Prompt fuhr wenig später eine Polizeistreife heran. Dann überstürzten sich die Ereignisse.

Ein Beamter in Einsatzmontur stieg aus der Streife, um das

widerrechtlich angehaltene Fahrzeug zu kontrollieren. Der Scharfschütze sah alles deutlich. »Feuerbereit«, meldete er.

In diesem Augenblick sah er zwei Männer aus dem Hoteleingang stürmen. Während ein Hagerer zum Fluchtfahrzeug rannte, blieb ein Stämmiger breitbeinig stehen, hielt die Polizeistreife mit angeschlagener Waffe in Schach.

Im Ohrmikrofon vernahm der Schütze die Stimme des Einsatzleiters: »Feuer frei!«

Vielleicht zauderte der Breitbeinige ein paar Sekunden zu lang, was dem aus der Streife gestiegenen Polizisten erlaubte, geistesgegenwärtig die Dienstwaffe zu ziehen. Trotzdem kam er zu spät. Eine kurze Garbe aus der Kalaschnikow streckte ihn nieder. Distanz zwanzig Meter, auf Mitte Körper gezielt. Leichtes Ziel. Der andere Polizist, auf der Fahrerseite ausgestiegen, konnte sich mit einem Hechtsprung in Deckung retten.

Der Breitbeinige wollte die Konfusion nutzen, um sich ins Fluchtfahrzeug zu retten. Da traf ihn der Schuss in den Kopf. Kaliber 8,6 Millimeter. Eine Handbreit über dem Nacken. Ein Durchschuss mit 915 Metern pro Sekunde. Sechs Meter hinter seinem Kopf zerbrach das Glas der Eingangstür augenblicklich. Die Lapua Magnum schlug ein Loch von der Größe eines Fußballs, und ein Bruchteil einer Sekunde später spritzte des Terroristen Gehirn durchs Loch, an die Sandsteinmauer, auf die silbernen Lettern HOTEL BELLEVUE. Alles war grässlich dunkelrot und grau verschmiert. Inzwischen schlug es den Getroffenen selber wuchtig der Länge nach auf den Granitboden, als hätte ihm jemand die Füße weggeschlagen.

»Ziel voll getroffen«, kommentierte der Beobachter. »Zwei Täter im Fluchtfahrzeug.«

Der Schütze hatte eine schnelle Ladebewegung gemacht. »Verdammt«, fluchte er leise, als ein Lastwagen aus der Seitenstraße auftauchte und mit seiner hohen Silhouette die Feuerlinie zum Fluchtfahrzeug durchschnitt. Der Schütze richtete sich ausatmend hinter dem Gewehr auf. »Keine Chance. Kein freies Schussfeld.«

»Schon klar. Schau, die konnten abhauen.« Das Fluchtfahrzeug raste mit quietschenden Reifen auf die Kirchenfeldbrücke zu, entschwand in Sekunden aus dem Sichtfeld des Scharfschützenteams.

»Abbruch, Rückzug«, hörte der Schütze die Stimme des Einsatzleiters.

Mittwochnacht, am Genfersee

Die Sicht war gut. Die Straße, die nach Sulpice führte, leer. Um zwei Uhr morgens wäre Verkehr auf der Nebenstraße außergewöhnlich gewesen. Louis de Pourtales saß gelöst hinter dem Lenkrad seines brandneuen Range Rover SVR. Er fuhr schnell, äugte ein paar Mal argwöhnisch durchs Seitenfenster hoch zum Mond, der ihn magisch anzog, wie ein geheimnisvoller Bote. Sein heller Schein tauchte die Felder, den Weinberg und das kleine Dorf in ein unheimliches Licht. Louis de Pourtales kam von der Planungssitzung zurück, die wegen der hartnäckig verhandelnden Libanesen bis weit nach Mitternacht gedauert hatte. Zum Vertragsschluss war es trotzdem noch nicht gekommen. Die Delegation aus Beirut feilte an den Spezifikationen herum. Zum Glück nicht mehr am Preis. Bei knapp unter einer Milliarde Dollar hatte man sich geeinigt. Ein gutes Ergebnis.

Wie immer, wenn er sich während längerer Fahrten bequem hinter dem Steuer seines luxuriösen Wagens entspannte, schweiften seine Gedanken ab. Gerade jetzt entsann sich Pourtales mit leichtem Unbehagen des üblichen Gezänks, das Florence angriffig, verführerisch vom Zaun gerissen hatte. Mit einem Seufzer ließ er die Szene vor seinem inneren Auge ablaufen …

… Der kräftig gebaute junge Physiotherapeut klappte eben die Verschlüsse am Koffer für die Massagematte zu, als Louis de Pourtales die Schlafzimmertür öffnete. Er sah gerade noch, wie seine Ehefrau Florence ihren nackten Körper in einen Frotteemantel hüllte. Florence ließ sich von dem überraschenden Auftritt ihres Mannes nicht aus der Fassung bringen. »Oh, Liebling, hallo. Ich dachte, du kämst viel später nach Hause, du hattest mir doch von dieser Besprechung erzählt, die länger dauern würde. Mit Jean-Claude bin ich gerade fertig geworden.« Ihre Augen senkten sich verträumt. »Heute war er ganz speziell einfühlsam. Soll er noch bleiben? Er hat eine Akkupressurmatte dabei.«

Louis spürte, wie ihm das Blut ins Gesicht schoss. Seine Finger schlossen sich krampfhaft um das Whiskeyglas. »Nein, danke, es ist Zeit, dass er zusammenpackt.«

Jean Claude hielt den Koffer mit seinen kräftigen Oberarmen einen Moment in der Luft, als wolle er mit seinen Bizeps angeben. »Am Montag wieder, Madame de Pourtales?«

»Dann machen Sie aber eine halbe Stunde länger statt nur sechzig Minuten.«

Er lächelte anzüglich: »Ich komme, wann und wie es Ihnen gefällt.«

Louis war die Zweideutigkeit der Rede nicht entgangen. Genauso wenig wie der heiße, feine, holzige Duft des Parfums, der den Raum durchdrang, oder das zerwühlte Bett. Jean-Claude hatte seine physiotherapeutischen Bemühungen nicht auf die Massagematte beschränkt, das verriet auch der scheele Blick, den er Louis zuwarf, als er an ihm vorbei zur Tür hinausschlich.

Eigentlich hätte Louis dem Kerl die schleimige Fresse polieren, die Handknochen zerschlagen sollen, um ihm ein für alle Mal seinen Beruf zu versauen. Der ölige Typ war ordentlich mit Muskeln bepackt, und Louis' Stärken lagen nicht unbedingt im physikalischen Kräftefeld, weshalb er den Drang unterdrückte, den Südländer so richtig zu verprügeln, dass er sich wünschte, seine Vorfahren wären in Sardinien geblieben, oder in Sizilien, wo sie vor Jahrzehnten vermutlich hergekommen waren. Legal, als rechtschaffene Einwanderer, nicht wie heute diese Banden von Afrikanern und Moslems, die Europa ohne Papiere, aber mit Geld und Handys in der Tasche, überschwemmen.

Statt sich zu einer Vergeltungsaktion hinreißen zu lassen, schloss Louis wuchtig die Schlafzimmertür und schaute Florence eindringlich an. Sein stillschweigender Vorwurf verpuffte freilich, weil sie ihn ignorierte. Sie hatte sich an ihren Frisiertisch gesetzt, wo sie eine Bürste durch ihr blondes Haar zog und sich im Spiegel bewunderte. Sie wartete nur darauf, dass er ihr eine Szene machte, weil sie in ihrem separaten Schlafzimmer den Therapeuten gebumst hatte. Doch diese Genugtuung würde er ihr keinesfalls gönnen.

»Das musst du dir ansehen«, sagte er unwirsch, drehte den Flachbildschirm herum, der im hohen Schrank eingebaut war und schaltete den Fernseher ein. »Sie zeigen das Bild einer Enthauptung.«

»Schon wieder. Wo? Im Irak?«

»Nein, im Tessin.«

Florence de Pourtales' erhobener Arm erstarrte mitten in der Bewegung. Sie senkte ihn langsam. »Das glaube ich nicht. Doch nicht in der Schweiz.«

Louis zuckte mit den Achseln, drehte den Ton lauter und bekam zu hören, wie eine junge Reporterin eine Frage nach dem Tathergang stellte. »Was haben Sie genau gesehen?«

Florence war vom Frisiertisch aufgestanden. »Diese aufgetakelte Reporterin? Wie heißt sie schon wieder?«

Louis stockte einen Moment lang der Atem, bevor er den Namen aussprach, den er im Schlaf buchstabieren konnte, Alice Goran, aber er sprach den Namen aus, den sie beim Sender zu ihrem Schutz vorschob. »Sie heißt Alice Geller, ist hübsch und intelligent.«

»Ach so, kennst du sie etwa? Eine deiner jungen Schlampen, mit denen du dich lächerlich machst, wie mit der vollbusigen Slowakin, die im Golfclub kellnert?«

»Psst!«

»Du hast mir nicht den Mund zu verbieten.«

»Sei jetzt bitte still und hör zu. Wir haben solche Ausschreitungen, wie sie das Tessin heimsuchen, seit länger befürchtet.« Louis blieb stehen und hielt die Fernbedienung in der Hand. Er war ganz und gar auf den Plasmabildschirm und die Großaufnahme von Alice Goran konzentriert, die eben die Berichte von zwei Augenzeugen zusammenfasste. »Es waren zwei vermummte Männer, die der Frau mit einer Machete oder einem ähnlichen langen Messer die Kehle durchgetrennt haben.«

»Wozu haben wir denn einen Geheimdienst?«, kommentierte Florence. »Die müssten doch längst bemerkt haben, wie die ihnen auf der Nase herumtanzen.«

Ohne sich umzudrehen, gebot Louis ihr mit einer unwirschen Handbewegung zu schweigen.

»Wir können uns vorläufig nicht erklären, wie es zu diesen Gewalttaten gekommen ist, aber die Polizei hat die Ermittlungen im Umkreis der üblichen Verdächtigen aufgenommen«, beantwortete ein Polizeisprecher eben die Frage der Reporterin. »Wir gehen davon aus, dass es sich um illegale Migranten handelt, die zu militanten Organisationen zählen.«

»An welche Organisation denken Sie?«

»Diese Frage sollten Sie dem Nachrichtendienst des Bundes stellen«, erwiderte der Polizeisprecher mit finsterem Blick. »Hoffentlich können wir möglichst bald konkrete Schlüsse ziehen. Uns liegt mehr als allen anderen daran, dass wir solche Gräueltaten im Keim ersticken können.«

»Schalt das ab.«

Louis kam Florence' Wunsch nach. Schlagartig war es so still, dass man die Eiswürfel in seinem Glas klirren hörte, als er einen Schluck vom Scotch nahm.

»Der wievielte Scotch ist das heute? Du hast doch mit dem Nachrichtendienst zu tun?«, sagte Florence.

»Interessiert dich das wirklich? Du gehst ja voll in deiner Kunst auf.«

»Und ob mich das interessiert. Weil du zwar körperlich hier bei mir im Haus bist, aber ständig mit deinen Gedanken in einer anderen Welt herumwandelst. Das Einzige, was dich hier noch interessiert, ist, wo die Whiskeyflasche steht.« Sie betonte verärgert jedes Wort.

Er starrte sekundenlang in sein Glas und kippte dann den Cocktail hinunter. »Ich kann mit dir nicht über diese Dinge reden. Das ist Geheimsache. Meine Forschung im CERN, meine Tätigkeit für den Nachrichtendienst haben dich fasziniert, darum hast du mich geheiratet. Du wolltest einen Action-Man.«

Sie lachte leise. »Ganz recht, Schatz, ich wollte einen Blitzgescheiten –«, sie öffnete den Bademantel unterhalb der Taille, »und du wolltest das da unten.«

Es gab mal Zeiten, da wäre er sofort niedergesunken, um sein Gesicht in ihrem Schoss zu vergraben. Er hätte seine Zunge überall an ihrem Geschlecht herumspielen lassen, bis sie ihn in der Ekstase halb bewusstlos gevögelt hätte. Doch ihre heimlichen Orgien mit Jean-Claude hatten seine Lust abgetötet.

Sie schlug lachend den Bademantel zu. »Armer Louis, nur noch die Arbeit hast du im Kopf, die Firma, deine Algorithmen, dass du nicht einmal mit deiner Frau schlafen kannst.«

»Lieber nicht, wenn sie noch nach Jean-Claude stinkt.«

»Ach bitte, mach mir keine läppische Szene. Schließlich hast du auch deine lächerlichen Affären mit diesen Teenie-Gören.«

»Die sind alle über zwanzig, sehen nur wie siebzehn aus.«

Damit traf er Florence erfahrungsgemäß am meisten. Die dreißig hatte sie längst überschritten. Die vierzig ragte wie ein hässlicher Wall vor ihr auf, dahinter gähnte der Abgrund vom Ende des

Frauseins. Sie hatte noch ein Jahr, bis sie vierzig würde, aber fürchtete sich schon jetzt schrecklich davor, alle ihre Reize als Frau zu verlieren.

Florence' Lachen riss ihn aus seiner Grübelei. »Erklärt dein ewiges Flirten mit den jungen Dingern etwa auch, warum du ständig Viagra schluckst?«

Er sah sie scharf an.

»Oh, ja, du hast sie auf dem Waschtisch liegen gelassen.«

Er beschloss, nicht darauf einzugehen, stellte sein Glas ab. Er hatte für heute genug getrunken.

»Wenn du eine Pille brauchst, damit du ihn für deine neue, junge Freundin hochkriegst, bist du noch erbärmlicher, als ich dachte.«

»Ich habe keine junge Freundin.«

Sie sah ein, dass es keinen Sinn machte, ihn in Rage zu bringen. Komischerweise stieg er auch nicht gleich in den Ring, um ihr Kontra zu geben, sodass sie keine Lust empfand, weiter zu streiten.

Louis war nicht nach diesen Spielchen. Ihm gingen andere Gedanken durch den Kopf. Sie standen im Zusammenhang mit Informationen, die ihm der deutsche BND zugespielt hatte. Aber was ihn am meisten erregte, war der Auftritt von Alice Goran alias Geller am Fernsehen. Als junge Reporterin war sie bisher noch nicht so prominent zum Einsatz gekommen. Sie hatte beim privaten Sender den Job der Auslandschefin. Möglicherweise stand sie vor einem weiteren Karrieresprung. Er mochte es ihr von Herzen gönnen. Wenn er eine junge Frau verehrte und alles für sie gegeben hätte, war es seine attraktive, kluge Alice … Aber mit Florence konnte und wollte er darüber nicht reden. Um keinen Preis. Es wäre ihrer intriganten Ader zuzutrauen, dass sie versuchen würde, ihm diese schöne Beziehung genüsslich zu vermiesen.

»Ich muss vorsichtig sein«, sagte er leise, während er auf der schönen Wiese in der mit weißen Latten umzäunten Koppel die grasenden Vollblüter beobachtete. »Unser privilegiertes Leben ist nicht selbstverständlich.« Er ließ den Vorhang fallen und drehte sich zu ihr um. »Und ohne dich könnte ich auch nicht leben.«

Sie stand jetzt vor ihm, warf das Haar zurück. »Mein Gott, was ist los mit dir? Sei nicht so eine Heulsuse. Du bist ein de Pourtales, Oberst, und hast die beste Frau geheiratet.« Sie kam mit der Grazie eines Pumas auf ihn zu, löste dabei den Gürtel ihres Bademantels, der sofort von ihrer Schulter glitt.

Sie drückte sich an ihn, massierte ihn durch seine Hose hindurch. »Mach dir keine Sorgen, Baby. Bei mir hast du noch nie die blaue Pille gebraucht.«

Sie streichelte ihn mit einer elektrisierenden Fingerfertigkeit. Er biss die Zähne zusammen, versuchte die Wallung einzudämmen, die auf ihre streichelnde Hand zuströmte, aber ihr widerstehen zu wollen war illusorisch. Er knirschte innerlich, aber sie zog ihm nur lächelnd die Hosen herunter.

Louis fühlte sich allein und verloren. Was zum Teufel blieb ihm anders übrig. Sie war die einzige Tochter des Firmenbesitzers gewesen, die begehrteste Frau weit und breit, weil sie nicht nur wunderschön, sondern auch märchenhaft reich war. Sie hätte jeden Mann haben können, aber sie hatte Louis de Pourtales gewollt.

Er drang pflichtbewusst, mit Wut im Bauch, in sie ein …

… Ungeduldig beschleunigte er den Range Rover, schielte zum Mond hoch, nickte ihm anerkennend zu. Als er den Blick wieder auf die Straße richtete, durchfuhr ihn ein Schreck. Neben einem Fahrzeug mit blinkenden Pannenlichtern stand eine Frau.

Sie winkte wie verzweifelt. Er bremste reflexartig.

Sein unmittelbarer Gedanke war, vorbeizufahren, dann nagte das Gewissen an ihm. Sie brauchte Hilfe. Allein mitten in der Nacht. Er hielt an und spähte misstrauisch nach vorne. Sie stand im grellen Scheinwerferlicht etwa zehn Meter entfernt, trug rote Jogginghosen, ein weißes Shirt. Er zögerte. Nach allen Regeln, die er selber festgelegt hatte, durfte er nicht anhalten.

»Weiterfahren«, sagte prompt die monotone Befehlsstimme des Beifahrers.

Doch Louis de Pourtales verwarf die Warnung, überschaute kritisch die Situation. Warum nicht mal nachsehen? Sein Herz als Kavalier der alten Schule verdrängte die Gefahr. Eine Art Erregung packte ihn. Romantik im Mondschein. Die Frau machte jetzt ein paar Schritte auf ihn zu, hielt eine Hand schützend vor die Augen. Blondes Haar fiel auf ihre Schultern. Man weiß nie, was aus solchen unerwarteten Begegnungen werden kann. Ein Flirt, ein Verabredung. Louis war sich seiner attraktiven Wirkung auf das weibliche

Geschlecht bewusst. Mit fünfundfünfzig hatte er eine Ahnung, wie man eine Frau verführte. Die Versuchung ließ ihn nicht los, seinen Schlag bei Frauen immer von Neuem zu testen. Er öffnete die Tür.

»Weiterfahren«, insistierte der Beifahrer.

»Schon gut, Roby, siehst du nicht, die braucht Hilfe!« Er stieg aus. »Hallo, was ist denn passiert?«

Die Frau kam näher heran. Er sah ihr Gesicht deutlich. Strenge Züge. Sie warf ihm einen beschämten Blick zu. »Danke, danke, dass Sie mir helfen. Es ist schlimm, ich habe ein Rehkitz überfahren. Das arme Tier, schauen Sie …«

»Rehkitz?« Wer gebraucht schon diesen zoologischen Begriff? Eine Veterinärin, Bäuerin? »Okay.« Pourtales machte ein paar Schritte auf sie zu. Der harte Schlag auf den Hinterkopf warf ihn auf den Asphalt, der Pannenwagen schien zu explodieren, die Straße aufzubrechen, die Landschaft um ihn herum in die Nacht hinaus zu fliegen, begleitet vom heftigen Staccato einer Maschinengewehrsalve. Dann versank er in der Finsternis der Nacht.

Wie lange er bewusstlos auf der Straße gelegen hatte, erfuhr er viel später. Er hatte keine Erinnerung, keine Gedanken oder Träume, die seinen ruhelosen Geist normalerweise heimsuchten. Dann, endlich, wie nach einer langen Seefahrt aus dem Nebel ein Stück Land erschien, erwachten allmählich seine Empfindungen, die wie kaltes Wasser vom Nacken über den Rücken strömten, ein heftiger Schmerz pochte im Kopf, Geruch von Zigarettenrauch wehte ihm entgegen – und er begriff, dass er auf dem Rücken lag und ihm jemand die Hand drückte. Er öffnete die Augen und musste erbrechen. Der saure Geschmack der grillierten Seezunge vom späten Abendessen im Mund. Eine Mineralwasserflasche drückte gegen seine Lippen. Er blinzelte, um die neue Umgebung zu erfassen.

»Um Himmels willen, was hast du angestellt, alter Knabe?« Die Stimme seines Operationschefs, Harry Steiner, warf ihn in die Realität zurück. Er lag auf einer Decke, auf der Fahrbahn in grellem Scheinwerferlicht. »Was ist passiert?«, brachte er mühsam hervor, wollte sich aufrichten.

»Nicht doch, schön ruhig, Louis.«

Pourtales tastete mit einer Hand seinen Schädel ab. Er fühlte

Verbandstoff, nass, an den Fingern klebte Blut. Der Verband drückte auf seinen Kiefer.

Eine Frau kniete neben ihm. »Wir müssen ins Spital«, hörte er Amandas besorgte Stimme, dann Harrys murmelnden Protest. Mühsam stützte er sich auf den Ellenbogen. Die Frau stützte ihm den Rücken. Die Scheinwerfer des Range Rovers waren auf Standlicht geschaltet. Das volle Licht kam von Harrys Porsche und beleuchtete gespenstisch die Windschutzscheibe, die aussah wie ein riesiges Spinnennetz, mit einem fußballgroßen Loch im Zentrum. Zermürbtes Sicherheitsglas. Er hob eine Hand, die seine Frage andeutete.

»Roby hat geschossen«, erklärte Harry, der neben ihm kauerte und seine Kippe fortschmiss. »Es hat eine große Blutlache da vorne am Straßenrand. Deutet auf einen Getroffenen. Ich bin sicher, *Roboguard* hat einen Volltreffer gelandet. Drinnen im Range Rover ist alles übersät mit Hülsen. Das Schwein, das dich angegriffen hat, ist von Roby durchsiebt worden, kein Zweifel.«

Harry Steiner schaute sich um, blinzelte ins Scheinwerferlicht. »Als wir eintrafen, war schon kein Mensch mehr zu sehen. Die hatten nicht mit Widerstand gerechnet. Schon gar nicht mit einem Feuerüberfall. Die hatten die Hosen voll, bevor es ihnen den Atem verschlug. Die Leiche ist fortgeschafft. Dazu waren die Täter offenbar noch imstande. Das ist meine Theorie.« Er hob Louis' Kopf leicht an, während Amanda aus dem Erste-Hilfe-Kasten einen Druckverband herausnahm, auf die blutgetränkte Gaze drückte und mit einer Stoffrolle fixierte. »Das sollte für den Moment reichen«, keuchte sie.

Steiner tupfte mit einem Lappen Nacken und Hals. Er wollte Louis bei Bewusstsein halten. »Was genau passiert ist, müssen wir in aller Ruhe abklären. Ich bin überzeugt, dass du nicht ein zufälliges Opfer gewesen bist. Nun, Louis, einstweilen ist dein Loch im Schädel versorgt. Kommt, wir ziehen besser Leine, bevor die Polizei auftaucht und ein Riesentheater veranstaltet. Hilf mir, Amanda. Heb ihn an den Füßen hoch.«

Gemeinsam trugen sie den Verletzten nach hinten in den Laderaum des Range Rovers, den Harry durch Herunterklappen der Hintersitze vergrößert hatte. Pourtales zog leicht die Beine an, dann knallte Harry die Hecktür zu. »Nimmt mich schon wunder, was da abgelaufen ist«, knurrte er, stieg vorne ein, fuhr ruppig los. Im Rückspiegel prüfte er, ob Amanda in seinem 911er-Porsche folgte, dann beschleunigte er.

»Du hast viel Blut verloren, Louis«, rief er nach hinten. »Wir fahren nach Sulpice. Ich habe Doktor Chavaillaz aus den Federn geholt. Der alte Knochenschlosser wird dir die Wunde nähen. Besser, wir gehen nicht ins Spital.«

»Chavaillaz?«

»Keine Bange, Louis, dein Hausarzt ist ein schlauer Fuchs. Und stumm wie ein Grab.«

»Sie sagte, sie habe ein Rehkitz überfahren«, keuchte Pourtales.

Harry lehnte seinen Kopf zurück. »Was war das?«

»Rehkitz.«

Harry lachte. »In dieser Gegend? Die hat dich schön verarscht, Louis. Ein geplanter Überfall war das. Seit wann bist du denn so naiv?« Er schüttelte den Kopf. »Mitten in der Nacht trittst du wegen der großen Titten irgendeiner Mieze auf die Bremse, geht es noch?«

***

Steiner schaute angestrengt durch das Loch in der Windschutzscheibe, das Robys Salve geschlagen hatte. »Gute Arbeit, Roby.« Er klopfte mit der geballten Faust kumpelhaft auf den gewölbten, metallenen Körper des Superroboters. Das High-Tech-Wunderwerk imponierte mit der Statur eines stämmigen Kerls. Bei einer Größe von bloß einem Meter fünfzig lag sein Schwerpunkt tief. Aus der stark gewölbten Brust ragte ein relativ kleiner Kopf. Er hatte die Form eines schnittigen Helms mit schwarzen Augen wie die eines jungen Elefanten. Der Kopf enthielt eine führende Optik mit Rundumsicht und Laserentfernungsmesser. In Brust und Schultern waren ein Wärmebildgerät, Restlichtverstärker, Feuerleitrechner und die Sensorik eingebaut, die einen Menschen als legitimes Ziel erkennen, die Waffe aktivieren und ihn töten konnte.

Der rechte Arm war lang, klobig, verbarg den Doppellauf eines Loréans Schnellfeuergewehrs LSC 14. Seitlich waren die Magazine für zweihundert Schuss, die Munitionszuführung und die Elektronik in einem länglichen Behälter kompakt angeschmiegt. Die

Schultergelenke bestanden aus einer Scheibe wie ein Diskus, der das Drehen des massiven Oberarms in alle Richtungen ermöglichte. Am linken Arm war eine Vorrichtung für einen Granatwerfer vorgesehen, aber noch nicht eingebaut. Die Füße wie riesige Skistiefel konnten Raupenketten ausfahren, um bei Bedarf schwieriges Gelände zu meistern.

Das eigentliche Gehirn des Kampfroboters, das Zentrum der künstlichen Intelligenz, lag unter der Brust, wo sich der Körper zu einer Wespentaille verengte, bevor das Becken sich ausbreitete und die Beine verankerte. Die Software im Bauch war gegen Beschuss, Feuer und Nässe geschützt. Autonomie und kognitives Verhalten waren zwei Schlüsseltechnologien, die den unbemannten *Roboguard* befähigten. Algorithmen lehrten ihn fortlaufend, sich zu verbessern. Diese lernende Maschine konnte daher im Rahmen ihrer Programmierung eigene Strategien entwickeln und ihr Verhalten selbst wählen, um eine Mission zu erfüllen.

»Gute Arbeit, Roby«, wiederholte er sein Kompliment lautstark. Die Reaktion im Gesicht des Roboters ließ nicht auf sich warten. Die beiden schwarzen Augen blinkten orange auf, Robys Gesicht schien zu strahlen, wie ein Kind, das vom Lehrer ein Lob erhalten hatte. Eine trockene Stimme aus dem wie ein Mund geformten Mikrofon sagte: »Danke, Mister Steiner.«

Der Arm hob sich und schwenkte mit seinen unsichtbaren Läufen bedrohlich hin und her.

»Hast verdammt nochmal überreagiert, Roby«, zischte Harry, tastete nach dem Bauchnabel, der den Hauptschalter tarnte, und stellte den Waffenroboter neuester Generation auf Standby. »Good night«, quittierte Roby und senkte den tödlichen Arm wieder in die Ruhestellung.

Harry Steiner war von gemischten Gefühlen hin und her geworfen. Roby war das neueste Produkt von *Loréans Systems & Components.* Die Firma hatte enorm viele Ressourcen in das künstliche intelligente System verpackt. Der Aufwand bis zur Produktionsreife hatte dreistellige Millionensummen verschlungen. Roby war einzigartig. Schon deshalb, weil nicht bekannt war, dass vergleichbare Systeme irgendwo weltweit funktionierten. Da Loréans ein Quantensprung in der Entwicklung dieser Roboter-Waffe gelungen war, hatte die Geheimhaltung oberste Priorität, und der kleinste

Anlass, der schon nur die Existenz des Superroboters verraten könnte, wäre im jetzigen Stadium der praktisch abgeschlossenen Entwicklung verheerend. Schlimmer noch, die bevorstehenden Geschäftsabschlüsse hätten durch unerwünschte Publizität in die Binsen gehen können.

Wie zum Teufel war Louis bloß auf die Idee gekommen, Roby auf den Beifahrersitz zu setzen? Aus all diesen Gründen empfand Steiner alles andere als Genugtuung über Robys phänomenale Intervention, die den Anschlag auf seinen Boss vereitelt hatte. Wie musste Louis den Vorfall interpretieren? Wollten die Unbekannten ihn umbringen, ihn entführen, dann Lösegeld erpressen? Steiner verwarf diese Gedanken. Was ihm mehr Kopfzerbrechen verursachte, war das Risiko, das mit der automatischen Verteidigungsaktion verbunden gewesen war. Nicht auszudenken, wenn die Polizei am Tatort erschienen wäre, bevor er Louis bergen und den Platz räumen konnte. Die Gefahr, dass jemand die Bullen rief und Ermittlungen auslöste, war noch nicht gebannt. Steiner verdrängte die Überlegung, wie die Behörden eine automatisierte Tötung durch Roboter kriminalistisch einstufen würden. Schon nur der Gedanke, dass Louis oder er selber wegen fahrlässiger Tötung oder Notwehrexzess belangt würden, bildete ihm einen Knoten in der Magengrube. Aber was ihm Gänsehaut verursachte, als er die Lichter von Sulpice aufscheinen sah, war die Gewissheit, dass eine polizeiliche Untersuchung seine Projekte mit den Superrobotern sabotieren würde.

»Alles muss schön versiegelt unter dem Deckel bleiben«, knurrte er sich zu, schwenkte auf die Vorfahrt und hielt vor dem imposanten Eingang der Villa an.

***

Auf Sulpice, Donnerstag, 03:50 Uhr

»Ich weiß nicht, wie mir geschah, Louis. Roby hat uns geweckt«, erklärte Steiner etwas wichtigtuerisch.

Sie hatten Pourtales in sein Arbeitszimmer auf das Chestersofa gelegt. Eine abgewinkelte Stehlampe beleuchtete den Kamin und das Pult, wo eine halb gerauchte Zigarre kalt in einem Aschenbecher lag.

Harry warf sich gegenüber in einen Sessel, während Amanda in der Küche zu tun hatte. »Eigentlich war es Amanda, die sich an mich schmiegte, verstehst du? Ich schlief wie ein Stein. Da machte Amanda mit dem Handy auf meinem Bauch herum, bis ich erwachte.«

»Wunschdenken«, protestierte Amanda unter der Tür, mit einem Tablett in den Händen. »Ich musste dich an den Ohren ziehen.« Sie stellte einen Krug mit frisch gebrühtem Tee auf den Tisch.

»Wie auch immer. Da erst begriff ich, dass Roby Alarm geschlagen hat. Er ist einfach genial. Hat wie der perfekte Bodyguard reagiert. Wenn Amanda das Signal nicht gehört hätte ... Du kannst ihr dankbar sein, Louis. Ich sag ja immer, allein schlafen ist nichts für aktive Männer, bringt uns nur um gute Chancen ...«

Pourtales lächelte schwach. »Roby hat funktioniert. Hättest du das erwartet? Wir haben ein Superprodukt in den Händen ...« Seine Euphorie schlaffte rasch wieder ab. »Du bist schnell da gewesen, Harry«, sagte er matt. »Danke.«

»Natürlich. Achtzehn Minuten nach dem Alarm stoppte ich am Katastrophenort. Mir war das Notfallsymbol sofort in die Augen gesprungen. Die GPS-Daten, die Roby übermittelte, zeigten mir die Route an. Zum Glück hat die Saubande dich nicht irgendwo hinter dem Mond erwischt. Wer weiß, wer sonst vor uns am Unfallort gewesen wäre, wenn wir Zeit für eine lange Hinfahrt vergeudet hätten.«

Pourtales tastete den Druckverband ab. »Wo bleibt der Quacksalber?«, stöhnte er.

»Na, hör mal, Louis, du bist Oberst der Schweizerarmee. Reiß dich zusammen. Mach jetzt bitte nicht schlapp wegen einer kleinen Schwarte.«

In diesem Moment klingelte es. »Siehst du, da kommt er schon.«

Etwas schien Pourtales zu bedrücken. »Ist Roby in Sicherheit? Und der Wagen? Sieht ja schlimm aus.«

Steiner rieb sich lächelnd die Hände. »Keine Sorge, alter Knabe. Du hast ja mich. Einer muss immer da sein, um aufzuräumen, oder?«

***

Das Landhaus auf Sulpice war ein schönes, symmetrisches, großes Gebäude. Ein französischer Architekt hatte es nach dem Ersten Weltkrieg für einen Hollywood-Star entworfen, als Filmgrößen und Künstler aus Amerika die waadtländische Riviera entdeckten. Sie erstreckt sich mit ihren Hotels, Weingütern, Villen, Zeitungs-, Uhren- und Schokoladeläden von Lausanne bis Montreux und Chillon. Es gibt sicher imposantere Bauwerke, doch kaum eines hätte besser als Sulpice die Vorstellung von unermesslichem, aber diskretem Reichtum erwecken können. Es atmete den biederen Geist des Landes, der sich in der welschen Schweiz oft in dem Satz äußert: *pas d'argent, pas de Suisse.*

Louis de Pourtales war groß gewachsen, hatte vor ein paar Tagen Geburtstag gefeiert. Man achtete ihn als große Persönlichkeit der Wirtschaft. Sein Zweig der Familie gehörte zur »Noblesse Suisse«. Während sein Großonkel Guy de Pourtales noch als berühmter Schriftsteller in die Literaturgeschichte einging, schlug Louis zunächst eine eindrückliche wissenschaftliche Karriere ein. Und da gab es eine weit entfernte Verwandte, Hélène de Pourtales, die Regattaseglerin und Gewinnerin von Olympiagold, aber das lag fast ein Jahrhundert zurück.

Hinter dem großen Gebäude mit dem Wohnhaus lagen die Stallungen, die Meierei und die weiß eingezäunte Koppel. Etwas erhöht, wo sich das zum See leicht abfallende Anwesen zu einer großen Ebene ausweitete, gehörte den Pourtales noch eine Farm mit vierzig Rindern.

Dr. Chavaillaz kam aus dem Arbeitszimmer, schritt leicht gebeugt durch die Eingangshalle, wo ein antiker Barometer an der Wand hing. Wortlos schritt der Hausarzt zum kleinen Bad, wo er sich bedächtig die Hände wusch, dann mit müdem Blick in den wandfüllenden Spiegel schaute, sich durch die schütteren, zerzausten Haare strich. Harry Steiner war ihm gefolgt. »Wie sieht es aus?«

Chavaillaz trocknete sich die Hände am Handtuch mit dem gestickten Signet der Familie Loréans ab. »Nun, die Wunde ist nicht tief, sie sollte rasch verheilen, wenn er ruhig bleibt, was ich mir allerdings nicht vorstellen kann.«

»Nun, Sie kennen den Burschen. Wollten Sie nicht noch etwas anfügen?«

Der Arzt wandte sich um. »Ich bin der Meinung, es wäre ratsam, im Spital ein CT zu machen. Der Schlag war ziemlich wuchtig. Man weiß nie ...« Er bückte sich nach seinem Instrumentenkoffer. »Mit Computertomographie haben wir Gewissheit, es ist ein bildgebendes Verfahren, das –«

»Ich weiß, was CT ist«, unterbrach Steiner. »Ich denke, es eilt nicht. Wir warten den Morgen ab.«

In der Halle stand Pourtales vor dem Barometer, löste eine Klinke, der Barometer schwang nach vorne. Der Alarmkasten war in einem Fach dahinter versteckt.

»Ich habe den Alarm deaktiviert«, sagte Steiner, hinzutretend. »Zudem habe ich zwei Leute vom Sicherheitsdienst der Firma aufgeboten. Sie sind draußen postiert.«

Pourtales setzte sich auf einen Sessel. »Glaubst du, die wollten mich kidnappen? Die Frau sah völlig harmlos aus.«

Steiner wechselte mit dem Arzt Blicke. »Gut, dass Sie das noch wissen«, meinte Doktor Chavaillaz. »An was erinnern Sie sich als Letztes?«

»Er braucht Ruhe«, intervenierte Steiner, doch Pourtales winkte müde ab. »Sie war blond. Dann ihr Wagen. Eine Geländelimousine, Japaner vermutlich, mit Genfer Kontrollschildern.« Er tastete seinen Kopf ab. »Womit haben sie mich zusammengeschlagen?«

Chavaillaz legte den Instrumentenkoffer auf den Beistelltisch. »Es war etwas Stumpfes, vielleicht ein Wagenheber.« Er stand auf, reichte Pourtales eine Packung. »Hier sind Schmerzmittel. Nehmen Sie zwei sofort. Ich gehe dann. Rufen Sie mich morgen an, dann schauen wir weiter. Ich denke, Sie sollten ins Spital, um ein CT Ihres Gehirns zu machen.«

Als keiner etwas dazu sagte, nickte er den Männern zu, murmelte einen Abschiedsgruß, schritt zur Tür hinaus auf den von fünfhundert Watt starken Halogenscheinwerfern taghell erleuchteten Vorplatz. Wind wirbelte Staub und Blätter auf. Ein Gewitter kündigte sich an.

Steiner führte seinen Boss behutsam am Arm zur breiten Marmortreppe. »Du musst dich ausruhen, Louis. Wann kommt Florence zurück? Wo bleibt dein Butler?«

Pourtales entwand sich seinem Griff. »Nigel hat seinen freien Tag.«

»Ich habe frischen Tee gemacht. Ich stelle ihn oben neben Ihr Bett«, rief Amanda aus der Küche. »Wollen Sie, dass ich hier bleibe?«

Pourtales schüttelte den Kopf, schenkte Steiner einen spöttischen Blick. »Ist ja nur eine kleine Schwarte, geht schon.«

»Amanda bleibt hier«, entschied Steiner. Nach dem perfiden Überfall wollte er Pourtales um keinen Preis allein lassen. Auch ging es ihm darum, die Lage erst mal gründlich zu sondieren. *La nuit porte conseil,* sagte er sich. Am Morgen würde er nochmals den Arzt rufen, um die Frage nach einem CT-Scan zu entscheiden. Dann wollte er mit seinem Boss die protokollarisch vorgeschriebene Abschlussbesprechung über den Robotereinsatz abhalten.

***

Die Schlafgemächer befanden sich im Obergeschoss des stilvoll eingerichteten Hauses. Pourtales hatte sein eigenes Schlafzimmer mit begehbarer Ankleide und Bad. Seine Frau, Florence, schlief gewöhnlich nebenan. Sie hatte neben ihren Gemächern ein Atelier eingerichtet, wo die Staffelei am Fenster stand.

Sulpice hatte auch den Ruf eines Hauses der Begegnung. Wer immer hier zu Gast weilte oder zufällig anklopfte, fand stets herzliche Aufnahme. Das war keineswegs das Verdienst des kühl reservierten Hausherrn, dessen Welt aus Nanopartikeln und Algorithmen bestand. Seine so energische wie charmante Ehefrau Florence stammte als geborene Loréans selbst aus gutem Haus, verstrahlte Eleganz und Wärme und hatte eine besondere Gabe, Kontakte zu knüpfen.

Eine mit zeitgenössischer Kunst geschmückte Galerie führte vom Atelier hinüber zum eleganten Gästetrakt. Steiner besprach seine Entscheidung, dass sie die Nacht im Haus verbrachten, mit Amanda. Sie beschlossen gegen den lauen Protest von Pourtales, abwechselnd in Florence' Atelier Nachtwache zu schieben. »Geh, leg dich mal hin, Amanda, oben, das erste Zimmer rechts«, sagte Steiner.

Am Fuß der Treppe wandte sich Pourtales plötzlich ab.

»Wo willst du hin, Louis?«

»Die Mails checken, du weißt, die Deutschen drängen uns ...« Mit festem Schritt ging er geradeaus ins Arbeitszimmer, setzte sich hinter seinen Schreibtisch und aktivierte den Bildschirm seines Macs.

»Um Himmels willen, Louis, das kann warten. Du weißt, was Chavaillaz dir verschrieben hat. Ruhe und nochmals Ruhe.«

Pourtales ließ sich nicht abhalten. Er warf zwei Tabletten in den Mund, nahm mehrere Schlucke des erkalteten Tees, legte dabei den Kopf in den Nacken. Als er wieder auf den Bildschirm schaute, runzelte er unbehaglich die Stirn. Die E-Mail, die ihm in die Augen sprang, war vor einer Stunde eingegangen. Pourtales schaute verdutzt auf seine Rolex. »Wann habt ihr mich gefunden?«, fragte er.

Steiner stand unvermittelt neben ihm. »Worum geht's?«

»Hier, diese E-Mail.« Er klickte auf die Maus, das Dokument ging auf.

Pourtales schnappte nach Luft. Der Schmerz pochte heftig in seinem Kopf.

Steiner beugte sich vor, rang nach Worten. »Verdammte Scheiße! Wer sind diese Schweine?« Langsam las er laut, was er auf dem Bildschirm sah: DAS NÄCHSTE MAL KOMMST DU NICHT DAVON, OPA.

Fassungslos tauschten die Männer Blicke.

»Das ist doch ein übler Scherz, nicht?«, sagte Steiner. »Was meinen die mit nächstem Mal?«

Pourtales blickte Steiner erstaunt an. »Schalte dein Gehirn ein, Harry. Das erste Mal war vorhin, der Überfall.«

»Du meinst, es sind dieselben elenden Mistkerle, die dir eins verpasst haben?«

Sie schwiegen eine Weile. Nur das leise Ticken einer vergoldeten Standuhr war zu hören. Pourtales starrte mit versteinerter Miene darauf. Ein Geschenk der Handelskammer für außerordentliche Verdienste …

Da ließ ihn die kurze Melodie von Chopins Nocturne zusammenzucken. Sie erklang in seiner Hosentasche. Hastig zog er das Handy hervor, fummelte daran herum. Beinahe entglitt es ihm. »Keine Anrufidentifikation«, stellte er fest.

Steiner hob warnend die Hand, in der er sein Mobiltelefon festhielt, schaltete geistesgegenwärtig das Mikrofon ein.

Pourtales zögerte. »Soll ich abnehmen?«

Steiner nickte, die Lippen zu einem dünnen Strich zusammengepresst.

Pourtales drückte auf die Taste. »Hallo?«

»Oberst Pourtales?«

Pause. Pourtales betätigte die Lautsprechertaste. »Wer sind Sie?«

Die Stimme klang bedrohlich. »Ist egal. Wir haben Ihre Tochter, Alice.«

Ein Blitz zuckte, ein dumpfer Donner grollte. Leichenblass holte der Oberst tief Atem. Seine Gedanken rasten, lieferten nichts, an das sich der gestandene Unternehmer halten konnte. Nur wirre Splitter, wie herumwirbelnde Bits eines abstürzenden Computers. Er blickte hilfesuchend zu Harry.

»Sind Sie noch dran, Oberst?«

»Ich ... ich glaube Ihnen kein Wort. Sie bluffen ...« Der Satz kam abgehackt hervor.

»Moment, arroganter Scheißkerl.«

Perplex hielt Pourtales das Telefon vor sein Gesicht. Konnten sie das Gespräch zurückverfolgen? Ein erster vernünftiger Gedanke, doch da hörte er auch schon die vertraute Stimme, die wie eine heiße Nadel in sein Mark stach.

»Paps, Paps ... ich bin es Alice ... hörst du ...« Aufschluchzen. »Sie haben mich ... Ich bin entführt worden ...«

Sein Herz sank. Aber da übernahm seine jahrelange Routine, eine innere Ruhe erfasste ihn. Er räusperte sich, bevor er sorgfältig sprach. »Alice, hör gut zu. Wo bist du? Geht es dir gut? Was siehst du, dort, wo du bist?«

Doch es war die andere Stimme, die schneidend scharf antwortete: »Keine Spielchen, Oberst. Ihre Tochter ist in den Händen des Islamischen Staats. Sie haben doch eine Liste bekommen, stimmt's?«

»IS? Hast du eine Liste?«, flüsterte Steiner.

Jetzt fiel es Pourtales wie Schuppen von den Augen. Er hatte den Brief, der erst vor ein paar Tagen mit anderer Post gekommen war, nicht ernst genommen. Er lag jetzt irgendwo auf seinem Schreibtisch unter Junkmail. Es war eine detaillierte Auflistung von Waffen und Munition gewesen. Keine Erklärungen oder Anweisungen. Nichts. Absurd. Was hätte er damit tun sollen? Er erinnerte sich, wie er den weißen Umschlag in den Händen hin und her gedreht hatte. Ohne Absenderadresse, Poststempel Bern Hauptpost.

»Moment …«, stieß er hervor. Hastig wühlte er mit einer Hand im Papierkram auf dem Schreibtisch herum. Er hatte auch keinen Gedanken daran verschwendet, wer hinter dem Absender dieser dubiosen Post stehen könnte. Aber nun dämmerte ihm allmählich die Erkenntnis.

Harry Steiner hatte einen Stuhl herangezogen und sich neben Pourtales gesetzt. Er legte eine Hand auf seinen Arm, um das Herumwühlen zu stoppen.

Pourtales richtete sich auf, mit geradem Rücken, wie ein Soldat, der einen Befehl erwartet. »Was wollen Sie?«, fragte er zerknirscht.

»Die Lieferung wollen wir, Oberst. Das wissen Sie. Haargenau gemäß Liste. Wir geben Ihnen genau vierundzwanzig Stunden, die Ware zu übergeben. Keine Minute mehr.«

»Unmöglich«, keuchte Pourtales, ballte seine freie Hand zur Faust.

»Klappe, Oberstarsch. Sie haben alles auf Lager. Bereit zur Auslieferung. Wir rufen wieder an. Und noch etwas, wenn Sie versagen, wenn nicht alles haargenau geliefert wird oder wenn Sie die Polizei einschalten, sehen Sie Alice nie mehr lebend.« Nach einer Pause, die nerventötend war, kam die scharfe Stimme noch lauter aus dem Lautsprecher: »Nur noch ihren Kopf. Wir werden ihn an Ihre Haustüre hängen. Haben Sie verstanden, Oberst im Generalstab? Die Lage endlich begriffen?«

Pourtales schluckte. »Das … werden Sie … bereuen«, stammelte er, »wer immer Sie auch sind.« Er schlug die Faust auf die Tischplatte. »Fiese Islamistenschweine seid ihr, hurenverdammte Terroristen …«

Die Verbindung war abgebrochen. Entgeistert starrte der Oberst auf das verdammte Telefon …

»Du hast eine Tochter?«, fragte Steiner, aus allen Wolken gefallen.

Pourtales nickte, nahm eine weitere Tablette ein, schluckte gierig Wasser aus der Flasche, die ihm Steiner reichte.

Dass Alice seine Tochter war, wusste sonst nur ein einziger Mensch. Ihre Mutter. Und das verfluchte Weib wusste auch die Nummer seines privaten Handys, die bloß einem kleinen, ausgewählten Kreis bekannt war. Augenblicklich war ihm sonnenklar: Alices leibliche Mutter war an dieser fiesen Machenschaft beteiligt. Es gab keine andere Erklärung. An der Entführung ihrer eigenen

Tochter. Unerhört … Er legte die Hände auf den Hinterkopf und zuckte zusammen, als seine Finger auf die Wunde drückten. Unerhört … und doch … die Frau hatte ihn jahrelang, als Alice heranwuchs, regelrecht ausgenommen, er steckte ihr Geld zu, immer wieder, sie hatte ihm oft gedroht, dann später, als Alice volljährig wurde, änderte die Mutter ihre Taktik, ersuchte um Gefälligkeiten, wollte, dass er ihr einen anständigen Lebensunterhalt finanzierte. Er tat es, sie schien zufrieden zu sein, bis er vor gut einem Jahr plötzlich nichts mehr von ihr hörte. Sie hatte ihn vergessen …

»Ich bin ein Narr, ein Vollpfosten«, fluchte er, verbarg das Gesicht in den Händen. Steiner zuckte mit den Achseln, schritt zum Sideboard, wo er in aller Ruhe eine Whiskeyflasche öffnete.

»Sie heißt Isha Goran«, sagte Pourtales in die Stille.

»Ich habe Alice verstanden.«

»Isha Goran heißt ihre Mutter. Sie arbeitet für diesen Hassprediger im Islamischen Zentrum in Biel …«

Steiner knallte das Kristallglas auf die Steinplatte. »Herrgott nochmal, das sagst du mir erst jetzt? Ich dachte, wir hätten keine Geheimnisse voreinander. Ich meine, dass ist eine hochsensible, sicherheitsrelevante Information. Verdammt, Louis, die haben dich an der Gurgel, wenn es kein blöder Scherz ist … Und nach allem was ich gehört habe, ist es keine Verarschung.«

Pourtales schüttelte resigniert den Kopf. »Alice ist voll in Ordnung. Hat nichts mit dem Islamistenpack zu tun. Es gab für mich nie einen Anlass, dich darüber zu informieren. Familiensache. Intime Angelegenheit. Verstehst du?«

»Und Florence?«, fragte Steiner ahnungsvoll.

Wieder Kopfschütteln. »Wenn meine Frau es erfährt, kann ich hier ausziehen. Aus dem Haus, aus der Firma. Ende. Schluss. Harry, kapier doch, sie ist völlig ahnungslos.«

Ein Blitz zuckte, der scharfe Donnerknall ließ Pourtales zusammenfahren.

»Sie wünschte sich seit jeher ein Kind, ich wollte nicht … und wenn sie erfährt …«

»Ich weiß, was du sagen willst.« Steiner schritt erregt das Zimmer ab. »Dann zeig mir wenigstens mal diese verdammte Scheißliste, von der die Rede ist. Das ist nichts Intimes, mein Freund. Das betrifft die Firma.«

Pourtales senkte den Kopf wie ein geschlagener Hund, während seine Hände wie ferngesteuert im Wirrwarr nach dem Brief suchten.

»Wir sollten Florence vom Überfall Bescheid sagen«, schlug Steiner ruhiger vor.

Pourtales winkte mit einem schnellen Handschlenker ab. »Eilt nicht, Harry. Sie ging gestern nach Zürich, heute fährt sie nach Ascona, um ihre Ausstellung zu eröffnen. Ich will sie nicht unnötig in Aufruhr versetzen. Hier ist der Brief.« Er reichte ihm den Umschlag mit der ominösen Waffenliste. Doch Steiners Interesse hielt sich in Grenzen. Er legte den Wisch auf den Schreibtisch. »Ich geh dann nochmals zurück zur Straße«, sagte er. »Ich will sicher sein, dass wir keine verräterischen Spuren zurückgelassen haben.«

Pourtales legte die Ellenbogen auf das Pult, vergrub das Gesicht in den Händen. »Wenn wir nur wüssten, wo Alice festgehalten wird«, seufzte er.

***

Lugano, Mittwochabend

Die Nachrichtenreportage war ihr groß und exklusiv gelungen. Weder andere Sender noch Pressereporter hatten Augenzeugen und Opfer aufgespürt. Alice Goran sah sich plötzlich auf dem Weg zum Superstar. Sie hatte schließlich auf einer Live-Sendung beharrt, nachdem man sie wohl mit dem Hintergedanken ins kalte Wasser geworfen hatte, dass sie kaum etwas als News Brauchbares fertigbringen würde. Aber sie hatten sich alle gründlich geirrt, denn Alice war unter dem enormen Erwartungsdruck, der auf ihr lastete, über sich hinausgewachsen.

Ihr Schlusssatz hatte gelautet: »Bei all diesen bewegenden Bildern von Kindern, die sich mit großen Augen an die Grenzzäune hängen, müssen wir uns die Frage stellen, wie viele Kriminelle und radikalisierte Muslime als Flüchtlinge getarnt unsere freie Gesellschaft unterwandern.«

Der Manager ihres Fernsehsenders hatte sie noch am gleichen Abend angerufen und auf seine trockene Art so etwas wie ein Kompliment herausgewürgt. »Es geht doch«, hatte er gesagt und vermutlich eine Anspielung auf ihre früher geäußerten Bedenken gemacht, wonach sie ziemlich unsicher war, ob sie eine Nachrichtenreportage über die brisanten Vorfälle live meistern würde. Schließlich hatte sie bis jetzt vor allem Berichte von Auslandskorrespondenten redigiert und eine Porträtsendung mit einem deutschen Minister gemacht.

Aber jetzt fühlte sie sich gut. Ihre Interviews waren sogleich von zwei großen Sendern übernommen worden, das brachte Geld herein. Ein Kollege vom Online-Portal der FAZ, mit dem sie über den »Islamischen Staat« recherchiert hatte, ließ über eine Textnachricht »gut gemacht, Alice« verlauten. Als sie am späten Abend zu ihrem Hotel in Lugano fuhr, sann sie über all dies nach, fühlte sich euphorisch und plante bereits die nächste Reportage mit einem Agenten des Nachrichtendienstes, dem sie hoch und heilig hatte Anonymität zusichern müssen. Wenn es so weiterlief mit sensationellen Interviews könnte sie vielleicht eines Tages für einen großen News Sender wie CNN arbeiten … Träume … Aber vorerst würde sie morgen ihren Manager zum Power-Lunch treffen, wie er wichtig betonte und gleich beteuerte, dass er den Lunch mit einer Besprechung beim Fernsehen der italienischen Schweiz verbinden könne. Nun, ja … es durfte wohl nicht danach aussehen, dass er extra von Lausanne anreiste, um sie zu sehen …

Doch aus dem Lunch wurde nichts. Die Assistentin des Managers des Fernsehsender würde ihren Boss kurz vor elf Uhr am folgenden Tag anrufen, um mitzuteilen, dass sich Frau Goran krank gemeldet habe und leider für ein oder zwei Tage ausfalle. Sie bedaure, dass sie den Lunch absagen müsse. Dem Manager würde Stirnrunzeln nichts nützen. Mehr war nicht zu erfahren, und da er tatsächlich noch eine andere Verabredung in Locarno mit einem Medienanwalt vereinbart hatte, hielte sich die Enttäuschung in Grenzen und später würde er überhaupt nicht mehr an die krankgemeldete Reporterin denken …

Sie hatte ein Zweibettzimmer im *Ibis Budget Lugano Paradiso* reserviert. Der private Sender zahlte für Übernachtungen gerade mal einhundert Franken. Alice hatte einen Preis von 89 Franken exklusive Frühstück ausgehandelt. Das Hotel lag nicht weit vom See und dem historischen Zentrum der Stadt, zudem konnte sie ihren Toyota mit dem ganzen Krimskrams in der Tiefgarage abstellen, was ihr ein Gefühl von Sicherheit gab. Als auf sich allein gestellte Reporterin mit einem bekannt gewordenen Gesicht legte sie Wert auf ein umsichtiges Verhalten und hatte nicht die Absicht, sich von irgendwem anquatschen zu lassen, solange sie für den Sender im Einsatz stand.

Sie war nicht leicht aufzuspüren, denn sie benützte für die Reportagen ein Pseudonym, Alice Geller. Sie hatte keinen Festnetzanschluss, stand als Alice Geller in keinem Adressverzeichnis, nur ihre Steuererklärung, Verträge und Kredite liefen auf ihren Geburtsnamen. Mit Visa hatte sie eine Kreditkarte auf ihr Pseudonym ausgehandelt. Ihre Handynummer war nur den Leuten im Sender und ihrem Vater sowie ihrem Freund Alain Hammer bekannt. Die Post ließ sie sich an ein Postfach zustellen.

Sie lenkte ihren roten Toyota Corolla sorgfältig zur Schranke der unterirdischen Parkgarage, zog das Ticket aus dem Automaten und folgte den weißen Pfeilen zu den Abstellplätzen. Im Rückspiegel sah sie noch die Umrisse eines Kastenwagens, der gerade hinter ihr an der Schranke angehalten hatte.

Die Halle wirkte verlassen, war zwar gut beleuchtet, aber Alice verspürte immer ein mulmiges Gefühl, wenn sie allein in eine dieser unterirdisch angelegten Parkgaragen fuhr. Sie dachte automatisch an die Morde, die schon in solchen Anlagen begangen wurden, allerdings auch von Frauen. Ihr Blick schweifte über die vielleicht ein Dutzend verstreut geparkten Wagen und spähte nach einem günstigen Abstellplatz. Sie fand einen mit »Ladies« markierten nahe dem Ausgang zum Hotel, parkte, stellte den Motor ab, nahm ihre Handtasche vom Beifahrersitz und stieg aus, um aus dem Kofferraum ihren kleinen Rollkoffer zu heben.

Der Kastenwagen fuhr links neben ihr auf den für Behinderte gelb markierten Platz und hielt an. Als sie die Fahrertür schloss und sich umdrehte, öffnete sich die seitliche Schiebetür des Kastenwagens. Ein Mann stieg aus. Sie sah ihn nur mit halbem Auge und spürte sogleich, dass etwas nicht stimmte. Hände packten sie an den Armen. Der harte, schmerzhafte Griff ließ sie erstarren. Sie schrie auf, versuchte sich vom Klammergriff zu befreien. Sie kickte mit den Füßen, stolperte und stürzte ungebremst und schmerzhaft, aber dadurch musste sie der Angreifer loslassen. Sobald seine Hand nicht mehr auf ihrem Mund lag, begann sie zu schreien und versuchte, auf dem Boden davon zu krabbeln. Der Kerl packte sie an den Haaren, woraufhin sie noch lauter aufschrie. »Still«, hörte sie ihn zischen, dann zog er sie am Schopf hoch und presste die Hand wieder auf ihren Mund. Sie rammte den Ellenbogen, so fest sie konnte nach hinten, hörte zufrieden wie er einen stöhnenden Laut von sich gab.

Es war das Letzte, was sie hörte, bevor ihr schwarz vor Augen wurde.

Als sie wieder zu sich kam, lag sie auf der Seite, hinten auf der Sitzbank eines Autos, das fuhr. Der Sitzbezug roch neu. Alles tat ihr weh. Ihr Schädel pochte. Jede einzelne Haarwurzel verursachte ihr einen nadelstichartigen Schmerz. Sie schielte auf ihren Bauch und sah, wie ihre Hände mit einem dünnen Strick fest zusammengebunden waren. Sie bewegte vorsichtig ihre Beine, stellte überrascht fest, dass ihre Füße frei von Fesseln waren. Sie war mit einem Tuch, vielleicht mit einem Schal, geknebelt, der zusammengedreht durch ihren Mund gezogen war. Sie drückte ihre Zunge dagegen, aber den Kiefer vermochte sie nicht zu bewegen. Sie blinzelte und sah vorne auf dem Beifahrersitz einen Kopf mit Hut.

Nach den Fahrgeräuschen zu urteilen, fuhr das Fahrzeug ziemlich schnell, offenbar auf einer guten Straße. Vermutlich hatte der Beifahrer das Seitenfenster geöffnet, denn sie spürte einen Luftzug und holte erleichtert durch die Nase Luft. Sie versuchte, reglos zu bleiben und schlaff zu liegen.

Der Mann auf dem Beifahrersitz drehte sich um. »Spielen Sie mir nichts vor«, sagte er, »ich weiß, dass Sie bei Bewusstsein sind.«

Sie blieb trotzdem reglos liegen, spitzte die Ohren und versuchte das zu tun, was man Frauen stets riet, wenn sie in ihrer Situation waren. *Merken Sie sich Geräusche und Bewegungen des Fahrzeugs, versuchen Sie, sich möglichst viel einzuprägen.* Sie konnte nicht viel sehen. Die Scheiben schienen schwarz getönt, und draußen war ohnehin Nacht. Sie schmeckte den Knebel. Der Stoff roch leicht nach Öl und musste im Fahrzeug gelegen haben.

Der Mann sagte nichts mehr. Nach einer Weile verlangsamte sich das Tempo, dann hielt der Wagen an. Der Mann stieg aus, die seitliche Schiebetür wurde aufgezogen. Plötzlich lastete ein Gewicht auf ihr, und sie dachte: *Das war's dann.*

Aber der Mann beugte sich nur über sie, um einen Sicherheitsgurt heranzuziehen. Er schob die andere Hand unter ihren Oberkörper und tastete nach dem Schnallenschloss. »Wenn Sie sich aufsetzten, ginge es leichter.«

Sie gehorchte, denn in aufrechter Position konnte sie besser sehen, wohin die Fahrt ging. Er hatte das Schloss ertastet, steckte den Gurt hinein. Als sie schon dachte, er würde von ihr ablassen, stülpte er ihr plötzlich eine Kapuze über den Kopf. »Die Fahrt wird länger dauern«, sagte er. Sie protestierte mit unterdrückten Lauten, stieß mit den Beinen heftig nach ihm. Er lachte nur, knallte die Schiebtür zu, und sie hörte, wie er sich anschnallte und dem Fahrer etwas zuraunte, worauf der Wagen wieder Fahrt aufnahm.

Die Straße war eine Autobahn. Alice gelangte zu dieser Schlussfolgerung, weil die Fahrt gleichmäßig, monoton verlief und sie immer wieder ein Zischen hörte, wenn andere Fahrzeuge links überholten, also mussten sie auf einer zweispurigen Straße fahren. Später nahm der Geräuschpegel zu, wie wenn sie in einen Tunnel eingefahren wären. Sie überlegte fieberhaft, um ein Bild der Landkarte vor ihr geistiges Auge zu zwingen. Die Geografie des Tessin war ihr einigermaßen vertraut, und je mehr sie nachdachte, desto sicherer war sie, dass das Fahrzeug eben den Monte Ceneri durchquert hatte. Sie ärgerte sich, dass sie in der Parkgarage nicht besser auf der Hut gewesen war. Sie hatte es den Typen zu leicht gemacht. Immerhin, wenn der Kerl auf dem Beifahrersitz vorgehabt hätte, sie umzubringen, hätte er sie bestimmt nicht erst angeschnallt. Oder?

Wer war der Kerl? Warum sie? Wollte er Lösegeld?

Sie war die Tochter von Louis de Pourtales. Ein prominenter, reicher Industrieller. Aber wer wusste schon, dass er eine Tochter hatte, außer er selbst, und ja, natürlich ihre Mutter? Oder war sie bereits so prominent als Fernsehreporterin, dass sie deswegen ein Entführungsopfer wurde? Hatte sie es mit einem Irren zu tun, der vor laufender Kamera erst sie, dann in einem dramatischen Schlusspunkt sich selbst umbrachte? Dass die Wahl rein zufällig auf sie gefallen war, konnte sie sich beim besten Willen nicht vorstellen. In ihrem Kopf blitzte die Horrorstory auf, über die sie am Nachmittag selber berichtet hatte. Wollten die eine Hinrichtung inszenieren?

Jedenfalls würde sie nicht kampflos untergehen, das stand fest. Mit etwas Glück konnte sie vielleicht herausfinden, wo die Fahrt hinging. Jetzt, wo sie wieder bei Bewusstsein war, konnte sie die Zeit abschätzen, um ungefähr zu bestimmen, wie lange sie unterwegs waren.

Als das Fahrzeug verlangsamte und eine Biegung sie in die Gurte drückte, nahm sie an, dass sie die Autobahn verlassen hatten. Sie rief die Straßenkarte in ihr Gedächtnis. Nach dem Tunnel gab es eine Abzweigung nach Locarno. Sie begann die Minuten abzuzählen. Die Fahrt verlief weniger regelmäßig, der Wagen machte ein paar Mal kurz nacheinander leichte Kurven: Kreisverkehr, überlegte sie, und wenn sie Recht hatte, kämen sie bald wieder auf eine Schnellstraße, die nach Locarno führt. Noch bevor sie bei fünfzehn Minuten angelangt war, nahm das Motorengeräusch zu, der Wagen beschleunigte und hielt eine konstante Geschwindigkeit. Ihre Vermutung, dass sie auf die Stadt am Lago Maggiore zuhielten, schien zu stimmen. Als der Fahrer wieder abbremste und in eine Kurve ging, begann sie erneut zu zählen, weil sie annahm, dass sie die Schnellstraße irgendwo bei Locarno verlassen hatten. Es war schwer, nicht aus dem Zählen herauszukommen. Aus dem Radio plärrte Popmusik, dazwischen sprach der Moderator Italienisch. Trotzdem konzentrierte sie sich voll auf das Zählen. Was blieb ihr anders übrig?

Plötzlich wurde die Straße uneben. Der Fahrer schaltete in einen kleineren Gang zurück, das Fahrzeug holperte über Schlaglöcher. Unter den Rädern war ein Knirschen zu vernehmen, vor allem, als der Wagen in enge Kurven ging, was sie realisierte, weil es sie in die Gurte drückte. Dann steigerte sich das Brummen des Motors und Alice spürte, dass die Straße steil anstieg.

Die ersten fünfzehn Minuten waren seit dem Verlassen der Schnellstraße verstrichen. Dann noch einmal fünfzehn Minuten.

Danach kam sie aus dem Rhythmus. Die holprige Fahrt, das Schlingern in den engen Kurven verursachten ihr Übelkeit. Ihr Kopf pochte, ihre Hände kribbelten, weil sich das Blut darin staute.

Als sie es kaum noch aushielt, ging das Fahrzeug in eine waagerechte Fahrt über, wurde langsamer und hielt an.

Er stieg aus. Sie hörte seine Schritte und dahinter raue Stimmen. Er öffnete die Schiebetür. Kältere Luft schlug ihr entgegen.

»Steigen Sie aus!«

Sie reagierte nicht. Seufzend packte er sie hart am Oberarm. Mit einer Hand riss er ihr die Kapuze vom Kopf. Sie sah trotzdem nicht viel, außer dass der Fahrer immer noch hinter dem Lenkrad hockte. Ringsum herrschte dunkle Nacht.

Er zog sie aus dem Wagen, den sie als ein französisches Modell eines Personentransporters mit zwei Sitzbänken im Passagierraum erkannte. Als sie sich weigerte auszusteigen, hob er sie aus dem Wagen. Seine Stiefel knirschten im Kies, als er sie auf eine Baracke zutrug, dort drei Stufen hochstieg. Er wartete, bis jemand die Tür der schäbigen Bude öffnete, dann trat er seitwärts ein wie ein Bräutigam, der seine Braut in die Hochzeitssuite trägt.

»Wenn Sie jetzt nicht stehen und laufen wollen, wird Sie mein Kumpel an den Haaren durch den Korridor schleppen«, drohte er und lud sie unsanft auf dem einzigen Holztisch des Vorraums ab.

Alice beschloss zu kooperieren. Im Raum ging eine Lampe an der Decke an. Das Licht stach ihr in die Augen. Reflexartig kniff Alice sie zusammen, um sie langsam wieder aufzuschlagen und ihren Entführer anzublinzeln.

Er stand breitbeinig vor ihr, lächelte süffisant. »In Natura sehen Sie fast so gut aus wie auf dem Bildschirm, Frau Goran.« Er löste das Tuch, das sie knebelte, warf es auf den Tisch. Sie schnappte nach Luft. Er wusste ihren richtigen Namen!

Alice Goran alias Geller, die selbstsichere, seriöse und sachliche Journalistin, sobald sie vor der Kamera stand, wirkte auch bemerkenswert gefasst auf den Mann, vor dem sie saß. Aber sie hatte Angst, kein Zweifel. Sie wäre beinahe ausgeflippt, als sie glaubte, ihn zu erkennen. Aber sicher war sie sich nicht. Man hatte ihr im Zusammenhang mit ihrer Live-Reportage ein paar Bilder zugespielt, von wem, wusste sie immer noch nicht. Aber das Gesicht kam ihr vertraut vor, weil es sie an eine der Fotografien der gesuchten Terroristen erinnerte.

Sie musste ihn etwas zu lange gemustert haben, denn er drückte plötzlich mit seiner Hand ihr Kinn hoch, was sie zwang, ihm direkt in die Augen zu schauen. »Kennen Sie mich? Wissen Sie, wie ich heiße?«, fragte er. Er sah ihr an, wie ihr Gehirn arbeitete, wie sie offenbar eine Taktik erwog und sie gleich darauf zugunsten einer anderen verwarf.

Sie nickte. »Wenn Sie meine Fesseln lösen und mir etwas zu trinken geben, können wir reden.«

»Worüber denn?«, grinste er, den Kopf schüttelnd. »Sie sind nicht in der Lage zu verhandeln, Frau Goran.« Er zückte ein Kampfmesser und durchschnitt den Strick, der ihre Hände fesselte. Sie rieb sich die Handgelenke und schielte zur offenen Tür. »Denken Sie ja nicht an Flucht«, sagte er höhnisch, neigte den Kopf zu dem Bärtigen, der mit vorgehängtem Gewehr immer noch unter der Tür stand.

»Führ die Fernsehtussi nach hinten ins Verlies.«

»Sofort, Kommandant.«

***

Am Ende des dunklen Korridors stieß sie der Bewaffnete in einen Raum hinein. Dachte sie. Es war ein Loch und roch feucht nach Moder. Im schwachen Licht sah sie zuerst eine gestreifte Matratze, die auf einer eisernen Bettstatt an der Wand lag. Als sie stehen blieb, schubste er sie unsanft vorwärts. Sie stolperte, fing sich auf. Sie trug eine attraktive Bluse unter einem dunkelgrauen Blazer, schwarze Hosen und Schuhe mit niederen Absätzen. Der Raum war eine Höhle. Auf zwei Seiten sah sie schwarzen Fels, der sich zu einer Decke wölbte. Holzlatten verkleideten die Wand, vor der das primitive Bett lag. In der Mitte des Raums stand ein rauer Holztisch. Sie setzte sich auf den Klappsessel, stellte ihre Füße auf den abgenutzten braunen Teppich, der sich vor dem Tisch ausbreitete. »Ich brauche meine Tasche«, sagte sie. »Wo ist mein Wagen?«

Der Bärtige hatte große Hände, ein schmutziges Hemd, verzog sein Gesicht zu einem Grinsen. »Vielleicht auf dem Schrottplatz.« Rückwärts schreitend verließ er die Höhle, machte die Tür zu. Alice hörte, wie sich der Schlüssel im Schloss drehte. Sie war eingesperrt. Verzweifelt stand sie auf, inspizierte die Matratze. Immerhin besser als ein Strohsack, sagte sie sich, drehte sich zum Regal um, auf dem neben der Tür ein paar Konservendosen lagerten. Sie las die Etiketten: grüne Erbsen, Fleischpastete, Ravioli. Das Fliegengitter, das neben dem Regal eine Öffnung abschloss, war aus massivem Draht geflochten. Ein schwacher Luftzug wehte an ihr erhitztes Gesicht.

Sie hatte keine Platzangst, obschon der fensterlose Raum auf ihr ohnehin schon bedrücktes Gemüt drückte. Die Höhle, schätzte sie, maß etwa sechs auf zehn Meter, und außer der abgesperrten Tür sah sie weder einen Ausgang noch einen Durchgang irgendwohin. Der Raum war ein finsteres Verlies.

Sie setzte sich wieder, vergrub das Gesicht in den Händen. Ihr schauderte. Sie drückte die Schultern nach vorn, rieb sich die Arme. Da bemerkte sie im Lattenverschlag eine Klinke. Doch noch eine andere Tür, dachte sie hoffnungsvoll. Sie stand auf, ging darauf zu und zog sie auf. Der Geruch, der ihr entgegenschlug, ließ sie abrupt zurückweichen. Sie starrte auf das primitive Plumpsklo. Das Waschbecken war rechteckig, hing daneben an der Wand und war nicht aus Sanitärporzellan, sondern aus rostigem Blech, das mal weiß gestrichen worden war. Darüber ragte eine schwarze Leitungsröhre aus der Wand. Alice drehte den fingerlangen Wasserhahn auf und war erstaunt, als ein dünner Wasserstrahl herausfloss und ins abgeblätterte und völlig verdreckte Becken fiel. Als sie die Lattentür wieder schloss, hörte sie Schritte näher kommen. Rasch setzte sie sich auf den Sessel, wartete. Der gleiche Bewaffnete schlurfte herein, schleppte ihren Rollkoffer zum Tisch, legte theatralisch die schwarze Umhängetasche darauf und bedachte Alice mit einem schleimigen Blick. Die Decke, die er unter den Arm geklemmt hatte, warf er auf ihr primitives Lager, ging dann wortlos hinaus, sperrte ab.

Alice schaute auf ihre Armbanduhr. Mitternacht war längst vorbei. Sie trat zur Tür, rüttelte daran, hielt ihr Ohr ans Holz, um zu lauschen. Keine Geräusche. Sie betrachtete das Schloss. Dabei fiel ihr das Militärsackmesser in ihrer Umhängetasche ein, das ihr schon oft nützlich gewesen war, sei es auch nur, um einen Flaschenverschluss zu knacken oder einen Apfel zu halbieren. Mit neuer Hoffnung eilte sie zum Tisch, riss die Tasche auf, wühlte hastig darin herum. Vergeblich. Ihr Herz sank. Das Messer lag nicht drin. Sie presste ihre Lippen zusammen, schmiss die Tasche genervt auf den Teppich, setzte sich. Dann hob sie sie wieder auf, fand einen Streifen Aspirin. Es gab rein nichts in diesem Loch, das ihr irgendwie als Werkzeug oder Waffe gedient hätte. Die Wasserflasche, die sie erst jetzt hinten auf dem Tisch entdeckte, war nicht aus Glas. Sie holte sie sich, drehte den Verschluss auf, warf sich eine Tablette ein und trank gierig Mineralwasser. Danach gebot ihr die praktische Vernunft, sich einstweilen in ihr Schicksal zu fügen. Sie benutzte das Klo, wusch sich notdürftig, packte aus dem Koffer eine Strickjacke, zog sie anstelle des Blazers über, rollte ein zweites Paar Hosen zu einem Kissen, legte sich damit auf die Lagerstätte und zog die Decke über sich. Sie roch daran. Im Gegensatz zur Matratze duftete sie frisch, wie nach Heu, schien es Alice. Sie hatte bewusst nicht in ihren Pyjama gewechselt. Bei der Vorstellung, sich unter den Augen dieser Kerle ankleiden zu müssen, graute ihr.

Plötzlich erlosch die einzige Lampe im Raum. Lichterlöschen. Jenseits des Fliegengitters herrschte undurchdringliche Dunkelheit, die weder von Mondschein noch von künstlichem Licht erhellt wurde. Sie unterdrückte aufkommende Panik, atmete tief durch. Irgendwann, als sie ihre Entführung und die Autofahrt nochmals im Geist Revue passieren ließ, schlief sie ein.

Doch nur eine knappe Stunde später weckte der Bärtige mit den großen Händen und dem schmutzigen Hemd sie unsanft aus ihren wirren Träumen.

***

Die Nacht war ein schierer Alptraum gewesen. Man hatte sie in einen halbdunklen Raum geschleppt, wo sie die Figuren nur als bedrohliche Umrisse erkannte. Ein Scherge sprach in rüdem Ton in sein Handy, dann reichte er es dem langen Blonden, der sie am Vorabend in die Baracke getragen hatte. Der sprach deutlicher. Zu ihrem Entsetzen begriff sie, dass er zu ihrem Vater sprach, dann reichte er ihr das Telefon. »Machen Sie keine Dummheiten. Ihr Alter will Sie sprechen …«

Zurück im Verlies versuchte sie, sich zu beruhigen, etwas Schlaf zu finden. Möglich, dass sie eingenickt war.

Ein Poltern ließ sie am Morgen aufschrecken. Automatisch schaute sie auf ihre kleine, vergoldete Armbanduhr, ein Geschenk ihres Vaters. Halb neun Uhr. Sie hörte, wie das Schloss der Tür geöffnet wurde.

Auf dem Rücken liegend, stützte sie sich auf die Ellenbogen und schaute auf.

»Frühstück«, sagte der Bärtige mit dem schmutzigen Hemd und den großen Händen, den sie wiedererkannte.

Sie stand auf, streifte ihre Strickjacke straff.

»Kommen Sie. Der Kommandant erwartet sie.«

Was zum Henker will der jetzt schon wieder? Nichts Gutes … .

Er hieß sie vorangehen. Sie durchquerten den Korridor, traten in den Vorraum und auf den Kiesplatz hinaus. Die Morgensonne strahlte ihr ins Gesicht, sie blinzelte und sah erstmals, wo sie sich befand. Ein Sägewerk auf der linken Seite ihres Gesichtsfeldes, darüber ein steil aufragendes Gelände, von Bäumen und Felsbrocken durchsetzt. Rechts öffnete sich der Blick hinunter ins Tal, war allerdings von einer Gruppe Fichten beeinträchtigt. Sie vermutete dahinter irgendwo den See. Der Bärtige führte sie zu einer niedrigen Hütte mit ein paar Fenstern und einer Tür, die offen stand. Der Mann, der sie in der Nacht zum Telefongespräch mit ihrem Vater gezwungen hatte, stand unter dem Eingang und lächelte. Er trug denselben steifen, braunen Hut mit schmaler Krempe und beigem Band. Er trat zur Seite und ließ sie eintreten.

Der Raum war nur mit einem langen Tisch und ein paar Stühlen möbliert.

»Nehmen Sie Platz«, sagte er hinzutretend und sie am Hinterkopf fassend. Mit den Fingern fuhr er durch ihr Haar und strich dann behutsam über ihre Kopfhaut, bis sie das Gesicht verzog. »Sie haben da ein ordentliches Ei.«

Sie warf ihm einen eisigen Blick zu. »Was haben Sie denn erwartet, Sie Brutalo?«

»Dass Sie eine Beule haben, weil Sie meinten, Sie müssten sich zur Wehr setzen. Wären Sie still geblieben, hätte ich Sie nicht k.o. schlagen müssen.«

Sie setzte sich, während er wieder hinausging. Ein junger Kerl, den sie noch nicht gesehen hatte, trug zwei braune Polystyrol-Menüboxen herein und stellte sie auf den Tisch, machte rechtsum kehrt, verließ den Raum. Wenig später kam er mit einer Thermosflasche und zwei Pappbechern zurück.

»Kaffee?«, fragte der Kommandant, als er mit einer Tasche in der Hand wieder erschien, dabei einen Stuhl unter dem Tisch herauszog. Er stellte ihn eine Armeslänge neben ihrem Stuhl ab, setzte sich rittlings darauf und verschränkte die Arme auf der Lehne.

Er schenkte Kaffee ein, öffnet seine Menüschachtel. »Eier mit Speck«, grinste er. »Greifen Sie zu.«

Sie nahm das Essen heraus. Zwischen zwei Brötchen lag ein Belag von Käse und Rühreiern. Gierig nahm sie einen Bissen.

»Essen Sie, dann machen wir ein Interview.«

Sie stutzte. Dann sah sie, wie er mit dem Stiefel die Tasche heranzog, daraus eine kleine Videokamera entnahm und auf den Tisch stellte. Es war ihre eigene Handycam, die sie immer in ihrem Gepäck mit sich trug.

»Sie haben in meinen Sachen geschnüffelt«, protestierte sie.

»Routine.« Er griff in seine Hosentasche und zog einen Gegenstand heraus, legte ihn neben ihr Essen auf den Tisch. »Das Swiss Army Knife musste ich Ihnen wohl abnehmen, Sie verstehen?«

Sie nahm einen Schluck Kaffee, spülte das Frühstück und ihren Ärger herunter. »Wie soll das gehen mit dem Interview?«

Er antwortete mit einem Schnauben, das heißen sollte, dass er sich nicht zu einer Antwort herablassen würde.

»Zuerst das Wichtige«, warf er ihr ins Gesicht. »Sie werden jetzt Ihren Sender anrufen. Sie melden sich krank.« Er hob warnend eine Hand, um ihren Protest zu unterdrücken.

»Wozu?«, fragte sie, obwohl sie die Antwort wusste.

Er reichte ihr wortlos ihr Smartphone.

Der Anruf an die Assistentin des Managers des Senders dauerte nur eine Minute. »Zufrieden, Kommandant?«, fragte sie höhnisch.

Mit Schaudern dachte Alice an das kurze Gespräch mit ihrem Vater, hatte immer noch seine verzweifelte Stimme in den Ohren. Der Appetit war wie verflogen. Den Rest des Frühstücks ließ sie stehen. Sie kochte vor Wut, als der Kommandant das Telefon mit einem zufriedenen Grinsen einsteckte. »Gut gemacht.«

»Was wollen Sie von meinem Vater?«, stieß sie hervor.

Der Kommandant stand auf, nahm den Stuhl und setzte sich ihr gegenüber. Er rückte seine Schulter nach vorn, legte die Ellenbogen auf den Tisch und starrte sie wortlos an. Nachdem er sie lange genug mit seinem kalten Blick durchbohrt hatte, sagte er: »Wir brauchen Material, das seine Firma herstellt. Waffen und neueste Technologie. Sie, Frau Goran, sind mein Pfand. Liefert er, wird alles gut. Wenn nicht … Sie haben es gehört.« Er machte mit der Handkante eine schneidende Bewegung über seine Kehle.

»Sie sind ein Monster, ein brutaler Killer …«

»Wenn Sie sich beruhigt haben, können wir endlich das Interview machen.«

***

Er gab ihr genaue Anweisungen. Er wollte, dass sie die Kamera auf dem Tisch in Position brachte, dann setzte er sich in Szene. Sie musste sein Gesicht heranzoomen, eine Probeaufnahme machen und sie ihm zur Genehmigung abspielen. Dann sagte er ihr, wie ihre erste Frage lauten musste.

»Sie sind bereit?«

Sie nickte nur, und er machte einen Handschlenker. »Aufnahme.«

Alice räusperte sich. Entgegen seinen Anweisungen begann sie mit einer Einleitung. »Vor mir sitzt ein Mann, zirka vierzig, der sich als Kommandant ausgibt. Wir befinden uns irgendwo über Locarno auf dem Gelände einer eh ... alten Anlage, wo sich ein Stützpunkt befindet. Nun, Herr Kommandant, was bedeutet diese Bezeichnung Kommandant?«

Er hatte seinen Hut tiefer in die Stirn gezogen. »Es kann bedeuten, dass ich der Gouverneur dieses Gebiets bin, ernannt von einem mächtigen Herrscher über den Islamischen Staat.«

»Gouverneur der Südschweiz?«

»Der Südschweiz und Norditaliens vorläufig.«

»Was heißt vorläufig?«

»Vorläufig heißt, dass wir daran sind, die gleichen Strukturen wie in der Südschweiz auch in der Bundesrepublik aufzubauen. Eine große Zahl von Kämpfern sind mit den Flüchtlingsströmen nach Deutschland gelangt, wo sie im Begriff sind, sich zu organisieren.«

Alice schaltete eine Pause ein, dann sagte sie: »Ihre Truppen morden, plündern, verbreiten Angst und Schrecken. Als Gouverneur müssten Sie solche Gräueltaten verbieten.«

Er schüttelte mehrmals den Kopf. »Meine Macht basiert auf Gewalt. Wer zu allem bereit ist, wer hinzustehen wagt für eine Sache, erntet Respekt. Meine Männer, die brutal vorgehen, verschaffen sich Respekt und Gefolgschaft.«

Alice schnaubte verächtlich. »Gefolgschaft? Sie erzeugen Abscheu.«

»Meinetwegen. Aber das ist der Plan. Die Botschaft an die Bevölkerung lautet: Wer sich uns in den Weg stellt, bezahlt es mit dem Leben. Mach mit oder stirb, lautet die Losung.«

»Das ist widerlich, abstoßend.«

»Nein. Gewalt fasziniert. Die jungen Menschen bewundern entschlossene Tatkraft. Wer erfolgreich kämpft, gilt etwas. Deshalb schließen sich immer mehr Junge uns an, Männer und Frauen. Wir können unsere Reihen schließen. Nehmen Sie den jungen Mann mit dem Hipster-Bart als Beispiel, der Ihnen gerade den Kaffee gebracht hat.«

»Was ist mit dem?«

»Er hat gekämpft. Er und seine Brüder zelebrieren den Todesmut, als würden sie gefilmt. Roh und brutal. Sie wollen sich für höhere Positionen empfehlen. Vor einem Jahr hing der Junge noch ziellos in einer Schweizer Stadt herum. Ohne Job, ohne nichts.«

Alice starrte auf das Display. Natürlich wusste sie, wie man eine Kamera zu seinen Gunsten nutzte. Aber sie hatte wenig Spielraum. Trotzdem zoomte sie seinen Mund mit der leicht beschädigten Zahnreihe ein paar Sekunden heran. Sie tat es intuitiv und ahnte nicht, dass sie ein Identifikationsmerkmal ihres Gegners eingefangen hatte.

»Wieso setzen Sie sich in der Südschweiz fest?«, fragte sie ganz professionell.

Der Kommandant lächelte erstmals kurz. »Ich liebe die Schweiz. Als Kind verbrachte ich hier oft meine Ferien. Im Tessin haben wir schon eine große Anzahl meiner Kämpfer untergebracht. Die meisten verhalten sich unauffällig, beziehen sogar Sozialhilfe. In Zukunft … ja, eines Tages werden sie vielleicht die Luxushotels auf dem Bürgenstock bei Luzern in eine Universität umwandeln, dort einen Ableger des Kalifats einrichten …«

Alice war sich nicht sicher, ob sie die nächste Frage stellen sollte. Für eine Reporterin gab es Momente, in denen sie auf gutes Glück etwas behaupten musste. Sie dachte an die Bilder, die man ihr anonym zugespielt hatte, holte tief Atem.

»Sie sind Deutscher, quasseln daher wie einer aus dem großen Kanton, sind ehemaliger Offizier der Bundeswehr. Sie verraten Ihr Land.«

Er stutzte, seine Augen flackerten wie im Zorn auf. Dann schwenkte er seine Hand über das Gesicht. Grinste. »Das sagen Sie. Ich diene dem Islamischen Staat oder einer anderen Organisation. Ich erfülle nur meinen Auftrag als verlängerter Arm ihrer Führung. Das ist ehrbar und legitim.«

»Diese Bande ist kein legitimer Staat, wenn Sie den IS meinen. Er ist eine Verbrecherorganisation, die Nichtmuslime grausam abschlachtet, die Banken ausraubt, Ölfelder ausbeutet, Kunstschätze zerstört oder verhökert.«

»Das ist westliche Propaganda. Der ISIS kümmert sich um die Unterdrückten in Syrien und im Irak. Sie wollen für eine gerechte, islamische Welt kämpfen …«

»Eine gerechte Gemeinschaft ist tolerant. Schauen Sie auf die Schweiz. Wir haben Serben, Italiener, Deutsche, Spanier, Kroaten … suchen Sie was aus. Alle wählten das Schweizer Bürgerrecht. Wissen Sie, was uns alle verbindet?«

»Sie werden es mir gleich verraten.«

Alice sah ihn gefasst an. »Keine Religion, keine Kultur verbindet uns, nein, uns verbindet das Recht, das Regelbuch. Wir nennen es Verfassung. Grundrechte. Die religiösen Fanatiker des IS propagieren einen Steinzeitislam. Verleugnen den Koran, der in seiner Grundidee Toleranz vorschreibt … was ist eigentlich Ihr richtiger Name?«

Er lachte. »Mein Name? Man nennt mich Charon, oder Kommandant Muller.«

»Wenn dieses Video abgespielt wird, sind Sie verloren. Man wird sie fassen und aburteilen.«

Er schüttelte amüsiert den Kopf. »Wunschdenken.«

»Sie unterschätzen den Widerstand aus der Bevölkerung. Polizei und Armee werden zum Gegenangriff übergehen.«

Seine Lippen verzogen sich abschätzig. »Ich bin bereit, den Kampf aufzunehmen. Wenn wir verlieren, sind die nächsten Stützpunkte schon bereit. Größer und stärker. Aber die Armeen in Europa sind schwach. Die Linken in der Schweiz verlangen sogar die Abschaffung der Armee. Da haben Terrormilizen leichtes Spiel. Niemand kann sie besiegen.«

Alice schob die Kamera von sich. »Das reicht mir, sonst muss ich mich noch übergeben.« Sie blickte ihn aus zusammengekniffenen Augen an. »Sie verarschen mich, Muller. Sie tun dies alles nicht für die … die … große Sache … der Islam und … und die Weltanschauung der Islamisten scheißt Sie an, Sie verfolgen doch nur ihre eigenen Ziele. Machen aus der Religion des Islam eine politische Ideologie. Sie wollen die Macht und das Geld. Sie sind frustriert und reagieren Ihren Frust ab, indem Sie sich als Herrscher von Killerbanden aufspielen. Mir machen Sie nichts vor.«

Muller erhob sich, legte den Hut ab und kratzte sich den Schädel. Erstmals sah sie seine aschblonden Haare, die er fast militärisch kurz geschnitten hatte. Dann fasste er nach der Kamera, drehte sie in den Händen herum. »Das Video geht an ihren Sender.«

Alice fand dies keine gute Idee. Der Manager würde nach einer Bestätigung verlangen, dass Muller der war, für den er sich im Film ausgab. Das war ein Ding der Unmöglichkeit. Ihr Sender würde daraufhin die Polizei einschalten. War Muller nicht mehr ganz bei Trost?

»Sie scheinen den Verstand verloren zu haben, Kommandant. Typisches egozentrisches Verhalten von selbstgefälligen Leuten, die sich bereits landesweit auf den Bildschirmen sehen. Sie sind publizitätssüchtig. Ihr Gehirn hat abgeschaltet. Eben drohten Sie meinem Vater, die Polizei aus dem Spiel zu lassen. Wenn mein Sender das Material kriegt, geht das Video schnurstracks zur Abteilung Terrorismusbekämpfung. Danach wird die Fahndung nach mir auf Hochtouren laufen. Exakt, was Sie nicht wollen. Die Aussicht auf ein ausgestrahltes Interview hat wohl ihre arrogante Einbildung hundertfach potenziert.« Sie betonte wütend jedes einzelne Wort.

»Schweigen Sie.« Er stand auf und trat unter die Tür, schaute auf den Platz hinaus. Dann, nach einer Ewigkeit, wandte er sich um. »Wem würden sie es zustellen?« Das war eine gute Frage, und Alice hatte sich längst den geeigneten Adressaten überlegt. Es musste einer sein, der mit Nahost, Israel, Palästina, der Hamas und der Entwicklung in Syrien vertraut war.

»Sacha Bloch«, sagte sie mit rauer Stimme. »Er ist ein investigativer Journalist, arbeitet als Freelancer. Wenn Sie wollen, dass Ihre kranke Botschaft zur Kenntnis genommen wird, dann ist er der richtige Mann. Er kann etwas damit anfangen.«

Muller rief einen Namen über seine Schulter. Der Bärtige erschien augenblicklich. »Kommandant, zu Befehl!«

»Ahmed, führ die Gefangene zurück in ihre Zelle.«

Als Alice an ihm vorbeiging, murmelte er: »Ich werde es mir überlegen. Schreiben Sie mir die Kontaktadresse von diesem … Sacha … auf.«

***

Am Vortag, in der Sicherheitsfirma Cooper Partners

Es war ein schwüler Nachmittag, als Florence de Pourtales in Zürich aus dem Aufzug stieg und zum Empfangstresen im nüchtern eingerichteten Vorzimmer trat. »Ich möchte Ken Cooper sprechen.«

Die Brünette in schwarzem Hosenanzug stand von ihrem Arbeitstisch auf. »Haben Sie eine Verabredung?«

»Melden Sie mich an. Es ist dringend. Florence de Pourtales.«

»Einen Moment bitte.«

Mit vorwurfsvollem Blick wandte sich die Brünette ab, verließ das Vorzimmer.

»Da ist eine resolute Dame am Empfang«, sagte sie, als sie die Tür zum privaten Büro öffnete. Ken stand am Fenster.

»Wer ist es? Machen Sie einen Termin ab, ich kann jetzt nicht.«

Ein Räuspern. »Ken, die Dame lässt sich nicht abwimmeln.«

Cooper schritt genervt auf seinen Schreibtisch zu, rückte seine Krawatte zurecht, kämmte mit der Hand ein paar imaginäre Strähnen zurück. Da trat sie auch schon ein.

Ihr Anblick war aufregend. Elegant gekleidet, volle blonde, auf die Schulter fallende Haare, blutrote Lippen, die sich etwas abschätzig nach unten zogen, als sie das gestylt möblierte Büro inspizierte. Die streng aufgesetzte Miene konnte den warmen Blick aus freundlich braunen Augen nicht verbergen. Sie setzte sich ohne Aufforderung und sagte, das Kinn vorschiebend: »Ich will Sie engagieren, Mister Cooper.«

Der »Mister« passte irgendwie zu ihr, dachte Cooper und schaute sie forschend an.

»Nun, nehmen Sie an, oder was?«

»Kommt drauf an.«

»Es geht um meinen Mann. Er hat eine Affäre.«

Cooper wollte einwenden, sie seien keine Privatdetektei, sondern eine Firma für Sicherheit und Überwachung, aber sie ließ ihn gar nicht erst zu Wort kommen. »Ich musste es aus der Presse erfahren, das ist das Schlimme an der Geschichte«, sagte sie und zündete sich eine Zigarette an. »Auch eine?«

Cooper schüttelte den Kopf. Sinnlos, ihr die Hausregeln zu erklären. »Sie scheinen mir nicht darunter zu leiden«, sagte er stattdessen.

»Warum denn?« Sie zuckte gleichgültig mit den halb entblößten Achseln. Dazwischen funkelte eine feine, goldene Halskette auf weicher Haut.

»Nun, nach meiner Erfahrung nimmt es die hintergangene Ehefrau meistens nicht so locker. Betrügen Sie ihn auch?«

Sie schnaubte kurz verächtlich. »Ich hasse das Wort betrügen. Ich bin vielleicht nicht treu, aber loyal. Das zählt.«

Cooper schien dieser Weisheit nachzugrübeln. »Wie heißt Ihr Mann?«

»Louis de Pourtales.«

Coopers Brauen hoben sich an. »Etwa der ...?«

»Sprechen Sie es nur aus! Der Waffenhändler. Wollten Sie doch gerade sagen, nicht?«

Cooper begegnete ihrem Blick und hielt ihn: »Waffeningenieur lag mir auf der Zunge.«

Sie schob ihm einen Umschlag zu. »Ich hasse Louis deswegen nicht. Im Gegenteil. Ich will die verdammte Schlampe erledigen. Im Couvert hat's zehn Riesen zum Anfang. Wenn's nicht ausreicht ... Telefon«, sagte sie, indem sie den kleinen Finger und Daumen abspreizend ans Ohr hielt.

»Was erwarten Sie von mir, Madame de Pourtales, vorausgesetzt, ich nehme an?«

Sie war plötzlich ganz charmant, wie ein umgekehrter Handschuh. »Sie geben mir doch keinen Korb?«, lächelte sie zaghaft.

Cooper blieb stumm.

»Weil es um die nationale Sicherheit geht«, schob sie ernst nach.

Cooper wartete ab.

Sie senkte den Kopf. »Ich befürchte, es geht um Erpressung. Louis soll mit dem billigen Luder erpresst – oder in eine Falle gelockt werden. Finden Sie heraus, wer dahinter steckt.« Sie drückte den Zigarettenstummel kräftig mehrmals auf einen Zinnuntersatz, als zermalme sie des Luders Haut. Dann stand sie auf. »Ich muss den Zug nach Locarno erwischen. In Ascona eröffne ich heute Abend meine Ausstellung.« Sie kramte in ihrer Handtasche. »Hier, die Einladung, wenn Sie Lust haben.« Sie schaute zur Wand, wo ein Roy Liechtenstein hing. »Sie scheinen an Pop-Art interessiert zu sein«, lächelte sie entwaffnend.

Ken schaute sinnierend auf das lebhafte Kunstwerk über dem Sideboard. »Seductive Girl«, erklärte er. Die junge Frau mit wallendem Haar und knapp verdeckten Brüsten schaute ziemlich spöttisch-laszív auf die Besucherin herab.

»Wissen Sie auch, wie die Frau heißt?«

»Das Weibsstück?« Sie schüttelte den Kopf. »Das ist Ihr Job, Mister Cooper.«

Ihre Blicke blieben aneinander hängen. Cooper stand auf, kam zu ihr. Sie schlug die Augen nieder. »Keine Umstände, Mister Cooper. Die Uhr tickt.« Wieder ein herzliches Lächeln. »Aber kommen Sie doch mal auf Sulpice vorbei.« Sie legte ihre Karte auf die Schreibtischplatte. »Würde mich freuen. Sie sind ja ziemlich prominent.«

Sie warf Cooper noch einen Blick zu, ging erhobenen Hauptes zur Tür. Sie hatte die feingliedrige Hand bereits auf der Klinke, als sie Coopers Stimme hörte, deren Timbre sie angenehm berührte. »Ich möchte, dass Sie mir noch ein paar Informationen über Ihren Mann geben, das hilft in der Regel bei Ermittlungen. Vielleicht auch ein paar Stichworte zur Firma. Es dauert bloß ein paar Minuten.« Er zog fragend eine Braue hoch.

Gereizt sah sie ihn an, zögerte, dann zuckte sie mit den Schultern. »Also gut.« Sie nahm wieder Platz, schlug ein Bein über das andere, ihre Knie reizvoll entblößend. »Wir lernten uns auf einem Personalfest im CERN kennen«, begann sie.

»Mein Mann ist Physiker. In den Neunzigerjahren kam er von Harvard nach Genf, wo er im CERN am Large Hadron Collider arbeitete. Sechs Jahre lang.«

»Und heute?«

»Heute ist er Geschäftsführer der Loréans Systems&Components. Die Firma ist führend auf dem Gebiet von *Defense Systems* und autonomen Robotern.«

Cooper verschränkte die Arme. »Wie lernten Sie sich kennen?«

Sie senkte den Blick auf ihre Hände, die erfolglos am kurzen Jupe zerrten und jetzt auf ihrem nackten Knie lagen. »An Silvester. Meinem Geburtstag übrigens. Steinbock …« Sie ließ den Blick schweifen. »Es nieselte. Ich stand etwas verloren vor dem Haupteingang, starrte ehrfürchtig auf das Schild Europäische Organisation für Kernforschung, CERN, eben, und die riesige, rostfarbene Halbkugel aus Holz, die wie ein Globus aus den Feldern emporwuchs. Ich vergesse das Bild nie. Es wirkte wie ein Anachronismus. Eine Zukunftsvision der Sechzigerjahre. Item. Da schlenderte ein junger Kerl aus dem Gebäude und fragte mich forsch, ob ich etwa zufällig auf ihn warte. Es war Harry Steiner, der mich am Arm nahm und sagte, dass *tout le monde du personnel CERN* auf einer Party in einer privaten Villa sei, vermutlich auch mein *Date*, das mich offensichtlich im Regen habe stehen lassen … Typisch Harry …«

Florence war damals fünfundzwanzig, hatte einen Job bei der UNESCO und war völlig aus dem Häuschen, als sie aus seinem Wagen stiegen und auf die bunt beleuchtete Villa, die wummernde Musik, die schattenhaften Köpfe und Körper hinter hellen Fenstern zugingen. Sie war nicht verabredet, eine Freundin hatte ihr das übliche »Komm-doch-auch-ist-geil« an den Kopf geworfen.

»Nun, nachdem ich den Gastgebern vorgestellt worden war, einem Abteilungsleiter im Departement Nanotechnologie oder ähnlich und seiner reizenden Frau, einer Japanerin, stürzte ich mich mit Champagner versorgt ins Getümmel, verlor meinen nicht uncharmanten Begleiter vorerst. Erst so gegen Mitternacht entdeckte ich ihn wieder. Er stand neben einem gut aussehenden Mann, offerierte ihm gerade einen Kelch, doch der Hübsche schüttelte den Kopf. Ich erinnere mich, wie ich mich wunderte, warum der denn auf eine Neujahrsparty kam, wenn er nichts trinken wollte.« Der Anflug eines Lächelns huschte über ihr Gesicht. »Ich dagegen nippte etwas nervös an meinem Schampus, als ich bemerkte, wie die beiden Typen mich beobachteten und Worte wechselten. Ich machte ein paar Schritte auf sie zu. ›Hallo, Gentlemen, tratschen Sie gerade über mich?‹«

Ohne auf eine Antwort zu warten, löste sie sich ganz aus ihrer Gruppe und ging lächelnd zu den Männern hinüber. »Florence«, stellte sie sich vor. »Harry«, sagte Harry, und der Hübsche verzog knapp den Mund als er »Louis« murmelte.

»Sie sind gekleidet wie ein Louis«, sagte ich ihm.

»Wir haben gerade gewettet, welche Farbe Ihr Dessous hat«, blaffte Harry ungeniert.

»Ein dummer Fauxpas, fand Louis später auch, und ich hasse Harry seitdem für immer. Wir gingen dann nach draußen, wo sie

Leuchtkerzen in Papierballons steckten und in den Nachthimmel steigen ließen. Wir schauten still zu den Sternen, bis sich die Lichtlein mit ihnen verschmolzen. Schließlich fuhr Harry Louis nach Hause, und zu seinem Erstaunen fuhr ich mit, saß hinten allein im Fond und erzählte den Männern über meine Ausbildung als Kunsthistorikerin, die Abschlüsse an der École Nationale Supérieure des Beaux-Arts de Paris und der Universität Zürich, Gelegenheitsjobs und meinen Einsatz für die Rettung von Kunstschätzen im Rahmen des UNESCO Welterbes. Sie hörten mir wahrscheinlich nicht einmal zu.«

Das Appartement von Louis befand sich in einem Wohnblock in Satigny, wo hauptsächlich CERN-Leute untergebracht waren. Das CERN ist so etwas wie das Mekka der Teilchenphysiker. Ein Brite hat dort 1989 das Internet erfunden, andere forschen an der Antimaterie, haben mit Hilfe des 27 Kilometer langen Großen Hadron-Beschleunigers das Higgs-Teilchen entdeckt.

»Seine Wohnung versank nicht nur im Chaos«, fuhr Florence engagiert fort. »Lärm und tropische Hitze schlugen mir wie in einem Vivarium entgegen. Computeranlagen surrten überall, rote und grüne Lichter zwinkerten unter dem Sofa, auf dem Bücherregal, vom Fenstersims, und Kabelstränge hingen wie Girlanden an den Wänden. Fehlte nur noch ein Krokodil.« Sie lachte herzhaft.

Cooper schmunzelte. »An was tüftelte Ihr Mann damals?«

Erstaunt sah sie ihn an. »Sie wollen es wissen? Ich kann es unmöglich erklären.«

»Versuchen Sie es! Roboter?«

»Ich stellte ihm in jener Nacht die gleiche Frage. Er erklärte mir, es ginge um autonom lernende Maschinen – ein Algorithmus, dem er eine Aufgabe gab und der danach in der Lage war, selbständig zu operieren und sich fortzubilden. Viel schneller als ein menschliches Gehirn …«

»Künstliche Intelligenz«, nickte Cooper verständnisvoll.

»Louis verließ dann das CERN, als wir heirateten …«

»Das ging aber schnell, habe ich Recht?«

Sie lächelte schüchtern. »Ja, ein halbes Jahr nach der Party zog Louis bei mir ein. Wir mussten nicht heiraten, damit das klargestellt ist. Wir sind kinderlos. Louis will keine Kinder …« Sie seufzte. »Es ging schnell, ja, Louis sah ein, dass er jemand brauchte, der ihn organisierte, und ich dachte, er verbinde das Angenehme mit dem Nützlichen.« Sie verschränkte nervös ihre Finger.

»Sie stellten ihn in der Firma an?«

»Das stimmt. Ich kam sehr jung ans Ruder, da mein Vater viel zu früh verstarb. Man warf mich als Alleinerbin ins kalte Wasser. Dann umzingelten mich Scharen von zähnefletschenden Beraterhaien. Da war Louis der Richtige. Mit mathematischer Exaktheit ging er ans Werk, hielt mir die *Sharks* vom Leib.«

»Und Harry?«

»Louis nahm Harry Steiner in die Firma, eigentlich gegen meinen Willen, aber Harry hat gute industrielle und militärische Kontakte, die er über die Jahre in unseren Zielmärkten gepflegt hat. Er ist ein geschickter Unterhändler und kennt die einschlägigen Broker von delikaten Geschäften. In Asien, Russland, Indien, Nahost. Ähnlich wie BRIC, aber ohne Brasilien. Südamerika kam erst später dank mir dazu. Aber das ist eine andere Story … Nun, haben Sie noch Fragen?«

Cooper schmunzelte. »Ja, habe ich. Auf die Gefahr hin, dass Sie mich dann auch ewig hassen.«

Sie furchte ihre Brauen. Er warf einen raschen Blick auf ihre halb entblößten Beine. »Wer hatte die Wette gewonnen, damals auf der Party?«

»Sie meinen …?«

»Die Farbe des reizvollen Dessous.«

Sie lachte. »Louis hat es mir berichtet. Harry hatte auf Schwarz gewettet, Louis … ich weiß nicht mehr, auf was. Jedenfalls haben beide verloren.«

Jetzt zog Cooper eine Braue hoch.

Sie legte ihre Hände auf die Oberschenkel. »Sie schauten dumm aus der Wäsche, als ich ihnen in Louis Wohnung eröffnete, dass ich nichts darunter trug … *Voilà!* Schockiert?«

Cooper schielte auf ihren Schoß, spürte, wie es ihn angenehm durchrieselte. Er lachte: »Natürlich, total schockiert …«

»Männerfantasien ranken sich ja genau um solche Szenen. Aber Louis wollte es in jener Nacht dann genau wissen …« Sie lächelte versonnen, schaute auf ihre elegante Armbanduhr. »Den Zug habe ich wohl verpasst.« Sie stand abrupt auf. »Sie haben mich durchschaut, Mister Cooper. Das war eine ziemlich lange Beichte. Früher haben Louis und ich oft gute Gespräche geführt, wir konnten lange miteinander diskutieren, über seine Forschung, die Firma, die lieben Kunden … *Hélas*, das war einmal …«

»Sie sind auf charmante Art gesprächig, Madame. Ich bin froh über das offene Gespräch. Wir werden schauen, ob wir Ihrem Mann auf die Spur kommen. Ich hoffe nur, Sie werden mir den Rest auch noch beichten, um an Ihre Redensart anzuknüpfen.«

»Den Rest?«

Cooper ließ die Frage offen.

»Das genügt einstweilen. Wenn Sie mich jetzt entschuldigen?« Sie erhob sich und rauschte hinaus.

Cooper stand auf, machte Anstalten, ihr nachzueilen, aber sah nur noch ihre schön geformten Beine entschwinden. Verstört schaute er ihr nach, dann auf ihre Karte. »Florence Loréans de Pourtales. Donnerwetter«, murmelte er, nichts Gutes ahnend.

Er hob den Telefonhörer ab, um Michael zu erreichen.

***

Die Sportversion der Apple Watch machte sich mit einem *Beep* bemerkbar, als Michael Cooper das Waldstück hinter sich ließ und auf die Brücke zu rannte. Er blickte auf das Zifferblatt und sah zuerst die farbigen Leistungskurven. 8,5 Kilometer hatte er zurückgelegt. Die Zeit interessierte ihn nicht, wohl aber die blinkende Meldung. Er betätigte mit Knopfdruck das Mikrofon. »Report to office«, sagte die Frauenstimme.

Das war alles. Keine Zeitangabe. Für Agenten von Cooper Partners bedeuteten die drei Wörter Alarm: Sofort, auf dem schnellsten Weg zurück ins Büro.

»Scheiße«, entfuhr es Michael. Er wäre so schön im Rhythmus gewesen. Nun stoppte er abrupt den gleichmäßigen Lauf, bog im rechten Winkel vom Sträßchen ab, rannte querfeldein bis zum Rand eines frisch gepflügten Ackers, nutzte eine plattgefahrene Furche, die zum Feldweg und hinauf zur leicht bewaldeten Anhöhe führte. Keuchend kam er oben an. Auf den restlichen zweihundert Metern bis zum Parkplatz hinunter, wo sein schwarzer Alfa Romeo stand, lief er locker aus.

Eine halbe Stunde später fuhr er durch das gesicherte Tor der Firma. Im Jargon seiner Mitarbeiter hieß der fünfstöckige unscheinbare Betonblock im Westen von Zürich DER SHOP. Nur ein kleiner Kreis von Eingeweihten wusste, dass hinter den dunkel getönten Fenstern eine hochrangige Sicherheits- und Nachrichtendienstorganisation hervorragend abgeschirmt rund um die Uhr und sieben Tage die Woche arbeitete.

Im blauen Leibchen, schwarzen Shorts und orangefarbenen *Nikes* trat er im fünften Stock aus dem Lift und eilte auf die massive Eichentür zu. Er wischte sich den Schweiß von der Stirne, zupfte sein Shirt straff, klopfte und trat ein.

Ken Cooper erhob sich hinter dem Mahagonischreibtisch, streckte seine Hand aus. »Sorry, Mike, aber es ist ziemlich dringend.«

Das Office lag in der schönsten Ecke im fünften Stock. Die bis zum Parkett reichenden Fenster eröffneten eine superbe Aussicht über die Stadt Zürich, den See bis hinauf zu den Glarneralpen. Aber das friedliche Bild täuschte. Der brutale Anschlag im Nobelhotel von Bern hatte im Land wie ein Blitz aus heiterem Himmel eingeschlagen. Man hing der Illusion nach, dass die neutrale Schweiz von terroristischen Aktivitäten verschont bliebe. Auf die Ernüchterung folgten beunruhigende Vorfälle in der Südschweiz, die einen grässlichen Höhepunkt erfuhren, als nachts zwei Grenzwächter erschossen wurden, die auf einem Schleichweg einen illegal einreisenden Kastenwagen kontrollieren wollten.

Cooper Partners war schon seit einiger Zeit mit der Südschweiz befasst. Die Kantonspolizei des Kantons Tessin hatte mit der Spezialfirma ein Kooperationsabkommen abgeschlossen, das als wichtigen Bestandteil die Unterstützung in der Informationsbeschaffung vorsah. Die Tessiner Polizei erhielt auf diesem Weg hauptsächlich Daten von ausländischen Geheimdiensten, mit denen Cooper Partners nicht nur technologisch und digital, sondern auch personell vernetzt war. Die besten Verbindungen nützen dir nichts, pflegte Cooper seinen Leuten einzutrichtern, wenn du nicht weißt, welche Köpfe hinter den Geräten sitzen. Das Beratungsmandat erstreckte sich auch auf die laufende Auswertung von Nachrichten, seit in den letzten Monaten die Migrationsströme nach Italien erheblich zugenommen hatten. Cooper Partners hatte das Polizeikommando gewarnt, dass mit der Flüchtlingswelle, die an die Küsten Italiens schwappte, vermutlich gefährliche Killer in die Südschweiz eingeschleust würden. Er vermied dabei tunlichst den Begriff »Kämpfer«, der nach ihm für Soldaten, Sportler und Champions reserviert war, denn Mörder als Kämpfer zu adeln, widerstrebte ihm.

»Nimmst du eine Tasse Kaffee?«, fragte Ken.

Michael stand bereits bei der Espressomaschine. »Gerne, du auch?« Er schielte hinauf zu *Seductive Girl,* das ihn keck anmachte. Die lacht uns doch aus, dachte er. Du hast recht, Kleine. Wir reißen uns den Arsch auf, um die Welt zu retten, statt das Leben zu genießen. Er seufzte. Es war lange her, seit er sich von einer heißen Braut wie auf Roy Liechtensteins zeitlosem Gemälde hatte verführen lassen.

Michael setzte sich in den Besucherstuhl. »Wo ist die Kacke am Dampfen?«, fragte er salopp.

»Ein neuer Auftrag. Komische Sache, wenn du mich fragst. Aber ich glaube, wir sollten annehmen. Deshalb, schau!« Er schob ihm die Visitenkarte der Besucherin über den Schreibtisch.

Michael nahm sie und hielt sie skeptisch vor Augen. »Und warum bist du so interessiert?«

»Warum wohl? Schau! Ihr Mädchenname. Sie ist eine Loréans.«

»Ach du Scheiße! Du meinst ihr gehört die Firma? Loréans Systems?«

»Ganz genau. Sie ist die Alleinerbin. Ich habe mich ein wenig schlau gemacht. Sie hat das Geld.«

»Dann müssen wir sie pfleglich behandeln.«

»Du sagst es. Es geht um Folgendes.« In den nächsten Minuten erklärte Ken seinem Sohn, was ihm Florence Loréans de Pourtales soeben aufgetischt hatte. »Du kannst der Sache mal nachgehen. Versuche herauszufinden, wer die junge Frau ist, mit der Louis de Pourtales, der Firmenboss, angeblich eine Affäre hat.«

»Wir haben weiß Gott andere Probleme, Ken. Hast du gesehen, was im Tessin abläuft?«

Ken hob abwehrend eine Hand. »Ich weiß, ich weiß. Mit minimalem Aufwand können wir der Dame helfen. Ich habe so ein Gefühl, dass mehr dahinter steckt, als sie mir erzählte.« Nach einer Pause fügte er bedeutungsschwanger an, dass Pourtales als Oberst im Reserveheer eine hohe *security clearance* habe. Nach der Integration des militärischen Geheimdienstes mit dem neuen Nachrichtendienstes des Bundes NDB beklagte sich die Armeeführung, dass sie durch die Neuorganisation von der geheimdienstlichen Informationsschlaufe abgenabelt worden sei. Sie bekomme nicht mehr automatisch Einblick in die Nachrichtenlage, sondern müsse warten, bis der NDB geruhe, seine Produkte über die Bedrohungslage der Armee zu liefern. Das Aufbegehren fand im Verteidigungsdepartment, dem der NDB unterstellt ist, Gehör. Man schuf adhoc eine neue Stelle, nannte sie *Bureau de Liaison Directe*, BLD, schon bald als *Liaison Dangereuse* verspottet, stattete sie mit vier Nachrichtenspezialisten aus und ernannte als Chef BLD den Westschweizer Oberst im Generalstab Louis de Pourtales.

»Weißt du«, schloss Ken seine Erläuterung, »deshalb hat seine Frau wohl von der Gefährdung der nationalen Sicherheit gesprochen.«

Michael grinste. »Deshalb hast du wohl angebissen, oder?«

Damit war die Besprechung zu Ende.

***

Donnerstag, 08:00 Uhr, Sulpice

»Die Entführer verlangen also die subito Lieferung von eintausend Sturmgewehren und einen Haufen Munition«, sagte Steiner am Morgen im Frühstückszimmer.

Pourtales nippte nickend an der Kaffeetasse. Nigel, der Butler, servierte Rühreier mit Speck. Steiner kaute an einem Croissant. »Sollen wir denn überhaupt liefern?«, fragte er, als Nigel in die Küche zurückgekehrt war.

Pourtales nickte erneut. »Sicher. Werden wir auch. Ich tue alles, um Alice zu befreien.«

Steiner schluckte. »Das Problem ist, genau diese Anzahl Gewehre ist für die erste Lieferung an die Bundeswehr bestimmt. Als Ersatz für die vermurksten G36.«

Die gravierenden Mängel der G36 hatten die Verteidigungsministerin beinahe den Job gekostet. Die Gewehre trafen nicht, wenn in der Kampfzone die Temperatur über dreißig Grad stieg, wie zum Beispiel in Afghanistan, wo die Taliban wegen der Ungenauigkeit der Schüsse meistens ohne Verluste davonkamen. Der G36-Skandal war ein Glückstreffer für Loréans Systems & Components. Die Firma sprang in die Lücke mit dem bereits in großen Serien hergestellten, präzisen und robusten Schnellfeuergewehr LSC 14.

Pourtales schielte auf das Display seines Handys. »Ich weiß, die Lieferung wäre nächste Woche. Die Munition auch«, sagte er mit bedrückter Miene. »Unsere neuen Hochleistungspatronen. Zehntausend laut Vertrag mit den Deutschen.«

»Was ich dich noch fragen wollte, Louis. Warum hast du eigentlich gestern Nacht Roby in den Range Rover gesetzt?«

Pourtales ließ entnervt die Kaffeetasse sinken. »Das fragst du? Du weißt doch, wir wollten einen Prototyp auf Sulpice bereithalten für den Fall, dass wir die Verkaufsgespräche hier fortsetzen.«

Unsicher wischte Steiner seine Lippen ab. »Okay … Was machen wir jetzt?«

Bevor Pourtales antworten konnte, drang das Knattern von Helikopterrotoren in die Stille.

Die Männer schauten sich verdutzt an. »Da kommt Besuch«, sagte Steiner. »Erwartest du jemanden?«

Pourtales blieb die Antwort schuldig, steckte das Handy ein, ging wortlos hinaus in die Halle. Dort hing in der Garderobe seine militärische Kampfjacke. Er nahm sie vom Bügel, zog sie über, fühlte in der Brusttasche nach der Waffe.

Der Lärm der Rotoren gewann an Intensität, ließ den Leuchter in der Halle erzittern. Mit einem mulmigen Gefühl ging er auf die Haustür zu.

»Warte, ich komme auch«, rief Harry Steiner.

»Wo ist Amanda?«

»Weiß nicht, was willst du …« Er verstummte, als Pourtales mit grimmiger Miene seine Glock 17 aus der Tasche zog und hinauseilte. Die Erfahrung, nicht in der Lage zu sein, sofort über Informationen zu verfügen, war neu für den erfolgreichen Industriekapitän, Physiker und Oberst im Generalstab. Er fühlte nach dem Pflaster, das die Nähte bedeckte. Der Schmerz hatte nachgelassen. Aber in seiner Erinnerung herrschte Chaos, Hassgefühle wallten hoch, sein rationales Denken schien von den heftigen Emotionen, die wie Nadelstiche bohrten, in die Tiefen seines Hirns verbannt.

Erstmals in seinem Leben begriff er, dass er nicht ein oder aus wusste. Das Einzige, was ihm Vertrauen und Sicherheit verlieh, war die Waffe in seiner Hand. Ihm schien, als sei eine Ewigkeit vergangen seit dem Anruf der Kidnapper, aber als er auf seine Uhr schaute, dünkte ihn, die Zeit sei stehengeblieben.

Er trat hinaus, blieb auf dem durchnässten Vorplatz stehen.

Der blaue Helikopter hatte neben der alten Eiche aufgesetzt. Die Rotoren liefen aus, als ein Mann aus der Passagierkabine stieg und geduckt auf das Haus zurannte.

»Ein Eurocopter AS 365«, wusste Steiner. »Eine private Maschine. Kennst du den Typen, der da über den Rasen torkelt?«

Pourtales blieb stumm, beobachtete. Der Besucher straffte seinen Blazer, verlangsamte den Schritt, schaute kurz nach rechts, dann ein zweites Mal länger, als habe er etwas entdeckt.

Der Hausherr wartete, bis der junge Mann vor ihm stand.

»Michael Cooper, Cooper Partners«, stellte er sich vor.

Pourtales verweigerte den Händedruck. »Was wollen Sie? Wer hat Ihnen erlaubt, hier zu landen?«

Michael schielte zum forschen Sportsmann, der sich neben Pourtales mit gerecktem Kinn aufgebaut hatte. Steiner war rot im Gesicht, frisch geduscht, trug gebügelte Jeans und ein tailliertes Hemd.

»Können wir irgendwo reden?«

»Harry Steiner«, stellte Pourtales seinen misstrauisch blickenden Operationschef vor. »Er gehört zur Firma. Worum geht es?«

Michael zögerte. »Nun, ein etwas delikates Thema.«

Pourtales hob das Kinn, musterte naserümpfend den kahlen Scheitel des Besuchers, dann ging er wortlos voran. Steiner winkte Michael mit einer Kopfbewegung zur Haustür.

Im Arbeitszimmer leerte der Butler den Aschenbecher, ordnete die Papiere auf dem Pult. »Kaffee oder Wasser?«, fragte er im Hinausgehen.

»Kaffee, gerne«, nickte Michael.

»Nun, was kann ich für Sie tun?«, fragte Pourtales.

Steiner redete wie immer drein. »Wir wissen, Cooper Partners befasst sich mit Spionageabwehr und ähnlichem. Was führt Sie zu uns?«

Michael räusperte sich. »Haben Sie sich verletzt, Oberst?«

Pourtales knurrte ungehalten. »Geht es jetzt um meine Gesundheit, oder was?«

Michael war froh, dass er etwas Zeit gewonnen hatte. »Autounfall? Ich habe vorhin den Range Rover in der offenen Garage gesehen. Der neue 5.0-Liter-SVR, ein Topmodell. Schade um die zertrümmerte Windschutzscheibe.«

Harry Steiner furchte die Stirne über einem finsteren Blick. »Hören Sie auf mit diesem Quatsch, Cooper. Mehr Respekt, bitte. Also, wenn Sie nicht gleich ausspucken, warum Sie hier hereinplatzen …« Er wies mit der Hand zur Tür.

Michael hob besänftigend eine Hand. »Tut mir Leid … Also, ich bin gekommen, weil wir befürchten, Oberst Pourtales könnte erpresst werden.«

Niemand sprach. Es war, als wäre eine Bombe geplatzt.

Pourtales starrte zu Steiner. *Wie zur Hölle konnte der Kerl schon Bescheid wissen?*, lag die Frage in seinem Blick.

Pourtales, bestrebt, die Initiative an sich zu reißen, legte eine väterliche Hand auf Michaels Schulter. »Ich habe von Ihrer Firma schon viel gehört. Aber sagen Sie mir, was machen Sie eigentlich, wenn Sie nicht gerade in Hotellobbys herumstreichen und mit der Knopflochkamera Verdächtige abschießen?« Seine Hand glitt zu Coopers Revers hinunter. Mit einem Finger drückte er pointiert auf den goldenen Einsteckknopf.

Michael legte das Kinn auf die Brust, spähte stirnrunzelnd auf das Revers seines Blazers hinunter. »Ach so«, sagte er kopfschüttelnd, »das ist ein Truppenabzeichen. Keine Kamera. Sehen Sie die stilisierte Fünf? Meine Spezialeinheit, aber das ist lange her. Nun, was machen wir?« Er machte einen Schritt zurück. »Cooper Partners offeriert eine ganze Palette von Dienstleistungen. Research für Firmen, Online-Security ist heutzutage wichtig, aber auch Personenschutz. Die Reichen werden reicher, die Armen ärmer, das sind gute Zeiten für Bodyguards.« Als er keine Regung in Pourtales' Gesicht bemerkte, fuhr er fort: »Wir sind vor allem stark in der Analyse von Nachrichten, Beurteilung von Bedrohungslagen, in Zusammenarbeit mit den einschlägigen Geheimdiensten, Sie wissen ja …«

Der Oberst unterbrach ihn. »Hat ihr Auftrag mit Personenschutz oder was zu tun?«

Michael zog ein Tablett aus seiner Tasche und stellte es aufgeklappt auf den Salontisch, sodass der Hausherr einen guten Blick darauf werfen konnte. Dann drückte er die Play-Taste.

»Richtig, es geht um Ihre Sicherheit, Oberst. Schauen Sie, die Aufnahmen stammen von einem Tennis-Match in Gstaad. Vor ein paar Wochen. Hier, schauen Sie, das sind Sie, Oberst. Und daneben eine junge Frau … da … Sie umarmen sie …« Das Video lief weiter. Wieder erschien ein Bild aus der Prominentenbox. »Ein Kuss auf die Wange … Die Frau himmelt sie an.«

Steiner starrte entgeistert auf den Bildschirm. »Was soll der Scheiß, Cooper?«

Pourtales lehnte sich zurück.

»Wir haben Infos bekommen, dass der Oberst mit dieser Frau verkehrt«, erklärte Michael ruhig. »Eine Affäre, die Folgen haben könnte in seiner Stellung. Wir wollen die Situation klären.«

»Wer hat Ihnen den Auftrag gegeben?«, fragte Pourtales.

Michael schüttelte den Kopf.

»Seit wann sind Sie dran?«, beharrte der Oberst.

»Seit gestern Nachmittag«, antwortete Michael beklommen.

Betroffen legte Pourtales beide Hände auf sein Gesicht, senkte den Kopf, ließ die Erinnerung hochkommen …

Tennis interessierte ihn überhaupt nicht. Widerwillig hatte er die Einladung zum Final des ATP-Turnier in Gstaad angenommen, das in diesem Sommer zum hundertsten Mal als Mischung zwischen Weltklassetennis und Jetset stattfand. »Du musst annehmen«, hatte sie ihn gedrängt. »Du wirst interessante Leute treffen. Tu es mir zuliebe.« Ihm war ziemlich gleichgültig, wie die Kerle hießen, die da auf dem Sandplatz herumhetzten. Er amüsierte sich mit ihr, beobachtete die Menge. Es war in der Pause vor dem letzten Satz, als sie es ihm eröffnete.

Sie hatte ein reines Profil, hohe Wangenknochen, schöne dunkle Augen, eine fein geschwungene Nase über einem zarten Mund, hellrote Lippen, kurze schwarze Haare.

Sie blickte geduldig drein, vielleicht anklagend, eine lange, dünne Strähne reichte bis an ihr Kinn. Sie trug kein Kopftuch. Um den Hals legte sich ein Seidenschal, passend zum scharlachroten Kleid.

»Ich liebe meine Kultur. Aber auf dem Weg zu meiner Freiheit habe ich sie fast verloren«, sagte sie.

»Du bist das Einzige, was ich habe, und ich bin stolz auf dich. Gerade weil du deinen eigenen Weg gehst.«

»Ich habe nichts verbrochen, trotzdem werde ich von einigen schlimmer behandelt als Mörder.«

Empörung stand auf seinem Gesicht. »Wer wagt so etwas?«

Sie klatschte, als die Spieler sich wieder an die Grundlinie stellten.

»Meine Halbbrüder, meine Mutter. Weißt du, wenn ein Familienmitglied anders ist, Träume verfolgt, eigene Wege geht, wird dieser Makel auf die ganze Familie übertragen. Dann bekommen meine muslimischen Brüder eventuell keine Frau zu heiraten. Weil meine Familie als gefallen gilt.«

»Ich wusste ja, was religiöse Eiferer alles anrichten können, aber dass es so schlimm ist … ist ja unerhört.«

»Die muslimische Kultur kann gnadenlos sein. Ich bin in deren Augen Außenseiterin, und das bleibe ich für immer.«

»Einfach weil du wie moderne junge Frauen lebst?«

Sie verschränkte ihre Arme. »Es ist noch schlimmer, als du denkst. Der Ausweg, um die vermeintliche Ehre wiederherzustellen, ist, die eigene Tochter zu bedrohen oder gar zu töten.«

»Das würde deine Familie tun? Isha, deine Mutter? Deine Brüder?«

»Warum nicht? Sie haben Angst. Ich lebe frei, selbstbestimmt. Das können sie nicht akzeptieren.«

»Das glückliche Leben der Tochter, der Schwester müsste doch viel wichtiger sein, als wie du nach außen hin auf andere Muslime wirkst.«

»Nein, die verlangen, dass wir Frauen den mit Regeln vollgepflasterten Weg gehen, den sie aussuchen. Das kann ich nicht. Meine Vision war immer die Freiheit.«

»Ich weiß, und du bist erfolgreich im Beruf. Bildhübsch, intelligent dazu.«

Pourtales ließ den Blick kurz über ihren vollen Busen streifen, furchte die Brauen. »Du bist nicht etwa …?« Er deutete etwas linkisch auf ihren Bauch.

Sie errötete, was sie noch schöner machte. »Spinnst du? Schwanger? Wie kommst du auf diese Schnapsidee?«

»Nun, ich dachte, du bist jetzt ziemlich lange mit Alain zusammen. Wie läuft es?«

Sie machte eine lässige Handbewegung, um die Frage zu verwerfen. »Wir haben Schluss gemacht. Alain wird als Kampfjetpilot der Luftwaffe zum Training nach USA versetzt. Und ... es funkt nicht mehr.«

»Na, das tut mir leid. Du bist aber fantastisch, Alice.« Er wischte eine Träne aus dem Auge. »Nun, was soll ich sagen? Soll ich mit ihm reden?«

Der Spieler im roten Shirt und schwarzer Mähne hatte einen Matchball verwertet. Das Publikum tobte.

Alice klatschte abwesend, lächelte still in sich hinein. »Nein, Paps. Du bist lieb. Großzügig wie immer. Aber es ist, wie es ist. Ich gehe voll in meinem Job auf, habe meine Hobbys, Lesen, das Klettern, Bergsteigen, nehme Flugstunden in Grenchen ... Ich komme schon klar. Die Sache mit Alain ist abgehakt.«

... Auf Sulpice nahm Pourtales die Hände vom Gesicht, dann plötzlich, in einem Anflug von Entrüstung packte er das doofe iPad auf dem Salontisch und schmiss es wuchtig ins Kamin.

»Hören Sie gut zu, junger Mann«, sagte er. »Die schöne Frau auf dem Video, die mich scheinbar anhimmelt, ist meine Tochter Alice. Meine Tochter!« Die Hände verwerfend prustete er. »Affäre, so ein Blödsinn.«

Michael rang nach Worten. »Oh, ich sehe ... Wussten wir nicht.«

Der Oberst schluckte seinen Ärger herunter. »Hoffentlich war das Ihre einzige falsche Fährte, Cooper. Meine Tochter ist ... eh ... mit einem Captain der Luftwaffe liiert, Alain Hammer, falls sie das interessiert.« Erregt stand er auf. »Das ist ... es ist nicht zum Aushalten.«

Steiner trat hinzu, legte ihm den Arm auf die Schulter. »Was machen wir mit dem Arschloch«, raunte er genug laut, dass Cooper es hören konnte.

Sie standen zusammen draußen in der Halle, als Pourtales sich wieder fasste. »Der Bursche ist eigentlich nicht übel. Ich kann ihn ganz gut leiden, trotz seinem idiotischen Auftritt. Was er da über Nacht herausgefunden hat, ist ja nicht so schlecht. Ich meine, wir könnten seine Firma, die Cooper Partners ...«

Steiner winkte Nigel heran. »Wo bleibt der Kaffee, verdammt nochmal? Und ein Grappa für mich, bitteschön.« Sie traten vor das Haus, setzten sich auf der Küchenterrasse an ein rundes Bistrotischchen. »Du willst also Cooper Partners engagieren?«

»Schau Harry, wenn ich etwas erfahren habe im Leben, ist es, dass du nicht alles planen kannst. Dieser Bursche kam unerwartet ins Haus geschneit. Mit falschen Beweggründen, aber einem guten Ergebnis. Das ist oft so. Ich glaube, das ist eine Gelegenheit, die wir packen müssen. Ich habe schon viel von diesen Leuten in Zürich gehört. Die Polizei können wir nicht einschalten, was für eine andere Wahl bleibt uns?«

Er starrte über den feuchten Rasen zum Helikopter. Der Pilot hatte sich auf die Bank unter der Eiche gesetzt und rauchte.

Harry war noch am Grübeln, als plötzlich die Chopin-Melodie aus Louis Hosentasche erklang. Hastig zog er sein Handy hervor.

»Das sind sie wieder«, keuchte er aufgeregt.

Es musste der zweite Anruf mit weiteren Instruktionen der Entführer sein, wie angekündigt. Harry Steiner rückte näher heran, als Pourtales die Empfangstaste drückte.

»Hallo?«

»Bist dran du? Purtaless?« Gebrochenes Deutsch.

»Ja. Wo sind Sie? Wie geht es meiner Tochter?«

Stille. Michael Cooper stand unter der Tür, Steiner winkte ihn unwirsch heran. Nigel erschien mit den Kaffees und einer Flasche Grappa.

»Nicht jetzt«, zischte Steiner. Mike setzte sich auf den freien Stuhl, als eine zweite Stimme aus dem Handylautsprecher erklang. »Es geht ihr noch gut, alter Sack. Ihr Leben hängt an einem dünnen Faden.«

Perfektes Deutsch, registrierte Michael. Pourtales versuchte, das Gespräch in die Länge zuziehen. »Ich will mit meiner Tochter reden.«

Höhnisches Grinsen stand förmlich in der Luft. »Scheißt in die Hosen, was? Ich gebe dir jetzt Koordinaten durch. Das ist der Treffpunkt für die Lieferung. Nur einmal.«

»Moment«, stieß der Oberst grimmig hervor. Michael zog geistesgegenwärtig einen gefalteten Hotelprospekt und einen Stift aus seiner Jacke.

Aus dem Lautsprecher ertönte wieder eine andere Stimme, hell, als spräche eine Frau. Sie gab Zahlen durch. Michael kritzelte die Ziffern, die perfekte Koordinaten darstellten, auf eine freie Stelle.

»Ist die Polizei involviert?« fragte die zweite Stimme.

»Nein, ist sie nicht.«

»Dann abgemacht, heute Abend, zirka 18 Uhr, wir rufen wieder an, mit neuen Instruktionen.« Es war nichts mehr zu hören. Pourtales schaute auf sein Display, machte eine abschließende Handbewegung. »Sie sind weg.«

Steiner packte den Wisch und ging ins Arbeitszimmer, während Pourtales und Michael Cooper die Köpfe zusammensteckten. »Sie hatten Recht, Mike. Ich werde erpresst. Aus Gründen, die Sie nicht kannten, aber so läuft's oft …« Sie erhoben sich, schritten ums Haus herum, spazierten zur Meierei hinüber. Pourtales gestikulierte, blieb stehen, der Jüngere tat es ihm gleich. Für einen Beobachter war klar: Eine ernsthafte Diskussion war in Gang gekommen.

Als Steiner mit einer entfalteten Landkarte vors Haus trat, sah er sich perplex um, konnte die beiden nirgends sehen. »Dort«, rief der Pilot unter der Eiche, auf die Hausecke deutend.

Die Gesuchten saßen auf einer Steinbank vor einem dunklen Teich, in dem sich dicke Karpfen tummelten.

Pourtales nickte Steiner vielsagend zu. »Michael ist einverstanden. Cooper Partners hilft uns.«

Steiner warf ihm einen skeptischen Blick zu. »Sie werden sich hoffentlich nicht nochmals vergaloppieren, Michael.« Er setzte sich und breitete die Karte auf seinen Knien aus. Nun, die Koordinatenangabe der Entführer führt uns zum Aeroporto von Locarno. Hier.« Er tippte mit dem Finger auf den Punkt.

»Locarno?«, schnaubte Pourtales, schielte auf seine Rolex. »Wir haben keine Zeit zu verlieren. Diese Saubande …« Er erhob sich und stapfte um den Teich herum.

»Das Tessin ist Kampfzone«, sagte Michael. »Die schlimmen Nachrichten häufen sich. Locarno, der Übergabeort, ist unter den Umständen ominös …«

Steiner stand mit dem Handy in der Hand auf. »Ich telefoniere mit der Firma. Die müssen sich sputen, verstehen Sie?« Er schlenkerte eine Hand. »Los, Mann, Bewegung. Sie sind engagiert. Wir erwarten Resultate.« Er entfernte sich, das Telefon ans Ohr gedrückt.

***

»Schalten Sie eine sichere Verbindung ins HQ«, befahl Michael dem Piloten, als er den Eurocopter bestieg, sich anschnallte und bequem zurücklehnte.

Michael war dreiundvierzig Jahre alt. Im Bundesstaat New Jersey geboren, somit amerikanischer Staatsbürger, hatte es ihn zum Militär gezogen. Nach der Grundausbildung schickten sie ihn zum Spezialtraining in die einundsechzigtägige Ausbildung der *United States Army Ranger School* in Fort Benning, Georgia. Mit einem der sechs Ranger-Bataillone kam er nach Afghanistan in seinen ersten Kampfeinsatz, bevor er ein paar Jahre später den Dienst quittierte, in die Schweiz zurückkehrte und in Zürich bei der Kantonspolizei anheuerte. Er war einen Meter achtzig groß, schlank, hatte muskulöse Fallschirmspringerbeine, einen fast kahl geschorenen Schädel und wache, blaugraue Augen, nicht ganz regelmäßige, aber makellose Zahnreihen. Was ihn besonders auszeichnete, war sein Bergführerpatent, das er nebenher erworben hatte, als ihn sein Daddy in frühen Jahren in einer internationalen Schule in Gstaad einschrieb.

Im monotonen Rauschen der Triebwerke holten ihn Erinnerungen ein. Nach dem Amtsantritt von Präsident Obama durchstreifte er als Embedded Mountain Guide EMG mit Männern der *Fünften US-Special Forces Group* die Gebirgstäler des Hindukusch. Während er den *Marines* das Klettern, Verstecken und Überleben beibrachte, eignete er sich deren Kampfmethoden an. *Suchen und vernichten*, lautete das Motto. Keine tosenden Schlachten. Verdeckte Aktionen, schnell und effizient.

»Suchen und vernichten«, murmelte er, als der Helikopter das Lavaux längst hinter sich gelassen hatte und die Steigung Richtung Bulle hochflog. Das Wetter war trotz der langgezogenen Wolken, mit denen der Himmel gestreift war, nicht unfreundlich. Weit im Südosten über dem See strahlte die Sonne über dem Massiv des Montblanc.

»Verbindung steht«, meldete der Pilot.

»Hallo, Ken, hier Mike.«

»Wie ist's gelaufen?«

»Beinahe aus dem Ruder. Du glaubst es nicht. Die angebliche Schlampe ist seine Tochter. Halt dich fest. Sie wurde gestern entführt. Ich schaute ziemlich dumm aus der Wäsche. Obschon ich ja recht hatte, der alte Knabe wird tatsächlich erpresst.«

»Mmm. Bist du heil davongekommen?«

Michael grinste. »Wir müssen Sie finden, Ken. Pourtales will uns engagieren. Neuer Auftrag. Ich habe angenommen. Hoffentlich …«

»Was hast du jetzt vor, Mike?«

»Nun, was die Geiselnahme anbetrifft … Alice Goran heißt die junge Frau … Die Musik spielt offenbar in Locarno. Heute um 18 Uhr wollen die Entführer sie gegen die Lieferung von Waffen und Munition freilassen.«

»Wen haben wir im Tessin?«

»Du bist also einverstanden? Niemanden. Außer vielleicht Jessica Ponte, sie ist Kriminalbeamtin. Wir kennen uns von früher. Ich kann sie kontaktieren. Siehst du einen Zusammenhang mit den Killerbanden, die im Tessin wüten?«

Ken hüstelte. »Ist gar nicht auszuschließen. Ich schlage eine Operationsbasis dort unten vor. Selbst werde ich heute Abend in Ascona sein.«

Sie diskutierten weiter, bis der Helikopter den Lindenberg überflog und zum Sinkflug nach Zürich ansetzte.

»Der Einsatz passt in unser Konzept«, schloss Ken Cooper. »Eben hat mich der Kommandant der Tessiner Kantonspolizei angerufen. Ich bin einverstanden, Pourtales zu helfen. Wir organisieren uns. Wenn du im Büro zurück bist, kann ich dich über alles besser informieren.«

»Okay … eh … war meine Entscheidung also richtig?«

»Sicher. Leider haben wir die Entwicklung im Süden zu spät erfasst.«

»Ist auch nicht primär unser Job«, wehrte sich Michael. »Das Verteidigungsdepartement hat geschlampt, nicht wir, Ken.«

»Einverstanden. Die Armee ist nicht bereit. Keine verfügbaren Truppen. Keine entsprechende Ausbildung, um diese Killerbanden zu erledigen. Der Generalstabschef war letztmals vor zwei Jahren im Tessin, bei einer Veranstaltung der Offiziersgesellschaft. In der Schweiz wartet man halt ab, reagiert erst, wenn etwas passiert, anstatt laufend Szenarien zu entwickeln und sich entsprechend vorzubereiten. Du weißt, Terrorabwehr beginnt mit Vorstellungskraft … wir sprechen uns dann. Ende.«

Michael schaute zum Fenster hinaus, hinunter auf das Wasserschloss von Brugg, wo drei kräftige Flüsse weiß wirbelnd zusammenflossen. Seit ewiger Zeit.

Wer zum Teufel sind diese Entführer …?

***

Donnerstag, vormittags, Lugano

Muller stand mit nacktem Oberkörper an der Glasfront des großen Wohnzimmers und blickte auf den See hinaus. Das Wasser hatte eine tiefblaue Farbe, ein weißes Passagierschiff mit einer bunten Schar Touristen auf Deck glitt vorbei. Im Hintergrund erhoben sich dunkelgrün die italienischen Berge in den blassen Morgenhimmel.

Der stämmige Russe sank ihm gegenüber in eine weiße Couch, nippte an einem Gläschen Wodka und betrachtete die muskulöse Figur seines Gastes wohlwollend.

»Wann hast du herausgefunden, dass wir anscheinend verwandt sind?«

Muller wandte sich ihm zu. »Es ist einige Zeit her, Igor. Als meine Mutter verstarb, machte ich Hausputz und fand die Geburtsurkunde meiner Großmutter mit dem Vermerk »Vater unbekannt.«

In der Schachtel fand Muller das einzige Bild von seinem Großvater, einem russischen Soldaten. Auf der Rückseite stand mit schöner Handschrift sein Name: Vladimir Propokiew. Seine Großmutter hatte die Erlebnisse offenbar nie verkraftet, auch wenn sie nicht vergewaltigt wurde, wie Muller aus den sorgfältig aufbewahrten Unterlagen schloss. Sie wurde zur Alkoholikerin. Sein Großvater lebte fast zwei Jahre mit ihr zusammen, bevor er 1949 nach Moskau zurückbeordert wurde. Man hörte nie mehr etwas von ihm.

»Meine Mutter war ein Besatzungskind. Ich fand dann heraus, dass Vladimir, mein Großvater also, einen Sohn hatte, in Leningrad geboren, namens Igor Propokiew, somit ein Halbbruder meiner Mutter. Das macht dich zu meinem Onkel, Igor.«

Igor Propokiew hatte große, dunkle Augen, einen breiten Mund, sehr weiße Zähne und einen paar Tage alten grauen Bart. Sein Hemd war mehr als nötig aufgeknöpft, um die mächtige Brust eines Rugbyspielers zur Geltung zu bringen. Er schien das Gehörte sorgfältig abzuwägen, nahm einen Schluck Wodka, füllte das leere Glas aus der eisgekühlten Flasche bedächtig nach.

»Stimmt. Vladimir schaffte es bis zum Brigadegeneral in der Sowjetarmee. Als er vor zwanzig Jahren verstarb, fand ich das Bild deiner Großmutter. Sie war eine schöne Frau ... Deine Geschichte scheint zu stimmen. Nun, wenn es so wäre, wie du sagst, bist du etwa hergekommen, um Ansprüche zu stellen?« Seine Augen blitzten bedrohlich auf.

Muller machte einen Schritt auf ihn zu. »Du anerkennst mich also als deinen Neffen?«

»Vielleicht. Hast du sonst noch Dokumente?«

Muller zuckte unbekümmert mit den Achseln. »Natürlich. Willst du sie sehen?« Er machte Anstalten, sich zu bewegen, doch der Russe wehrte mit einer väterlichen Geste ab. »Später.«

»Nun, Igor, um auf deine Frage zurückzukommen. Nein, ich stelle keine Ansprüche, außer dass ich eine Weile hier wohnen darf.«

Igor rieb sich mit seiner prankenartigen Hand gedankenvoll die Brust. Ein kumpelhaftes Grinsen hellte seine finstere Miene auf. »Wie hast du mich gefunden?«

»Eigentlich wollte ich dich schon lange aufspüren, kam aber nie dazu. Dann half mir der Zufall. Wir haben Kontakt zu einem Arzt hier in Lugano. Er sagte mir, er schaue ab und zu in einer Villa am See nach dem Rechten. Der Eigentümer sei nur selten dort, vielleicht könnte ich sie ein paar Wochen mieten ...«

Igor runzelte die Stirn. »Birgin?«

Muller nickte, setzte sich gegenüber. »Ja, Doktor Madisch.«

»Ein guter Arzt, hat mich zusammengeflickt, als ich dort hinten auf der Marmortreppe ausrutschte. Ich kam vom Schwimmen im Pool, nasse Füße, wumm ...« Er tätschelte mit der Hand seine linke Hüfte. »Er hat gute Arbeit gemacht. Seither pflege ich einen freundschaftlichen Kontakt zu ihm ... Na, so ein Zufall. Was treibt dich übrigens hier herum?«

Muller hatte nicht im Sinn, dem Russen viel zu verraten. Er räusperte sich. »Also, ich will mich vielleicht hier niederlassen, suche nach einer günstigen Investition, ein Haus, eine Wohnung …«

Igor musterte ihn, ließ seinen Blick über den durchtrainierten Körper schweifen. »Passt irgendwie nicht zu dir. Du warst im Militär. Bundeswehr?«

Muller grinste. »Erraten, aber das ist Geschichte. Einmal Afghanistan, nie wieder. Sind doch alles Weicheier, verstehst du? Den Krieg gewinnen wir nie dort unten. Du hast dich an Loréans Systems & Components beteiligt, richtig?«

Igor Propokiew nickte, als stimme er der Bemerkung über Afghanistan zu. Er zählte zu den Russen, die mit Öl- und Gasgeschäften zu märchenhaftem Reichtum gekommen waren. Er strich sich durch die silbergraue Mähne. »Du schnüffelst herum, Mistkerl, was soll das?«

Muller hob beschwichtigend die Hände. »Keineswegs. Ich sah ein Bild von dir, du stehst neben Putin, es hieß, du seist Afghanistanveteran, dann folgten ein paar Zeilen über deine Investitionen als Großindustrieller … deinen zweiten Wohnsitz in Lugano … Du bist eine öffentliche Person, Igor.«

»Mmm.«

»Ist Putin an der Waffenschmiede auch beteiligt?«

»An Loréans? Wie kommst denn du darauf?«

Muller zuckte lächelnd mit den Schultern.

»Er war ein paar Mal hier«, sagte Igor. »Saß im gleichen Stuhl wie du. Mit seiner reizenden Freundin, eine von hier, aus dem Tessin.«

»Ich nehme an, du kennst Pourtales?«

»Louis? Natürlich. Ich bin fast vierzig Prozent an der Bude beteiligt. Er ist der CEO, führte mit mir die Verhandlungen. Seither schaue ich ihm genau über die Schulter.«

»Was ist so interessant an Loréans?«

»Pourtales ist ein gescheiter Kerl. Physiker, arbeitete im CERN in Genf an Projekten über *artificial intelligence*, AI, dann schaffte er es, in die Firma einzuheiraten. Er forschte weiter. Heute ist seine Firma in der Entwicklung von Roboter-Waffen führend. Daran sind wir interessiert.«

Igor schien sich verplappert zu haben. Muller setzte gleich nach. »Wir? Du und Putin?«

Igor verschränkte die Hände am Hinterkopf und blickte streng unter seinen dichten Brauen hervor. »Verdreh mir nicht die Worte im Maul, junger Mann. Ich betrachte dich vorläufig als meinen Neffen, auf Probe. Bis Birgin eine DNA-Analyse gemacht hat. Einverstanden?« Er schenkte Wodka in die Gläser, reichte Muller eins. »Na, dann, auf unsere russischen Wurzeln! Nasdorowje!«

***

Nach der kurzen Unterhaltung mit Igor legte sich Muller draußen am Pool in einen Liegestuhl, zog ein nasses Badetuch über das Gesicht und ließ den Film der letzten Tage vor seinem geistigen Auge ablaufen.

… Sanft streicheln die Wellen den hellbraunen Sand der libyschen Küste. Das bärtige Kinn hochgereckt, marschiert der hünenhafte, schwarz uniformierte Scherge stramm voran. Gleich wie die Maskierten hinter ihm, treibt er seinen Gefangenen im orangenen Überkleid vor sich her, die Schlinge straff um den Hals des Unglücklichen gespannt. Der makabre Umzug stapft im Gleichschritt durch den harten Sand des libyschen Strandes, fehlen nur noch die dramatischen Klänge von Chopins Trauermarsch.

Etwas abseits steht ein hagerer, aber kräftiger Mann breitbeinig vor einer Gruppe hektisch arbeitender Filmleute. Er trägt den traditionellen arabischen Übermantel, einen dunkelblauen Bisht mit weißen Schmucksäumen. Seine Stirn ist olivfarben, die Haare des unbedeckten, großen Kopfes weiß. Der junge Kameramann, der mit glänzenden Augen beflissen zum Anführer hochschaut, um erwartungsvoll seine Zustimmung zu erhalten, hat eine etwas bessere Aussicht: der Wuschelkopf hat nachlässig blondierte Haare, wie ein Europäer. Unter seinen dunklen Augen bedeckt ein scharlachrotes Tuch die untere Gesichtshälfte. Nur die stechenden Blicke und der Nasenrücken sind entblößt. Doch der Hagere ignoriert den Kameramann, gibt dem Hünen an der Spitze der Gefangenen ein Zeichen mit lässig erhobener Hand. Die furchterregende Kolonne bleibt sogleich in höchster Anspannung stehen.

Der Blick des Hageren, der tatsächlich Europäer ist, verharrt ein paar Sekunden lang auf dem Dritten in der Kolonne. Er sticht unter den ägyptischen, bärtigen, dunkelhäutigen Kopten heraus. Es ist der Brite, der schlank, fast zierlich, geradeaus blickt, wobei er verzweifelt grimassiert und mit den Händen fuchtelt. Der Hagere amüsiert sich über die erbärmlichen Gesten, kann einen höhnischen Zuruf gerade noch unterdrücken. »Ein hinterhältiger Agent des Westens ist dieser Schurke, den meine Männer hochgenommen haben«, murmelt er zu niemandem. »Wahrlich eine kapitale Beute.« Der Brite ist seine Trophäe, um es dem englischen Geheimdienst mal so richtig heimzuzahlen.

»Licht, Ton, Kamera?«, ertönt die scharfe Stimme des Regisseurs, der sein metallenes Notizbrett befehlgebend in die Höhe streckt und den Hageren wieder in die Wirklichkeit zurückreißt. »Vorwärts, Aufnahme!«, ruft er barsch. Die Kolonne setzt sich augenblicklich in Marsch. Nach gut zwanzig Metern bleibt sie an der markierten Stelle stehen. Die vermummten Schergen zerren brutal an ihren Stricken, zwingen ihre Gefangenen niederzuknien.

»Nahaufnahme«, ertönt die heisere Stimme des Regisseurs.

Eine Kamera erfasst die Furcht in den Gesichtern, bevor die Häftlinge ihre Hälse zum Boden beugen.

Dann geschieht alles blitzschnell. Die grossgewachsenen Henker zücken theatralisch ihre Sägemesser und enthaupten mit geübten, raschen Schnitten ihre Opfer. Einundzwanzig an der Zahl. Ein furchtbares Ritual, das dem jungen, bärtigen Dschihadisten hinter der großen Kamera den Atem stocken lässt.

Die Schergen heben triumphierend die abgetrennten Köpfe hoch, pflanzen sie dann dramatisch auf die Körper der grausam Ermordeten.

»Kamera zum Wasser«, ruft der Hagere. Die Objektive schwenken auf den Strand, wo es scheint, als färbe sich das Meer blutrot.

»Wir sehen uns im Schneideraum«, befiehlt er ungerührt. Seine Leute wissen haargenau, was der Anführer von ihnen verlangt: ein kunstvoll gefilmtes, flüssig geschnittenes Video, kein verwackeltes Amateurfilmchen, und die Produktion musste spätestens in zwei Stunden fix und fertig sein, um in alle Welt verbreitet zu werden.

Der nicht mehr junge Regisseur mit der schwarzen, eng anliegenden Kappe versammelt seine Equipe, gibt Anweisungen, sieht zu, dass sie das Material sorgfältig verpacken, dann wendet er sich ab. Oder glaubt, er könne den Tag endlich beschließen. Doch der Hagere ruft ihn zurück.

»Was meinst du, alter Halunke, haben wir alles perfekt im Kasten?«

Der Regisseur hat genug gesehen. Ihm ist, als sei ihm das Blut in den Adern gefroren. Was soll er dem Hageren antworten. Etwa: »Der Oscar für das beste Hinrichtungsvideo geht an …« Er dreht sich langsam zu seinem Gebieter um, breitet die Arme aus, verbeugt sich steif. »Allah hat mir den Weg gewiesen. Du wirst zufrieden sein. Die Welt wird staunen, was du alles fertigbringst.«

Der Hagere richtet sein rotes Tuch am Gesicht. »Rede nicht um den heißen Brei rum. Du weißt, dass wir eine neue Ära einläuten. Ich dulde keine Halbheiten.«

»Keine Bange, ich werde dir das beste Video aller Zeiten präsentieren, Allah wird mir beistehen.«

»Gut, gut«, knurrt der Hagere. »Dann mach dich schon an die Arbeit!«

Mit einer unterwürfigen Verbeugung verabschiedet sich der Regisseur, macht ein paar Schritte rückwärts, bevor er sich auf den Absätzen umdreht.

***

Zürich, Donnerstag, 11:50 Uhr

»Ich glaube, wir kommen der Sache langsam auf die Spur«, sagte Ken Cooper an diesem Vormittag, nachdem Michael aus Sulpice zurückgekehrt war. Sie hatten mit den Spezialisten der Firma die Lage gründlich sondiert, dann eine Strategie verabschiedet, in deren Mittelpunkt die Geiselbefreiung stand.

»Was willst du mir damit sagen?«, fragte Michael, der ungeduldig von einem Fuß auf den andern trat.

»Es geht um den Film aus Libyen. Du hast ihn gesehen, richtig? Also, ich lasse nochmals die entscheidende Szene ablaufen. Du wirst rasch begreifen, warum.«

Ken setzte sich hinter den Schreibtisch, projizierte das Video auf seinen Großbildschirm, Michael lehnte sich an die Sessellehne und schaute Ken über die Schulter.

Nach ein paar Minuten hielt Ken den Film an. Michael rieb sich den kahlen Schädel. »Furchtbar«, stieß er hervor.

Ken nickte. »Vorbei sind die alten Zeiten, als der Al-Qaida-Boss noch aus einer Höhle im Hindukusch seine unscharfen Filmchen dem Al-Dschasira-Sender zuspielte. Beim Barte des Propheten: dieser selbsternannte Kalif hat es verstanden, die mittelalterlichen Morde mit modernster Technik in die Welt hinauszutragen.«

»Du sagst es. Wie keine Kampforganisation zuvor haben sie Medienarbeit mit einer wirkungsvollen Propagandamaschine voll professionalisiert. Dabei verachtet der Koran das Internet, die sozialen Medien, aber dieser Kalif kämpft mit Bits und Bytes für die Verbreitung der Scharia.«

Ken spulte den Film zurück, stoppte ihn plötzlich, als das Gesicht des Hageren aufleuchtete, zoomte es in Großaufnahme heran. »Es geht um diesen Typ. Ich glaube zu wissen, wer er ist.«

Michael hob erwartungsvoll die Brauen. »Der Anführer des Hinrichtungskommandos?«

»Mmm. Das Phantom. Erinnerst du dich noch an den Bericht des BND über den Deserteur? Oberleutnant Andreas Labitzke. Ich glaube, der Massenmörder am Strand von Libyen ist genau unser Gesuchter. Labitzke und kein anderer.«

Bevor Michael etwas bemerken konnte, fuhr Ken fort: »Ich weiß, es ist vorläufig eine Vermutung. Wir müssen die Gesichtserkennung einsetzen, um verlässliche Ergebnisse zu erhalten.«

Michael wusste, dass Cooper Partners seit Kurzem über die neueste, verblüffend leistungsfähige Gesichtserkennungssoftware des Mossad verfügte. Die israelische Terrorabwehr hatte seit Langem das Problem gehabt, vermummte Hamas-Terroristen zu identifizieren. Offenbar hatten sie fieberhaft an einer neuen Software gearbeitet und einen sensationellen Durchbruch erzielt. Das Programm erlaubte ihnen, die Konturen eines Gesichts unter den diversen Vermummungstextilien hervorzuholen.

Michael machte große Augen. »Hast du die Software der Israelis heruntergeladen?«

»Aber klar doch. Jetzt können wir sie testen.« Ken unterteilte den Bildschirm in zwei Kacheln. Rechts erschien das vom BND gelieferte Militärbild aus der Bundeswehr-Personalakte des Oberleutnants. Gestochen scharf blickte der Offizier sie an. Der mürrische Gesichtsausdruck erinnerte Michael an Polizeifotos von Festgenommenen. Links flimmerte das vergrößerte Standbild des hageren Schlächters mit dem roten Tuch über Kinn und Nasenspitze. Die Stirn war entblößt, ein paar helle Haarbüschel quollen unter der Kopfbedeckung hervor.

»Jetzt schauen wir mal, was die Software taugt«, sagte Ken und hieb auf eine Taste.

Eine dritte, diffuse Kachel schien auf, die sich nahtlos unter das Bild des Oberleutnants schob. Dann geschah nichts, außer dass sich oben am Bildrand das Symbol eines Zahnrädchens zu drehen begann.

»Er arbeitet«, kommentierte Michael.

Gespannt hefteten sie ihre Blicke auf die Bilder. Das Rädchen drehte sich entnervend weiter. Ken befürchtete bereits, dass das Programm abgestürzt war, als Michael rief: »Da, schau!«

In der dritten Kachel tauchte plötzlich ein Konterfei auf. Ein Gesicht ohne Vermummung. »Wir haben einen ausfindig gemacht, das ist …« Michael brach ab, als in rascher Folge andere Gesichter aufschienen. Alle hatten ähnliche Merkmale: Blonder Haarschopf, noch ziemlich abstrakte Gesichtszüge, und sie wiesen mit unterschiedlichen Merkmalen eine diffuse Ähnlichkeit mit dem offiziellen Bundeswehrporträt auf.

»Es sind gut ein Dutzend Gesichter, Ken. Da können wir das System gleich abschalten. Völlig nutzlos«, wetterte Michael.

Cooper konsultierte das auf seinem Laptop aufgeschlagene Handbuch, browste durch die Anleitung, bis er fand, was er suchte. »Verfeinerungsfilter«, murmelte er und drückte in rascher Folge ein paar Tasten. Die Köpfe verschwanden, um sich nach ein paar Sekunden neu zu präsentieren.

»Shit«, rief Michael. »Schau! Immer noch … eh … ungefähr zehn mögliche Identitäten.«

Ken beugte sich genervt vor. »Du hast Recht, das Programm ist Scheiße.« »Immerhin, wir durchforsten mal ihre Datenbank nach Namen, wart mal ab.«

Nach ein paar Tastendrucken rasten Zeilen über den kleinen Bildschirmausschnitt. »Da, er spuckt Namen aus«, sagte Ken tonlos.

Plötzlich erstarrte der Ablauf. Ungefähr zwanzig gelb eingefärbte Namen füllten den Bildschirm. Michael tupfte mit dem Stift auf eine Stelle. »Da ist er.« ANDREAS LABITZKE war zwar deutlich zu lesen, aber weitere Identifikationsmerkmale gab es nicht.

Michael schüttelte den Kopf. »Labitzke ist einer unter vielen anderen. Beweist uns gar nichts. Reine Zeitverschwendung. Der Mossad kann sich das Programm mal irgendwo hinstecken. Was machen wir jetzt?«

»Die Auswertung ist immerhin ein Indiz, dass der Befehlshaber am libyschen Strand unser Bundeswehroberleutnant sein könnte. Wir überstürzen nichts. Für mich, Mike, hat der Terror im Süden ein Gesicht: Labitzke. Davon lasse ich mich vorerst nicht abbringen.«

Michael zuckte mit den Achseln. »Meinetwegen, besser als nichts. Warte mal, Ken. Was hätte Labitzke, ein Deutscher, in Libyen verloren? Angenommen, er ist ein Kommanant der Terrormiliz. Was würdest du an seiner Stelle machen?«

Ken nickte anerkennend: »Gutes laterales Denken, Mike. Na, schön, mich würde es nach Europa ziehen.«

»Eben. Wenn Labitzke ein Islamistenkommandant ist, dann gute Nacht. Nehmen wir an, er will in Europa ein Satelliten-Netzwerk aufbauen. Kann er das?«

Ken schaute auf seine Armbanduhr. »Wir können das später noch im Detail erörtern. Aber wenn du Recht hast, trübt sich die Lage laufend ein.«

Ken war sich bewusst, dass der Islamische Staat Verbindungen in Nahost und darüber hinaus hatte. Bisher hatte er in elf Ländern, einschließlich Jemen und Russland, eine Terrorgruppe als ihm zugehörig anerkannt. An anderen Orten, wie in Indien oder Tunesien, wo Rebellen sich als Mitglieder des IS ausgaben, hatte der »Kommandant aller Gläubigen« sie noch nicht anerkannt. Erst wenn er ein *bay'a* akzeptierte, ein Treuegelöbnis, deklarierte er eine neue »Provinz«. Doch gemäß *Dabiq*, dem englischsprachigen Magazin des IS-Terrornetzwerks, verlangte die Zentrale von der Zweigfirma das Einhalten von strengen Kriterien. Um die Gunst zu erwerben, musste sie einen Gouverneur ernennen, eine gesetzgebende Versammlung einberufen und die islamische Herrschaft strikt in Kraft setzen. Die Tochterfirma musste zudem einen Plan haben, um Territorium zu erobern. Mit diesem Anspruch auf Eigenstaatlichkeit hob sich der Islamische Staat von andern Terrororganisationen ab. Das machte die Terrormiliz lebensgefährlich, unfassbar, wie eine Epidemie, die sich unaufhaltsam ausbreitet.

»*Deach* metastasiert wie ein Krebsgeschwür«, brummelte er, das arabische Akronym für den ISIS verwendend, und Ken wusste beim besten Willen nicht wo, wie und wie rasch ein Gegenmittel zur Verfügung stand, um den Gotteskrieger-Terror einzudämmen. Er machte sich auch keine Illusionen, dass man in Washington, London, Brüssel oder weiß wo klüger war, wenn es darum ging, eine effiziente, ebenso tödliche, ebenso skrupellose Gegenstrategie anzuwenden.

Michael rieb sich gedankenversunken das Kinn. »Du meinst, Labitzke könnte sich zum Statthalter von Norditalien aufschwingen?«

Ken schürzte die Lippen, bevor er sprach: »Du bist der Spezialist im Kampf gegen Terrorismus. Du weißt also, dass du immer vom schlimmsten Szenario ausgehen musst, wenn du deine Kampfmittel bereitstellst.«

Michael wollte noch etwas loswerden, aber Ken stand bereits an der Tür. »Ich verfasse ein Memo darüber, du findest es im Intranet. Wir müssen die Operation Locarno vorantreiben.«

Die beiden Coopers verabschiedeten sich voneinander.

Da Ken unerledigte Sachen hasste, verfasst er das Memo noch im Fonds seiner Limousine und sandte es vor dem Lunch an die Empfänger:

Memorandum
An: MC, Chef Op, Chef Nachrichten
Von: KC
Betr.: Terror in der Südschweiz
Mike: Als Afghanistanveteran musst du mir Recht geben. Militär bleibt Militär, oder nicht? Ein Offizier der Bundeswehr operiert nach den antrainierten Regeln. Er hält sich an taktische Grundsätze. Der Mudschaheddin hat die Guerillataktik im Blut. Er weiß, was Sowjets und Amerikanern den Garaus gemacht hat. Die Taktik funktioniert überall auf der Welt. Gehen wir mal von meiner These aus, dass Labitzke, oder wie er jetzt heißen mag, tatsächlich zu den Dschihadis-

ten übergelaufen ist. Dann ist er brandgefährlich, weil er beides verkörpert: Militär und Guerilla. Wenn der Killer am Strand von Libyen der ist, den ich meine, verfolgt er einen perfiden Plan. Wie sieht er aus? Wenn er tatsächlich ausgebildete Killer wie Halit Ghashi gewonnen hat, wie wir aus Informationen des MI6 folgern dürfen, ist Labitzke ein Topterrorist. Sein Werdegang, die Sprachkenntnisse, die Kampferfahrung, all das macht ihn zu einem Führungsmitglied des sogenannten »Islamischen Staats«. Wenn ich Recht habe, sind seine Vorbereitungen bereits weit fortgeschritten. Mein Bauchgefühl sagt mir, dass er es auf die Schweiz abgesehen hat. Die NATO müsste in Italien präventiv eingreifen. In der Theorie erfasst die NATO zwar die Gefahren im Süden gleichermaßen wie die veränderte Bedrohungslage im Osten. Aber die südeuropäischen Alliierten beklagen sich. Allen voran die Italiener. Nach ihnen vernachlässigt das Militärbündnis den südlichen Raum, weil es auf die Ukraine fokussiert ist. Die Betreiber einer Terrorzelle in der Südschweiz brauchen die NATO noch weniger zu fürchten, weil wir nicht Mitglied der Allianz sind, die NATO somit auf Schweizer Territorium nicht operieren wird. Wir wissen, dass gegen eine Million Migranten von Libyen nach Italien strömen. Darunter befinden sich nach Schätzungen des MI6 Hunderte von ausgebildeten oder potentiellen Terroristen.

***

Rückblick: Im Bundeswehrcamp Khilagay in Afghanistan
Draußen vor der Villa betrat Muller das Ein-Meter-Sprungbrett, blickte über den Luganersee, hechtete in das vom Glasfilter kristallklar gereinigte kühle Nass, machte ein paar Züge unter Wasser, fasste auftauchend nach der Haltestange und schwang sich hinaus. Er setzte einen alten Strohhut auf, fiel in einen Strandkorb, trank Mineralwasser. Die Mittagssonne brannte auf das blauweiß gestreifte Stoffdach. »Charon« nannten ihn seine Gefolgsleute ehrfurchtsvoll, nach dem düsteren Fährmann, der in der griechischen Mythologie die Toten für einen Obolus über den Totenfluss setzte, damit sie ins Reich des Herrschers der Unterwelt, Hades, gelangen konnten.

Er hatte noch gute zwei Stunden Zeit. Er lehnte sich zurück und grübelte einmal mehr seiner Vergangenheit nach …

… Sanfte Hügel, hellgrün und braun, wo sie schräg abfallen, dunkelgrün auf den steilen Schattenseiten, dazwischen ein weißes Band wie Sand, der Talboden. Er schlängelt sich dahin, verliert sich in den höher liegenden, immer noch sattgrünen Bergen ohne Bäume, überragt von steilen hohen Felswänden eines kargen Gebirgszugs, darüber hellblauer Himmel.

»Dort oben im Gebirge sitzen sie«, sagt der wachhabende Außenposten, ein junger Gefreiter, zu seinem Kameraden.

Dieser schaut über den Lauf des Bordmaschinengewehrs auf die trügerische Idylle. »Dort hinten wird schon wieder geschossen«, brummt er missmutig, als der befestigte Geländewagen, ein Mercedes G mit der Kennzeichnung für den Afghanistaneinsatz, am Radschützenpanzer vorbeifährt und neben dem Betonbau der Küche parkt.

Oberleutnant Labitzke nimmt seine Tasche vom Beifahrersitz, klettert aus dem schweren Kommandofahrzeug und spaziert gemächlich zum niederen Gebäude des Kommandopostens. Das kleine Bundeswehrcamp Khilagay in Nordafghanistan steht vor der Abwicklung. Noch etwa drei Monate würde der Außenposten betrieben, bevor das Lager abgebaut wird, schätzt Labitzke, als er an einer verlassenen Bierbank vorbeischreitet.

Hinter dem Kommandoposten lagen die Kantonnemente, das Kleindeutschland. Die Truppe hatte mit gelben Ortstafeln ihre Herkunft signalisiert: Ingolstadt, Erlangen, Mainhausen war auf den nahegelegenen Schildern gut lesbar, als Labitzke vor dem Kommando stand, hellwach um sich schaute.

Um vier Uhr nachmittags war das Camp verlassen wie der Biertisch. Weiter hinten beugte sich ein Soldat in den Motorraum eines durch Feindfeuer übel zugerichteten Lastwagens. Sonst war keiner zu sehen.

Oberleutnant Labitzke tritt in den klimatisierten Kommandoraum, zieht die Tür hinter sich zu.

»Soll ich abschließen?«, fragt er, auf den Schlüssel deutend, der innen im Schloss steckte.

»Nein, warum auch?«, murrt der Hauptmann, der hinter dem Schreibtisch aufgestanden ist, seine Jacke straffzieht. Das Namensschild über der Brusttasche identifiziert ihn als Fritz Neumann. Er war Nachrichtenoffizier.

Labitzke schlenkert mit der Hand zum Tisch mit den ausgelegten Einsatzkarten, deutet mit dem kräftigen Kinn auf die Computer. »Es ist immerhin die Nachrichtenzentrale des Camps. Da sollte nicht jeder einfach so hereinspazieren können.«

Der Hauptmann knurrt Unverständliches. »Nimm Platz. Ich habe den Auftrag, dir ein paar Fragen zu stellen?«

Labitzke bleibt stehen, zieht die Brauen hoch. »Aha, warum und über was?«

»Nimm es nicht zu leicht, ich warne dich. Es gibt belastendes Material gegen dich«, sagt der Nachrichtenoffizier bedeutungsschwanger und zieht eine Akte heran, streckt sie vielsagend in die Höhe. »Vom Brigadekommando.«

Labitzke nickt, als sei er beeindruckt, bleibt neben dem Besuchersessel stehen. »Na, dann, schieß los. Wird wohl wieder so ein verdammter Ukas sein.«

Der Hauptmann schüttelt den Kopf. »Es geht um deine Kontakte mit den Taliban. Ich muss eine Untersuchung eröffnen.«

Labitzke schnaubt verächtlich.

»Du triffst dich also mit Talis, wenn du nach draußen gehst?«, beginnt Hauptmann Neumann förmlich und presst die Lippen zusammen.

»Nicht immer, aber immer öfter.«

»Das ist unglaublich, das ist …«

»Sag's schon! Verrat?«

Neumann nickt bloß, wiegt die Akte in seinen Händen. »Da drin steht einiges über dich. Nicht gut. Du hast uns verschwiegen, dass du einst als Mudschaheddin gekämpft hast.« Er macht eine ausschweifende Armbewegung. »Da, in Afghanistan.«

Labitzke lächelt süffisant. »Das war am Ende, gegen die Russen. Vor langer Zeit.«

»Die haben dir einiges beigebracht, nehme ich an?«

»Man lernt schnell, wenn dir die Kugeln um die Ohren pfeifen, Fritz. Wer zuerst schießt, hat gewonnen. Es gab diese perfiden Minen, die Raketengeschosse von den Helis … Wer überlebt hat, galt als Elitekämpfer.«

Neumann verzieht abschätzig die Mundwinkel.

»Was soll der ganze Scheiß? Ich bin Übersetzer, die Gefangenen sind nun mal nicht Stuttgarter Chorknaben.«

»Du hast draußen Kontakte mit Taliban gehabt. Streng untersagt.«

»Wer sagt das?«

»Steht hier drin.« Er pocht auf das Dossier.

»Dass ich nicht lache. Vor ein paar Jahren gab es in Zürich ein geheimes Treffen zwischen dem BND und ein paar Taliban. Man wollte sie als politische Kraft gewinnen.«

Hauptmann Neumann streift sich übers Kinn. »Was der Bundesnachrichtendienst 2005 gemacht hat, geht uns nichts an. Die operieren auf einer höheren Ebene. Übrigens wurde damals nichts aus den Gesprächen. Die Taliban wollten sich nicht von Al-Qaida distanzieren. Und genau das ist der Punkt, Andreas Labitzke, Taliban gleich Al-Qaida. Du machst gemeinsame Sache mit den Terroristen.« Er macht eine kurze Pause, während sein Gegenüber vorsichtig einen Schritt auf das Tischende zu macht.

»Wir haben festgestellt, dass deine Rapporte über die Verhöre durchwegs kaum etwas hergeben. Nur banale Schilderungen, harmloses Zeugs ...«

Der Oberleutnant zuckt mit den Schultern. »Ihr habt eben die Falschen erwischt, das ist nicht mein Problem.«

Neumann setzt sich, schlägt die Fäuste gegeneinander. »Dann deine Ausflüge mit den Erkundungstrupps. Im eigenen Fahrzeug. Was willst du dort draußen? Du bist Übersetzer, gehörst zum Nachrichtenstab, und der arbeitet hier drinnen und nicht draußen.«

»Wie soll ich denn wissen, was ich die Gefangenen fragen muss, wenn ich nicht sehe, was draußen läuft?«

»Also, du hast mir eben gestanden, für die Taliban zu arbeiten? Ich kann es kaum fassen. Du ruinierst alles, deine Karriere ...«

Labitzke steht jetzt neben dem Telefon, einem feldgrauen Tischapparat, prustet. »Karriere? Dass ich nicht lache. Ihr gebt mir nicht einmal den Hauptmannsgrad. Ich bin doch ein Unterhund erster Klasse. Ich muss ja auch wissen, wo die Operationen stattfinden. Man spricht nicht überall Paschtun. Es gibt Dialekte. Je nachdem biete ich dann die richtigen Übersetzer auf.«

Hauptmann Neumann stößt einen Seufzer zur Decke: »Ich tue nur meine Pflicht, Andreas. Das Brigadekommando will Klarheit. Die Amerikaner machen Druck. Es ist anscheinend die CIA, die dir auf die Spur gekommen sein will. Ich weiß nicht, was ich sagen soll. Die haben alle deine früheren Kontakte ausgegraben. Sieht gar nicht gut aus.« Er pocht wieder auf das Dossier.

Labitzke stiert den Nachrichtenchef böse an. »Was geht euch das an, verdammt?«

Der Hauptmann erhebt die Stimme um eine Tonlage. »Die werden es schon wissen.« Er trommelt mit den Fingern auf dem Aktendeckel. »Die Beförderung kannst du dir allerdings irgendwo hinstecken. Sie werden dich degradieren.«

Oberleutnant Labitzke mimt den Gelangweilten. »Was machst du jetzt? Wieso bist du eigentlich allein? Bei solchen Konfrontationen ist doch die Anwesenheit eines Zweiten vorgeschrieben.«

Der Hauptmann rutscht ungehalten auf dem Stuhl herum. »Der Major ist im Feldeinsatz. Unterwegs nach Kunduz. Kommt erst morgen zurück, und ich wollte zunächst mal abtasten. Aber du bist mir eben mit der Tür ins Haus gefallen. Dieses freimütige Geständnis. Kollaboration mit dem Feind. Ich rufe jetzt die MP. Du weißt, wie es läuft.«

Er zieht lächelnd ein paar Handschellen aus einer Schublade und schwenkt sie in der Luft herum.

»Mach, was du nicht lassen kannst«, tut Labitzke ungerührt, innerlich gespannt wie eine Feder.

Dann, als sich der schmächtige Nachrichtenchef erhebt, sich über den Tischapparat beugt, um die Kurzwahl der Militärpolizei einzutippen, springt der Oberleutnant heran, fasst mit einer Hand blitzschnell nach dem Kinn des Überrumpelten, stößt ihm das Knie heftig in den Rücken, reißt ihn brutal zurück.

Neumann lässt entsetzt den Hörer fallen, will schreien, doch die scharfe Klinge an seiner Kehle erstickt den Schrei.

»Das habe ich bei den Taliban gelernt«, keucht der Angreifer leise und drückt die Klinge in die Haut seines Opfers, dass Blut rinnt. »Knie nieder. Los, mach schon!«

Labitzke dreht dem Hauptmann die Arme auf den Rücken, fesselt sie mit den Handschellen, die für ihn bestimmt gewesen wären.

»Ich töte dich nicht so.«

Er fasst nach dem Sturmgewehr im Rechen, schlägt dem gebeugten Offizier den Gewehrkolben über den Schädel, sodass er lautlos auf die Seite fällt. Labitzke reißt ihm einen Fetzen Diensthemd vom Leib und knebelt ihn damit.

Danach atmet er mehrmals durch, zieht ruhig den Fotoapparat aus der Tasche. Die kleine schwarze Canon, die er immer dabeihat, kommt ihm jetzt sehr zupass. Er fotografiert die Karten auf dem Kartentisch und die mit Magneten an der breiten Rückwand befestigten.

Sich umschauend entdeckt er den Server. Sein USB-Stick hängt an einer dünnen, silbernen Halskette und steckt rasch im Schlitz des Computers. Der Bildschirm zeigt ihm eine Menge Daten an, die alle klassifiziert waren. Ein Ordner »Joint Operations« sticht auf dem Desktop heraus. Labitzke zieht ihn ohne zu zögern auf seinen USB-Datenträger hinüber.

Fahrzeuglärm, der näher kommt, zwingt ihn, auf das weitere Abfischen von Daten zu verzichten. Er wartet, bis alles kopiert ist, dann hängt er den Stecker wieder an den Hals und schreitet zur Tür. Dort legt er drei Würfel Sprengstoff, die normalerweise für die Vernichtung von Blindgängern verwendet werden, auf den Boden, steckt den Zündstift hinein, entfacht mit dem Feuerzeug die Ein-Minuten-Zündschnur und schiebt die Ladung unter den Computertisch.

Vorsichtig öffnet er, schaut sich um. Kein Fahrzeug, keine Truppe in Sicht. Das Rattern des Kettenfahrzeugs ist verklungen. Der Biertisch steht immer noch verlassen da. Ein Bündel Wegweiser am Pfahl neben dem Eingang zur Mannschaftskantine zeigt nach Peshawar, Bairawies, Hamburg. Labitzke zieht den Schlüssel aus dem Schloss, dann tritt er mit gesenktem Kopf hinaus, macht zu. Ohne abzusperren. Wozu auch?

Er steigt in den Mercedes G, der für Kriseneinsätze zugeschnitten war, startet den Motor, fährt ruppig los. Die Panzerung wird ihn vor Minen und Gewehrbeschuss schützen. Er hat den Außenposten in einer Staubwolke knapp passiert, als er die Detonation hört. Im Rückspiegel sieht er Qualm aufsteigen. Es wird einige Stunden dauern, bis die Ermittler der Militärpolizei erste Schlüsse aus der Verwüstung am Tatort ziehen werden. Genau die Zeit, die Oberleutnant Andreas Labitzke braucht, um der Bundeswehr für immer den Rücken zu kehren. Sie hat ihn ja auch wie einen subalternen Stabsfritzen gedemütigt, und als Instruktor seiner Freunde in den Hochtälern bekommt er drei Mal mehr bezahlt, als der Sold eines Majors beträgt. Das Terrornetzwerk hat Unmengen Geld. Er ist jetzt ihr Söldner, was er schon bei den Mudschaheddin gewesen ist. Er hat eine Aufgabe, die ihn wieder erfüllt, und Leute wie er sind begehrt: Bundeswehroffizier, amerikanische Schulung, dann seine Sprachen: Deutsch, Englisch, Italienisch, Arabisch und Paschtun. Er hat eine hohe Stufe erklommen in der militärischen Division des Islamischen Staats. Der Kalif genannte Chef könnte ihn gar zum Kommandant West ernennen und ihn in seine Pläne einweihen …

Labitzke steht mitten drin, und er hatte seine eigenen großen Pläne …

***

Flugplatz Magadino, Kanton Tessin, Donnerstag, 17:00 Uhr
Jessica Ponte war eine Ausnahme. Die junge Kriminalistin war die einzige weibliche Dienstchefin im Kommando. Die Tessiner Kantonspolizei hatte zwar eine größere Anzahl Frauen im Dienst, aber meistens sah man sie auf den Straßen, wenn es Unfälle oder Verkehrskontrollen gab.

Jessica lehnte sich in ihrem Stuhl zurück. Sie lächelte Ken Cooper an. Sie sah auf die Schreibtischplatte hinunter. Dann wanderte ihr Blick zur pastellgrün gestrichenen Wand. Ein paar gerahmte Fotos hingen dort. Auf einem stand sie umrahmt von zwei FBI-Agenten. Selber trug sie ebenfalls eine dunkelblaue Jacke mit den drei weißen Buchstaben FBI. Das war vor einem Jahr gewesen, bevor es sie nach der Spezialausbildung in Quantico wieder in die Südschweiz zog. Sie wirkte kräftig auf dem Bild.

Jessica hielt ihre Kaffeetasse in der Hand, führte sie aber nicht zum Mund. »Sie waren doch auch mal FBI? Oder CIA?«

Ken Cooper bemerkte Jessicas sorgenvollen Gesichtsausdruck.

»Wir sind total ausgepowert, Ken. Darf ich Ken zu Ihnen sagen? Danke. Das Schlimmste ist, niemand weiß genau, was eigentlich passiert.« Sie nahm einen Schluck Kaffee und fuhr gleich weiter: »Es gibt illegale Grenzübertritte, dann diese Überfälle, zwei Grenzer werden ermordet, bisher zwei versuchte Enthauptungen. Die Opfer sind verblutet. Haben wir es mit einem Terrornetzwerk zu tun? Warum diese plötzliche Gewaltwelle?«

Sie schaute kurz auf den Bildschirm schräg vor ihr, schürzte die Lippen. »Und jetzt das auch noch?«

Ken zog die Brauen hoch.

»Einbruch in ein Zeughaus der Armee. Diebstahl von Waffen und Munition.« Sie lehnte sich zurück. »Warum sind Sie eigentlich zu mir gekommen?«

»Ihr Boss ist busy. Hat keine Zeit für mich. Ringt mit Bern um Verstärkung durch das Militär, so viel ich höre.«

Sie nickte resigniert. »Sie wissen mehr. Sie sind Geheimdienst, Ex-U.S.-Ranger, Doppelbürger ... und jetzt habe ich die Ehre ...«

Er winkte ab. »Worum es geht, fragen Sie?« Er schien zu überlegen, wollte aber die Kriminalistin möglichst pointiert informieren, auch wenn vieles noch unbestätigt war.

»Also, es geht um einen Muller, genannt Charon, vermutlich ein desertierter Bundeswehroberleutnant. Er hat nach meiner Überzeugung Männer in die Südschweiz geschickt. Sie wollen sich im schwach verteidigten Südzipfel des Kantons festsetzen.«

Jessica schwieg einen Moment lang. »Wenn Sie von Männern sprechen ...«

»Mordkommandos. Hochqualifizierte Agenten, abgebrühte Söldner. Eine paramilitärische Truppe. Sie operieren in Stoßtrupps von unbestimmter Stärke. Gut gemischt. Darunter befinden sich fanatische Mitläufer, junge Konvertiten. Verblendete.«

»Woher haben Sie diese Informationen?«

»Wir haben noch mehr. Fedpol hat vor ungefähr einer Woche in der Westschweiz zwei Araber festgenommen, die mit dem Auto im Wallis unterwegs waren. Wollten über den Simplon.«

»Auf dem Weg nach Italien?«, fragte Jessica.

»Ja, oder ins Tessin. Die beiden waren bewaffnet und führten einen Haufen Unterlagen mit sich. Landkarten, Straßenkarten von der Südschweiz und Oberitalien. Darauf waren Objekte eingezeichnet, Zeughäuser, Kasernen, Polizeiposten und so weiter.«

»Warum wissen wir nichts davon?

Ken zuckte mit den Achseln. Er hätte eine Antwort gewusst. Aber Jessica sprach sie gleich selber aus: »Das Tessin wird grob vernachlässigt. Wir sind das gewöhnt. Deshalb wird Bern auch kein Militär zum subsidiären Ordnungsdienst abkommandieren.«

Ken nickte verständnisvoll. »Deshalb haben wir beschlossen, Sie einzubinden. Wir verfügen über eine gute Struktur.«

»Sie reden in Rätseln, Ken.«

»Alte Gewohnheit«, grinste er. »Wir nehmen den Kampf gegen diese Terrormiliz auf. Militär hin, Polizei her. Man muss jetzt handeln.«

»Und was soll ich tun? Was erwarten Sie von der Kantonspolizei?«

Er stand auf. Als seine Hand bereits auf dem Knauf lag: »Ich will, dass Sie jetzt gleich mit mir kommen.«

Sie starrte ihn einen Moment lang an. Sein Blick erfasste das gerahmte Foto mit der FBI-Gruppe. Er grinste schelmisch. »Kommen Sie, hier drinnen kann ich nicht darüber sprechen.«

Jessica hatte bereits das Gürtelhalfter mit der Glock 19 umgeschnallt, nahm die Jacke vom Haken und eilte hinter Ken hinaus.

***

Jessica Pontes Büro befand sich in einem länglichen Gebäude der *Polizia Cantonale* an der Via Bossi in Lugano. Sie fuhren im Lift in die unterirdische Garage, wo Jessica auf einen schwarzen Volvo zuging, der, wie sie erklärte, für verdeckte Operationen zur Verfügung stand.

Cooper stieg neben ihr ein, schnallte sich an. Während sie die Rampe hoch und hinaus auf die Straße manövrierte, überschaute er die Geräte über der Mittelkonsole. Der Dienstwagen war mit dem letzten technischen Schnickschnack ausgerüstet: Funk, Telefon, Radar, GPS, Minicomputer.

»Wohin?«, fragte Ponte, als sie die Kurve in den Corso Pestalozzi schnitt, als hätten sie es eilig.

»Autobahn.«

»Nord oder Süd?«

»Wir fahren über den Ceneri nach Locarno.«

Jessica Ponte meisterte den Verkehr mit einer abenteuerlichen Fahrweise. Ohne das Blaulicht auf das Dach zu setzen, fuhr sie schneller als die Polizei erlaubte, überholte, bog bei Rotlicht rechts ab, scheuchte Fußgänger weg, bog in eine Einbahnstraße. Cooper stemmte vorsorglich die Füße gegen die Matte, sagte nichts. *Wenn Ponte Dienstvorschriften auch so locker missachtet wie Verkehrsregeln, handelt sie sich bei ihren Chefs eher früher als später Probleme ein …*

»Aufgepasst! Abkürzung«, warnte Jessica grinsend, bog scharf in einen verlassenen Werkhof, durchfuhr eine leere, hohe Halle, deren

Tore weit offenstanden, kam auf der andern Seite heraus und holperte über eine kurze Böschung auf die Via S. Gottardo. »Du musst kreativ fahren«, meinte sie stolz und beschleunigte. »Was machen wir in Locarno?«

Alles zu seiner Zeit. Bei dieser Spritzfahrt müssen wir zuerst dort ankommen ...

Cooper antwortete mit einer Frage. »Sie sind jetzt schon ziemlich lange im Dienst der Kantonspolizei. Wie kommen Sie als Frau in dieser Machowelt zurecht?«

Sie warf ihm einen belustigten Blick zu. »Rambo-Welt wäre passender. Nun, es ist nicht einfach in diesen Breitengraden. In den USA ging es mir wunderbar. Da fühlte ich mich voll akzeptiert. Hier hinken wir noch deutlich hinterher, was die Akzeptanz von Polizistinnen betrifft. Vor allem, wenn sie bewaffnet sind.«

»Ich verstehe. Martialisches Auftreten passt nicht zum femininen Bild, schon gar nicht zu Sex und Fun.«

»Männer schauen mir zuerst in die Augen, dann etwas tiefer auf die ... ja, wo Sie eben auch gerade hingucken, dann auf die Waffe. Von ihrem Gesicht kannst du es dann ablesen: Kann die Tussi damit umgehen? Trifft sie auch etwas? Knallt wohl mit geschlossenen Augen.«

Cooper betrachtete den vollen, dunkelblonden Haarschopf, den ein Gummiband zu einem Rossschwanz bändigte. »Treffen Sie?«

»Ich bin im Training und bei Wettkämpfen ungefähr im Mittelfeld. Schieße immer noch besser als einige unserer Großmäuler. Aber als Frau muss ich Spitze sein. Nicht nur mit der Waffe, auch im Nahkampf.«

»Sie meinen Raufereien?«

Sie nickte. »Wenn sie dir zu nahe kommen oder dich ignorieren, dann musst du handgreiflich werden. Das meine ich mit Nahkampf. In Quantico drillten sie uns, sofort zuzugreifen, also den ersten Schlag zu landen, und zwar massiv, bevor der Gegner sich bewegt ...«

»Ich weiß. Ist auch meine Regel. Aber es setzt Geistesgegenwart voraus und Courage ...«

»Das traut man uns Frauen nicht zu im Korps. Darum muss ich zehn Mal besser sein als meine Macho-Bullenkollegen. Sie waren beim Militär, Ken?«

»Richtig.«
»Wie war's dort?«
»Ziemlich gut im Allgemeinen. Ich habe gute Erinnerungen und nichts auszusetzen. Abgesehen vom Üblichen.«
»Und das wäre?«
»Das Gleiche wie bei Ihnen, da bin ich sicher. Diese Kaskade von Bockmist, die von höheren Offizieren, die nichts Gescheiteres zu tun haben, herunterfällt.«
Sie lächelte, nahm die Kurve der Einfahrt zur A 2 ungebremst, sodass Cooper in Schieflage geriet.
»Bei uns im Korps ist es ähnlich«, sagte sie. »Papierkrieg, Direktiven hier, pingelige Anweisungen dort ... ziemlich nervig. Aber ich meinte eben den Nahkampf.«
Cooper qualifizierte sich nicht als kreativer Autofahrer wie Jessica, aber sonst in allen Disziplinen, wo es darauf ankam. Einschließlich Nahkampf oder unbewaffneter Kampf. Was wie eine nützliche Qualifikation klang, war es aber nicht. Im Militär ging es darum, heiße Feuerwaffen mit minimalem Risiko für sich selber einzusetzen. Mit anderen Worten, den Burschen auf der anderen Seite auf möglichst weite Distanz mit Gewehren abzuschießen oder, wenn es nicht klappte, ihn mit einer Faustfeuerwaffe näher zu erledigen. Wenn's im Gefecht zum Nahkampf kam, war bereits vieles schiefgelaufen. Zudem gab es keine gültigen Richtlinien in den Handbüchern, wie der unbewaffnete Kampf geführt werden sollte. *Martial Arts* funktionierten nicht im Gefecht. Judo und Karate nützten nichts ohne Matten und Schiedsrichter. Nahkampf war eigentlich nur Prügelei, wie in einer Bar.
Cooper spähte auf den Tachometer. Der Volvo überholte mit 150 km/h den langsameren Verkehr auf der rechten Fahrbahn. Das Portal des Monte Ceneri Tunnels flog buchstäblich auf sie zu. Der Ceneri Pass teilte die Gebiete von Sotto Ceneri mit Lugano und Sopra Ceneri, wo Locarno lag.
»Das militärische Prinzip lautet, die Reichweite der Waffen auszunützen«, sagte Cooper ins Rauschen der Tunnelröhre. »Man hält sich den Gegner auf Distanz, vernichtet ihn, bevor er dir auf den Leib rückt. In der Armee vermeiden wir den Nahkampf.«
»Funktioniert es auch im Kampf gegen Terroristen?«
Es ging um den asymmetrischen Krieg, ein Staat gegen eine Terror-

organisation, eine Berufsarmee gegen mobile, zum Selbstmord bereite Angreifer, die abrupt aus unserer Mitte auftauchten.

»Es funktioniert, wenn wir fähig sind, selber den Ort der Entscheidung zu wählen.«

»Wie soll das gehen?«

»Mit Aufklärung und Nachrichtenanalyse. Überwachung der Telekommunikation, des Internets. Sobald wir wissen, wo der gesuchte Terrorist sich aufhält, oder eine Gruppe, schlagen wir zu. Nicht vorher. Erst wenn Ort und Zeit zu unserem Vorteil sind. Zum Beispiel, wenn die Zielperson aus dem Restaurant kommt … Wumm, die *Hellfire*-Rakete der Drohne trifft die Karre, in die unser Ziel eingestiegen ist, und äschert ihn ein. Wir nutzen Kommunikations-Hightech und Reichweite der Waffen und wählen den besten Killing Ground …«

»Wollen Sie das bei uns etwa auch praktizieren? Drohnenkrieg?«

Cooper nickte. *Drohneneinsatz in der Südschweiz scheiterte an der fehlenden Ausrüstung. Die Armee hatte nur Aufklärungsdrohnen. Nicht nur an dem haperte es, es gab auch kein Konzept gegen den Bandenkrieg und für die Terrorismusbekämpfung.*

»Es gibt Pläne, Polizei, Grenzschutz und Armee in einer rasch einsetzbaren Sonderbrigade zu integrieren, mit Einschluss der Luftwaffe und Cyberkommandos. Letztere befassen sich mit Telefon, Internet, Codierungs-Apps, Social Media, Lauschangriffen.«

Ponte sagte nichts.

Cooper Partners hatten dem Verteidigungsminister detaillierte Pläne für den Aufbau einer Anti-Terror-Brigade unterbreitet. Der Vorschlag enthielt die Ordre de Bataille, Angaben zu Hightech-Ausrüstung, Führung und Einsatz … Cooper machte sich aber keine Illusionen, dass ihr Geheimdossier ernsthaft geprüft würde. Die Armeeführung weiß es immer am Besten und lässt sich von externen Profis nicht dreinreden …

»Es ist höchste Zeit, dass wir aufrüsten«, sagte Cooper. »Schauen Sie nach Frankreich. Die Franzosen haben Armee, Nationalgarde und Polizei längst in schlagkräftige, sehr bewegliche Einheiten integriert. Sie können so auf Terroranschläge innert Minuten reagieren.«

»Unsere Mühen und Opfer in diesem Krieg waren vergebens«, murmelte Ponte. Etwas lag in ihrer Stimme. Cooper schaute gedankenversunken nach vorne, sagte nichts.

***

Sie hatte über Ken Cooper recherchiert. Seine Leistungen galten in Polizei- und Sicherheitskreisen als vorbildlich, und jede ambitionierte Kriminalistin wie Jessica träumte davon, einst mit einem derart prominenten Profi brillieren zu können. Sie bewunderte ihn heimlich.

Jessica Ponte steuerte den schwarzen Volvo gezwungenermaßen gemächlicher über die überlastete Landstraße, die nach Locarno führt. Die Tessiner hatten es seit Jahren nicht fertiggebracht, Locarno mit einem Autobahnanschluss aufzuwerten. Naturschützer opponierten dagegen, weil die fruchtbare Magadino Ebene verunstaltet würde. Dort lag allerdings mitten drin seit ewiger Zeit ein Flugplatz, früher im Kalten Krieg ein Stützpunkt der Luftwaffe. Heute tummelten sich auf der Anlage Segler, Fallschirmspringer und Hobbypiloten mit ihren Zweisitzer-Propellermaschinen. Die Rettungsflugwacht betrieb einen Heli-Landeplatz.

Cooper redete nicht um den heißen Brei herum. Als sie hinter einem Lastwagen verlangsamte, sprach er deutlich: »Was ich Ihnen jetzt sage, haben Sie nie gehört.« Sie zuckte unter seinem harten Blick aus den stahlblauen Augen zusammen, sagte nichts.

»Sie sind attraktiv, Jessica. Aber ich sehe Sie nicht als Frau, sondern als Kriminalistin im Sondereinsatz, habe ich mich klar ausgedrückt?«

Sie schätzte ihn gelassen ab. Der Bursche sah auch nicht schlecht aus. Sicher ein Charmeur. Nicht dickleibig, aber mit knuffigem Bauch. Dafür gibt es jetzt einen coolen Begriff: Dad Bod. Wie Leonardo DiCaprio einen hat. Sie kicherte in sich hinein.

»Was gibt's?«, fragte Ken hinüberschielend.

»Ebenfalls«, fasste sie sich. »Ich denke auch nicht daran.« Neckisch machte sie eine Kopfbewegung, die auf seinen Bauch deutete. »Übrigens, mit Ihrem Bauch entsprechen Sie voll dem Schönheitsideal.«

Cooper zog stirnrunzelnd den Bauch ein. *Spinnt die jetzt …*

»War als Kompliment gemeint. Leichter Bauchansatz, wenig Muskeln, das ist jetzt in.«

Cooper schaute verstört herüber. Aber Jessica lächelte. An ihrem neuen Partner gefiel ihr der Dad Bod jedenfalls besser als ein

Waschbrettbauch. Welche Frau will schon einen Kerl, der aussieht wie eine Mischung aus Profi-Turner und Pornodarsteller.

»Ich nehme an, Sie sind nicht verwanzt. Sonst bringe ich Sie um«, sagte Cooper mit barsch klingender Stimme. Jessica wusste, es war keine leere Drohung. Die von ihm Getöteten konnte er vermutlich selbst nicht mehr zählen. »Sie sollten mich besser abtasten, statt mir zu trauen.«

»Wer sagt, dass ich Ihnen traue?«

Sie starrte wortlos nach vorne.

»Es geht um eine Entführung. Die Tochter von Louis de Pourtales ist gekidnappt worden.«

Während der Volvo im stockenden Verkehr langsam vorwärtskam, erzählte er ihr in präzisen Sätzen alles, was er wusste. Die Hintergründe, die Familienverhältnisse, von den militanten Muslimen aus dem Umfeld der Bieler Moschee.

»Ich wollte nur, dass Sie Bescheid wissen. Das ist alles. Oder fast alles. Die Waffenlieferung an die Entführer erfolgt in einer halben Stunde auf dem Flugplatz Magadino.«

Ihre Augen weiteten sich. »Das glauben Sie doch selber nicht?«

»Doch.«

»Dann können wir die ja voll hochnehmen.« Sie schlug gleich die Hand zum Mund. »Nein, natürlich nicht …«

»Eben, die Bande hat Alice in ihrer Gewalt. Wir können nur zuschauen und Informationen sammeln. Vielleicht machen sie einen Fehler. Sie machen immer irgendwann einen Fehler.«

Kens Gedankengang wurde durch das Vibrieren seines iPhones unterbrochen. Er zog es aus der Brusttasche, hielt es ans Ohr.

»Hallo, Cooper, Sacha Bloch«, hörte er laut und deutlich.

»Deine Stimme ist unverkennbar, Sacha, an was bist du dran?« Zu Jessica schielend, schirmte Ken das Mikrofon mit der Hand ab. »Es ist Bloch, vom BLICK. Ein Spürhund …«

»Mich interessiert, an was *du* dran bist, Ken. Ihr seid der ISIS auf der Spur. Stimmt's?«

»Wie kommst du darauf?«

»Ich weiß, du bist im Tessin.«

»Das Tessin ist voll von Touristen.«

»Na, komm. Du bist kein Urlauber.«

»Was weißt du denn über die ISIS?«

»Ich weiß, dass über Banken in Lugano Geld an die Hamas und die Hisbollah fließt.«

»Dann hast du ja deine Story. Mich interessiert die Hamas nicht.«

»Eben, Ken. Ich weiß, dass du Louis de Pourtales getroffen hast. Er liefert Waffen in den Libanon. Vielleicht gehen die Waffen weiter an die Hamas oder wer weiß wohin. Was sagst du jetzt?«

»Kann ich leider nicht bestätigen.«

»Na, schön. Aber mit Pourtales bist du im Kontakt. Worum geht es?«

»Sacha ... Entschuldigung.«

»Ja, ja ... Komm schon.«

»Das sagst du jetzt zum zweiten Mal. Willst du, dass ich mein Berufsgeheimnis verletze? Wenn ich etwas darüber in Erfahrung bringe, das nicht meinen Auftraggeber betrifft, bis du der erste, der es erfährt. Okay?«

»Also ist Pourtales der Auftraggeber?«

»No comment, Sacha. Ich muss das Gespräch beenden.« Er steckte das Telefon ein. »Puh, der Bursche ist hartnäckig. Wo sind wir steckengeblieben?«

Jessica Ponte sagte nichts, blickte nachdenklich voraus, lenkte den Volvo auf die Zufahrt zum Flugfeld.

Sie sah ihren Freund vor sich. Ein Schweizer. Moslem. Sie zweifelte keinen Moment daran, dass Ken über ihre Beziehung Bescheid wusste. Birgin Madisch war Arzt im Kantonsspital. Chirurg. Er gab sich moderat. Selten sprach er über seine Religion. Er machte ihr sexuell auch keine Avancen. Darunter litt Jessica nicht einmal, er durfte ihr aber nicht entgleiten. Verstohlen schielte sie zu Ken hinüber. Der war ein ganzer Mann, auch ihr Birgin hätte diese Qualitäten ...

Neulich, in einem Restaurant in Bellinzona, entsprang ohne besonderen Anlass eine Diskussion beim Abendessen.

»Was sagt dein Koran eigentlich zu diesen Gräueltaten überall. Enthauptungen, grausame Ermordungen, Verbrennungen bei lebendigem Leib?«, fragte sie.

Birgin legte sein Besteck ab, nahm einen Schluck Apfelschorle. »Der Koran spricht von dem, was du erwähnst, aber er gibt keine Lösungen.«

»Ich verachte deinen Koran«, entfuhr es ihr. Birgin blieb still. Erst nach einer Weile fand er wieder Worte. »Ich finde es auch furchtbar. Ich schäme mich. Immerhin Folgendes. Weißt du, die Amerikaner haben in den Südstaaten ihre ›Nigger‹ gelyncht. Nicht nur, das war noch human, sie folterten sie, einem stachen sie die Augen aus, steckten ihm ein brennendes Eisen in den Hals, schnippelten ihm die Eier ab, dann verbrannten sie ihn lebendigen Leibes. Das waren nicht die IS-Killer, sondern so geschehen 1904 im Bundesstaat Georgia. Der letzte Lynchmord an Schwarzen geschah 1946 … wenn du das quasi Lynchen von Schwarzen nicht rechnest, die immer wieder von der Polizei erschossen werden.«

»Das ist meinetwegen eine Erklärung, aber keine Entschuldigung. Ich bestelle mir noch einen Espresso.«

Seither hatten sie nicht mehr darüber geredet.

***

Flugplatz Magadino, Donnerstag, 18:10 Uhr

Pourtales stand vor dem Hangar neben einem neuartigen Motorsegler mit ausklappbarem Propeller.

Ken Cooper sah von seinem gut gewählten Beobachtungsposten, wie der Oberst das Handy an die Wange hielt, nervös auf und ab trat.

»Ist die Polizei informiert?«, hörte Pourtales die verhasste Stimme.

Er wischte sich Schweiß von der Stirn. »Nein.«

»Machen Sie uns nichts vor, Oberst.«

»Ich habe die Polizei nicht eingeschaltet, wie abgemacht. Aber Sie müssen damit rechnen, dass sie die Landung des Helikopters feststellen. Dann werden sie nachforschen.«

»Egal. Ihre Tochter wird dafür bezahlen, wenn es schiefläuft.«

»Das ist mir klar.«

»Na also. Wo bleibt der Helikopter, verdammt noch mal?«

Pourtales zog ein zweites Mobiltelefon aus der Tasche. »Moment«, zischte er, trat vor den Segler, blickte nach Norden, wandte sich ab, nahm mit der Crew Verbindung auf.

»Dauert nur noch Minuten«, informierte er über das andere Handy.

Cooper hielt den Feldstecher vor Augen, beobachtete die Umgebung der Hangars, den Parkplatz.

»Sehen Sie etwas?«, fragte Jessica Ponte.

»Nichts. Kein Fahrzeug.«

»Die kommen im letzten Moment, warten Sie ab.«

Cooper versetzte sich in die Lage der Entführer. Der Ablieferungsort auf dem Flugplatz machte keinen Sinn. Das Umladen des schweren Materials aus dem Helikopter von Loréans S&C war eine größere logistische Operation. Die Banditen mussten mit einem Laster heranfahren, die Netze mit den Kisten laden und sich aus dem Staub machen. Wie stellten sie sich das vor? Sie mussten mit Verfolgung rechnen. Ihm wäre das viel zu riskant. Er senkte das Fernglas. »Die werden Probleme haben«, befand er.

»Was nun?«

»Wir werden sehen. Dort. Schauen Sie. Der Helikopter.«

Jessica Ponte hob das ihr gereichte Fernglas vor die Augen. »Ein Eurocopter.«

Die Maschine von Loréans S&C zieht eine Schleife, landet rund hundert Meter vom Motorsegler entfernt, wo der Oberst immer noch verharrt. Allein. Wie es abgemacht war.

Da taucht hinter ihm ein Mann auf. Er trägt Fliegerjacke, Sonnenbrille, eine in die Stirn gezogene Baseballkappe. Er packt Pourtales heftig am Arm, schubst ihn in Richtung des Helikopters. Cooper sieht, wie der Pilot aussteigt und die Ladeluke öffnet.

»Die wollen ausladen«, murmelt Cooper. Neben ihm hat Jessica die Kamera mit Teleobjektiv in Stellung gebracht. Doch es läuft anders.

Die Fliegerjacke steht vor der offenen Luke, inspiziert scheinbar das Material. Der Pilot gibt ihm ein Blatt Papier. Wahrscheinlich die Ladeliste. Der Unbekannte spricht jetzt zum Oberst. Offenbar gerät die Fliegerjacke in Aufruhr. Der Kerl macht ein paar Schritte zurück, dann plötzlich steht er vor dem Oberst, packt ihn am Kragen. Schreit ihn an. Pourtales hebt abwehrend beide Hände. Der Andere redet jetzt eindringlich auf ihn ein, versetzt ihm plötzlich einen Schlag ins Gesicht, dass er rückwärts taumelt, der Länge nach auf die Rollbahn stürzt.

»Was zum Teufel geht da vor«, brummt Cooper. »Haben Sie den Kerl erwischt?«

Jessica schaut von der Kamera auf. »Mehrmals.« Sie zieht ein Kabel aus der Kameratasche. »Geben Sie mir Ihr Phone. Ich transferiere die Bilder.«

Cooper hält den Feldstecher mit einer Hand vor die Augen. Was er sieht, überrascht ihn nicht. Der Kerl mit der Fliegerjacke ist zugestiegen. Er macht die Luke dicht. Die Rotoren beginnen sich wieder zu drehen. Der Helikopter hebt bebend ab, dreht sich um die eigene Achse und startet durch. Der Donner der leistungsstarken Antriebsaggregate braust über die Piste, Pourtales' Jacke flattert in den Turbowindböen. Gebeugt, gedemütigt schreitet er zurück, während die Maschine über dem See zu einem kleinen schwarzen Punkt schrumpft. Vermutlich bereits jenseits der Landesgrenze.

Cooper begutachtet den Datentransfer. Zwei Schnappschüsse, die den Unbekannten am besten erfassten, schickt er Michael.

»Können wir die Flugroute verfolgen?«, fragt er, aufschauend.

»Ziemlich sicher schon.« Jessica macht einen unsicheren Eindruck. »Skyguide operiert vom Flughafen Lugano-Agno aus. Sie überwacht auch den Flugverkehr hier in Magadino. Allerdings ...«

»Italien?«

»Eben. Ich kenne die Reichweite von Skyguide nicht.«

»Spielt vermutlich keine Rolle«, sagt Cooper ohne seiner Ahnung weitere Worte folgen zu lassen.

Das komfortabel große Wohnmobil stand auf dem Campeggio Bellavista von Vira am Ostufer des Lago Maggiore, etwa fünfzehn Autominuten von Locarno entfernt. Michael Cooper saß im umfunktionierten Salon der mobilen Einsatzzentrale vor einer Batterie von Flachbildschirmen, die unterschiedlichen Zwecken dienten. Er hatte die Schnappschüsse vom Flugplatz sogleich an Hans Bieri in Zürich weitergeleitet. Es dauerte nicht lange, bis der IT-Spezialist von Cooper Partners ein Resultat lieferte.

Michael schaute auf das von der Gesichtserkennungssoftware perfekt herausgeschälte Konterfei. Darunter standen die Angaben zum Kriminellen, sein Name, das Geburtsdatum ...

Ken Cooper setzte sich am Flugfeld von Magadino wieder auf den Beifahrersitz des nicht markierten Polizeifahrzeugs. »Wohin?«, fragte Jessica Ponte, als das Telefon summte. Ken erkennt den Anrufer. »Mike?«

»Wir haben den Typ identifiziert. Halit Ghashi.«

»Aha … Bis später.«

Er gab Jessica Namen und Vornamen weiter. »Am besten, Sie übermitteln die Personaldaten gleich ans Kommando.« Ken deutet auf das eingebaute Telefon.

Sie startete den Motor. »Die Verbindung ist schwierig … Ich mach es, sobald ich im Kommando bin.«

»Fahren Sie mich rüber zu den Hangars«, meinte Cooper stirnrunzelnd.

***

In der Villa Propokiew nahm Muller den Hörer des Festnetzes ab.

»Was gibt's?«

»Ich habe Cooper verfolgt«, sagte sein Kontakt. »Er ging mit der Bullenschlampe zum Flugplatz.«

»Was machten sie dort?«

»Beobachten, sonst nichts. Die Polizistin fotografierte. Vermutlich hat sie Bilder von den Männern eingefangen, die um den Helikopter herumstanden.«

»Ist das alles? Ich bezahle Sie für brauchbare Informationen. Nicht für Small Talk.«

Muller hörte ein Räuspern, im Hintergrund Kindergeschrei.

»Sind Sie noch am Flugplatz?«

»Nein, auf einem Zeltplatz. Also, was Informationen anbelangt, sie haben sich hier eingerichtet.«

»Wer? Wo?«

»Die beiden Cooper. Auf dem Campeggio di Vira, das ist …«

»Ich weiß …«

»Sie wohnen in einem Camper. Sieht nach einer mobilen Kommandozentrale aus.«

»Sind die beiden jetzt dort?«

»Ich glaube schon. Den jüngeren Cooper habe ich vor ein paar Minuten gesehen, als er in den Camper hineinging.«

»Gut.«

Muller brach die Verbindung ab und drückte auf dem Bildschirm seines Android Smartphones auf den Namen Nicolas Bonz.

***

Donnerstagabend, über dem Lago Maggiore

Was Cooper geahnt hatte, traf zu. Die als Halit Ghashi identifizierte Fliegerjacke hatte den Piloten Sekunden nach dem Start angewiesen, den Transponder abzuschalten. »Hast du Familie?«

Der Pilot nickte mit grimmig zusammengepressten Lippen.

»Also. Wenn du sie wiedersehen willst, halte dich exakt an meine Anweisungen. Gilt auch für den da.« Er stieß dem Co-Piloten die Laufmündung seiner Smith & Wesson SD9 in den Nacken.

Sie flogen tief über den Lago Maggiore. Auf der Höhe von Cannobio, dem italienischen Ascona, schwenkte der Pilot den Eurocopter ins Valle Cannobina, verfolgte im Konturenflug die Straße, die sich in unzähligen Kurven zuhinterst im engen Tal auf die Anhöhe wand und ins Centovalli hinüberführte. Am Schnittpunkt der Täler zog der Pilot befehlsgemäß nach Osten, überquerte die Bergkämme haarscharf an den Gipfeln vorbei, die dort über zweitausend Meter Höhe erreichten.

Als der Helikopter auf der anderen Seite absank, zeigte Ghashi mit der Waffe nach vorne: »Dort unten ist der Landeplatz.«

»Der Schuppen, wo viel Holz liegt?«

»Mmm.«

Der Pilot wechselte mit seinem Kollegen Blicke. Es war machbar, sagten sie sich. Das Manöver brauchte etwas Zeit, doch exakt fünfunddreißig Minuten nach dem Abflug von Magadino setzten sie die Maschine sorgfältig auf.

»Das ist ein Sägewerk«, stellte der Pilot fest und sah mehrere Männer unter dem alten Schindeldach hervortreten.

***

Flugplatz Magadino, Donnerstag, 18:35 Uhr

Ken Cooper telefonierte hinter dem Hangar mit Michael.

»Also, jetzt kann ich reden. Was hat die Gesichtserkennung ergeben?«

»Ziemlich dicke Post, Ken. Hör zu. Halit Ghashi ist der Kopf einer mutmaßlichen Zelle eines Terrornetzwerks in der Schweiz. Er soll zusammen mit zwei Landsleuten Anschläge in der Schweiz und in Deutschland planen. Man vermutet, dass er am Attentat im Berner Hotel Bellevue beteiligt gewesen ist.«

»Wer sagt das?«

»Interpol sucht ihn. Die Infos hat Hans Bieri aus den Fedpol-Daten abgesaugt. Ghashi hat in Syrien für den IS gekämpft.«

»Das haben die Briten schon angedeutet.«

»Richtig. Wir wissen, dass er dabei geholfen hat, Terroristen in die Schweiz zu schleusen.«

»Er ist ohne Zweifel ein Kadermann. Gibt es Verbindungen zu Labitzke alias Charon?« sagte Ken.

Michael räusperte sich. »Nein, bis jetzt nicht.«

Cooper rieb sich den Bauch, dachte unbewusst an Jessicas völlig aus der Luft gegriffenen Bemerkung … *Dad Bod … War das eine Anmache?*

»Ken, der Mann kann uns zu seinem Kommandanten führen. Hast du Jessica Ponte informiert?«

Cooper bejahte die Frage. »Wie gut kennst du Ponte?«

»Warum? Sie ist eine gute Kriminalistin. Wenn die Polizei das Bild von Halit Ghashi an alle Streifen verteilt, gerät er uns vielleicht ins Netz.«

Cooper sagte nach kurzem Schweigen: »Wir treffen uns bei dir im Camper. Bis dann.«

Vor dem kleinen Bistro standen zwei Taxis. Cooper schritt darauf zu. Er machte sich keine Illusionen. Er war an einem Tiefpunkt angelangt. Die Entführer hatten sie ausgetrickst. Sie hatten jetzt das Material und die Geisel. Etwas war total schiefgelaufen, und Cooper hätte schwören können, dass der Flop auf das Konto von Oberst Pourtales ging. Wie konnte er die Wende herbeiführen?

Kurz entschlossen wählte er die Nummer, die er sich eingeprägt hatte.

»Florence de Pourtales«, klang ihm die energische Stimme Sekunden später ins Ohr.

»Madame Pourtales, hier Cooper.«

»Ah, guten Tag, Mister Cooper. Haben Sie Neuigkeiten?«

»Die Affäre Ihres Mannes ist geklärt.«

»Das ist gut. Sagen Sie mir …«

»Nein, ist gar nicht gut, Madame.«

»Warum nicht?«

»Weil Sie nicht wegen der Affäre zu mir gekommen sind.«

Stille.

»Es ging nicht um Ihren Mann. Es geht um die Firma. Sie gehört Ihnen zu hundert Prozent.«

»Hören Sie …«

»Nein, jetzt hören Sie mir zu. Die Affäre war ein gut inszeniertes Theater, Madame Pourtales, damit wir Ihren Mann auskundschaften. Was wollten Sie, dass wir herausfinden? Hat er sich in Schwierigkeiten gebracht?«

Einen Moment lang dachte Cooper, die Verbindung sei unterbrochen.

»Hallo? Noch dran?«

»Ich kann am Telefon nicht reden, Mister Cooper. Wo sind Sie?«

»Locarno.«

Im Hintergrund hörte er einen Hund bellen, dann Rascheln, als wühle sie durch Papier. »Ich bin heute Abend in Ascona, wie Sie wissen. Wir treffen uns in der Galerie.«

Unterdrückte Stimmen. »Mit wem sprechen Sie?«, fragte Cooper.

Sie kam zurück. »Um zirka acht Uhr.«

»Gut.« Cooper überlegte. Besser, er ließ Alice Goran unerwähnt. Der Ball lag jetzt bei ihr. »Bis dann«, schloss er und winkte den schwarzen Taxifahrer heran, der mit seinem Kollegen schwatzend herumstand, jetzt die Kippe fortschnippte und dienstfertig den Wagenschlag öffnete.

Cooper überlegte noch, ob er Pourtales anrufen sollte. Er sah ihn nirgends mehr rund um das Flugfeld. Egal, er hatte dem Oberst den Standort seiner mobilen Zentrale auf dem Campeggio di Vira mitgeteilt. Soll er sich melden, wenn er die Hosen voll hat …

***

Donnerstag, 19:10 Uhr

Die Männer vor dem alten Sägewerk packen energisch zu, zerren die Kisten aus den Netzen und stellen sie unter dem Dach ab, wo einst Stämme schrillend zu Balken zersägt wurden.

Halit Ghashi steht exakt an der gleichen Stelle, wo er und der kauzige Pietro mit Handschlag die Miete besiegelt hatten. Von wegen Kinderbetreuung, grinst er. Der ist glatt darauf hereingefallen. Basteln mit Holz, Zelten in freier Natur. Er lacht. Meine Babys sind schön hier drinnen. Er kickt mit dem Fuß an eine der Kisten, vollgepackt mit Armee-Sturmgewehren. Aber eines musste er Pietro lassen. Der Bursche liebte die Freiheit. Wie sagte er? Was ist Freiheit? Dass man tut, was man will, wie man will, wann man will.

Das gefiel Halit. Er lachte wieder.

Eine harte Stimme ließ ihn herumfahren. »Finger raus, umladen, los, mach schon. Wer bist du? Wo bleibt die Meldung.«

Ghashis Körper straffte sich, er erkannte Charon: »Zu Befehl, Kommandant, eh ... Halit, Halit Ghashi, Kommandant.«

»Von wo stammst du?«

»Winterthur.«

»Dann sprichst du auch italienisch?«

»Ja, deutsch und italienisch.«

»Du warst Unteroffizier im Reserveheer?«

»Richtig. Infanterie.«

»Dann schleif deinen Leuten ordentlich die Eier. Beherrschung von Waffen und Geräten. Und jetzt vorwärts mit dem Zeugs.«

»Ja, Kommandant.«

»Führ die Piloten nach hinten ins Loch. Dann bring die Reportertussi zu mir.«

»Sofort, Kommandant.«

Ghashi winkte zwei Männer mit vorgehängten Maschinenpistolen heran. »Die Piloten sollen die Maschine tarnen. Mit den Netzen, und mit den Latten und Blachen, die neben dem Scheißhaus liegen. Wenn sie fertig sind, fesselt sie und führt sie in die Höhle.«

Ghashi verschwand hinter dem Sägewerk. Der Kauz von einem Pietro hatte ihm vor ein paar Wochen »einige Besonderheiten« angekündigt, die sich als glücklicher Fund erwiesen. Es gab ganz in der Nähe, am Rand der Schlucht, eine trockene Höhle, die mit dem Keller des Schuppens in Verbindung stand. Dort hatte Pietro, ein Rebell, der sich ständig mit den Behörden anlegte, eine geheime Werkstatt eingerichtet, mit Bett und Waffenlager, um vor Überraschungen sicher zu sein. Ghashi hatte das Ende des Verbindungsgangs erreicht und trat in das Versteck. Es gab elektrisches Licht. Er drehte am alten Schalter. Auf der wackligen Bettstatt lag eine blaugestreifte Matratze, darauf ein Körper, der sich streckte und aufrichtete.

Alice Goran wirkte im fahlen Licht noch blasser. Sie setzte sich auf die Bettkante, zog die Decke über die Brust.

»Wir brechen auf. Pack deine Sachen. Los, mach schon.«

Alice erhob sich. Faltete ein paar Sachen zu einem Bündel zusammen, hängte die Tasche um, fasste nach dem Griff ihres Rollkoffers. »Wohin?«

Anstelle einer Antwort schubste er die Frau zum Ausgang. »Ginge es nach mir«, raunte er »würde ich dich auf dem Sägebock flachlegen, dann dein Köpfchen absägen. Du bist eine Abtrünnige, so wahr mir Allah helfe.«

Wenig später tritt Alice ins grelle Tageslicht hinaus, bleibt stehen. »Beweg dich, geh rüber zur Karre«, ruft jemand hinter ihr. Die Hand schützend vor Augen geht sie zu einem kleinen Jeep. Es ist ein ähnliches Fahrzeug, wie ihn die Bauern und Förster in dieser Gegend benutzen. Der hintere Passagierraum ist abgedeckt, sodass neugierige Augen keinen Einblick gewinnen können.

Muller sitzt hinter dem Lenkrad, beobachtet die Frau, bewundert insgeheim ihre selbstbewusste Haltung, die Anmut ausstrahlt. Er steckt eine Zigarette an. Ein Bewaffneter nimmt Alice das Gepäck ab und wirf es hinten auf die Ladebrücke.

»Steigen Sie ein.« Sich hinüberlehnend öffnet Muller die Beifahrertür. »Damit Sie Bescheid wissen. Wir fahren jetzt runter ins Tal, in eine Stadt. Hinter Ihnen sitzt mein Bodyguard. Die Mündung seiner Pistole zielt während der ganzen Fahrt auf Ihren Nacken. Wenn etwas krumm läuft, wenn Sie Dummheiten planen, drückt er ab. So einfach ist das.«

Alice Goran nickt mit geschlossenen Augen. Nach kurzem Schweigen fragt sie: »Sehe ich meinen Vater?«

Muller startet den Motor, legt den Gang ein. Mit der Zigarette im Mundwinkel schaut er abschätzig herüber. »Der? Ihr alter Herr? Vielleicht. Im Moment sieht es nicht gut aus für ihn.«

Dabei blieb es.

Hinter dem Lenkrad überschaut Muller durchs offene Seitenfenster prüfend das Sägewerk. Das Versteck war gut gewählt. Er zieht den verdreckten Schlapphut in die Stirn, klappt den Kragen der Steppjacke hoch und legt den Gang ein. Er sieht jetzt zum Verwechseln aus, wie einer aus der Gegend, als der Jeep in die steil abfallende Straße einschwenkt. Muller sieht über den Baumwipfeln die Berge, es sind jetzt viel mehr als am frühen Morgen, als sich der Himmel allmählich zu lichten begann. Es sind viele weiße Spitzen, wie Zähne. Unten im Tal liegt ein Streifen See, Dächer sieht er, Kirchtürme, und dann biegt die Straße scharf nach rechts, er sieht nur noch Geröll und ein paar Kiefern.

Der Bodyguard hinten auf der Sitzbank des Jeeps war einer der Verlässlichen. Abu al-Masri hatte in der Strafanstalt Thorberg wegen Raubüberfall gesessen und dort die »Gruppe für echten Islam« gegründet, während er seine Zeit abhockte. Vor seiner Entlassung rekrutierte er Halit Ghashi und Nicolas Bonz und gewann sie für seine Sache. Insassen waren besonders anfällig für Rekrutierungen durch Terroristen. Es durfte einige geben, die im Knast zum Islam konvertiert waren und radikale Sympathien zu islamistischen Terrormilizen hatten. Gefängnisse waren nicht nur in der EU, sondern auch in der Schweiz Brutstätten für Islamisten geworden.

Muller scherte sich einen Deut darum. Ideologie war ihm ein Gräuel. Hauptsache, die Burschen wollten für ihn kämpfen.

Halit Ghashi schaute dem Jeep nach. »Du musst streng nach dem Glauben leben«, sagte er dem Bärtigen, der neben ihm den zerlegten, gegen das Sonnenlicht gerichteten Lauf seiner Kalaschnikow inspizierte. »Hör zu Bruder, wenn du abtrünnig wirst und den Glauben diffamierst, ist deine Strafe der Tod.«

Dieses Mantra hatten sie ihm in der Moschee eingetrichtert.

»Du wirst kämpfen. Ich erwarte gute Arbeit. Der Kommandant wird dich belohnen.«

Der Bärtige grinste. »Die Schweizer Christen kannst du nicht bekehren, du musst sie enthaupten.«

***

Rückblick: Biel, Schweiz, einige Monate früher

Es war eiskalt und spät in Biel. Die zweisprachige Industriestadt am gleichnamigen See zog traditionell viele Ausländer an. In der Innenstadt prägten viele Dunkelhäutige, Bärtige, Tamilen und

Frauen mit Kopftüchern das Bild. Viele fanden regelmäßig den Weg in die Moschee, die im südlichen Madretschquartier in einem unscheinbaren Gebäude untergebracht war. Es gab keine Kuppel, kein Minarett am Heidenweg.

Michael Cooper schlenderte am Kastenwagen einer Reinigungsfirma vorbei, sah ein Gittertor, dahinter einen großen Parkplatz und eine umgebaute Autowerkstatt. Aus Videoaufnahmen der Fedpol-Observation wusste er, dass das Gittertor von früh bis spät geöffnet war. Es wirkte noch ganz neu, ohne Kratzer. Man ging hindurch, immer wieder. Scheinbar gab es nicht viele Alte rund um die kleine Moschee, das fiel Michael als Erstes auf. Es waren nur junge Menschen, sie verhielten sich wie scheue Tiere.

Die Fedpol-Staatsschützer hatten mit der Zeit ein gutes Bild gewonnen. Die Großmütter, die an den Wochenenden das Mittagessen für die Schüler aus dem Islamunterricht kochten, kamen und gingen mit leisen, hastigen Schritten. Den ganzen Tag blieben sie hinter den beschlagenen Scheiben der Gemeinschaftsküche versteckt. Ab und zu schlenderte ein verkleideter Agent der Fedpol Task Force über den Vorplatz. Er berichtete von den weißbärtigen Männern, die jeden Tag mit eingezogenem Kopf in der Teestube saßen, nicht aufblickten, wenn er den Raum betrat. Ihre Blicke wanderten immer dorthin, wo gerade keine Frau war, als konnten sie sich am Anblick einer Frau verbrennen.

An diesem Vorabend sah Michael ein paar junge Frauen auf dem großen Parkplatz hinter dem Gittertor. Michael erinnerte sich an den Bericht von Benedikt Bärloch, dem Fedpol Equipen-Chef. Sie waren vermutlich knapp über zwanzig. Sie studierten Englisch, Mathematik oder Informatik an der Fachhochschule. Michael näherte sich den Frauen, zündete sich eine Zigarette an. Er hörte, was die mit einem schicken Kopftuch bekleidete junge Frau gerade sagte: »Allah und sein Prophet Mohammed sind unsere einzigen Wegweiser.«

»Du hast recht, Aysha«, sagte die Mollige. »Im Koran steht, wer einen Menschen tötet, dann ist es, als hätte er die ganze Menschheit getötet.«

Michael vertrat sich die Beine auf dem Platz. Die Frauen schlossen die Augen und krümmten sich leicht, als hätten sie Schmerzen in der Brust oder eine Sehnsucht. Alle trugen Kopftuch, weite

Mäntel und Blusen, dazu lange Röcke aus schwarzem Satin oder mit Blumenmuster.

Ihre Eltern und Großeltern waren als Gastarbeiter in die Schweiz gekommen, versuchte Michael sich ein Bild zu machen. Sie konnten sich bis heute kaum auf Deutsch oder Französisch verständigen. Vor Jahrzehnten gründeten sie diese kleine Moschee und setzten eine Metallwand davor. Genau dort, wo jetzt das Gittertor stand.

Michael schlenderte über den Platz auf den Eingang der Moschee zu. Drinnen herrschte viel Betrieb. Er war nicht der Einzige, der modisch gekleidet war. Er spazierte umher, nickte andern Männern freundlich zu.

Fast jedes Zimmer der Moschee war in ein Schulzimmer mit Pulten verwandelt, oder in eine Bibliothek, einen Vortragssaal. Nur der Gebetsraum, die Teestube im Männertrakt und das Häuschen mit der Gemeinschaftsküche blieben vom Umbau verschont. Von innen sah die Moschee jetzt aus wie eine Dorfschule. Michael entdeckte einen Schülerkiosk mit Keksen und Softdrinks. Es war, als wehe durch die Moschee jetzt ein neuer Geist. Bestimmt war es aber derselbe Geist, den die Eltern und Großeltern vor Jahrzehnten aus der Türkei und dem Balkan mitgebracht hatten. Derselbe konservative Islam. Dass dies auch so bleibe, dafür sorgte das Führungskomitee des Islamischen Zentralvereins. Seine Büros befanden sich in einem modernen Anbau, der mit der Moschee direkt verbunden war. Diesen Bereich konnte Michael leider nicht erkunden.

Ein junger Mann mit gestutztem Bart stand plötzlich neben Michael.

»Zum ersten Mal hier? Ich bin Ahmed.«

Michael zuckte nur mit den Achseln.

»Rund einhundert Schulkinder besuchen den Islamunterricht. Sie kommen jeden Abend nach der Schule oder zu den Blockkursen am Wochenende«, sagte Ahmed und zog Michael sanft am Ärmel in Richtung eines Klassenzimmers.

»Ich mache das für Allah, er wird mich im Jenseits belohnen«, sagte eine Lehrerin gerade, als sie unter der Tür stehenblieben. Sie betreute eine Klasse mit neun Jahre alten Mädchen. Ihre Schülerinnen tobten im Klassenzimmer herum. Es war Mittwochabend, sechs Uhr. Große Pause. Die Mädchen kreischten, hinter ihnen lag eine Stunde Koranstudium.

»Sie müssen Koransuren auf arabisch auswendig lernen und jede einzelne Sure im Chor oft wiederholen, warte ab«, sagte Ahmed. Tatsächlich repetierten die Mädchen, die Platz genommen hatten, die Suren immer wieder, bis es klang, als kämen sie aus einem einzigen Mund. Fast alle trugen Kopftuch und Rock.

Michael beobachtete fasziniert. Die Lehrerin war noch jung, aber sie schien genau zu wissen, wo die Grenze verlief. Wahrscheinlich war es nicht ihr eigenes Wissen. Es waren uralte Formeln und Gebetsregeln, die sie als Kinder auswendig gelernt hatten und nun an die nächsten Kinder weitergaben.

Die Kinder klangen wie Automaten, die auf Knopfdruck perfekte Sätze ausspuckten. Die Lehrerin rief: »Allah verabscheut denjenigen, dessen Moral schlecht ist.« Sie fragte: »Wie sieht die perfekte islamische Moral aus?«

Zehn Hände schnellten in die Höhe, die Beinchen zappelten vor freudiger Erregung. »Man muss immer respektvoll gegenüber der Mutter sein«, sagte eine Kleine. »Warum?«, wollte die Lehrerin wissen. »Gott sagt, das Paradies liegt unter den Füßen der Mütter«, antwortete die Kleine wie aus der Pistole geschossen.

»Die werden indoktriniert«, sagte Ahmed leise. Überrascht warf ihm Michael einen skeptischen Blick zu. Der verschwörerische Unterton hatte ihn alarmiert. Wer war dieser Ahmed? »Gehen wir etwas trinken?«

Ahmed nickte kurz. »Eine Tasse Tee? Ja warum nicht?« Er schritt voran in Richtung Teeküche. »Das ist die Domäne der alten Isha Goran«, bemerkte er lakonisch. Michael merkte sich den Namen.

***

Der IZV war der größte Verband der Moslems in der Schweiz. Ihm waren alle muslimischen Vereinigungen angeschlossen. Die Funktionäre hatten längst einen Plan, den sie »Erziehungsstrategie« nannten. Der wichtigste Satz lautete: »Integrieren kann man nur, Menschen, die eine gefestigte Identität haben.« Mit diesem Plan zogen die Funktionäre von Gemeinde zu Gemeinde. Sie machten Druck:

»Drücke dich nicht, kämpfe dich hier durch«; denn sie glaubten, ohne diesen Druck gäbe es in der Schweiz keine Schulzimmer, keinen Islamunterricht, keine engagierten Gruppen.

Draußen im unauffälligen Kastenwagen zog Peter Scherrer schon mal seine Lederjacke über. »Alles sieht friedlich aus. Ist man naiv, wenn man die Freundlichkeit der Moslems in der Moschee einfach als das nimmt, was sie ist? Oder ist alles nur gespielt?«

Sein Chef Bärloch sah es anders. Sie überwachten das Geschehen seit Monaten. Die jüngsten Terroranschläge der Islamisten in Paris und Deutschland hatten auch in der Schweiz eine Reihe von präventiven Maßnahmen ausgelöst. Lange vor dem blutigen Anschlag im Hotel Bellevue in Bern.

Bärloch legte eine krumme Zigarre auf den kleinen Metalltisch. »Die sorgen sich nicht wirklich um das Wohl der Jungen. Dem Verein geht es viel eher darum, die Jugendlichen mit einer kruden islamistischen Ideologie zu infizieren.«

Scherrer nickte, reichte ihm sein Feuerzeug. »Die IZV-Funktionäre geben sich nach außen zwar freundlich und offen. Aber wenn du mich fragst, ist das alles nur Schein. In Wahrheit haben wir es mit einer verschlossenen, eingeschworenen Truppe zu tun.«

Bärloch steckte seine Zigarre in Brand, blies den Rauch zum offenen Fenster der Fahrerkabine. »Die arbeiten längst daran, die Schweizer Gesellschaft zu islamisieren.« Er pochte mit dem Finger auf einen Zeitungsausschnitt. »Hier steht's. In der Frankfurter Allgemeinen. Hör zu. ›Demokratie ist für sie nichtig und falsch, weil menschengemacht. Sie muss untergraben, geschwächt, zerstört werden. Sie muss ganz und gar der von Allah gewollten islamischen Ordnung weichen.‹ Na also, da hast du es. Diese Moslems sind alle Aufhetzer.«

Im großen Saal im ersten Stock saßen nur Frauen. Die Männer hockten nebenan in einem anderen Raum. Ein Jugendlicher betrat jetzt die Bühne und rezitierte auf Arabisch Koranverse. Alle im Saal schlossen die Augen. Endlich trat der türkische Pädagoge ans Mikrofon. Seine Stimme klang wie eine Klinge. »Wir haben schon zu viel von der europäischen Erziehung übernommen. Wir müssen aufpassen!«

Michael hatte genug gesehen. Die Szenen weckten sein Misstrauen. Es wucherte auch in den Köpfen der Beschatter. Wo kam das Misstrauen her? Wehte es nur aus den Berichten der Fedpol Staatsschützer herüber? Oder aus den abertausenden Artikeln über hasserfüllte, mordende Islamisten?

***

Während sich die Versammlung in der Talib Moschee langsam auflöst, tritt nebenan im unauffälligen Betonblock der bärtige Romano Francho an seinen Schreibtisch und überschaut die kleine Gruppe, die vor ihm Platz genommen hat. Er sieht nur bärtige Männer. Auf den sieben im Halbrund aufgestellten Klappsesseln sitzen sie aufrecht, den Kopf erhoben. Der Raum wirkt karg, riecht neu und frisch gestrichen. Zwei Stühle sind leer. Alle tragen ein weißes oder graues Gewand, auf dem Kopf das weiße Käppi.

Francho ist in der Stadt gewesen, wo man ihn ohne den knöchellangen Kaftan kaum beachtete, hatte die Eingangstür mit dem Fingerscanner geöffnet. In Jeans und dunkelblauem Blazer kann er sich unerkannt im Land bewegen. Bedächtig holt er seinen Turban aus einem abgegriffenen Karton und greift sich den Umhang vom Kleiderständer. Die Verkleidung, in die er schlüpft, ist wie seine zweite Haut. Seine Amtskleidung. Der unscheinbare Schweizer Bürger wandelt sich zum Imam. Er strafft den Körper, sitzt aufrecht vor der Bücherwand mit unzähligen, kunstvoll gebundenen Bänden theologischer Werke.

Seine Beiräte in den Klappsesseln sind jedes Mal von neuem beeindruckt von den Gesamtausgaben islamischer Gelehrter, die ihr Anführer angeblich alle gelesen hat, als er an der Universität Bern Islamwissenschaften studierte. Seine hohe Stirn bleibt frei. Gutherzig blicken braune Augen durch randlose Brillengläser, seine Stimme ist sanft. »Der Anschlag in Bern verschafft uns Aufmerksamkeit«, beginnt er feierlich, indem er seinen zerzausten, rotblonden Bart streichelt. »Die Aktion hilft uns, neue Anhänger zu rekrutieren.« Diebische Schadenfreude blitzt in seinen Augen. »Ich habe Verständnis, dass immer mehr junge Gläubige aus unserem Land für den wahren Gott in den Krieg ziehen wollen. Wisst ihr warum?«

»Sie kommen als Helden zurück«, prellt ein Schlaksiger vor, der ein glühendes Gesicht zur Schau stellt.

»Die Jungen sind einfach desillusioniert und sehen keine Zukunftsperspektiven«, meint der Älteste in der Runde.

Francho nickt ein paar Mal bestätigend. »Sie fühlen sich als Moslems diskriminiert. Unsere Aufgabe ist, ihnen ein Ziel zu geben. Der Dschihad, meine Brüder, gibt ihnen dieses Ziel.« Er sagt diese Worte watteweich, und der 34-Jährige sieht dabei eher wie ein frecher Bürgerschreck aus und nicht wie ein konservativer Islamprediger. Er schaut auffordernd in die Runde. Prompt hebt der Graubärtige eine Hand, deutet auf die leeren Sessel. »Wo sind Ghashi und Nicolas?«

Francho hatte die Frage erwartet: »Die Gefährten sind kurz nach dem Racheakt gegen die Zionisten im Bellevue nach Ägypten geflogen. Von dort gelangten sie zum Stützpunkt Raqqa in Syrien. Allah sei mit ihnen.« Darüber, dass die beiden geschulten Kämpfer wahrscheinlich schon wieder in die Schweiz zurückgekehrt waren, ließ er absichtlich keine Silbe verlauten. Keiner seiner Männer ahnte, dass er, unterstützt von der alten Isha Goran aus der Teeküche, mit der IS-Kommunikationsdivision verlässliche Informationen austauschte. Knacksichere, dank der raffinierten *Surespot*-Verschlüsselung.

»Wir müssen unseren Kampf für einen schweizerischen Islam fortsetzen«, sagte er stattdessen mit finsterer Miene. »Wir haben eine Anfrage bekommen«, fuhr er feierlich fort. »Von einem großen Führer aller Gläubigen. Ihr werdet euch fragen, worum es geht. Wie kommt es dazu, dass dieser ehrenvolle Kontakt geknüpft worden ist?«

Keiner der Männer rührte sich. Angespannt warteten sie darauf, dass ihr Anführer sie erleuchte.

»Allah ist groß. Er hat uns auserwählt, für die große Sache unserer Brüder zu kämpfen«, sagte Romano Francho jetzt in singendem Tonfall.

»Ist es nicht gefährlich, Abdulbaki?«, wagte sich der besonnen wirkende Graubärtige vor, indem er Franchos muslimischen Namen aussprach, der »Knecht des Ewigen« bedeutete.

»Die Gefahr macht uns stark, Bruder. Wir müssen umsichtig sein.«

»Wer hat uns kontaktiert?«, fragte der Fettleibige neben dem Ältesten.

»Noch ist mir kein Name bekannt. Aber so läuft es. Es handelt sich um einen hoch angesehenen Rebellenkommandanten. Sicher ein Vertrauter des Kommandanten aller Gläubigen.«

Die Gesichter der Zuhörer spiegelten Verblüffung.

»Der Kalif ...«, flüsterte der schlaksige Heißsporn ehrfürchtig. Seine Augen leuchteten aus schmalem Gesicht. »Ich schwöre ihm Gefolgschaft.«

Francho hob besänftigend die Hand. »Wir haben bereits geholfen, und wenn uns neue Aufträge erreichen, werde ich mich arrangieren. Ich kann euch verraten, dass es darum geht, Flüchtlingen aus Syrien Einreise in die Schweiz und Unterschlupf zu ermöglichen.«

Er ließ die brisante Aussage in die Seelen seiner Gefährten sinken. Dann erklärte er, dass auch Anhänger des Islamischen Staats auf Flüchtlingsbooten nach Italien eingeschleust worden seien. »Wir reden von der Südschweiz. Wir werden Ressourcen austauschen. Dafür sorgen, dass die, welche unser Land als Zuflucht auserwählt haben, willkommen sind. Eine große Aufgabe, die sorgfältige Planung nötig macht.«

»Hast du einen Plan?«, fragte der Graubärtige.

»Was mag der Auftrag wohl sein?«, wollte der Dunkelhäutige mit langem Bart ohne Schnauz wissen.

Romano hob beschwichtigend die Arme. »Allah ist gütig, er hat mich erhellt. Alles ist eine gute Fügung. Ich spüre, dass wir es tun müssen. Aber es ist noch zu früh, darüber zu spekulieren. Den großen Plan brauche ich nicht zu kennen. Ihr kennt die Regel. Wir wissen nur so viel, wie wir zu wissen brauchen. Unsere Aufgabe ist einzig, Hilfe zu leisten.«

Die Männer schauten einander an, murmelten sich zu, gestikulierten herum, als fänden sie die Antworten in der stickig gewordenen Luft.

»Lasst uns hinüber in den Gebetsraum gehen, Allah wird uns den Weg weisen.«

Mit diesem Schlusswort war die Besprechung zu Ende.

Im Gebetsraum der Moschee beteten sie und rezitierten aus dem Koran. Der Hagere schien in diesem Moment erfüllt zu sein von einem unbeschreiblichen Glück. Dieses Glück war ihm unbekannt, wie von einem anderen Stern.

***

Rückblick: am Ufer des Bielersees

Isha Goran aus der Teeküche erlebte eine überraschende Wende in ihrem öden Alltag, als Romano Francho, selbsternannter Imam Abdulaki, sie zu einem Gespräch bestellte. Es traf sie wie ein Blitz aus heiterem Himmel. Nicht in der Moschee. Er wollte sie an jenem kalten Wintertag der letzten Woche im alten Jahr unten am See sehen.

»Zieh dich warm an, ich warte an der Ländtestraße.«

Der Wind wehklagte in den Bäumen, schon schwebten ein paar Schneeflocken in der Luft. Isha erinnerte sich, als wäre es gestern gewesen.

Sie schlenderten den See entlang, der mit gedämpfter, winterlicher Stimme lockte.

»Wie geht es deiner Tochter Alice?«

Isha blieb überrascht stehen, rang nach Worten. »Sie ist nicht mehr meine Tochter.«

»Warum das?«

»Sie hat Schande über die Familie gebracht.«

Der Schnee begann dichter zu fallen, überall wurde der Boden weiß.

Francho ahnte, was sie sagen wollte. »Sie lebt nicht nach unseren Regeln?«

»Sie hat sich entfremdet. Trägt kein Kopftuch, aufgetakelt ist sie, wie eine Schlampe, dann …«

Francho ermunterte sie mit sanftem Nicken.

»Sie lebt mit einem Kerl zusammen. Ja, und in die Moschee kommt sie schon lange nicht mehr.«

»Ich weiß. Sie ist die Tochter von Monsieur de Pourtales. Du hast es mir berichtet.«

Isha verwarf beide Hände. »Er hat einen schlechten Einfluss auf sie.«

Francho blieb stehen, schaute auf den See hinaus, wo Enten in militärischer Formation einherschwammen. Ein schweigender Anführer befehligte ihre Übungen: wenn er untertauchte, taten alle das Gleiche und wenn er wieder zum Vorschein kam, tauchten alle der Reihe nach wieder auf.

»Hast du noch Kontakt mit ihm?«

Sie schüttelte den Kopf. »Seit Alice zwanzig geworden ist, zahlte er mir nur noch ab und zu etwas, später nichts mehr.«

Francho legte eine väterliche Hand auf ihre Schulter. »Mach dir keine Sorgen. Ich werde dir etwas überweisen.«

Isha, fassungslos, fand keine Worte.

»Ich will an den Vater von Alice herankommen. Du musst mir dabei helfen.« Er betrachtete ihr zerfurchtes Profil, ihr energisches Gesicht, das sich in der aufgestellten Kapuze ihrer Windjacke verlor.

»Ich weiß nicht, ob ich das kann.«

»Allah wird dir beistehen, meine Liebe. Du musst mir nur seine private Handynummer geben. Die hast du doch?«

»Ja, die hab ich noch.«

»Gut.«

Sie schaute ihn verwundert an. »Was soll er denn tun? Er wird nicht auf mich hören.«

»Lass das meine Sorge sein. Du musst nicht selber anrufen. Wichtig ist, dass wir ihn erreichen können.«

Auf dem Strandboden, gegen den Jura, reckte eine alte, entblätterte Eiche ihre Arme zum düsteren Himmel. Ein paar Raben hockten auf den Ästen und gaben sich den Anschein, als wären sie die Parkwächter.

Francho nahm die Hand aus der Manteltasche, drückte einen handlichen Koran wie zum Gebet an die Brust. »Ich sage dir, wenn ich die Nummer benötige. Bereite dich im Geist auf die Aufgabe vor.« Langsam stapften sie über die weiß bedeckte Wiese zurück.

Als Isha sich von ihm an der Bushaltestelle verabschieden wollte, zog er sie an sich. Sein Raunen war kaum vernehmbar: »Niemand weiß von unserem Treffen.« Seine Augen blitzten gefährlich. Er hielt ihr den Koran vor Augen. »Wenn du nicht gehorchst, straft dich Allah. Hast du das kapiert, Isha?«

Isha erschrak, wich zurück, mehrmals nickend. »Ja, mein Gebieter. Ich werde alles tun, was Sie sagen.«

Er sprach jetzt lauter, während ein roter Bus herankurvte. »Das ist erst der Anfang, Isha. Wenn es in der Teeküche nichts zu tun gibt, kommst du zu mir. Du sprichst Arabisch, und ich brauche dich, um mit meinen Brüdern aus dem Morgenland zu kommunizieren. Eine wichtige Aufgabe. Und du kannst deinen Lohn aufbessern.«

Zu ihrer Überraschung hielt er sie zurück, stieg allein in den Bus. Er lächelt ihr noch durchs Fenster zu.

Ihr aber war, als blase ein Wintersturm durch ihren Kopf. Louis de Pourtales, Pourti, wie sie ihn liebevoll zu nennen pflegte, hatte gut für sie gesorgt. Daran gab es nichts zu rütteln. Und er sorgte immer noch für Alice, das wusste sie. Seine Telefonnummer hatte sie aufbewahrt, und oft dran gedacht, ihn anzurufen. »Warum zahlst du nichts mehr?«, hatte sie ihn schon lange fragen wollen. Doch er war ihr entglitten. Und jetzt, diese Anfrage vom Imam. Sie musste es tun, sie musste ihm gehorchen … gehorchen würde sie, da war sie sicher.

Rückblick: Mendrisio, Südschweiz

Ungefähr eine Woche bevor die ersten Terroristen in die Südschweiz infiltrierten und Louis de Pourtales auf Sulpice noch unbeschwert seinen Geschäften nachging, schritt Zoran Bakic nur zwanzig Kilometer südlich von Lugano mit raschen Schritten durch das Einkaufszentrum, während sein Blick ruhig über die Läden und Menschen schweifte.

Das Foxtown Center in Mendrisio war ein Luxusparadies eleganter Geschäfte für eine anspruchsvolle Klientel. Auf drei weitläufigen Verkaufsflächen, direkt an der A 2 gelegen, die Lugano mit Mailand verbindet. Den Grenzübergang Chiasso erreichte man in neun Minuten, ein Katzensprung. An diesem Nachmittag wimmelte es von Besuchern jeden Alters, die an den hell erleuchteten Auslagen des Factory-Stores vorbeischlenderten, mit oder ohne Ziel.

Genau darum ging es. Zentral gelegen, mitten in einer kauflustigen Menge.

Bakic war nach dem Haupteingang nach Westen gestrebt. Er spürte, dass sich in seinen Achselhöhlen kalter Schweiß gebildet hatte. Trotz seiner Vorsichtsmaßnahmen fühlte er sich nervös, oder vielleicht gerade deswegen. Er atmete tief durch. Er war zu spät, eine Viertelstunde, aber das war Absicht.

»Diese Penner können ruhig warten«, flüsterte er sich selbst zu, als er wie ein gelangweilter Kunde an einer exklusiven Boutique für

Kinderkleidung vorbeispazierte. Die Ladenstraße bog dort nach Norden ab, wo sich weiter vorne ein kleiner Hof auftat. Bakic wusste, dass seine Gelassenheit nur gespielt war, aber er brauchte dieses Selbstvertrauen, um die nächsten zehn Minuten zu überstehen.

Die Fahrt von der Zollkreisdirektion Lugano bis zur Foxtown hatte knappe zwanzig Minuten gedauert. Sein Blick blieb auf den Rückspiegel geheftet, denn er wollte sichergehen, dass ihm niemand folgte. Soweit er es beurteilen konnte, war ihm das gelungen.

Bakic verantwortete die Einsatzplanung der Zollfahndung, die ein wachsames Auge auf die zahlreichen Grenzübergänge der Südschweiz zu Italien hielt. Seine Aufgabe bestand darin, Server und Datenbanken zu prüfen und mit Hilfe zahlreicher Kontrollmechanismen und Algorithmen seinem Chef die neuralgischen Punkte vorzuschlagen, wo am ehesten illegale Einwanderer heimlich die Grenze überqueren könnten. Da er Zugriff auf die Eingeweide der Zolldatenbanken hatte, standen ihm sämtliche Informationen des Grenzwachtkommandos der Region IV Lugano offen. Er kannte die operativen Maßnahmen des Korps, die Fahndungsschwerpunkte und hatte Kenntnis über all jene Menschen, die den Grenzern ins Netz gingen oder legal in die Schweiz einreisten oder das Land verließen.

Als er die Rolltreppe hinunterglitt, spürte er das leise Vibrieren seines iPhones, mit dem es ihm den Empfang einer SMS signalisierte.

Die Besprechung beginnt in fünf, wo bist du? RZ

Bakics Vorgesetzter, Reto Zanetti, der nach ihm suchte. Unten angekommen tippte er eine schnelle Antwort:

Vergessen, entschuldigung. Bis morgen. Sorry.

Verdammt. Wie er Reto hasste. Wenn alles nach Plan verlief, konnte er schon bald sicher sein, nie mehr mit diesem aufgedunsenen Spießer reden zu müssen.

Er erreichte einen mit roten Streifenstoffsets bezogenen Tisch an der Wand und musterte die Gäste im Foxcafé aufmerksam. Nur ein paar Rentner und ein junges Pärchen, das sich einen Salat teilte, vorne an der Kasse eine kurze Schlange, zwei schmalwüchsige Typen, die sich gerade schräg gegenüber hinsetzten.

Da bemerkte er ein Stück weiter hinten beim Gebäckverkauf einen Mann, der ihn anstarrte. Groß gewachsen, graue Haare. Der Mann bezahlte und schlenderte ruhig auf ihn zu. In der Hand trug er eine Einkaufstüte. Schließlich setzte er sich auf den Stuhl gegenüber.

»Bakic«, sprach er ihn an, »ich bin Jassir Youssef.«

Aus der Nähe sah Bakic, dass er olivfarbene Haut hatte.

»Sie wirken nicht wie ein Araber«, meinte Bakic.

»Halt die Klappe, es spielt keine Rolle, wie ich aussehe. Du siehst mich eh nie wieder. Hast du die Informationen?«

»Sicher. Aber können Sie mir sagen, wofür ihr die Infos braucht?«

Feindselig starrte ihn Youssef an. Er wagte es, Fragen zu stellen? Seine lockere Art wich einem bösartigen Tonfall. »Stell keine Fragen«, sagte er drohend. »Siehst du den Kerl, der neben dem Alten sitzt? Links von dir, vor den Automaten, an meiner Schulter vorbei?«

Bakic nickte. »Der mit der grünen Baseballkappe?«

»Genau. Er hält eine Pistole mit Schalldämpfer auf deinen Schädel gerichtet, kannst du die auch erkennen?«

Bakic spähte angestrengt hinüber und sah die schwarze Mündung, die auf ihn zielte.

»Also, gib mir einfach die Informationen«, fuhr Youssef höflicher fort, doch die sanfte Stimme täuschte nicht über die mitschwingende Drohung hinweg. »Ich zahle gerne dafür, Bakic. Das Geld spielt für mich keine Rolle. Aber wenn du weiter dumme Fragen stellst oder herumschnüffelst oder jemals über unsere Begegnung sprichst, wirst du einen blutigen Tod sterben. Wenn ich Einfluss darauf hätte, würde ich ihn so schmerzhaft wie möglich machen. Es liegt also an dir, ob du jetzt hier krepierst oder doch lieber lebst und das hübsche Sümmchen ausgibst, dass ich hier vor mir in dieser doofen Tüte habe.«

Bakic schnappte nach Luft. »Tut mir leid … sehr leid«, stammelte er mit unstetem Blick.

»Beruhige dich und gib mir jetzt die Unterlagen. Danach werde ich aufstehen und weggehen. Darin steckt eine Million hübscher Euros.«

Bakic nahm eine dünne Aktenmappe von seinen Knien, legte sie sorgfältig auf den Tisch. »Mehr als fünfzig Züge verkehren täglich zwischen Milano und Chiasso. Es gibt zwei Dutzend Grenzübergänge, die von Italien ins Tessin führen.«

»Zur Sache«, schnauzte Youssef.

»Die wenigstens sind rund um die Uhr bemannt. Ich habe alle Einsatzpläne von Zollfahndung und Grenzwacht für die nächsten drei Wochen, bis Monatsende. Alle Kontrollen in den Eisenbahnzügen, auf den kleinen Grenzposten, die meistens unbesetzt sind, Einsätze hinter der Grenze mit genauen Ortsangaben, Anzahl und Namen der Beamten.« Bakic holte tief Atem, schob die Aktenmappe zu Youssef hinüber und legte seine zitternden Finger darauf. »Alle Informationen sind auf dem kleinen iPad, der sich in der Mappe befindet.«

Youssef schaute ihn mit verkniffenen Augen an. »Gibt es einen besonders geeigneten Grenzübergang?«

Bakic nickte unterwürfig. »Checkpoint Pedrinate, in den Hügeln über Chiasso. Ich habe ihn auf der Karte markiert. Die Abfertigungsgebäude sind tagelang verwaist.« Einen Moment schlich ein schelmischer Zug auf Bakics Gesicht. »Die Schweiz ist offen wie ein Scheunentor.«

»Bewaffnung?«

»Die Grenzer tragen Ordonnanz, SIG Sauer und Glock, Heckler & Koch MPs ...«

»Ich weiß, was zum Teufel Ordonnanz ist, Arschloch. Verstärkungen?«

»Es gibt zwar eine militärische Einheit von Spezialkräften in Isone. Der Ort liegt ...«

Youssefs Augen blitzten zornig. »Wie stark?«

Bakic erklärte, Bestand und Ausrüstung seien geheim. »Das Spezialdetachement ist allerdings für Geiselbefreiungen trainiert. Die Grenzwacht kann die Truppe anfordern. Ist aber noch nie passiert. Wissen Sie, der Grenzschutz ist eben keine martialische Truppe, er wird mit bürokratischen Zoll- und Asylverfahren zugedeckt.«

»Das ist alles? So wertlos wie Hundescheiße.«

»Ich habe noch etwas«, flüsterte Bakic verschwörerisch. »Ihr bekommt alle Funkfrequenzen.«

»Ist das alles?«

Bakic schüttelte den Kopf. Schweißperlen glänzten auf seiner Stirn.

»Ein Kartenausschnitt, er ist ebenfalls in der Mappe, zeigt euch die grüne Grenze.«

»Was ist das?«

»Das sind Schleichwege und Schmugglerrouten. Forstwege, Waldstraßen, Feldwege, die abseits der offiziellen Grenzübergänge ins Land hineinführen. Geeignet für leichte Transporte mit Allradautos und Kastenwagen.«

»Kontrollen?«

Bakic schüttelte den Kopf. »Stichproben werden an der grünen Grenze kurzfristig angeordnet. Meistens lauert eine Zweierpatrouille irgendwo im Hinterhalt.«

»Nur zwei Grenzwächter?«

»Ja, meistens nachts, in der Regel nur an einer Stelle. Aber die Patrouille kann Verstärkung anfordern. Helikopter, zum Beispiel.«

»Wie viele Helis habt ihr?«

»Zwei.«

Jassir Youssef schien noch nicht zufrieden. Er furchte die Brauen, schob das Kinn nach vorne.

»Was hast du sonst noch an Informationen? Verschweigst du mir etwas?«

»Nein, nein«, beeilte sich Bakic unterwürfig. »Alles ist in der Mappe. Alles.«

Bakic hörte sein Herz wie eine Trommel bollern, als er sich vorbeugte, und den Verschluss der Mappe öffnete. »Alles da drin.« Er wischte sich seine nassen Handflächen an den Hosenbeinen ab.

Youssef spähte hinein, zog das dünne iPad zur Hälfte heraus, drückte mit dem Daumen den blauen Smart Cover weg, kniff prüfend die Augen. Scheinbar zufrieden zog er den Kartenausschnitt hervor, den Bakic erwähnt hatte, studierte auch den kurz. Danach stand er auf und starrte verächtlich auf den Zusammengekauerten herab. »Nicht schlecht, Bakic«, sagte er plötzlich mit einem warmen Lächeln auf den Lippen, das Bakic beinahe dazu brachte, die brisante Situation zu vergessen. »Ich glaube, dass ich den Zaster sinnvoll investiert habe. Aber vergiss meine Warnung nicht.« Er machte eine Handbewegung in Richtung der Verpflegungsautomaten und hielt sich den Zeigefinger an die Schläfe, als wäre es die schallgedämpfte Pistole.

»Ja, schon klar, natürlich.«

»Viel Glück, Bruder.«

Bakics Blick fiel auf die rot-weiße Einkaufstasche, die neben ihm auf dem hellen Parkett stand. Er zog sie heran und starrte auf die Geldscheine.

»Ihnen auch.«

Aber Jassir Youssef war bereits verschwunden.

***

Locarno, Donnerstag, 19:10 Uhr

Als Cooper das Flugfeld Magadino verlassen hatte, überlegte er auf der Fahrt im Taxi nach Vira angestrengt, wie er die Initiative an sich reißen konnte. Nach allem, was bist jetzt geschehen war, verspürte Ken nur Frustration, und Frustration war während einer Operation das Schlimmste und musste abreagiert werden. Sie hatten die Operation eben angefangen und lagen schon auf dem Nullpunkt. »Unter null«, fluchte er in seinen Dreitagebart. Was war zu tun? Man müsste nach Mikes Motto den Kommandanten »suchen und vernichten.« Genau. Mikes Beurteilung stimmte. Wenn sie einen der Unterchefs von Labitzke erwischten, diesen Halit Ghashi oder den berüchtigten Nicolas Bonz, dann bestand die Chance, aus dem Tief herauszufinden. Doch der nächste Tiefschlag stand schon bevor.

Das erste, was Ken sah, als das Taxi langsam von der Hauptstraße zum Campeggio abzweigte, waren Leute, die panisch aus dem großen Zeltplatz herausrannten, geduckt, schreiend, Männer, Frauen, Kinder. Und dann hörte er die Schüsse. Ken spürte den Adrenalinschub in allen Fasern seines Körpers. Er warf dem hinter dem Lenkrad angstvoll geduckten Fahrer einen Hundertfrankenschein über die Schulter, stieg aus und rannte mit gezückter Waffe der fliehenden Menge entgegen. Er gelangte zum Empfangshäuschen, übersah mit raschem Blick die Situation, ging sofort hinter dem grauen, aus Eternitplatten gebauten Toilettentrakt in Deckung. Wieder Schüsse. Von wo sie kamen, war nicht gleich erkennbar. Er riss sein Handy aus der Tasche, drückte auf die Kurzwahl.

»Mike hier, wo bist du, Ken?«, hörte Ken die keuchende Stimme.

Ken atmete aus. »Auf dem Campeggio. Hinter den Waschräumen. Wie ist die Lage?«

»Drei Bewaffnete, siehst du den Camper?«

»Ja, wo bist du?«

»Von dir aus gesehen rechts, ich liege flach am Hinterrad. Die Schützen liegen bei zehn Uhr von mir. Es hat dort einen Bungalow, daneben Buschwerk.«

»Okay. Alles klar. Gib mir Deckung. Ich versuche, sie von hinten zu überraschen. Bereit?«

»Roger, bereit, Ken.«

Ken rannte los. Im Zickzack um zwei Zelte herum. Mike feuerte. Keuchend erreichte Ken den Spielplatz mit einem Hügel in der Mitte, von dem eine Rutsche hinunterführte. Er kroch die kleine Anhöhe hinauf. Oben angekommen schmiegte er sich an die Rutsche, spähte über den Rand. Er sah den Schützen auf dem Bauch liegen, hinter einem Gewehr. Sah nach Kalaschnikow aus, registrierte er automatisch. Sorgfältig nahm er den Kopf des Mannes ins Visier, führte den Abzug seiner SIG Sauer 226 bis zum Druckpunkt, zog langsam durch. Schuss ab. Der Getroffene knickte ein, als wollte er ein Nickerchen machen. Cooper sprach gehetzt ins Handy. »Einer down.« Dann erhob er sich, sprang den Hügel hinunter. Er erreichte den Getroffenen nach etwa zwanzig Metern, warf sich neben ihm zu Boden. Das Gewehr *war* eine Kalaschnikow. Der junge Mann war tot. Ein schwarzes Loch klaffte in seiner Schläfe. Ken nahm das Gewehr an sich, prüfte das Magazin. Halbvoll.

Wieder Schüsse. Diesmal ganz aus der Nähe. Ken sah dichtes Buschwerk vor sich. Er ging darauf zu, trennte vorsichtig die Zweige, schlich behutsam vorwärts.

Mikes Stimme erklang. »Ich mache Ablenkungsmanöver. In zwei, okay?«

»In zwei, verstanden.« Ken zählte die Sekunden ab, während er vorrückte, bis sich ihm eine neue Sicht eröffnete. Der zweite Schütze kniete an der Ecke des dunkelbraunen Bungalows, die Waffe im Anschlag. Nur sein vermummter Kopf und die Laufmündung waren knapp sichtbar. Kein gutes Ziel. Ken beugte sich vor, erspähte die Front des Wohnmobils. Er zählte hundertzehn, als auf dem freien Grasplatz vor dem Bungalow eine heftige Explosion Erde und Rauch in die Luft wirbelte. Schattenhaft bemerkte er Mike, der schräg zu seiner Position geduckt über den Platz rannte.

Der Schütze an der Ecke erhob sich, um zu feuern. Eine Salve aus Kens erbeuteter Kalaschnikow streckte ihn nieder.

»Zweiter down«, keuchte er in das Handy. Jetzt galt es, den Dritten wenn möglich lebendig zu fassen. Ken rannte zum Bungalow in der Annahme, der Dritte habe sich an der anderen Ecke in Stellung geworfen. Aber er täuschte sich, sah den Schatten zu spät. Als er alarmiert zur Dachtraufe hochschaute, blickte er in eine Laufmündung. Sie zielte haargenau auf ihn. Noch versuchte Ken, die Waffe hochzureißen, zu feuern. Er kam zu spät. Drei Schüsse krachten. Er wunderte sich, dass er nichts spürte.

»Das war verdammt knapp.« Mikes Stimme hatte noch nie so wundervoll geklungen wie in diesem Augenblick. Den Schützen schlug es zuerst rückwärts auf das Dach, dann rollte er bizarr verrenkt wie in Zeitlupe zur Traufe und plumpste hinunter ins Gras, genau vor Kens Füße.

»Danke, Mike«, keuchte er und entwand mit schnellem Griff dem Getroffenen die Kalaschnikow.

»Ich versuchte, ihn nicht tödlich zu treffen. Schauen wir mal«, sagte Mike ganz cool, während er seine Pistole in den Hosenbund steckte.

Der Kerl stöhnte, er blutete an der Schulter. Die Hose an einem Oberschenkel färbte sich rot. Michael durchsuchte seine Taschen, zog eine flache Geldbörse heraus, durchwühlte sie. »Hier ist ein Führerschein.« Er reichte Ken die Plastikarte mit Foto. »Schau, es ist Nicolas Bonz.«

»Endlich eine gute Nachricht.«

»Er überlebt«, sagte Michael. »Komm, pack an. Wir schleppen ihn in den Camper.«

Aus der Ferne jaulten Polizeistreifen heran. Ken hob den Kopf, lauschte. »Ich regle das, wenn die Polizei eintrifft«, entschied er. »Los, pack an.«

***

»Wir hatten ein Riesenschwein«, erzählte Mike eine Stunde später, während er die Druckverbände an den Schusswunden des Terroristen wechselte. Der lag auf der Schlafkoje, auf dem Rücken, Hände und Füße hatte Mike professionell gefesselt. Gelernt ist gelernt. Er hatte gut drei Jahre bei der Kantonspolizei Zürich in der Abteilung Gewaltverbrechen Dienst geleistet und mehr als ein paar schwere Jungs hinter Gitter gebracht.

»Ich war im Begriff, vorne am Kiosk Zigaretten zu holen, als ich den Pick-up herankurven sah. Die drei Typen, die ausstiegen, waren alles andere als Campingfreunde. Weißt du, Ken, mit der Zeit kannst du ein kriminelles Profil einfach im Schlaf erkennen. Ich rannte ins Wohnmobil zurück, rüstete mich aus mit dem, was du so brauchst, wenn die Kugeln zu fliegen beginnen.« Er grinste. »Die Burschen rechneten nicht mit Widerstand.«

Ken nippte an einem Bier. »Du glaubst, sie haben es auf dich abgesehen?«

»Oder auf dich. Egal. Als sie sahen, wie meine Uzi auf sie zielte, gingen sie in Deckung und begannen, wild zu ballern. Es hat leider ein paar Einschläge in der Schale unseres trauten Heims, und die Reifen sind platt. Wie bist du mit der Polizei klargekommen?«

»Jessica Ponte stieg aus einer der Streifen. Ich tischte ihr eine Story auf. Zwei Tote, Notwehr. Ich gab ihr den Köder, dass es gesuchte Terroristen sind, was ja vermutlich stimmt. Vom dritten, dem da, weiß die Polizei nichts. Jessica war sehr kooperativ, wenn du verstehst, was ich meine. Sie hätte ja das Wohnmobil inspizieren können. Eigentlich war ich überrascht, dass sie gar kein Interesse daran zeigte.«

Mike erhob sich vom Verletzten. »Nun, alles ist nochmals gut gelaufen. Zum Glück bist du im richtigen Moment aufgekreuzt.« Er zeigte mit einem Schlenker auf den Verletzten. »Wir können mit dem Verhör beginnen, was meinst du?«

»Die harte Methode, nichts anderes«, stimmte Ken zu.

»Klar. Das Wasser und die Tücher liegen bereit«, grinste Mike.

Ken rieb sich den Hinterkopf, dann das Kinn, schürzte stirnrunzelnd die Lippe. Mike kannte diese ominöse Geste nur zu gut. »Was ist?«, fragte er besorgt.

»Nun, ich frage mich, wer den Killern unseren Standort verraten hat.«

Mike nickte bedächtig. »Hast du einen Verdacht?«

»Es gibt nur zwei Personen, Mike, die wussten wo wir uns eingerichtet haben. Jessica Ponte und Louis de Pourtales.«

Jetzt kratzte Michael sich den Hinterkopf.

***

Ascona, Donnerstag, 20:30 Uhr
Die Ausstellung in Ascona war für eine Woche in der Galerie für moderne Kunst Vito Bomorone angesetzt, ein weiß gekalktes Haus, früher eine Alfa Romeo Autoreparaturwerkstätte, nicht weit von der Piazza, an der Hauptstraße nach Brissago.

Florence hatte den Besitzer, Conte Bomorone, vor einem halben Jahr bei einer Wohltätigkeitsauktion im Grandhotel Lausanne Palace getroffen, als dort gerade die Konferenz zwischen dem Iran und den USA über den Atomstreit zu Ende ging. Der Graf, Besitzer von ein paar im englischen Stil überbauten Inseln im Lago di Como, zeigte Interesse an ihrer Malerei. Er wollte sie unbedingt in ihrem Atelier auf Sulpice besuchen, um zu sehen, an was sie arbeitet. Florence willigte ein, empfing eine Woche später den Conte, der nach zehn Minuten unverblümter Schmeichelei ihr eine Ausstellung in seiner Galerie anbot, gegen bloß fünfzig Prozent der Einnahmen. Florence machte sich keine Illusionen darüber, dass für den Grafen das Geld von Louis und nicht ihr Talent die Hauptattraktion darstellte. Sie hatte längst begriffen, wie Reichtum als unsichtbares Magnetfeld die Leute aus ihrem normalen Verhaltensmuster hinausbewegte, aber auch gelernt, damit zu leben. Ob die Motive des Grafen echt oder gespielt waren, konnte ihr schließlich egal sein, denn sie wollte eine Ausstellung – mehr als alles andere in ihrem Leben, ausgenommen ein Kind … Diesen sehnlichen Wunsch wollte Louis ihr nicht erfüllen.

Conte Bomorone hatte ihr eine kleine Feier als Vernissage am Vorabend der Eröffnung vorgeschlagen. Die Party würde das Interesse wecken, sagte er, und in der Öffentlichkeit die Trommel für ihr Werk rühren. Louis fand am bevorstehenden Rummel, wie er meinte, keinen Gefallen, doch plötzlich schien er seine Meinung geändert zu haben. Florence vermutete, er hatte eingesehen, dass ein Cousin des Grafen einen hohen Posten im Fiat-Konzern bekleidete. Frühere Versuche, mit Fiat ins Geschäft zu kommen, hatten lange keine Erfolge gebracht. Fiat war für Louis deshalb attraktiv, weil der Konzern Autos, Maschinen, Waffensysteme praktisch unbehindert von der italienischen Bürokratie in alle Länder exportieren konnte. Louis wollte schon immer von den attraktiven

Exportmöglichkeiten der Italiener für den Vertrieb seiner Roboter-Waffen profitieren. Die Schweiz dagegen war für Loréans Systems & Components wegen der restriktiven Waffenausfuhrgesetze ein holpriges Pflaster.

Als die Türen um halb acht Uhr öffneten und die Wärme eines lauen Sommerabends in die Galerie strömte, offerierten zwei attraktive Kellnerinnen in weißen Blusen und schwarzen Minijupes Kelche mit *Taittinger Blanc de Blanc* und Kanapees allen, die über die Schwelle schritten. Florence' Befürchtungen, dass niemand kommen würde, verflogen augenblicklich. Die Stammkunden der Galerie erschienen, Passanten, angezogen von der Aussicht auf einen Gratisdrink, dann ihre Freunde und Bekannten. Wochenlang hatte sie herumtelefoniert, E-Mails aus ihrem elektronischen Adressbuch versandt, darunter an Leute, die sie seit Jahren nicht mehr gesehen hatte. Viele kreuzten auf, einige nahmen sogar noch ihre Freunde mit. Ascona quoll in der Hochsaison über von Gästen aus der Schweiz, Deutschland und dem nahen Italien. Aus dem Luxushotel Eden Roc allein kamen Kleinbusse und Limousinen mit interessierten Kunstfreunden. Schon nach einer Stunde füllte eine bunte Gesellschaft von über hundert Besuchern die kleine Galerie, viele davon strömten auf den gepflasterten Vorplatz, wo sich die Raucher versammelten.

Nach dem zweiten Glas Champagner genoss Florence endlich ihre Vernissage. Ihr Werk bestand aus zweiundzwanzig Bildern, abstrakte, einfache Motive aus starken Farben, sehr dekorativ. Wie die Bilder jetzt beleuchtet waren, schauten ihre Werke solide und professionell aus. Ein junger Reporter von der *NZZ am Sonntag*, der am Nachmittag bei einem Golfturnier gespielt hatte, verglich ihre Betonung auf Einfachheit mit Piet Mondrians Formenstrenge. Florence' einzige Sorge war, dass noch nichts verkauft worden war. Conte Bomorone hatte nach ihrem Empfinden die Preise zu hoch angesetzt. Fünftausend für die kleineren Gemälde bis zu neuntausend für das größte, das einen transparenten Körper symbolisierte. *Der digitale Bürger.*

Sie versuchte den Gedanken an die Blamage, dass am Ende nichts verkauft würde, zu verdrängen und sich auf ihr Gegenüber zu konzentrieren, das ihr etwas gesagt hatte. Im rauschenden Lärm des Stimmengewirrs war es schwierig, das eigene Wort zu verstehen. Sie legte eine Hand auf den Arm des großen, stämmigen Mannes. »Entschuldigung, wie haben Sie gesagt, ist Ihr Name?«

»Igor Propokiew, ich habe mit Louis letztes Jahr an der Epul Lausanne einen Workshop geleitet. Über künstliche Intelligenz. Ich hatte eben gesagt, dass wir uns zum ersten Mal bei Rochat in Crissier zum Abendessen getroffen haben.«

»Um Himmels willen, natürlich, im Hotel de Ville. Wie geht es Ihnen?« Sie schüttelte seine Hand und musterte ihn erstmals richtig: groß gewachsen, silbergraue Mähne, asketisch. Er wirkte autoritär. Oder abgebrüht? Propokiew, überlegte sie rasend, war doch der russische Magnat, dem Louis, ohne ihr Einverständnis einzuholen, eine Beteiligung an der Firma angeboten hatte. Sie hatte sich all die Jahre leider zu wenig um das Geschäftsgebaren ihres Mannes gekümmert und konnte den bevorstehenden Verkauf vermutlich nicht mehr verhindern. Sie fasste sich: »Es ist seltsam, ich bin mit all meinen Freunden zu dieser Party gekommen. Ich glaube nicht, dass wir uns näher kennen, oder?«

»Ich glaube nicht.«

»Nun, danke, dass Sie gekommen sind. Louis hat mir von Ihnen erzählt. Sie sind unser neuer Partner?«

Er lächelte nicht. »Louis ist schwierig zu erreichen, ich nehme an, er kommt auch noch?«

»Ich hoffe sehr.« Ihre Augen flackerten zum Eingang in der Hoffnung, er würde über die Schwelle treten. Alles, was er bis jetzt beigetragen hatte, war die Abordnung des verschwiegenen Bodyguard, der sich am Eingang wie ein Nachtclub-Rausschmeißer aufgestellt hatte und ab und zu etwas in seinen Ärmel murmelte.

»Also, was hat Sie hergebracht? Sind Sie ein Kunstfreund oder rein zufällig vorbeigekommen?«

»Weder noch, Louis hat mich eingeladen.«

»Was? Ach so …«

»Nun, ich war selber überrascht, weil bei unserem letzten Treffen eine Missstimmung aufgekommen ist. Ich möchte das nun in Ordnung bringen. Nichts für ungut. Mir gefallen Ihre Werke. Also, wenn er nicht da ist … ich komme ein andermal vorbei …«

»Danke. Sie gehen doch nicht schon wieder?« Sie war immer noch irritiert, dass Louis einen Gast eingeladen hatte, ohne ihr etwas zu sagen. »Vielleicht kaufen Sie etwas?«

Er zuckte mit den Achseln. »Gut möglich. Die Preise scheinen mir angemessen. Wir könnten darüber morgen Abend reden.«

»Morgen Abend?«

»Ich habe Louis in mein Haus in Cassarate eingeladen, das ist …«

»Ich weiß, bei Lugano. Nun, erzählen Sie mir von Louis –«

»Florence, Darling, du bist raffiniert«, hörte sie eine Frauenstimme hinter sich und spürte, wie jemand ihren Ellenbogen packte. Sich umdrehend blickte sie in das breite, blasse Gesicht und die grauen Augen von Elena Golycheva, eine der Russinnen, Mitte dreißig, die mit einem Hedge-Fonds-Titanen verheiratet war. Auf den Finanzplätzen wimmelte es seit langem von Russen, die ihre Fonds und Family Offices in Genf, Zürich oder Lugano aufgebaut hatten. Sie wohnten in reichen Gemeinden, die ihnen die Pauschalbesteuerung für ein paar hunderttausend Franken im Jahr gewährten. Sie kauften Immobilien in besten Lagen zusammen, und der einzige Gesprächsstoff schienen die internationalen Schulen zu sein, die leider nur auf Englisch unterrichteten.

»Wie schön, dass du gekommen bist«, sagte Florence.

»Wie schön von dir, mich einzuladen.«

Sie küssten sich flüchtig und Florence wirbelte herum, um sie Igor Propokiew vorzustellen, aber der hatte sich weggedrückt und sprach mit dem Reporter der *NZZ*. Das war das Mühsame auf diesen Partys: bei einer Person steckenbleiben, mit der du nicht reden willst, während jemand, mit dem du sprechen möchtest, extrem verlockend in Sichtweite steht.

»Ich beneide dich so, dass du die Zeit hast in deinem Leben, so etwas zu machen. Ich meine, mit meinen drei Kids, da bin ich einfach voll dran, das killt jeden schöpferischen Funken, du hast es schön … Seit wann kennst du den Grafen Botticelli?«

»Bomorone.« Über ihre Schulter sah Florence eine stattliche Figur die Galerie betreten, fremd und doch vertraut. »Entschuldige mich eine Minute, Elena, ja?« Sie schlüpfte weg und ging hinüber zur Tür. »Mister Cooper?«

»Madame Pourtales.« Cooper drückte höflich ihre Hand.

***

Florence bemerkte, dass Cooper eleganter gekleidet war als in seinem Büro in Zürich vor zwei Tagen. Er trug einen dunkelblauen Blazer, der unter dem Revers sonderbarerweise ein Loch aufwies, und ein hellblaues Hemd, das zu seinen Augen passte, keine Krawatte, enge Cordhosen. Er verschmolz vollkommen mit der Menge und schien sich bewusst, dass ihm die Frauen heimlich Blicke zuwarfen. Ein Lebemann. Eine Kellnerin trat zu ihm mit einem Tablett Champagner, den er vermutlich genussvoll schlürfen würde – mit dem Habitus eines Playboys. Doch Cooper schüttelte lächelnd den Kopf »Danke, ein Glas Wasser, mit Gas, bitte.«

Ein Fotograf des *Corriere del Ticino* kam heran und schoss ein paar Bilder von ihnen, wie sie nebeneinanderstanden.

»Wo ist Ihr Mann? Ist er auch da? Ich habe ihn draußen nicht gesehen.«

»Noch nicht. Warum, wollen Sie ihn sehen?«

»Nein, ich kam wegen Ihrer Ausstellung.«

Graf Bomorone schob sich heran, deutlich neugierig. »Tutto bene?«, fragte er und Florence sah sich plötzlich gezwungen, den Galeriebesitzer und den CEO der Sicherheitsfirma bekannt zu machen. Der Graf war ein beleibter junger Mann, von Kopf bis Fuß in schwarze Seide gekleidet – Armani T-Shirt, Jacke, Hose, modische Zen Slipper. Er und Cooper betrachteten sich mit gegenseitigem Unverständnis, als wären sie unterschiedliche Spezies.

»Ah, Sie sind in Security tätig«, nahm Bomorone den Faden auf, »quasi einer dieser Schnüffler. Da muss Sie ja *Der digitale Bürger* interessieren.«

»*Digitaler Bürger?*«

»Ich zeige es Ihnen«, sagte Florence, froh über die Gelegenheit, die beiden zu trennen.

Sie führte Cooper hinüber zum großen Bild, dem abstrakten Mann, der im Spotlicht strahlte. Er sah gespenstisch und beunruhigend aus.

Cooper schritt wortlos an der Gestalt vorbei zu einer Nische, wo er ein junges Paar aufscheuchte, das Kelche in den Händen hielt, sich küsste und Champagner von Mund zu Mund spülte.

Cooper stellte sein Wasserglas ab. Unter normalen Umständen hätte er Madame Pourtales höflich nach ihrer Arbeitstechnik gefragt, wie sie auf diese Art Kunst gekommen sei, doch stattdessen fragte er, was ihr Mann von ihren eigenartigen Schöpfungen halte.

»Louis«, sagte sie, die Lippen abschätzig schürfend, »sein Gebiet sind Roboter, Roboter, Maschinen, digitale Kunstwerke, wie er einst bemerkte. Sie halten uns sicher für ein ziemlich seltsames Ehepaar.«

Cooper schien nicht zuzuhören. »Wissen Sie, dass er eine Tochter hat?«

Sie schüttelte verwirrt den Kopf, die Brauen tief gefurcht. »Soll das ein Witz sein?«

»Sie heißt Alice Goran, ist knapp dreißig. Offenbar halten Sie sie für die Schlampe, mit der er eine Affäre haben soll.«

Sie ließ das Glas fallen. Klirrend zerschellte es auf den Steinfliesen.

»Ist das … wahr …?« Sie wich benommen zurück.

»Kein Zweifel, Madam.«

Ihr Antlitz lief rot an. »Ich bringe ihn um …« Sie schrie es hinaus: »Ich bringe ihn um.«

Ein paar Köpfe drehten sich nach ihr um.

Ein Kind mit einer anderen, war es denn noch fassbar. »Mich lässt der Mistkerl sitzen … Von wem?« stieß sie hervor.

»Die Mutter ist eine Muslimin … Alice hat …«

»Ah, eine die er in Beirut gefickt hat …«

Cooper trat näher, fasste sie am Arm. »Alice hat keinen Kontakt mehr zu ihr.«

»Ich bringe das Schwein um«, sagte sie zum dritten Mal.

»Das werden vielleicht andere machen.«

Mit offenem Mund starrte sie ihn entsetzt an.

»Kommen Sie.« Cooper schob sie behutsam in die Nische hinein. Er erzählte ihr von der Entführung, dass die Kidnapper zu allem imstande seien, Louis sei ernsthaft in Gefahr. Als er geschlossen hatte, klammerte sie sich an den Fenstersims, leichenblass im Gesicht. »Geschieht ihm recht«, hauchte sie kaum hörbar.

»Was war der Grund, dass Sie mich in Zürich aufsuchten?«, fragte Cooper. »Sicher nicht die angebliche Affäre, habe ich recht?«

Florence wandte sich ab, blickte zum geriffelten Fenster, hinter dem sich schattenhafte Umrisse bewegten. »Er hat meine Firma verschachert. An den Russen. Igor Propokiew. Ich wusste lange nichts davon. Er kann über alle meine Aktien verfügen, ich habe sie ihm anvertraut.«

»Ist das die ganze Geschichte?«

Sie schüttelte verbissen ihren schönen Kopf. »Igor ist ein Schlitzohr. Eben war er noch hier. Louis macht mit ihm krumme Geschäfte in Nahost. Beirut. Er liefert Waffen …«

»An wen?«

Sie hatte sich gefasst, drehte sich um und schaute ihm in die Augen. »Ich bin neulich dahintergekommen. In seinem Büro, als er auf Geschäftsreise war. Es scheint, dass die Ware offiziell nach Russland geht, mit Exportbewilligung des SECO, das ist …«

»Ich weiß, die Stelle im Volkswirtschaftsdepartement, die Ausfuhren bewilligt.«

»Dann leitet sie Propokiew scheinbar in den Nahen Osten weiter.«

»Roboter-Waffen?«

Sie schüttelte den Kopf. »Bis jetzt noch nicht. Aber … ja, unsere Sturmgewehre gehen auf diesem Weg dorthin.« Stolz flackerte in ihren Augen auf. »Die LSE 14 sind heute mit Abstand die besten Schnellfeuergewehre des Westens. Einfach, robust, präzis.«

»Wenn es die besten sind, ist es naheliegend, dass der Russe sie an Verbündete liefert, nicht an den Feind.«

Sie zuckte mit den Achseln. »Ich werde es noch herausfinden.«

Cooper schwieg. Er rechnete sich aus, wie viel diese brisanten Aufträge einbringen würden. Die Abnehmer mussten über enorme Geldmittel verfügen. Er dachte an den »Islamischen Staat«, der mit Öl und geraubten Kunstschätzen Milliarden gescheffelt hatte, bis heute. Praktisch unbehindert von der westlichen Allianz und den schiitischen Kampfbrigaden, gelang es den salafistischen Extremisten, sich weiterhin mit diesen lukrativen Geschäften zu finanzieren.

»Was wollen Sie von mir?«, unterbrach Florence sein Sinnieren.

»Nichts. Sie haben mir genug gesagt.«

»Und Louis? Weiß er, dass ich es weiß?«

»Nein. Es bleibt unter uns. Er hat uns engagiert, um Alice freizubekommen.«

Die Menge in der Galerie hatte sich gelichtet. Viele Gäste hatten sich draußen auf der Terrasse versammelt, um die laue Nacht zu genießen. Graf Bomorone schlich ein paar Mal an der Nische vorbei. Florence behandelte ihn wie Luft. »Wie kann ich helfen?«, fragte sie, als eine Kellnerin herankam, um die Scherben zu besichtigen.

Cooper überlegte. Nach einer Weile sagte er: »Mit Informationen, Madame. Können Sie mir Unterlagen über die laufenden Geschäfte beschaffen? Und die geplanten, wenn möglich? Alles, was Sie finden. Ist Propokiew noch da?«

Sie schaute sich um. »Ich glaube, er ist schon wieder weg.«

Es war, als stünde plötzlich eine verwandelte Florence vor ihm. Ihre Augen funkelten unternehmungslustig. Es schien Cooper, als hätte sich zwischen ihnen eine Bindung entwickelt. Komplizin? Rächerin? Ihre Motive waren ihm egal, solange sie ihm Informationen lieferte.

Florence löste sich von ihm. »Ich schaue, was ich machen kann. Ich muss mich jetzt wieder um meine Gäste kümmern.«

Cooper sah ihr nach. Der rote Einteiler, eines der dezenten Stücke, das sie gut trug und das ihren attraktiven Formen schmeichelte. Mit High Heels, spitz und hoch, sie kam schließlich nicht zu einem Picknick. Ken verdrückte sich diskret an den gut gestimmten Gästen vorbei zur Straße, fand seinen etwas zu auffälligen Mietwagen, zog die Jacke mit dem Einschussloch am Revers aus. Das Souvenir stammte von einer Kugel, die sich im Feuergefecht in den Kleiderkasten verirrt hatte.

Ken stieg ein und fuhr los, Richtung Campeggio di Vira.

***

Donnerstag, 23:00 Uhr, Campeggio di Vira

Im Camper brannte Licht. Rotweiße Tatortbänder der Polizei sperrten die Umgebung immer noch weiträumig ab. Cooper bückte sich unten durch, klopfte an die Tür und trat ein.

»Wie war die Party? Scharfe Miezen?«, blaffte Michael, der damit beschäftigt war, ein Plastikglas an der geborstene Scheiben zu befestigen.

Cooper setzte sich, angelte sich ein Bier aus dem Eiskasten, nahm einen Schluck aus der Flasche und holte zu einem kurzen Bericht aus. »Übrigens, die Polizei kommt morgen nochmals vorbei, um den Schaden am Wohnmobil aufzunehmen«, schloss er.

Die Schlafkoje war leer, von frischen, weißen Laken überzogen.

Ken hatte sich vor den Bildschirmen installiert. Vor ihm auf der Tischplatte lagen zwei Mobiltelefone. Eins gehörte Bonz, das andere hatte Ken dem Terroristen abgenommen, den er zuerst tödlich getroffen hatte.

Hans Bieris Gesicht füllte die Hälfte des Bildschirms auf der linken Seite aus. »Zeig mir das Telefon von Bonz, sodass ich das Menu auf dem Screen sehe«, sagte er.

Ken ließ den kleinen Bildschirm des Handys aufleuchten und hielt ihn vor die Kamera des Desktop Computers.

»Okay, ich sehe es. Aktiviere jetzt Bluetooth …«

Ken sah das Icon und klickte darauf.

»Gut, jetzt schalte die Verbindung auf den Desktop.«

»Moment … ist gemacht.«

»Ist gut, ich sehe es. Ich kann jetzt die Daten abrufen. Es dauert eine Weile. In der Zwischenzeit kannst du das andere Handy verbinden.«

Hans Bieri hatte Ken die Lage drastisch geschildert. Nach den Enthüllungen von Ex-NSA-Agent Edward Snowden gerieten die Nachrichtendienste ins Hintertreffen. Aufgebrachte Bürger, Medien, Politiker aller Schattierungen wehrten sich gegen die publik gemachten Schnüffeleien der Geheimdienste. Die totalen Überwachungen der Telekommunikation durch NSA, CIA und andere Geheimdienste müssten zum Schutz der Privatsphäre verboten werden, ereiferten sie sich. Nicht zu reden von raschen Hausdurchsuchungen ohne richterlichen Befehl. Die Dienste mussten sich nach dem Snowden-GAU, der wie ein Gewittersturm über sie hereinbrach, neu organisieren. Terrororganisationen wie Al-Qaida oder der IS verfügten auf der anderen Seite über gewiefte IT-Spezialisten, die in eigens aufgebauten Cyber-Divisionen Apps entwickelten, mit denen die global operierenden Killer ihre Nachrichten verschlüsseln konnten. Zudem ging an alle Dschihadisten die Weisung heraus, nur noch Android-Telefone zu verwenden, deren Mitteilungen nur mühsam abzufischen waren.

»Diese Apps sind äußerst schwierig aufzugreifen, und wenn wir sie haben, ist die Entschlüsselung die nächste Knacknuss«, erklärte Bieri.

»Was willst du jetzt machen?«

»Also, hör zu, wir haben jetzt zwei Terroristenhandys, mit denen verschlüsselt kommuniziert wurde. Die Interaktion zwischen den Telefonen sollte mir eine Menge Daten liefern.«

»Die Anruferliste?«

»Nicht nur die. Ich versuche, die geheimen Apps herauszufischen, dann lasse ich meine Decodierungssoftware laufen.«

Bieris erwartungsvoll gehobene Brauen füllten den halben Bildschirm.

»Okay«, sagte Ken, »sieht nach einem guten Plan aus. Wie lange brauchst du?«

»Es ist eine Sache von Stunden, Ken. Und ob es gelingt, steht noch in den Sternen.«

»Tausche dich auf jeden Fall mit unserem NSA-Kontakt aus.«

Bieri nickte mehrmals. »Das mache ich bestimmt. Die arbeiten auch mit Volldampf daran. Ich melde mich wieder, wenn es etwas Neues gibt. Ist gut?«

»Ja, viel Glück, Hans. Wir brechen ab.«

***

Es waren erst ein paar Stunden vergangen, seit Michael Cooper das Verhör des festgenommenen Terroristen beendet hatte. Nicolas Bonz hatte am Ende gesungen. Sie singen immer … Aber bis es soweit war, hatte Michael einiges zu tun gehabt …

… Rückblickend hatte er sich in alte Zeiten zurückversetzt gefühlt, an den Hindukusch, wo sie Taliban mit raffinierter Folter zum Reden brachten, an die Verhörräume der Zürcher Kantonspolizei, wo Detektiv Michael Cooper als Vernehmungsexperte wenig zimperliche Methoden eingeführt hatte.

»Ich nehme dir jetzt das Klebeband ab«, sagte Michael. »Wenn du uns alles erzählst, sind wir rasch miteinander fertig.« Mit einer schnellen Bewegung riss er das Pflaster weg.

Der Gefangene, den sie als Bonz identifiziert hatten, lachte. »Ihr könnt mich mal. Ungläubige seid ihr. Wenn ihr den Islam nicht annehmt, geht ihr durch *Jahannam.* Die Hölle.«

Michael nahm ein triefend nasses Tuch in die Hand. »Wie du willst. Wie wär's zum Anfangen mit dem Vorhof zur Hölle? Ich lege dir jetzt einen Lappen voll Wasser auf deine Islamistenfratze.«

Bonz sprach erregt. »Ich bin ein Kämpfer … Soldat des Kalifen. Nach Genfer Konvention habt ihr nicht das Recht –«

Er verstummte jäh, als ihm Mike den getränkten Lappen auf den Mund schlug. »Recht? Ach so? Gottes-Terroristen, die zum Abschlachten ins Land kommen, haben Rechte?«

Ken drückte beide Fäuste wie die Zangen eines Schraubstocks an den Kopf des Gefesselten. Michael tat wie angekündigt, presste das Tuch fest auf das Gesicht, goss aus einem Krug einen Schwall Wasser darüber, drückte noch fester darauf. Bonz ächzte, bäumte sich auf, seine Brust wogte. Michael ließ nicht locker. Nach einer Ewigkeit, schien es Ken, entfernte er das Tuch.

»Also, wer bist du? Wer ist dein Chef?«

Der Junge schüttelte den Kopf. »Allah steht mir bei.«

Das nasse Tuch, ein neuer Aufguss setzten die Tortur fort. Der Junge wimmerte, zappelte, wand sich in den Fesseln. Erst als er erschlaffte, nahm Michael das Folterzeug weg.

»Waterboarding, nennt sich das, du Frontschwein. Ich habe Zeit, also … redest du jetzt?«

Der Junge spuckte, keuchte, rang nach Luft. »Fuck you!«

Michael schnaubte. »Steht das etwa im Koran?« Er versetzte ihm einen Faustschlag ans Kinn. »Na schön, dann probieren wir mal die afrikanische Methode. Weißt du, wie die geht? Ach so, das wisst ihr nicht. Hat euch das der Massenmörder eines Kalifen nicht beigebracht?«

Michael packte brutal zu, drehte den Jungen auf den Bauch, riss ihm die Hosen runter. Er fixierte ein Seil um die Kniekehlen, straffte es, sodass sein Hinterteil empor gezwungen wurde. »Dein stinkender Terroristenarsch schaut jetzt ganz schön in die Luft, genau wie es sein muss. Ich ramme dir jetzt ein glühendes Eisen in dein Arschloch, tut ein bisschen weh … Die afrikanische Guerillamethode.«

Michael ging zum Kochherd, hantierte mit Geräten, dann hielt er einen etwa dreißig Zentimeter langen Meißel über die volle Gasflamme des Herds. Ken verklebte unterdessen dem Jungen den Mund. »Ich kann dein jämmerliches Geschrei und Gewinsel nicht ausstehen.«

Es dauerte ein paar Minuten, bis das Eisen zu glühen anfing. Michael fasste es mit einem Küchenhandschuh, kam zur Koje zurück, tippte damit dem Jungen auf die Schusswunde am Oberschenkel. Der Gequälte schrie erstickt auf, röchelte.

»Ich steck ihn dir jetzt hinten rein, bereit? Oder willst du uns etwas erzählen?« Michael tupfte mit dem glühenden Spitz nochmals auf die Haut, diesmal im Schritt.

Der Junge gab heftige, erstickte Laute von sich, nickte Staccato, zuckte mit allen Gliedern.

»Das hat aber gesessen.« Michael riss ihm den Knebel vom Mund weg, drehte den mürbe Gewordenen herum, setzte ihn auf die Bettkante, hielt ihm ein Päckchen Zigaretten unter die Nase.

»Ein Sargnagel?«

Bonz nickte stumm, ließ sich die Zigarette in den Mund stecken und Feuer geben. »Also, der Deal ist folgender«, sagte Michael versöhnlicher. »Wenn du uns alles erzählst und wir zufrieden sind, lassen wir dich vielleicht laufen. Kapiert.«

»Ja, ja!«

Michael streckte einen Daumen zu Ken, der abgewandt den Kopf in den Händen vergraben am kleinen Esstisch saß. Die Verhörmethoden von Ex-Polizist Michael Cooper hatte den hartgesottenen Ken zum Schaudern gebracht. Aber Mike wusste, wie man einen Verdächtigen professionell demontierte. Das Ergebnis gab ihm schließlich Recht.

Wie sich herausstellte, war der fanatische Terrorist Bonz, genannt Abu Malik, ein Schweizer, ursprünglich aus Winterthur, der sechstgrößten Schweizer Stadt. Er blieb verstockt, erzählte stückweise, und Mike musste wiederholt mit dem heißen Meißel drohend nachhelfen. Doch allmählich ergab sich ein Bild von einem Sägewerk, das hoch über Locarno lag, wo der Helikopter mit Waffen und Munition gelandet war. Kein Zweifel, die entführte Alice schmachtete dort in einem Versteck, einer Höhle, zu der vom Sägewerk ein geheimer Gang führte. Über den berüchtigten Halit Ghashi gab er nur zögernd Auskunft, wohl deshalb, weil der gesuchte Killer hierarchisch über ihm stand. Er hatte ihn im Knast kennengelernt, wo Ghashi auch noch andere Häftlinge mit dem Koran bearbeitet hatte, um sie für den Kampf gegen die Ungläubigen zu rekrutieren.

»Wo ist Halit Ghashi jetzt?«

Bonz kniff die Augen. »Die Bullen haben ihn abgemurkst. In Bern, auf offener Straße vor dem Hotel Bellevue.«

»Lügner!«, schrie Mike. »Der Tote in Bern war nicht Ghashi. Wo ist Ghashi?« Mike machte zwei Schritte zum Herd, schaltete die Flamme ein und legte den Meißel ins Feuer. »Wir fangen von vorne an …«

Bonz versuchte, das schmerzende Kinn auf seiner Brust zu reiben. »Tut mir Leid … Verwechslung …«, stöhnte er. »Ghashi, Halit Ghashi, ist nicht gefallen … Hat in Bern gekämpft. Hat den Überfall geleitet … Jetzt ist er hier, im Tessin, wo die anderen sind. Ich weiß nicht wo … . Ich kenne nur das Sägewerk, keine anderen Verstecke.«

Mike rückte mit dem glühenden Eisen in der Faust näher heran. Bonz wich zurück, die Augen vor Entsetzen geweitet. »Ich … ich sage alles … Ich war in Bern der Fahrer … die Bullen … sie haben Abdullah umgebracht … als er neben meiner Karre stand, traf ihn ein Schuss …«

Mike prüfte mit raschem Seitenblick das Minitonbandgerät, stellte fest, dass es weiterlief.

»Du hast gesagt, der Kommandant sei mit Alice oben am Sägewerk weggefahren?«

»Ja, das stimmt«, keuchte Bonz mit angstvoll geweiteten Augen.

»Wohin?«

»Einer hat gehört, wie er ihr sagte, ›wir gehen in eine Stadt‹.«

»Welche Stadt?«

»Das weiß ich nicht.«

»Wie heißt der Kommandant?«

»Wir nennen ihn Charon, er will das so.«

»Kein anderer Name.«

»Nein.«

Michael schaute skeptisch zu Ken. »Kannst du das Bild von Labitzke abrufen?«

Ken trat nickend an den größeren von zwei Bildschirmen und bearbeitete die Tastatur. »Komm, Bonz. Schau her. Ist das dein Kommandant? Sieht er so aus?

Nicolas hopste willig heran, studierte das Konterfei, nickte.

»Heißt das ja?«

»Nein, das ist er nicht. Er sieht ihm ähnlich, aber …« Er schüttelte den Kopf. »Das ist … scheint nicht … Charon … Nein.«

»Wer sind die andern? Die Unterkommandanten?

»Weiß ich nicht. Die Aufgaben sind verteilt, um die Organisation zu schützen. Ich kenne nur Ghashi.«

»Wieso bist du so verdammt sicher?«

Bonz rieb sich das Kinn. »Nein, bin ich nicht. Es könnte Charon gewesen sein …« Er zeigte mit dem Finger auf den Bildschirm. »Er sieht ähnlich aus, aber … nein … vielleicht.« Er stöhnte.

»Setz dich. Kaffee?«

»Mmm.«

Ken betätigte die Espressomaschine, während Michael dem Jungen die Fußfesseln abnahm, ihm die Wunden neu versorgte. »Gehst du regelmäßig in die Moschee?«

Bonz führte die Kaffeetasse mit den gefesselten Händen an den Mund. »Ja, am Anfang noch in die An'Nur-Moschee in Winterthur. Aber die Brüder dort waren mir zu weich.« Er nahm einen Schluck, lachte. »Papiermuslime. Dann, später, besuchte ich die Moschee in Biel. Dort hat es eine Salafisten-Gruppe. Ich bin Salafist, das ist die echte Religion. In Biel gefiel es mir besser.«

»Gehört Romano Francho, der Imam von Biel, auch zur Gruppe?«

»Der? Nein, der ist zu wenig radikal.«

»Du warst in Syrien, hast dich anwerben lassen. Hast du Freunde in Biel, die wie du nach Syrien zu dieser Mörderorganisation wollten?«

Bonz nickte. »Wir sind nur fünf in der salafistischen Gruppe, andere, die sich uns anschließen wollten, waren zu wenig radikal, wie Francho eben auch.«

»Wer ist der Kopf der Salafisten-Gruppe? Ein Imam?«

Bonzs Gesicht verzog sich zu einem hämischen Grinsen. »Der größte Imam ist das Internet. Mein Vorbild ist der Palästinenser aus Köln, Ibrahim, er lehrt uns die wahre Religion. Er kam ein paar Mal nach Biel, um zu predigen, bevor die Bullen eine Einreisesperre verhängten.«

Michael starrte auf das Scharfschützengewehr, das neben dem Herd in einer Ecke stand. »Dein Kommandant baut in der Südschweiz eine Zelle auf. Wie ist sie organisiert? Was hat Charon für einen Plan? Erzähl uns, was sein Plan ist.«

Bonz richtete sich auf. Er rieb sich das Brandzeichen am Bein, dann die Kehle, schaute zu Ken, dann wieder zu Michael, ein trotziger Blick in den Augen. »Wenn Allah mich erleuchtet, was geschehen soll, werde ich es sagen.«

»Das reicht nicht, Bonz.« Michael riss ihm die Kippe aus dem Mundwinkel. »Du bist ein Mörder und Mitmörder, Bonz. Du bist an allen diesen Gräueltaten beteiligt gewesen, was sagst du jetzt? Hast du das Bild von der Enthauptung der jungen Frau im Grenzdorf gesehen?«

Bonz zuckte mit den Achseln. »Man weiß ja nicht, ob das Foto echt ist.«

Michael spürte ein Zucken in seinem Arm, aber er beherrschte sich gerade noch. Ken räusperte sich. »Das genügt, Mike.«

»Es genügt nicht, Bonz. Der Spaß hört hier auf. Du kriegst lebenslänglich wegen versuchten Mordes, Beteiligung an einer terroristischen Vereinigung.« Er ließ die Worte einsinken, dann fügte er messerscharf an. »Und jetzt rasierst du dir diesen Scheißbart ab. Komplett, kapiert?«

Ken hatte mit unterdrückter Stimme in sein Handy gesprochen. Jetzt legte er es neben seiner SIG 226 ab und beobachtete Bonz, wie der mit dem Rasierapparat umständlich am Kinn herummachte. »Alles bereit, Mike. Wir können fahren«, sagte er.

Michael saß Minuten später hinten im Mietwagen neben Bonz. Der Terrorist hielt das Kinn trotzig hochgereckt, sagte anfänglich kein Wort. Dann redete er mit leiser Stimme wie zu sich selbst. Ken und Michael schwiegen, bis das Stadtzentrum näherkam. Da griff Michael dem Gefesselten plötzlich in den Haarschopf, riss seinen Kopf herum. »Du hast vorhin im Camper Charon auf dem Bildschirm erkannt, Bonz. Du hast gelogen. Ich hab es dir angesehen. Verdammter Idiot. Da vorne warten Kantonspolizisten auf dich. Die haben alle eine schöne Wut im Bauch. Sie werden dir zunächst mal die Fresse verhauen, dann dich windelweich prügeln. Spuck mal aus, dass du den Kopf, den ich dir auf dem Bildschirm gezeigt habe, erkannt hast. Gib es zu! Es war dein Kommandant, niemand sonst. Nenn mir seinen richtigen Namen. Kapiert? Dann machen wir rechts umkehrt und …«

Bonz grinste dreckig. »Ich habe euch Scheißbullen alles gesagt. Leckt mich doch am Arsch.« Er lachte höhnisch. »Aus dem Knast komme ich sowieso bald wieder raus, dann werden wir euch Bullenschweine fertigmachen …«

Michael knallte ihm die Faust heftig auf den Mund. Ken warf einen alarmierten Blick in den Rückspiegel, bog in eine Seitenstraße zum verabredeten Treffpunkt ab.

Der Streifenwagen der Tessiner Kantonspolizei stand am Bahnhof Locarno. Dahinter ließ ein grauer Gefängniswagen den Motor laufen.

Ein halbe Stunde nachdem die Coopers den Camper verlassen und den Gefangenen gefesselt und in den Mietwagen gestoßen hatten, kam es an der *Stazione di Locarno* zum vereinbarten Rendezvous. Die Zeiger der Bahnhofsuhr im alten Gemäuer standen auf Viertel vor sieben. Der Dienstchef der Kantonspolizei nahm von Michael einen handgeschriebenen Rapport entgegen, zwei Beamte schubsten den Ausgelieferten in das Arrestfahrzeug. In Minuten war die Übergabe vorbei. »Wir überführen ihn nach La Stampa«, erklärte der stämmige Dienstälteste und schüttelte den Coopers kräftig die Hände.

Die Strafanstalt La Stampa bei Lugano steht in einem kleinen Tal zwischen Büschen und Bäumen wie im Urwald. In den grässlichen Betonbauten hinter hohen Gittern und Stacheldraht würde Nicolas Bonz für sehr lange Zeit in Einzelhaft schmoren. Allah sei Dank …

***

Donnerstag, Campeggio di Vira, 23:50 Uhr

Es war bald Mitternacht. Zurück im Campeggio blickte Ken sich missmutig im Camper um. Er fühlte die angeregte Partystimmung in der Galerie nachwirken, hatte noch die behaglich einladenden Hotels vor Augen, das lebhafte Treiben auf der Piazza, die jungen Frauen, die Eleganz, mir der sie sich bewegten, die Gerüche von Pizza und Pasta in der Nase … und er sollte in dieser halb zusammengeschossenen Bude auf einer engen Pritsche übernachten? Mit einem Snack vorliebnehmen? Das war etwas für Michael, der würde sich noch in einem Ameisenhaufen wohlfühlen, aber er, nein, nicht sein Stil. Er überlegte, was es in Locarno für standesgemäße Fünfsternehotels gab, als ihm die schwere Entscheidung über die Art und Weise, wie er die Nacht verbringen sollte, durch das Summen seines Handys abgenommen wurde.

»Hallo?«

»Ken Cooper? Hier Jessica Ponte. Wir haben wieder einen Toten. Mord. Kehle durchgeschnitten. Das übliche Muster. Praktisch enthauptet, es ist …«

»Sie rufen mich an, um mir das zu sagen?«

Er hörte, wie sie Luft ausstieß. »Nein, nicht nur deswegen. Das Opfer hat bei einer Bekannten gewohnt. Und diese Person will unbedingt nur mit Ihnen reden. Fragen Sie mich nicht, warum.«

»Wo?«

»Lugano. Ich simse Ihnen die Adresse. Stadtmitte.«

»Gut. Ich schätze, wir können in einer halben Stunde dort sein.«

Ken zog Michael am Ärmel heran. »Hast es mitbekommen? Wir verreisen. Lugano. Es nimmt kein Ende.«

Von Vira führte die Straße am linken Ufer des Ticino am Flugfeld von Magadino vorbei Richtung Autobahnauffahrt bei Camorino, wo sich die Einsatzzentrale der Kantonspolizei Tessin befand. Von dort konnten sie auf der A2 den Monte Ceneri im Tunnel durchqueren und Lugano in einer Viertelstunde erreichen.

Ken schaute im gebündelten Licht der Deckenlampe neben der Sonnenblende auf das Blatt, das ihm Michael nach der Abfahrt hingestreckt hatte. »Das Nachrichtenbulletin von Bill. Eine Zusammenfassung der Ereignisse der letzten 48 Stunden.«

Bill Boner war Chef Nachrichtenauswertung in der Zentrale in Zürich.

Ken begann zu lesen.

Lage im Tessin, 21:00 Uhr. Streckt die bisher größte Terrormiliz ihre Fühler in die Südschweiz aus? Operiert sie mit Söldnerbanden? Das erste dokumentierte Ereignis ist die Ermordung von zwei Grenzwächtern in der Nacht auf Mittwoch. Sie waren auf Patrouille an der grünen Grenze, ein Forstweg westlich von Mendrisio. Der Grenzwächter B. war sofort tot. Kopfschuss. Seine Partnerin L. blieb schwer verletzt liegen, konnte die Einsatzzentrale alarmieren. Sie ist ihren schweren Verletzungen erlegen. Angeblich hat sie nach Mitternacht einen weißen Kastenwagen angehalten. Der Beifahrer erschoss den kontrollierenden B. und feuerte auf L. Vom Kastenwagen fehlt jede Spur.

Am Dienstag erschossen vermummte Täter von einem Motorrad aus einen italienischen Geschäftsmann auf seiner abendlichen Joggingrunde in einem Vorort von Lugano.

Am frühen Morgen in Brenno. Nach Schilderungen eines Einwohners hielten zwei Toyota Pick-ups im Weiler an. Vermummte stiegen aus und hackten mit Macheten zwei Männer zu Tode. Eine Frau wurde grausam enthauptet. Ein Kind überlebte mit Schussverletzungen. Die Bewohner verbarrikadierten sich in den Wohnungen, bis die Killerbande weiterzog.

In der Nähe des Grenzposten Pedrinate wurden im Morgengrauen zwei ausrückende Kantonspolizisten tödlich verletzt. Nach Schilderungen eines Augenzeugen das gleiche Bild: ein Pick-up, Vermummte, die sofort schossen, den toten Polizisten Waffen und Funkgeräte entrissen und davonrasten.

Eben wurde bekannt, dass vor zwei Stunden in Lunate, einem kleinen Weiler, Killerbanden sich in einem Bauernhaus verschanzten und die Bewohner als Geiseln nahmen. Dass es Tote gegeben hat, ist zu befürchten, steht aber nach Angaben der Kantonspolizei noch nicht fest.

In Mendrisio ist es gestern zu einem Großbrand gekommen. Laut Augenzeugen waren mehrere Gasflaschen im Obergeschoss eines im Bau befindlichen Geschäftshauses explodiert. Verletzt wurde niemand. Die Kantonspolizei klärt ab, ob die brutalen Terroranschläge in der Südschweiz von Dschihadisten verübt wurden. Der für seine pro-Israel-Haltung bekannte investigative Journalist Sacha Bloch vertritt in einem Beitrag auf der Online-Plattform Watson die These, dass Terrormilizen aus Nahost für die Anschläge verantwortlich sein könnten.

Grenzwacht und Kapo befinden sich in höchstem Alarmzustand. Die Tessiner Behörden haben das Militär um Hilfe gebeten. Die Armee sei angefragt worden, Truppen in das südliche Tessin zu verlegen, bestätigt der Sprecher des Verteidigungsdepartements auf Anfrage. Das Gesuch werde derzeit geprüft. Die Kantonsregierung ist in permanenter Krisensitzung.

Lage in Bern: Als Reaktion auf den blutigen Anschlag im Hotel Bellevue hat die Bundespolizei Fedpol die Überwachung neuralgischer Stellen in der Bundesstadt verstärkt.

Nachtrag: wie soeben CNN berichtet, befürchtet das U.S. Verteidigungsministerium, dass mit den Migrationsströmen als Flüchtlinge getarnte Terroristen nach Europa, vermutlich Norditalien, Deutschland, Frankreich, infiltriert werden.

Weiteres Bulletin folgt um 08:00 Uhr.

»Gequirlte Scheiße«, fluchte Ken, legte das Blatt in den Schoß. »Boner hat noch Folgendes geschrieben, pass auf: ›Wir werden den abscheulichen Hort des Geldes, der Gier, des Lasters und Unglaubens weiter attackieren, ließ eine der bekannten Terrororganisationen über Twitter wissen‹.«

Michael nahm einen Schluck aus der Wasserflasche. »Das könnte raffinierte Desinformation sein. Hast du eine Ahnung, was die mit diesem Terror bezwecken?«

»Gute Frage, Mike. Ich denke, Charon bezweckt vermutlich, möglichst viele Einsatzkräfte bis zu deren Erschöpfung zu binden, um dann an einem entscheidenden Ort massiv zuzuschlagen? Pervers ist, dass der aus Syrien gesteuerte Terror ja auch Moslems trifft. Vor allem Moslems. Nach unseren U.S.-Quellen waren in den letzten Jahren etwa neunzig Prozent der globalen Terroropfer islamischen Glaubens.«

Michael nickte mehrmals. »Die sollten selber mal ihre zweifelhaften Imame und Hassprediger zum Teufel jagen. Und die salafistischen Moscheen schließen.«

Eine Weile blieben beide stumm in ihren Gedanken versunken. Als sie den Monte Ceneri passiert hatten, fragte Michael, ob er wisse, wo sich Pourtales befinde. »Gibt es Neuigkeiten von der Geisel?«

»Eben nicht. Gefällt mir ganz und gar nicht«, sagte Ken leicht resigniert.

***

Donnerstagnacht, Lugano

Die Frau, die Cooper zu sprechen wünschte, hieß Dottoressa Serenella Sigona, wohnte in einer geschmackvoll eingerichteten Dachwohnung, die den kleinen Park überblickte, wo sie den Ermordeten gefunden hatte.

Ken saß ihr gegenüber am Küchentisch, Michael hatte sich im offenen Wohnzimmer mit aufgeklapptem Laptop in einen Sessel gelegt.

Die Frau wirkte vergrämt. An den Mundwinkeln bildeten sich zwei tiefe Falten, die Augen waren gerötet, verweint. Ken musterte sie. Schätzte sie Mitte fünfzig. Doch die verbitterten Züge vermochten die Anmut ihres Antlitzes nicht ganz zu verbergen.

»Wie ist es passiert?«, fragte Ken.

Es machte ihr sichtlich Mühe, das Erlebte zu schildern.

»Ich habe es der Polizei schon erklärt«, begann sie. »Peter LaSalle heißt er …«

LaSalle wollte an diesem Abend nochmals nach draußen. Sie wusste nicht, aus welchem Grund. Er sagte ihr auch nichts. Sie zündete sich eine Zigarette an und trat auf den Küchenbalkon. Von dort konnte sie auf die Straße hinunterblicken. Sie sah Peter auf dem Gehsteig ungeduldig hin und her treten. Da fuhr der Motorradfahrer heran. Eine schwere Maschine. Der Fahrer behielt den Helm auf, als er abstieg und mit Peter redete. Die Straße war wie meistens menschenleer. Dann gingen sie plötzlich Richtung Park. »Mir schien, Peter ging widerwillig voraus. Im Nachhinein bin ich sicher, dass der ihn gezwungen hat.«

»Wie kommen Sie zu dieser Schlussfolgerung?«

»Nun, der Kerl vom Motorrad folgte Peter dicht hinterher, als würde er ihn schubsen. Vielleicht hatte er ihm die Klinge in den Rücken gedrückt …«

Als Serenella wenig später sah, dass der Behelmte allein aus dem Park zurückkam, läuteten die Alarmglocken. »Peter!«, schrie sie, stürzte barfuß in den Lift. Unten angekommen, war der Motorradfahrer schon weg. Sie rannte in den Park – und fand ihn. Sie hielt die Hände vors Gesicht. »Es war grauenhaft … Es war …« Sie schluchzte auf. Ken fasste mitfühlend ihren Arm.

»Warum haben Sie mich gerufen?«

»Ihr Name stand in seinem Brief.«

»Im Brief des Ermordeten, von Peter?«

»Nein, seines Bruders Bill. William LaSalle, der in Libyen grausam hingerichtet wurde.«

Michael schaute überrascht hoch. »Wieso wussten Sie davon?«, fragte Ken mit erhobenen Brauen.

Sie stützte ihre Ellenbogen auf den Tisch, legte ihr Gesicht in die Hände. Ken wartete geduldig. Dottoressa Sigona seufzte, sah die schönen Bilder wie in einem Traum …

… Mit angezogenen Beinen sitzt Serenella auf einem Stuhl. Sie trägt wieder Jeans und eine offene Bluse, die ihre Brüste knapp bedeckt. Rauchend schaut sie auf Peter LaSalle, der im zerwühlten

Bett nackt auf dem Bauch liegt. Das weiße Laken verhüllt knapp seinen Po, ein Bein hängt über die Bettkante.

Alles war vor einer Stunde geschehen, als hätte es eine Explosion gegeben. Heftiges Begehren hatte beide ganz natürlich erfasst, als gäbe es nichts anderes, als sich zu vereinen. Ihre Leidenschaft war wie ein Vulkan ausgebrochen. Peter LaSalle hatte sich überraschend entkleidet. »Ich fühle mich beengt«, grinste er vieldeutig. Ohne langes Geplänkel, kein umkreisendes Vorspiel. Sie waren zwei Erwachsene, die sich unter tragischen Umständen wieder gefunden hatten. Das erste, was sie gemeinsam verband, war das Begehren nach Wärme, Trost und Zärtlichkeit, das Serenella all die Jahre so vermisst hatte. Die Freude von einst überflutete sie. Die Gefühle eruptierten, es war einfach wunderbar. Peter hatte sich nackt im Bett ausgestreckt, ein schöner Mann, durchtrainiert, mit allem Drum und Dran, stramm, so wie sie es allzu lange vermisst hatte.

Sie legte sich nackt zu ihm, zog das weiße Laken hoch bis über ihre Köpfe. Er drehte sich zu ihr um, streichelte ihre Hände. Leidenschaftlich umarmte sie ihn, bedeckte sein Gesicht mit Küssen. Er senkte seine Lider, näherte sich ihrem Mund. Innig küssten sie einander. Langsam schob sie das angezogene Bein über seine Schenkel. Ihre Hand strich über seinen Bauch. »Was suchst du?«, murmelte er. Verzückt schmunzelte sie. »Ich suche guten Griff. Ich will deine Hand unter meinem Kleid.«

»Du hast doch kein Kleid an.«

Sie kicherte. »Was hat das denn damit zu tun?«

Alles Weitere ergab sich von selbst. Als hätten sie sich immer geliebt. Dabei wussten beide, dass sie nicht ihn, sondern Bill verschlang, liebte, herzte, überall berührte, schließlich über ihm lag und ihn lustvoll eindringen ließ. Er genoss ihren Anblick, das verzückte Gesicht, half ihr mit rhythmischen Stößen zum Höhepunkt. Als sie glücklich ermattet das Gesicht hob, rann eine Träne aus einem Auge.

Sie hatte Peter vom Brief seines Bruders erzählt, den sie mit der Weisung erhalten hatte, ihn ungeöffnet aufzubewahren. »Warte, bis ich vorbeikomme, dann erkläre ich dir alles«, hatte Bill ihr im Begleitschreiben mitgeteilt. Wie gewünscht hatte sie den Umschlag nicht aufgerissen, gewartet, dass er aufkreuze, wie er es verheißen hatte.

»Ich kann es immer noch nicht fassen«, sagte sie und blies Rauch zur Decke. Peter LaSalle regte sich. »Es war so schön«, murmelte er und setzte sich lächelnd auf die Bettkante. Er konnte den Blick nicht von ihr abwenden

»Ich mache uns einen Snack«, sagte sie praktisch, stand auf. Sie hatte nach den vielen Jahren seit ihrer letzten Begegnung immer noch einen wunderbaren Körper. Sein Blick schweifte genussvoll darüber, dann streifte er seine Boxershorts über und folgte ihr in die Küche.

Vor heruntergezogenen Rouleaus saßen sie sich am Tisch gegenüber.

»Käse, Oliven und Bresola, das Menü der Mafia«, scherzte sie, als sie ihm den reich gefüllten Teller zuschob.

Peter LaSalle fasste nach dem Umschlag, der immer noch ungeöffnet auf dem Tisch lag. »Darf ich?«

Sie nickte, ein Stück Käse im Mund zerkauend.

Er riss den Umschlag auf, nahm den Inhalt heraus und reichte ihn ihr.

***

… In der Küche hob Serenella ihren Blick, schaute Ken lange an. »Peter hat mir alles erzählt. Er war ja in England gewesen, beim britischen Geheimdienst. Ein gewisser Jeff Baker hat …«

»Jeff Barker?«

»Ja, natürlich. Barker wollte ihn sehen, um mit ihm eine Botschaft zu entschlüsseln, die Bill vor seiner Hinrichtung in Libyen offenbar mit den Händen signalisiert hatte. Bill war eben ein Agent der Briten. Peter ist es gelungen, die verzweifelten Handzeichen, wie er mir sagte, zu entschlüsseln. Dann kam er schnurstracks nach Lugano, um mich zu besuchen. Wir hatten uns seit Jahren nicht mehr gesehen.« Seufzend lehnte sie sich zurück.

Ken überlegte, ob er ihr den Film von der Hinrichtung zeigen sollte. »Die Gesten und Grimassen sind uns auch aufgefallen«, sagte er trocken, schenkte Wasser in die Gläser.

Auf die Frage, wie sie die Brüder LaSalle kennengelernt hatte, blieb Serenella eine Weile stumm, Tränen kullerten über ihre Wangen. Sie seufzte. »Das ist eine längere Geschichte, wollen Sie sie wirklich hören?«

»Ich denke schon, ja, gerne.«

... Ihr Daddy war Diplomat im britischen Foreign Office, zuletzt im Range eines Botschafters. Seine Einsatzorte wechselten im Zweijahrestakt und brachten ihn als gewieften Unterhändler auf Schlüsselposten in unzählige Länder, wo Ihre Majestät die noch verbliebenen Interessen des Königreichs verteidigen wollte. Die Mutter war Italienerin aus Milano, stammte aus einer Familie der Modebranche. Ihr heißes Blut und Temperament färbte vermutlich auf Bill, den Älteren, ab. Sie wollte den Jungs nicht zumuten, ständig umziehen zu müssen, nach Afrika, Russland, China, Neuseeland, Südamerika und weniger aufregenden Stationen. Sie setzte gegenüber Sir Andrew LaSalle durch, dass sie ein privates Gymnasium in Lugano besuchen konnten. Anfänglich hatte der Vater Zweifel, ob die Privatschule etwas taugte, aber die Mutter ließ nicht mit sich reden. Als Mailänderin kannte sie die Südschweiz, hatte Bekannte aus dem Modegeschäft in Lugano, besuchte einige Male das Filmfestival in Locarno und hatte sich gute Referenzen über das *Istituto Everest* beschafft.

»Es ist eine internationale Schule. Ich leite sie heute, damals war ich die Lehrerin der LaSalle Brüder.«

Das schlagende Argument der Mutter hatte mit der Bildung ihrer Söhne zu tun. Sie sollten ihr Italienisch vertiefen und in die italienische Literatur und Kultur eingeführt werden. Punkt. Als der Vater dann das lateinische Motto der Schule *per aspera ad astra* erfuhr, was ungefähr heißt »Durch Mühsal gelangt man zu den Sternen«, fand er die Entscheidung plötzlich gut.

La Everest Academy an der Via Landrini lag in vorteilhafter Lage mitten im Zentrum von Lugano. Ein *liceo privato*. Die Klassen hatten nie mehr als zwölf Schüler. Der Blondschopf William, oder kurz Bill, war ein gutes Jahr älter, aber besuchte die gleiche Klasse wie sein Bruder Peter.

Schon in der ersten Italienischlektion waren die Jungs von Frau Dottoressa Sigona hingerissen. Sie begann die Stunde, indem sie Konversation mit ihnen machte. Was gerade aktuell war. Das Wetter, was in der Stadt lief, Sport. Wie sich herausstellte, war sie Fan des EHC Lugano, der in der National Hockey League vorne in der Tabelle mitmischte. Was sie auch immer tat, beeindruckte die Brüder. Sie konnten sich beide nicht sattsehen an ihr, sprachen aber kaum miteinander darüber. Sie war bildhübsch, hatte einen durchtrainierten, perfekt geformten Körper, schöne Lippen und Augen wie in Tausendundeiner Nacht. Ihr Lächeln, mit dem sie nicht geizte, fuhr vor allem Bill heiß in alle Poren. Schließlich war er eben siebzehn geworden.

Serenella nahm einen Schluck Wasser, machte eine erklärende Handbewegung. »Das hat mir Bill viel später alles anvertraut.«

Die Schule machte Ausflüge, an denen alle Klassen teilnahmen. Die Reise nach Sizilien im Sommer leitete die Italienischlehrerin. Sie führte die Klassen zu den antiken Kulturstätten, die reicher und älter sind als die in Griechenland: Syracus, Agrigento, Segesta. Am Schluss der Exkursion spannten alle in einem schönen Hotel aus, das früher ein Kloster gewesen war. Der Ort hieß Taormina. Der Klang dieses Namens sollte vor allem Bill ewig wundervoll in den Ohren klingen. Der lauschige Badeort liegt nicht weit von Catania, wo nebenan das Dorf Sigonella liegt. Sigonella …

»Ich glaube nicht, dass der Ort der Grund war, dass die Jungs mich Sigonella statt streng Sigona nannten. Mein Vorname lautete Serenella. Sie schufen den Reim Serenella Sigonella. La bella Nella und so weiter. Das Wortspiel blieb.« Sie lächelte versonnen. »In Taormina verliebte ich mich Hals über Kopf in William. Das kommt doch vor, oder?«

Bill hatte seinem Bruder Andeutungen gemacht, wie sie ihn in einer lauen Nacht am Strand verführt hatte. Dann sprachen sie nicht mehr darüber. Aber Peter war ja nicht mit Blindheit geschlagen und merkte natürlich, dass es sich nicht nur mit jener Nacht hatte. Bill schwebte auf Wolke sieben. Taormina war der Anfang einer innigen Liebesbeziehung zwischen ihm und der zwölf Jahre älteren Dozentin.

»Wir haben es fertiggebracht, die heftige Romanze all die folgenden Jahre geheim zu halten. Später schrieben wir einander und sahen uns gelegentlich wieder. Unsere Liebe hielt stand.«

Bill begann nach dem Studium seine Karriere im Britischen Auslandsgeheimdienst MI6. Dadurch wurde auch seine Liebschaft zu Serenella erst Recht zur Geheimsache …

»Dann kam Peter vor ein paar Tagen hereingeschneit. Es war, als sähe ich Bill wieder, es war ... verrückt.«

Ken erhob sich, vertrat sich die Füße. »Tut mir wirklich leid.«

»Das Leben kann grausam sein. Aber ich versuche, mich an den schönen Erinnerungen aufzurichten.«

»Wissen Sie, warum er von London schnurstracks zu Ihnen nach Lugano reiste?«

Sie nickte mehrmals. »Natürlich weiß ich das.«

Peter hatte ihr am selben Küchentisch erklärt, dass die geheimen Zeichen von Bill, als er zur Hinrichtung geschleppt wurde, das Wort SIGONELLA ergaben.

»Dieser Baker oder Barker vom Geheimdienst sei hellhörig geworden, erzählte Peter, und habe einen Anschlag auf den U.S. Stützpunkt Sigonella auf Sizilien vermutet ...« Sie lachte erstmals wieder. »Peter ließ ihn im Glauben. Er kam Hals über Kopf zu mir, weil er überzeugt war, dass Bill ihn zu mir führen wollte. Zu seiner Serenella Sigonella. Aus welchen Gründen auch immer.«

Ken schmunzelte: »Sigonella gefällt mir auch besser als Sigona. Hatte Peter denn einen Grund?«

»Ich glaube, Sie haben noch Hunger«, lächelte sie. »Ich mache Ihnen ein bisschen *pollo* heiß. Schenkel oder Brüstchen?«

Sie öffnete den Kühlschrank und schob zwei Aluminiumschalen in die Mikrowelle. Dann legte sie Teller und Besteck auf den Tisch. »Peter mochte diesen Roten, Amarone«, sagte sie und gab die Flasche Michael, der sich erwartungsvoll den Magen rieb.

»Sie können das Brot schneiden«, sagte sie zu Ken und legte noch eine Packung Pommes Chips auf den Tisch.

Michael hatte den Korken gezogen, als sein Laptop einen Beep von sich gab. »Moment«, sagte er. Nach einer Weile rief er Ken zu sich. »Das ist interessant, eben von Zürich eingegangen. Schau, die Kantonspolizei Tessin hat in einem verlassenen Pick-up einen Ausdruck aus dem Chemikalien-Angebot eines Baumarktes in Frankfurt gefunden.« Michael vergrößerte das Dokument, legte den Zeigefinger auf eine Stelle. »Hier, gelb markiert ist Wasserstoffperoxid.«

»Was kann man damit machen?«

»Wasserstoffperoxid und Aceton eignen sich zur Herstellung des hochexplosiven Sprengstoffs TATP.« Michael senkte die Stimme zu einem Flüstern. »Ich gehe davon aus, dass Labitzke alias Muller alias Charon Bomben herstellen lassen will.«

Sie kehrten an den Tisch zurück und aßen, um ihren Bärenhunger zu stillen.

»Wenn alle schweigen, ist das Essen gut«, sagte Serenella und hob das Weinglas. »Auf Bill und Peter.« Sie blickte versonnen zur Decke. »Bill war der hübscheste Schüler gewesen. Unbestritten der coole Beau des Instituts. Kein Mädchen, das ihm nicht hingerissen nachschaute, wenn er mit wallender Mähne durch die Gänge wogte, ein lässig unterkühltes Lächeln um seine Lippen zuckte.« Sie streckte ihren Arm zum Fenstersims und angelte einen Umschlag herüber. »Das ist der Brief. Bill wollte, dass ich ihn ungeöffnet aufbewahre.«

Warte, bis ich vorbeikomme, dann erkläre ich dir alles, hatte er im Begleitschreiben gewünscht. Erst als Peter gekommen war, hatte sie den Brief geöffnet. »Er sagte mir, dass Bill sicher gewollt habe, dass er den Umschlag bei mir vorfinde.«

Ken fasste nach dem Umschlag. »Darf ich?« Er hielt ihn näher zum Auge. »Er wurde in Aden aufgegeben.«

Sie nickte, Käse kauend.

Er zog den Inhalt heraus. Ein Briefbogen und einen Zettel, auf dem zwei Adressen standen.

Serenella wischte sich die feuchten Augen. »Er wollte mich sehen und alles besprechen. Er habe wichtige Informationen, steht im Brief.«

Ken sagte nichts. Er studierte die zwei Telefonnummern auf dem karierten Blatt. »Nummern von zwei Mobiltelefonen«, stellte er fest.

»Ich weiß. Peter sagte, weil Bill Agent des britischen Geheimdienstes war, müsse etwas dahinterstecken.« Sie streifte sich nachdenklich übers Kinn. »Glauben Sie, er hat etwas aufgedeckt? Vielleicht etwas, das mit diesen Scheußlichkeiten in diesen Tagen zu tun hat?«

Ken wischte sich mit der Papierserviette den Mund ab. »Das war vorzüglich, Frau Sigona. Hat Peter etwas mit diesen Adressen unternommen?«

Michael nahm den Zettel in die Hand. »Es sind zwei Handynummern, beide mit der Vorwahl 076.«

Serenella nickte zustimmend. »Peter meinte, sie seien der Schlüssel zum Rätsel. Wahrscheinlich brisant, sonst hätte Bill nicht diese Umstände auf sich genommen, um sie mir zu schicken. Er hat dann, als ich schon schlief, die Nummern angerufen, über das Festnetz.« Sie zeigte auf den Tischapparat.

Ken wechselte einen raschen Blick mit Michael, räusperte sich. »Das war vielleicht etwas voreilig.«

»Das hilft auch nicht weiter«, sagte Serenella verstimmt. »Am Morgen ist er dann fortgegangen, ohne mir zu sagen, wohin. Möglich, dass er etwas herausgefunden hat.«

Michael stand auf, trat an den Tischapparat. »Die Handynummern sind sehr wahrscheinlich Prepaid, die Besitzer bleiben anonym. Darf ich mal die getätigten Anrufe vom Festnetz checken?«

Gähnend schaute Ken auf seine Armbanduhr. Mitternacht war längst vorbei. »Kaffee?«, fragte Serenella. Die Männer winkten dankend ab. »Ich denke«, sagte sie bedrückt, »dass Peter einen Kontakt mit einer der Nummer hatte, dann kam es zur Verabredung ... Peter war halt schon immer ein Draufgänger gewesen.«

Ken breitete die Arme aus. »Tut mir leid. Noch eine Frage, Frau Sigona, dann lassen wir Sie in Ruhe. Haben Sie der Polizei all dies auch erzählt?«

Entrüstung schwang in ihrer Stimme. »Für wen halten Sie mich denn? Ich sagte denen nur, wie ich Peter gefunden habe. Auf dem Zettel von Bill stand ja, dass ich Sie im Notfall anrufen soll. Und es war ja ein Notfall, etwa nicht?« Den letzten Satz betonte sie, als seien die Männer schwer von Begriff.

»Sie haben sich vorbildlich verhalten«, beschwichtigte Ken. »Wir werden morgen einiges abklären.«

»Ich bin froh, dass Sie so schnell gekommen sind. Vielen Dank.«

»Schon gut, also, wenn Ihnen noch etwas einfällt, rufen Sie mich an.«

»Ja, das mach ich. Brauchen Sie ein Taxi?«

Unten auf der Straße blieben sie stehen und schauten hoch. Der Küchenbalkon war im Gegenlicht der Straßenlampe nicht zu erkennen. »Der Täter konnte sie nicht sehen«, bemerkte Michael. »Was machen wir jetzt?«

»First things first, wir übernachten in Lugano. Los, finde einen anständigen Schuppen.«

Auf der Fahrt Richtung See, wo die schönen Hotels lagen, erklärte Ken seinen Plan. »Du weißt, ich kenne Aldo Franchini von SPLIT, früher Sunbeam. Er hat seinen guten Job zum Glück immer noch. Weißt du, was er macht? Also, ich sag's dir.«

Franchini leitete beim Mobiltelefonanbieter Split den Technikbereich. Er war Herr über alle Server, konnte jedes Gespräch abrufen, Fahndungen unterstützen und kannte sonst alle Tricks. Was nur wenige wussten: Franchini hatte in den Shops über den Verkaufstresen verdeckte Videokameras eingerichtet. Der Grund lag in der Schwierigkeit, Käufer von Prepaidhandys zu identifizieren, falls ein Ersuchen der Kriminalpolizei einging. Die Käufer mussten sich mit einer Foto-ID ausweisen, aber diese waren vielfach gefälscht oder gestohlen. Dank den Videokameras erhielt Franchini in neun von zehn Fällen ein brauchbares Gesichtsbild vom Käufer. Es erlaubte den Spezialisten von Kriminalpolizei oder Nachrichtendienst, das Konterfei durch das Gesichtserkennungsprogramm laufen zu lassen.

»Ich gebe ihm morgen die Nummern durch.«

Michael gähnte. »Mir reicht's für heute. Da vorne ist das Grand Hotel Eden. Genehm, Boss?«

***

Freitagmorgen, Lugano

Am nächsten Morgen holten sie sich nebenan in der Cafeteria Kaffee und Croissants. Ken setzte sich auf eine Bank im Freien und versuchte zum zweiten Mal an diesem Morgen, Jeff Barker zu erreichen. In Cheltenham standen die Uhren auf sieben Uhr. Das Rufzeichen brummte aus dem Lautsprecher typisch englisch zweimal kurz nacheinander. Ken schlenkerte das Phone zu Michael. »Barker furzt noch in die Laken … Hallo? … Was?«

»Ken, guten Morgen. Mein Deutsch ist immer noch gut. War fünf Jahre in Berlin stationiert. Die Berliner sagen, Schweizer furzen aus verkniffenen Ärschen … Nun, was verschafft mir die Ehre?«

Kaffee spritzte aus seinem Mund, als Michael prustend rief: »Good Morning, Cheltenham!«

»Hier Ken. Sorry, Jeff. Ich rufe an wegen Peter LaSalle. Du erinnerst dich?«

»Natürlich.«

»Eben. Okay … Gestern in Lugano wurde er brutal ermordet. Kehle durchgeschnitten.«

Die Stille drang vielsagend aus der Leitung. Dann eine gefasste Stimme: »O mein Gott! Zuerst Bill, jetzt Peter. Beide waren famose Typen, Ken. Ein herber Verlust. Hast du eine Theorie?«

Ken unterbreitete ihm kurz seine Überlegungen. »Hat dir gegenüber Bill die Schweizer Connection nie erwähnt?«, fragte er abschließend.

»Bill LaSalle hat vorgeschlagen, mich in Zürich zu treffen, vermutlich deswegen. Nein, konkret ließ er nichts darüber verlauten, was er offenbar herausgefunden hat. Doch, warte, Moment.« Ken hörte Tastenklappern, Papierrascheln. »Da, vor zwei Wochen zirka, stand in einem Memo, dass es Anzeichen gebe, dass Terroristen einen Anschlag auf einen Regierungs- oder Staatschef in Europa planen. Ich war im Begriff, in die Schweiz zu fliegen, um mich mit Bill darüber zu unterhalten, du kennst ja das Verfahren. Da schlug die Nachricht von seiner Hinrichtung wie ein Blitz aus heiterem Himmel ein. Wir waren schockiert, gelinde gesagt …«

»Es war furchtbar, wir haben das Video gesehen. Hat sich seither etwas Neues ergeben, das Bills Befürchtung stützen könnte? Eine konkrete Bedrohung?«

Jeff Barker hustete. »Nein. Bei uns nicht. Wir sehen bis jetzt keinen Grund, die Alarmstufe zu erhöhen. LaSalles Informationen waren ziemlich vage geblieben. Weder unsere Nachrichtenlage noch der Austausch mit den Franzosen und Deutschen ergaben brauchbare Resultate. Wir glauben, da ist nichts dran.«

Ken neigte skeptisch den Kopf. »Immerhin hat Bill in letzter Verzweiflung noch eine Botschaft signalisiert, die Handzeichen …«

»Das stimmt. Der Schlüssel liegt wohl bei euch, in der Schweiz.«

Ken brummte ungehalten. »Wie hat Peter LaSalle übrigens die Zeichensprache seines Bruders decodiert?«

Michael deutete ungeduldig auf seine Armbanduhr. Das Gespräch dauerte schon fünfzehn Minuten.

»Nun, ich erinnere mich, als wäre es gestern gewesen«, sagte Jeff Barker über die sichere Telefonleitung …

***

Rückblick, Cheltenham, England

... Im Government Communications Headquarters, GCHQ, starrte Peter LaSalle gebannt auf den barbarischen Film. Das Blut schien ihm in den Adern zu gefrieren.

»Zurück!«, rief er. »Spulen Sie zurück!« Er zog den Laptop an sich. »Und jetzt Zeitlupe, ganz langsam vorwärts.«

Barker tat wie geheißen, beobachtete angespannt seinen Gast.

Was Peter LaSalle sah, fuhr ihm durch Mark und Bein. Das war also der Grund, warum der MI6 ihn zitiert hatte. Er brauchte Zeit, um das Gesehene zu verarbeiten.

Er war ahnungslos gewesen, als sich vor einer knappen Stunde der brandneue AW 159 Wildcat der Royal Air Force langsam zum Landeplatz auf dem kreisförmig angelegten Komplex südwestlich von Cheltenham gesenkt hatte.

Aus fünfhundert Metern Höhe sah das runde, metallen schimmernde Gebäude des Hauptquartiers wie ein riesiges, gelandetes UFO aus. Oder wie ein Krapfen, daher der Spitzname *Doughnut*. Der Helikopter hatte ihn auf dem RAF Stützpunkt Northolt in unmittelbarer Nähe der Londoner City aufgenommen, nur ein paar Meilen vom legendären *Battle of Britain*-Bunker in Uxbridge gelegen, wo Churchill im September 1940 während der entscheidenden Luftschlachten mit seinen verwegenen Kampfpiloten mitfieberte.

LaSalle hatte ein mulmiges Gefühl in der Magengrube gehabt. Nicht wegen der in leichte Turbulenzen geratenen Maschine. Nein, der bevorstehende Besuch im GCHQ hatte ihm den Schweiß auf die Stirne getrieben. Was genau wollte Jeff Barker von ihm? Es gehe um seinen Bruder William. Dies und die aufwendige Operation, um ihn zur Geheimdienstzentrale zu bringen, verhießen nichts Gutes. Er war auf das Schlimmste gefasst gewesen.

Offiziell war Peter LaSalle Kulturattaché an der britischen Botschaft in Amman. Ursprünglich Kunsthistoriker, hatte er ein paar Jahre die legendäre Frick-Sammlung betreut, bevor ihn das Außenministerium nach Jordanien berief, um sich dort mit Spezialisten der UNESCO und jordanischen Sicherheitskräften dem Schutz der historischen Stätten von Petra zu widmen. Verwitterung und Erdbeben bedrohten seit jeher die rund 800 Baudenkmäler und Opferplätze des Welterbes. In jüngster Zeit spitzte sich die Gefahr von Terroranschlägen zu, weshalb LaSalle zwangsläufig intensive Kontakte zum britischen Auslandsgeheimdienst MI6 unterhielt. Jeff Barker kannte er flüchtig von einem Besuch in Amman, der Monate zurücklag …

Peter LaSalle nahm einen Schluck Wasser. »Nochmals«, gebot er mit einem scharfen Kinnrücken.

Der Film von den Hinrichtungen am Strand von Libyen lief ab, ohne Ton, gestochen scharf. Plötzlich sprang LaSalle auf. Wie Schuppen fiel es ihm von den Augen. Ein heißer Schauer durchfuhr seine Brust.

»Stopp«, rief er. »Notieren Sie 16.«

»16? Die Zahl?«

LaSalle runzelte ärgerlich die Stirn. »Was denn sonst? Haben Sie es?«

Barker bejahte.

»Gut, weiter. Und passen Sie auf! Jetzt … Die 9.«

»9«, wiederholte Barker.

»Die 7.«

Barker notierte, rieb sich irritiert das Kinn.

»Stopp. Nochmals zurück. Gut so. Jetzt wieder vorwärts.«

LaSalle entledigte sich seiner Krawatte. Was Bill mit präzisen Zeichen signalisierte, war unglaublich. Eine Gänsehaut lief ihm über den Rücken.

»Stopp, nochmals retour. Zum Anfang … gut so.« Er zog sein Jackett aus, setzte sich wieder. Schweißgebadet. Auf seinen Wink ließ Barker weiterlaufen.

»Ich will sicher gehen, schauen Sie die Augen, die gespreizten Finger …«

Verblüfft notierte Barker die gemurmelten Zahlen: 16, 6, 4, 12, 11, 2, 9, 24.

»Acht Ziffern? Ist es das?«, fragte er, als sich LaSalle zurücklehnte und erschöpft alle viere von sich streckte.

Barker entspannte sich. »Donnerwetter. Sie haben es rausgekriegt!« Er schnellte wie ein Jungspund aus dem Sessel, durchmaß mit raschen Schritten den Raum, um hinter einer Tür mit einem Messingschild zu verschwinden. Es dauerte nicht lange, und er kam grinsend mit einer Flasche Scotch und zwei Gläsern zurück.

Doch LaSalle war nicht zum Feiern zumute. Er leerte das goldfarbene Getränke in einem Zug, setzte sich ächzend vor den Laptop, winkte Barker gebieterisch heran, als wäre er seine Ordonnanz.

Barker rückte den Stuhl heran, setzte sich, und tippte nach LaSalles Anleitung eine Zahlenreihe und darunter das Alphabet von A–Z:

1	2	3	4	5	6	7	8	9	10	11	12	13	14	15	16	17	18	19	20	21	22	23	24	25	26
a	b	c	d	e	f	g	h	i	j	k	l	m	n	o	p	q	r	s	t	u	v	w	x	y	z

Darauf schob LaSalle Barker zur Seite und gab eine dritte Buchstabenreihe ein.

1	2	3	4	5	6	7	8	9	10	11	12	13	14	15	16	17	18	19	20	21	22	23	24	25	26
a	b	c	d	e	f	g	h	i	j	k	l	m	n	o	p	q	r	s	t	u	v	w	x	y	z
D	E	F	G	H	I	J	K	L	M	N	O	P	Q	R	S	T	U	V	W	X	Y	Z	A	B	C

»Den Rest können Sie selber machen«, sagte er. Sie nehmen die erste Zahl, die 16 also, und gelangen darunter auf der dritten Zeile auf den Großbuchstaben S, dann … Der Rest ist ein Kinderspiel.«

Barker murmelte vor sich hin, während er die eruierte Buchstabenreihe decodierte, indem er die Grossbuchstaben in der dritten Reihe mit denen darüber in der zweiten verglich. So führte p zu S, f zu I, und so weiter.

»S I G O N E L A« sagte Barker gedehnt, kratzte sich am Hinterkopf, stierte zur Decke. Dann traf ihn die Erleuchtung. »Sigonela. Natürlich! Es geht um den U.S. Stützpunkt Sigonella auf Sizilien.«

Freitag, 09:15 Uhr, Lugano

… Michael erhob sich und schlenderte Richtung Hotel-Parkplatz, deutete Ken mit einer energischen Kopfbewegung an, ihm zu folgen. Im Auto stellte er den Becher in die Halterung und startete schon mal den Motor.

Ken folgte ihm zögernd, das Mobiltelefon immer noch ans Ohr gedrückt. Barker fabulierte weiter aufgeregt: »Auf den Flüchtlingsbooten werden Killerkommandos aufs italienische Festland geschleust, Ken. Die haben etwas Perfides vor, das den U.S. Stützpunkt betrifft. Bills stumme Zeichensprache ist der entscheidende Hinweis. Weißt du, die Brüder hatten früher mal im Internat eine Geheimsprache ausgeheckt. Basierend auf der Caesar-Verschlüsselung. So konnten sie sich im Unterricht oder auf dem Pausenplatz Zettel mit codierten Sätzen zuschieben …«

Ken streckte das Telefon in die Luft, als hätte er genug gehört. »Ich muss das Gespräch beenden, Jeff, wir bleiben in Kontakt.«

Michael manövrierte den BMW 320i aus der Hertz-Prestige Collection aus dem Parkplatz hinaus, beschleunigte auf der Kantonsstraße durch den Vorort Paradiso. Er musste etwas loswerden »Du erinnerst dich, was Bonz gestern auf der Fahrt nach Locarno vor sich hin gemurmelt hat? Bevor wir ihn der Polizei überstellt haben?«

Ken schnallte sich an. »Nein, habe es nicht mitbekommen. Und?«

»Also, ich habe den Standort des Sägewerks ermittelt. Wir könnten uns in einer Stunde dort oben mal direkt überzeugen, ob stimmt, was er gequasselt hat.«

»Was genau hat er erzählt?«, fragte Ken geistesabwesend.

»Also, nochmals …«, antwortete Michael und gab ihm den üblichen Nachrichtenabriss.

Das alte Sägewerk war offenbar ein Stützpunkt der Dschihadisten, wo sie neue Kräfte sammelten und Befehle für neue Einsätze erhielten. Bonz hatte den kauzigen Besitzer durch ein Mietangebot am schwarzen Brett eines Supermarkts gefunden und ihm die großzügige Miete bar in die Hand gezahlt. Der Vermieter gelobte Verschwiegenheit, sofern Bonz die Barzahlung an ihn auch geheim hielt. Die Gruppen bestanden aus acht bis zehn Männern, angeführt von Usbeken, knallharten Söldnern, die schon überall, wo es Terroraufstände gab, gekämpft hatten. Die anderen bestanden zur Hälfte aus Kämpfern, die in syrischen Bootcamps ausgebildet wurden, die andere Hälfte aus hergelaufenen Amateuren, die unbedingt für den Dschihad sterben wollten. Kommandant Charon hatte sie in einer Schnellbleiche zu halbwegs brauchbaren Kämpfern gemacht.

»Beängstigend ist, dass die Kämpfer von irgendwoher Drogen erhalten. Ketamin«, sagte Michael.

»Ja, jetzt wo du es sagst, erinnere ich mich. Eine Party-Droge, auch Special-K genannt«, warf Ken ein.

»Genau, sie wirkt halluzinogen, feuert die Kämpfer an. Und hast du mitbekommen, was mir Bonz noch gesagt hat? Charon hat einen Killing-Contest ausgerufen. Er zahlt Kopfgeld und verspricht Beförderung, wenn jemand seine Messlatte erreicht.«

Ken erwiderte nichts darauf. Das Thema war abgeschlossen. Michael kam auf der Seestraße gut voran. Der Stoßverkehr hatte sich gelegt.

»Weißt du, was mich irritiert, Ken?«, hakte Michael nach. »Warum schickte Bill die geheimen Telefonnummern an seine Geliebte, anstatt dem MI6, für den er verdeckt operierte?«

»Keine Ahnung. Es ist, wie es ist. Vielleicht wusste er von einem Leck in Cheltenham.«

»Okay. Bill LaSalle hat vermutlich herausgefunden, dass Terror-Drahtzieher im Jemen oder in Syrien Kontakte mit den Besitzern der Mobiltelefone in der Schweiz hatten. Ist doch plausibel?«

Vom Beifahrer kam nur ein Murmeln. Michael bremste vor einem Rotlicht ab. »Bill wusste von Vorbereitungen oder Strukturen der Terrormiliz in der Schweiz, vielleicht in Deutschland. Und weil er im MI6 eine undichte Stelle befürchtete, sandte er die Info vorerst nach Lugano an seine Sigonella. Das erklärt alles. Der Fall ist sonnenklar.« Michael suchte mit dem Blick nach Anerkennung für seine Argumentation, doch Ken zeigte nach vorn. »Schau! Grün, fahr los … Ich hoffe, Franchini kann uns ein Foto der Handykäufer verschaffen.«

Michael fuhr langsam an der Baustelle vorbei. »Peter LaSalle hat die Sache dann verbockt, als er den Motoradfahrer mit diesem Sachverhalt konfrontiert hat. Er kompromittierte ihn dummerweise als IS-Kontakt … Den Rest kennen wir.«

Kens Interesse blieb träg. »Das alles hilft uns allerdings nicht, Alice Goran zu befreien. Wo steckt bloß Pourtales? Was glaubt der eigentlich?« Er tippte eine Nummer in sein Handy, wartete genervt: *Die Verbindung ist zur Zeit nicht möglich*, plärrte die Automatenstimme. Er wählte eine andere Nummer. Nach dem zweiten Freizeichen nahm Harry Steiner ab. »Cooper?«

»Ja, wie geht's? Wissen Sie wo Ihr Boss ist?«

»Nein, kann den alten Knaben nicht erreichen. Handy abgeschaltet. Abgetaucht, Cooper. Ziemlich beunruhigend, finden Sie nicht?«

»Was ist los mit ihm?«

»Ich denke doch, das ist ihr Job, Mann? Sie sind die Spürnase. He, ich kümmere mich um die Firma. Ich schlage vor, Sie kümmern sich um die Befreiung seiner geliebten Tochter.« Er legte auf.

»Ein arroganter Arsch«, zischte Michael.

»Halte da vorne an«, rief Ken, den Arm ausstreckend.

Der Wagen bremste abrupt, Michael bog zur Tankstelle ab. »Warum, was ist?«

»Ich will in aller Ruhe mit dem verschlüsselten Handy telefonieren.« Ken wartete, bis Michael vor der Zapfsäule stoppte, warf einen Blick auf die Uhr des Bordsystems, stieg aus, drückte auf Senden. »Ich will mich mal erkundigen, ob uns Franchini von SPLIT schon etwas geschickt hat. Dann fahren wir hoch zum Sägewerk.«

Während Ken sein Gespräch führte, machte sich Michael seine eigenen Gedanken. Impulsiv zog er sein Handy hervor und wählte eine Nummer. Ken, der mit dem Telefon am Ohr ein paar Schritte machte, sah mit halbem Auge, wie Michael gestikulierend telefonierte.

»Wen hast du eben angerufen?«, fragte Ken, als sie wieder losfuhren.

Michael stöhnte. »Ach, es lässt mir keine Ruhe. Die Untätigkeit geht mir auf den Wecker. Ich habe Joe Bank angerufen.«

Ken blickte überrascht herüber. »Was du nicht sagst? Du willst deine Sondertruppe mobilisieren?« Die Antiterrorgruppe ATG war privat, schlagkräftig, flexibel. Ein gefährliches Dutzend. Michael hatte eigentlich Recht, sie wäre der geeignete Verband, die Mörderbanden zu zerschlagen.

»Warum nicht?«

Ken zuckte mit den Schultern. »Das hast du dir in den Kopf gesetzt? Habe ehrlich gesagt auch schon daran gedacht. Ist Joe in der Schweiz?«

Michael sah ihn überrascht an. »Das weißt du doch, Joe schlägt sich mit Aufträgen für die Armee durch. Er ist ein begehrter Instruktor.«

Danach schwiegen sie. Ken erinnerte sich natürlich. Der Ex-CIA-Mann hatte im vorigen Jahr mit Michael zusammen den entscheidenden Schlag gegen eine nordkoreanische Bande geführt. Danach hatte Joe Bank Gefallen an der Schweiz gefunden und sich offenbar im Land mit der »besten Demokratie«, wie er mehrmals schwärmte, niedergelassen …

Michael schaltete zufällig das Radio ein. Eine Frauenstimme sprach gerade: … *Ist es möglich, dass uns das von der Kantonsregierung erlassene Burkaverbot angreifbar macht? Was gestern noch nach einer Einzeltat aussah, erscheint heute mit ziemlicher Sicherheit als Bandenterrorismus … Von der Polizei haben wir leider noch keine Informationen. Wie sicher sind wir noch? Die Angst wird größer. Wie gehen wir als Bevölkerung damit um? Wie sage ich es meinen Kindern? Darüber wollen wir heute reden …«*

Michael hieb auf den Radioknopf. »Reden, reden«, höhnte er. »Noch bei Sinnen?«

***

Freitag, 11.00 Uhr, Aeroporto di Lugano

Der in diskretem Grün lackierte Kamow-Hubschrauber landete lärmig auf dem Abstellplatz neben einer Passagiermaschine. Das Besondere an dem russischen Helikopter war sein koaxiales System gegenläufiger Doppelrotoren, die einen Momentausgleich mit dem Heckpropeller überflüssig machten.

Florence hatte ihrem Mann Ort und Zeit des angeblich dringenden Treffens mit dem Russen zukommen lassen.

Bevor die Rotoren ausliefen, stieg der Passagier aus, lief anfänglich geduckt auf Louis de Pourtales zu. Der Schweizer, der einen Standplatz für seine Helikopter auf dem Flugplatz gemietet hatte, besaß einen *permesso* und konnte mit seinem Ausweis den für das Publikum gesperrten Bereich betreten, wo die Maschinen parkten.

Er erkannte Igor Propokiew sofort an seiner massigen Gestalt, sah, wie der Pilot ausstieg und über den Platz lief. Vermutlich war sein Ziel die Flugverkehrskontrolle oder der Zoll, um Maschine und Passagier anzumelden.

Größer hätte der Kontrast nicht ausfallen können: Der Russe, grobschlächtig, breites Gesicht, Doppelkinn, buschige Augenbrauen, zornig gefurchte Stirn, kam mit seinen einhundertzwanzig Kilo stampfend daher, als wolle er wie ein Panzer alles in Grund und Boden walzen. Seine offene Lederjacke entblößte seine vom olivfarbenen T-Shirt umspannte Brust.

Louis de Pourtales, der vom Bistrotisch der Cafeteria aufgestanden war, ging mit zögernden Schritten dem Magnaten entgegen: ein Gentleman, in Nadelstreifen, die graumelierten Haare elegant gewellt, ein Gesicht, das Klugheit und Contenance ausstrahlte, jetzt allerdings von Sorge überschattet war. Er hielt Kinn und markante Nase wie nach Witterung forschend hoch. Die bordeauxrote Krawatte leuchtete aus dem blendend weißen Hemd, das rotweiß getupfte Einstecktuch vollendete die nobel gestylte Erscheinung.

Igor Propokiew schäumte vor Wut, als er vor dem Unternehmer mit blitzenden Augen stehenblieb, als wollte er ihn mit einem Bannstrahl durchbohren. Er gab sich nicht die Mühe, seinem Geschäftspartner die Hand zu reichen.

»*Besporyadok!*«, schimpfte er statt einer Begrüßung, und Pourtales, der etwas Russisch verstand, erfuhr augenblicklich, was der Russe mit Schweinerei meinte.

»Du hast mich hintergangen, Louis«, polterte er, streckte ihm einen Wisch vors Gesicht. »Da, der Frachtbrief. Eine Fälschung ... *Besporyadok* ... Wir hatten bezahlt, mit *Letter of Credit*, Geld gegen Dokumente ... und jetzt ...« Er rang nach Worten und Atem. Pourtales schaute verdutzt in das gerötete Gesicht, breitete seine Arme mit umgekehrten Handflächen aus: »Igor, wovon redest du? Wir haben doch vertragsgemäß geliefert, genau gleich wie die vorherigen Lieferungen ...«

Der Russe packte ihn mit der Faust am Revers. »Eben nicht, Louis. Hier, das ist der Frachtbrief, da steht es geschrieben, die Ware sollte an Terroristen gehen, deine wunderbaren Schnellfeuergewehre, die Munition, du weißt genau wovon ich rede ... Du hast mich hintergangen. Warum, Louis?«

»Terroristen? Das ist doch ...« Die Worte blieben ihm im Hals stecken. Er wandte sich seitlich ab, drückte die Hände an die Schläfen. Seine Gedanken rasten. Wen meinte Igor mit Terroristen?

In Syrien zum Beispiel? Da kämpften unzählige Gruppen, es war schwer, auch nur einigermaßen die Übersicht zu bewahren. Nach einem *Spiegel*-Report hatten die Rebellen, die gegen Assad kämpften, keine klare Identität. Mit komplizierten Namen kämpften sie an ihren Heimatorten und waren aus dem Anti-Assad-Aufstand von 2011 hervorgegangen. Für die westliche Welt war es schwierig herauszufinden, wer moderat war, wer islamistisch oder sonst radikal.

Louis hob eine beruhigende Hand. »Welche Terroristen meinst du? Die Rebellen in Syrien ... ein wilder Haufen ... man kann sie knapp in drei Lager aufteilen.«

Einmal gab es die Freie Syrische Armee im Norden und an der Südfront. Ihre Bedeutung hatte nachgelassen, weil sie kaum noch Geld und Militärgerät bekam. Im zweiten Lager tummelten sich Islamisten, die vermutlich von Katar unterstützt wurden. Die prominenteste Gruppe des dritten, eindeutig dschihadistischen Lagers war die Al-Nusra-Front, die der Al-Qaida Gefolgschaft geschworen hatte. Der gemeinsame Feind aller drei Lager war der ISIS, der nicht gegen Assad kämpfte, sondern sich mit ihm arrangierte.

Louis hatte ein paar Schritte zur Schranke gemacht, hinter der ein dicht mit Personenwagen besetzter Parkplatz lag. Kein Mensch stand in der Nähe.

»Das fragst du noch?«, hörte er den Russen hinter seinem Rücken wettern.

»Deine Waffen waren für die ISIS bestimmt, mein Freund.«

Erschrocken fuhr Louis herum. »ISIS? So ein Unsinn. Erzähl mal alles schön der Reihe nach. Ich habe keine Ahnung, wovon du sprichst.«

Igor Propokiew schaute sich um, dann genervt auf seine Uhr. »Ich habe nicht viel Zeit, Louis.« Aber dann lehnte er sich neben Pourtales an den Zaun und begann, ihm eine paar Fakten an den Kopf zu werfen.

Auch die dritte Waffenlieferung von Loréans Systems & Components ging an Igors russische Firma, Bestimmungsort Hafen Beirut. Der Absender gemäß Akkreditiv war eine Firma in Turin. Soweit alles laut Vertrag. Dann lief es schief. Die Container wurden zwar, wie üblich, auf einen Sattelschlepper verladen. Der Empfänger präsentierte Dokumente, die auf einen russischen Getreidelieferanten lauteten. Aber diese Firma hatte rein nichts mit Propokiew zu tun.

»Meine Männer in Beirut kamen gerade noch rechtzeitig dahinter, als sie bemerkten, wie die Ware auf einen anderen Sattelschlepper mit syrischen Kennzeichen gehievt wurde. Anfänglich glaubten sie an einen Irrtum des Kranchefs. Dann realisierten sie, dass sie offenbar Zeugen eines Komplotts geworden waren.

»Weißt du, wer mit dem Spediteur am falschen Sattelschlepper verhandelte? He, rat mal, Louis?«

»Keine Ahnung.«

»Harry Steiner, dein Operationschef. Was sagst du jetzt?«

Auf Pourtales' Gesicht spiegelte sich blanke Verblüffung. Seine Züge schienen plötzlich grau und alt. »Unmöglich, Igor.«

Er zeigte ihm den Frachtbrief. »Da, schau, alles schwarz auf weiß. Diese andere Firma hat mit mir rein gar nichts zu tun. Ein fieser Trick.« Er holte Atem, bevor er weitersprach. »Steiner hat sich aus dem Staub gemacht, bevor wir ihn festnehmen konnten. Spediteur und Fahrer des Lasters hingegen haben meine Leute überwältigt und der Beiruter Polizei übergeben. Angeblich hatte der Chauffeur den Auftrag, zur syrischen Grenze zu fahren. Da hast du es. Die Waffen sollten an die ISIS gehen, da bin ich mir sicher.«

Louis trat vor den Russen, schaute ihm fest in die Augen. »Davon weiß ich nichts, ich schwöre es dir. Wenn es stimmt, was du berichtest, hat Steiner eigenmächtig gehandelt.«

»Dein Problem, Louis. Aber lass dir Folgendes sagen: Unsere Zusammenarbeit ist beendet, wenn du Steiner nicht augenblicklich entlässt und … und … dafür sorgst, dass er im Knast landet. Verstanden?«

Louis spähte ungehalten zum Empfangsgebäude hinüber. »Hör zu, Igor. Ich bin in Schwierigkeiten. Schau nicht gleich hinüber. Aber dort links, am Passagierjet vorbei, siehst du an der Schranke einen Kerl mit Sonnenbrille. Ich werde beschattet.«

Igor änderte unauffällig seinen Stand, sodass er an der Maschine vorbeispähen konnte. »Ich sehe ihn«, murmelte er. »Was hast du dir eingebrockt? Wer sind die Leute, die dich beschatten? Bullen?«

»Nein. Sicher nicht. Schlimmer. Schlägertypen … die verstehen keinen Spaß … aber ich kann nicht reden …«

»Wieso kannst du nicht reden? Ich halte zu dir, wenn es stimmt, dass Steiner dich bescheißt.«

Louis schüttelte den Kopf, seufzte. »Ganz schlimme Sache, Igor. Meine Familie wird bedroht, es geht um Leben und Tod. Sie werden mich vermutlich schnappen, wenn ich das Flugplatzareal verlasse … und irgendwohin verschleppen … mehr darf ich nicht verraten, sonst …« Er brach ab und nahm Igor am Arm. »Komm!« Er schritt voran in Richtung des Helikopters. »Wenn der Albtraum vorbei ist, erklär ich dir alles.«

»Wie kann ich helfen? Ich habe auch meine Leute.«

Louis zuckte mit den Achseln. »Ich muss mich mit der Bande, die hinter allem steht, arrangieren, um meine Familie zu schützen. Sie wollen weitere Lieferungen … Ich muss jetzt gehen, Igor.«

Der Russe hielt ihn am Arm fest. »Und Steiner? Weißt du, wo sich das fiese Miststück herumtreibt?«

Wieder Kopfschütteln. »Eben nicht. In der Firma ist er nicht mehr anzutreffen. Ich werde ihn rausschmeißen, da kannst du Gift drauf nehmen.«

Igor reichte ihm die Hand, als schlösse er mit ihm einen Deal. »Ich bin noch ein paar Tage hier im Tessin. Du weißt, wo du mich erreichen kannst.«

Louis nickte, löste sich aus dem festen Händedruck, schritt gebeugten Hauptes davon.

***

Freitag, 14:00 Uhr, auf dem Berg, hoch über dem Lago Maggiore

Michael kaute Gummi, was Ken allmählich nervte. Sie kamen gut vorwärts, überquerten den Ceneri und gelangten hinunter in die vom Ticino unterteilte Magadino-Ebene.

»Du bist ziemlich scharf auf die Frau, nicht?«, sagte Michael unvermittelt.

Ken warf ihm einen schneidenden Blick zu. »Florence? Warum?«

»Einfach so. Sie ist sexy. Stimmt's?«

Ken rieb sich den Hinterkopf. »Ich habe kluge Frauen immer gemocht.«

»Ich weiß.«

»Nein, du verstehst sie nicht. Weißt du, was die so mögen?«

»Nun, vielleicht, dass du sie gut fickst?«

Ken grinste. »Nein, nein, Mike. Sie mögen das moralische Dilemma. Männer ohne Moral ziehen sie an.«

»Ist das so? Ist das die letzte Weisheit im Geschlechterkampf?«

Ken warf ihm einen flüchtigen Blick zu. »Ist doch egal. Hauptsache es stimmt.«

»Danke für das Wort zum Tag«, grinste Michael. »Sonst noch eine Weisheit?«

Michael bremste hinter einem landwirtschaftlichen Traktor ab.

»Ja, merk dir, Mike. Mit Frauen darfst du alles machen, außer sie langweilen.«

Mike lachte. »Das ist gut, merk ich mir.«

Die Straße führte durch Dörfer, war mit Tankstellen, Autohändlern, Möbelgeschäften und Restaurants gesäumt. Am letzten Verkehrskreisel folgte Michael der Hauptstraße nach Locarno. »Was hat Wim Wenders für Filme gedreht?«, fragte er plötzlich.

Ken drehte überrascht den Kopf. »Der? Keine Ahnung, ich schaue nur Hollywoodstreifen. Warum fragst du überhaupt?«

»Eben stand sein Name groß auf einem Plakat des Filmfestivals von Locarno.«

»Seit wann interessierst du dich denn dafür?«

Er spuckte den Kaugummi zum Seitenfenster hinaus. »Seit ein paar Minuten.«

»Willst du mir sagen, dass du Filme schauen gehen willst?«

»Nein, aber es ist ein Großanlass mit viel Publikum. Ich weiß gar nicht, wann die Vorführungen stattfinden. Du kennst doch den Balsiger?«

Regisseur Balsiger arbeitete eifrig an einem Nahost-Melodrama, alles in Personalunion: Drehbuch, Regie, Produktion … Ken hatte Balsigers schöpferische Ader mit Startkapital versorgt, was den Multi-Tasker in Bewegung hielt, sein Talent vor dem Welken bewahrte.

»Johannes? Natürlich kenne ich ihn, das weißt du, du meckerst ja ständig, dass ich in Film investiere.«

Michael beschleunigte. »Deine Risikoanlagen bringen mich noch um mein Erbe.«

Ken lachte. »Wenn du weiter meckerst, setze ich dich noch auf den Pflichtteil. Ich kann ihn ja anrufen. Moment.«

Als der BMW über die Brücke fuhr, die den Ticino überquerte, hatte Ken bereits eine Verbindung.

»Johannes, hier Ken.«

»Hallöchen. Was verschafft mir die Ehre?«

»Bist du zufällig in Locarno auf dem Filmfestival?«

»Nein, in London, warum?«

»Schade. Mike und ich sind gerade da. Wir hätten uns sehen können.«

»Klappt leider nicht. Dieses Jahr bin ich nicht in Locarno, obschon ... Nun, du weißt, Wim Wenders hat seinen großen Auftritt. Ehrung für sein Lebenswerk.«

»Ach, so. Na, dann, das wär's schon«, sagte Ken. »Wir haben zu tun. Wie kommst du voran?«

»Ich fliege übermorgen nach Saudi Arabien, wir unterschreiben den Finanzierungsvertrag.«

»Habe ich schon mal gehört.«

»Nein, nein, Ken, diesmal klappt es.«

»Viel Glück, bleib in Kontakt.«

***

Das Dorf unterhalb des alten Sägewerks ist nur ein sehr kleines Dorf. Es war in früherer Zeit eine Art Festung. Heute stehen davon nur noch Reste von Mauern. Man sieht noch die Häuserreihe, die zur Hälfte zerfallen und unbewohnt ist. Außerdem gibt es noch ein paar Hütten und Heuschober, die gegen den Berg hin ein Gässchen im rechten Winkel zur Straße bilden. Zwei Hütten hatten gutbetuchte Talbewohner zu rustikalen Wochenendhäusern umgebaut und auf dem Dach Solarzellen installiert. Das war's schon. Alles ziemlich armselig. Man sagt, das Dorf habe seine Blütezeit gehabt, als die Schmuggler hier Halt machten, durchzogen oder im Wirtshaus einkehrten. Damals lebten über zweihundert Einwohner im Dorf, das wie ein Beobachtungsposten am Hang mit den spärlichen Weiden klebt. Im Rücken liegt der Berg, im Westen die Schlucht und im Osten schlängelt sich die Straße herauf. Die Schmuggler fühlten sich sicher wie auf einer Burg mit Zinne.

Zum Sägewerk hinauf führt eine steile Schotterstraße, von Rinnsalen zerfurcht, aber auf solidem, breitem Kiesbett. Die weiten Kurven sind mit starken Böschungsmauern gesichert. Man weiß, das Militär hatte im Krieg die Straße bis weit hinauf kunstvoll gebaut, deshalb hält sie heute noch für schwere Transporter. Imposant sind die letzten Schleifen, die sich dicht aufeinanderlegen, tief im Fels, wo die Sappeure und Hunderte von Minen sie hineingesprengt hatten.

Michael steuerte den BMW flott die Straße hoch. Sie waren ungefähr eine halbe Stunde unterwegs, als sich ein kleines Plateau öffnete. Es lag in einer wilden Umgebung von Wald, Felsen und vergammelten Weiden. Ken hatte seine SIG Sauer auf den Schoß gelegt. »Glaubst du, es gibt Schwierigkeiten?«

Michael schielte auf die Waffe. »Du rechnest damit. Ich auch. Warum hast du Jessica Ponte nicht verständigt? Sie könnte uns Rückendeckung geben.«

Ken spähte nach vorne, wo hinter alten Kiefern die Umrisse eines Schuppens schimmerten. »Halt an. Wir gehen das letzte Stück zu Fuß. Ponte? Was sie anbelangt, ich weiß nicht. Ich traue ihr nicht. Komm! Du links, ich rechts.«

Leicht geduckt gingen sie vor, stoppten abrupt, als sie die offene Tür bemerkten. Zwei Stufen führten in einen dunklen Raum hinein. Musik erklang aus einem knisternden Lautsprecher. Die Hütte sah eher aus wie ein Geräteschuppen. Auf einem vergilbten Schild neben dem Eingang stand in schwarzer Schrift UFFICIO. Das Büro stand etwas abseits von der Säge, die sich unter einem langen breiten Dach verbarg, geschützt von einer halboffenen Holzwand. Man sah nur den Schlitten, auf dem die Stämme zum Sägeblatt geführt wurden.

Eine Weile beobachteten Ken und Mike scharf die Szene, die sich ihnen darbot. Auffällig stand ein mit Planen und Holzlatten notdürftig getarnter Helikopter auf dem Platz, der groß genug angelegt war, dass die Holztransporter wenden konnten. Ken lief geduckt zu Michael, der an einer niedrigen Böschung lehnte. »Ich wette, dass ist der Heli, mit dem Pourtales das Material eingeflogen hat«, meinte er.

Michael nickte. »Aus der Luft bestimmt schwierig zu orten. Siehst du jemanden?«

Ken verneinte mit Kopfschütteln. »Ruhig. Zu ruhig. Ich gehe rüber zum Büro. Siehst du das Schild neben der Tür? Gib mir Deckung.«

Ken rannte geduckt los, kam ungehindert am Helikopter vorbei. Niemand war zu sehen. Er erreichte die Wand der Hütte, drückte sich mit dem Rücken an die Bretter, gab Mike ein Zeichen.

Mike rückte quer über den Platz vor, hielt kurz inne, dann

sprang er zum Sägewerk, das auf der Seite, wo die Baumstämme auf den Sägeschlitten gelegt wurden, offen war.

Er war noch zehn Meter vom Vordach entfernt, als die scharfe Stimme ihn mitten im Lauf erstarren ließ.

»Stopp! Oder es knallt. Stopp, Hurensohn. Weg mit der Waffe! Leg sie hübsch auf den Boden.«

Der ältere Mann hielt eine Schrotflinte in den Händen. Aus dem Schatten aufgetaucht, stand er jetzt am Rand, halb von alten Stämmen gedeckt. Er trug eine Windjacke wie man sie an Jägern sieht, schwarze Hosen, einen Filzhut auf dem Kopf, im Mundwinkel steckte ein Stumpen. Mike machte noch einen Schritt, bevor er bedächtig die Waffe in den Kies des Vorplatzes legte, der mit Spuren von breiten Reifen durchfurcht war. »Wir sind Freunde«, sagte er, die Arme hochhaltend. »Nehmen Sie die Flinte runter.« Mit ausgebreiteten Händen machte er zwei langsame Schritte auf den kauzigen Typ zu. Fünf Meter trennten ihn vom Doppellauf der Flinte.

»Stopp! Bist du schwerhörig?«

Mike sah jetzt die struppige Mähne und den ungepflegten Bart, das von der Sonne gegerbte Gesicht, das sich zu einem höhnischen Grinsen verzog. »Freunde? Bullen seid ihr. Das ist Privatgrund, schert euch zur Hölle.« Er schwenkte die Flinte zum Bürotrakt hinüber, wo Ken keine Anstalten machte, seine Waffe aus der Hand zu geben.

»Los, du da, das gilt auch für dich. Waffe auf den Boden, sonst …« Er machte einen kleinen Schritt, schwenkte die Flinte fünfundvierzig Grad, hob sie bedrohlich gegen Ken an. Das war sein Fehler. Mike sprang heran. Bevor der Kerl seine Waffe herumreißen konnte, hatte Mike sie bereits fest im Griff. Ein kurzes Gerangel genügte, der Mann verlor Griff und Gleichgewicht, torkelte von Mike gestoßen fluchend über einen Baumstamm, fing sich mit den Händen im kiesigen Boden auf.

»Wo sind die Piloten?«, fragte Ken, der plötzlich mit seiner vorgehaltenen Waffe über dem Getorkelten stand.

»Was weiß ich?« Er rappelte sich hoch, klopfte Dreck von seinen Zwilchhosen. »Warum soll ich euch Auskunft geben? Das ist mein Grundstück. Ihr schuldet mir dann wohl eine Erklärung. Verdammte Stadtpinkel!«

Michael hatte die Schrotflinte entladen, abgelegt und seine Glock in den Hosenbund gesteckt. »Einverstanden. Wir sind ohne zu fragen da eingedrungen. Da haben Sie recht. Tut mir leid. Sie sind Pietro, nehme ich an?«

»Bin ich, das weiß jeder unten im Tal.« Er suchte im Kies nach seinem Stumpen, bückte sich, wischte ihn am Hemd ab, steckte ihn wieder in den Mund. Dann musterte er sie misstrauisch. »Was wollt ihr hier? Die Piloten, habt ihr gesagt, warum sucht ihr die Piloten?«

»Ist sonst noch jemand hier?«, fragte Ken, der das schäbige Büro mit den verschmutzten Fenstern im Auge behielt.

»Die sind fort. Alle sind weg. Ihr seht ja die Spuren, oder habt ihr etwa Scheuklappen vor den Augen? Auf zwei Lastern haben sie Kisten verladen. Ich stand dort oben, hinter dem Felsen.« Er zeigte zu einer Stelle, wo sich zwischen zwei Kiefern ein gewaltiger, von Moos bedeckter Felsbrocken festgesetzt hatte.

Auch Ken steckte seine Pistole ein. »Wir stellen Ermittlungen an. Wir befürchten, die Leute, die hier waren, sind Terroristen.«

Pietro schien alles andere als beeindruckt. »Für die Bullen sind alle Terroristen. Ich habe einem von ihnen die Bude vermietet. Er hat gezahlt. Ich kümmere mich doch nicht darum, was sie machen. Er sagte mir, er wolle mit behinderten Kindern ein Lager einrichten.«

»Und das haben Sie geglaubt?«

Pietro zündete ein Streichholz an und hielt es unter den Brennkopf der kurzen Zigarre. Er paffte ein paar Mal. »Nein. Sehe ich etwa so dumm aus?« Er machte eine ausschweifende Handbewegung. »Aber vom anderen Scheiß, dem Heli, den Kisten, den Lastwagen, hatte ich keine Ahnung.«

Michael trat näher zu ihm heran. »Sie geben uns besser genaue Auskünfte, Pietro. Und zeigen uns mal die Anlage. Die Piloten müssen sich irgendwo verstecken.«

Pietro zuckte mit den Achseln. »Was habe ich davon, wenn ich euch helfe?«

Ken setzte seine Sonnenbrille auf. »Wenn Sie nicht kooperieren, bekommen Sie Schwierigkeiten. Sie haben Terroristen untergebracht. Die Polizei kann Sie als Komplize festnehmen.«

»Ha, das sollen die erst mal probieren.« Er machte ein paar

Schritte im Kreis herum. »Ihr seid nicht Bullen? Private Schnüffler? Gut, meinetwegen, kommt. Folgt mir.«

Er ging voraus, betrat das Büro, das karg möbliert war. Tisch, zwei Stühle, ein Transistorradio mit ausgezogener Antenne auf dem Fensterbrett. Pietro schaltete die Kratzmusik ab, dann öffnete er eine kaum sichtbare Tür, die in einen dunklen Gang hineinführte. Er nahm eine Lampe von einem Gestell und machte Licht. »Ich habe dem Kerl, der mieten wollte, auch die Höhle zur Verfügung gestellt. Seither bin ich nicht mehr drinnen gewesen.«

Nach etwa hundert Schritten blieb Pietro stehen, öffnete eine andere Tür, fand den Lichtschalter und trat in den spärlich beleuchteten Raum.

»Verfluchte Scheiße«, rief er aus.

Michael sah sie zuerst. Es waren die Piloten in ihrem Fliegerdress. Sie hockten auf dem metallenen Bettgestell, an Händen und Füßen gefesselt, Klebebänder über den Mündern.

Ken befreite sie von der Knebelung, half ihnen, sich aufzurichten.

»Ich hatte keine Ahnung, dass die hier sind«, rang Pietro nach einer Erklärung. »Himmelsackerlot, die sind halb verhungert.«

Draußen auf dem Platz setzten sie sich auf die Stämme. Michael hatte aus dem Wagen Wasserflaschen geholt. Gierig tranken die Piloten.

»Captain Alain Hammer«, sagte der Größere. »Oberst Pourtales hat mich engagiert, den Heli zu fliegen. Ich war dienstfrei, also sagte ich zu. Alice, seine Tochter …« Er brach ab.

»Ich bin im Bild. Haben Sie eine Ahnung, wo der Oberst sich aufhält? Hat er ihnen etwas erzählt? Haben Sie etwas aufgeschnappt?«

Hammer schüttelte bedrückt den Kopf. Der Co-Pilot nahm die Flasche von den Lippen. »Wir haben nichts gesehen. Man hat uns die Augen verbunden, bevor sie uns aus dem Cockpit zerrten. Ich hörte nur Befehlsstimmen, Geräusche, Motorenlärm … Dann führten sie uns ab in die Höhle. Wir hörten dort kaum etwas, entferntes Gepolter, Motorenbrummen … dann war plötzlich Stille. Grabesstille.«

Ken nickte verständnisvoll, bevor er sprach. »Eine Frage. Auf dem Flugfeld kam es zu einer Auseinandersetzung zwischen dem

Oberst und dem Kerl in der Fliegerjacke. Haben Sie mitbekommen, um was es dabei ging?«

Die Piloten schauten einander an. Es war Hammer, der antwortete. »Ich war im Cockpit, hatte die Kopfhörer abgelegt, die Trennscheibe zum Laderaum war offen. Ich sah, wie der Kerl den Oberst mit einem Faustschlag traktierte.«

»Was sagte er zu ihm?«

»Ich hörte nur Gesprächsfetzen. ›Du hast nicht geliefert ... Wo hast du ... Ich verstand das Wort nicht ... Vielleicht Papiere, Pläne ... Ich dachte, er meinte Geld ... Leider ging dann alles unter im Lärm, als die Rotoren wieder anliefen ...«

»Immerhin. Das war schon nützlich, Captain. Könnt ihr in euer Verfassung fliegen?«

Hammer grinste. »Sicher. Die Luftwaffe kommandiert uns periodisch ins Überlebenstraining. Da werden wir irgendwo im Gebirge in Schnee und Kälte abgesetzt. Nur mit dem Nötigsten ausgerüstet, wie wenn wir mit dem Schleudersitz ausgestiegen wären. Dann müssen wir uns durchschlagen. Das hier«, er deutete nach hinten, wo er die Höhle vermutete, »ist nichts dagegen. Wir konnten die Kräfte gut einteilen. Ja, ich bin flugtauglich, Mister Cooper.«

Ken beriet sich etwas abseits von den Piloten mit Mike. Pietro war aus dem Blickfeld verschwunden.

»Was meinst du?«, fragte Ken.

»Magadino?«

Ken nickte. »Wir kommandieren sie zum Flugplatz. Da können sie wieder volle Einsatzbereitschaft erstellen. Eventuell können sie Pourtales erreichen. Möglicherweise besteht eine offene Verbindung zu ihm. Oder er versucht, mit den Piloten Kontakt aufzunehmen.«

Mike scharrte mit dem Stiefel im Kies. »Einverstanden. Bestimmt kommt uns der Heli noch zupass, wenn wir eine Spur von Alice finden.«

Pietro tauchte wieder auf. Er trug einen kleinen Korb in der Hand, trat damit zu den Piloten. »Notvorrat«, grinste er und nahm einen Ring Würste aus dem Korb. »Fein geräuchert, vom Hirsch.« Er zückte ein Sackmesser, klappte die Klinge auf, setzte sich und begann, die langen, dünnen Würste auf einem mitgebrachten Holzbrett aufzuschneiden.

»Den Weißwein müsst ihr supponieren«, grinste er, den Piloten das Brett hinhaltend.

Während die Piloten dankbar die Verpflegung einnahmen, erzählte Pietro von seinem Berg.

»Mein Vater hat dies alles besessen«, erklärte er mit einer ausschweifenden Armbewegung. »Er war Bergführer, Jäger und war weit und breit als Schmuggler von Tabak und Zigaretten bekannt. Die Grenze befindet sich hier ganz nahe. Eines Tages fand man ihn tot am Fuß einer Felswand. Er war mit Blut bedeckt, Schädel und Körper zerschmettert von einem Sturz über mehr als hundert Meter.«

»Wie konnte das passieren?«, fragte Captain Hammer interessiert.

»Man hat es nie herausgebracht. Man will Schüsse gehört haben. Vater hatte ein scharfes Auge und einen sicheren Tritt, er kannte den hintersten Winkel … trotzdem … die Wahrheit ist nie ans Tageslicht gekommen.«

»Haben Sie Familie?«, fragte der Co-Pilot um der Konversation willen.

»Ich bin der Einzige. Meine Mutter ist nach dem Unfall weggezogen. Schauen Sie, von hier aus kontrollieren Sie alles.« Er zog einen kleinen Feldstecher aus der Jackentasche, hob ihn vor sein Gesicht. »Keiner kommt die Straße rauf, ohne dass ich ihn schon früh erkenne. Wie die zwei feinen Herren, eure Retter. Hier oben steht ihr wie auf einem Aussichtsturm.«

»Zum Glück«, sagte Hammer kauend.

»Mein Vater hat mich schon früh abgerichtet, mich um die Vorschriften zu foutieren.« Er schielte verschmitzt zum älteren Cooper. »Ich hatte schon mit sechzehn mein eigenes Gewehr. Vater sagte: ›Mit welchem Recht kann uns die Behörde zwingen, dafür zu zahlen, dass wir Tiere totschießen, die auf unserem Gelände sind und darum uns gehören?‹«

»Gut, sehr gut«, lachte der Co-Pilot.

»Manchmal kommen sie zu mir hoch, die Deppen von der Verwaltung. Kürzlich schnüffelte ein Strominspektor herum und sagte, der Stromschutz der Anlage sei ungenügend. Prompt schickte er eine Gebührenrechnung für diesen Leerlauf. Ein andermal wollten sie die Abwässer inspizieren. So ein Quatsch! Und immer sollen wir bezahlen. In diesem Staat verbieten sie dir alles, und wenn etwas zu tun erlaubt ist, verlangen sie dafür eine Gebühr.« Er stapfte erregt in der weichen Erde herum.

»Hat es Wilderer in der Gegend?« fragte der Captain und steckte eine Wurstscheibe in den Mund.

»Nein. Aber wenn es welche gäbe, würde es bestimmt niemand von mir erfahren.«

»Sie jagen auch?«

Sein Gesicht nahm einen schelmischen Zug an. »Wer nicht fischt, vögelt oder jagt, ist nicht gefragt.«

Die Piloten grinsten.

»Der Jahrhundertsturm hat dann alles verändert«, hörte Ken, als er mit Michael zurückkam. »Der verfluchte *Leonardo* schlug die Hänge praktisch kahl. Das Fallholz, hätten sie es noch mit schweren Mitteln herausholen können, war unbrauchbar. Ich habe dann versucht, mit dem Holz, das wir noch haben, Kisten und Ähnliches zu fertigen. Aber du findest dafür keinen Absatz.«

Pietro blinzelte, zog eine dünne Krumme aus einer Schachtel und steckte sie mit dem Feuerzeug in Brand.

Die gemütliche Runde wurde jäh aus ihrem entspannten Geplauder gerissen, als Kens Mobiltelefon summte.

***

Freitag, im Sägewerk, 17:10 Uhr

Jessica Ponte sprach in abgehackten Sätzen. »Banküberfall, Ken. In Lugano, auf der Piazza della Riforma, unten am See. Die Gangster stürmten die SBC … Swiss Bank Corporation. Kurz vor Schalterschluss. Wo sind Sie?«

Ken hatte auf Lautsprecher geschaltet. »Wo sind die Bankräuber? Noch im Gebäude?«

»Moment.« Ken hörte im Hintergrund ein Funkgespräch, übertönt von Sirenengeheul. »Ein schwarzer Kastenwagen, Typ Mercedes. Der Fluchtwagen raste zur Seestraße, dann Richtung Lugano Süd, vermutlich zur A2.«

»Vom Autobahnanschluss Lugano Süd führt die A2 nach Norden und Süden«, sagte Ken.

»Das wissen wir auch schon, Ken. Alle verfügbaren Patrouillen sind alarmiert. Wo sind Sie, Ken, verdammt noch mal?«

Wieder ignorierte Ken die Frage, deckte mit der Hand das Mikrofon ab. »Maschine startklar machen. Höchste Alarmstufe«, rief er.

»Jessica? Wir machen uns auf den Weg. Wir haben Funk. Geben Sie uns die Polizeifrequenz durch ... Moment.«

Mike drückte auf seinem Handy das Ikon für den Notizzettel. Er lauschte den Worten Pontes, tippte die Frequenz ein.

»Notiert«, sagte Ken, verfolgte mit seinem Blick die hektische Tätigkeit der Piloten an ihrer Maschine. Pietro riss bereitwillig die Latten und Planen weg.

Jessicas Stimme erklang eine Tonlage höher. »Passen Sie auf, Ken. Keine eigenmächtige Aktion, verstanden? Bleiben Sie dran, Ende.«

Fünf Minuten waren seit dem Anruf vergangen, als die Rotoren zu summen begannen, in ein Knattern übergingen, Staub und Dreck aufwirbelten.

Michael gab Pietro auf den BMW deutend eine Anweisung, die im dröhnenden Lärm nur er verstehen konnte, während Ken bereits an der Einstiegsluke stand.

Langsam, schwerfällig hob der Eurocopter von Loréans Systems & Components ab, senkte die Nase und flog knapp über dem Boden an den Kiefern vorbei über das Plateau, glitt über die Kante in die Tiefe der Ebene hinunter.

***

Normalerweise hätte Ken den Flug entspannt genossen. Das schöne Wetter verzauberte die Landschaft in sattgrüne Flecken, glitzernde Flussläufe, olivfarbene Weiden. Die Berghalden beidseits des Tals, das der Pilot durchflog, lockten mit ihrer unberührten Frische. In der Ferne glänzten unzählige Gipfel. Doch die Männer im Eurocopter lauschten konzentriert dem mit Knistern durchzogenen Polizeifunk. Sie versuchten, sich aus den knappen Polizeidurchsagen ein Bild der Lage zu machen. Der Pilot flog jetzt in Richtung Locarno. Die Stadt lag am großen Delta, das die wilde Maggia über die Jahrhunderte gebildet hatte. Heute trennt sie gezähmt, als breites, dunkelgrünes, von weißen Strudeln aufgewühltes Band, die Städte Locarno und Ascona. Die Straßen lagen wie ein Gitter über verschachtelten Dächern, Parkanlagen, Sportplätzen. Ken konnte nicht weit vom tiefblauen See die Piazza Grande erkennen.

Der Pilot flog über das östliche Seebecken, wo der Ticino seine Fluten um die Wette mit der Maggia in den Lago Maggiore ergoss, querte nahe der Mündung das Flugfeld von Magadino. Ken warf einen skeptischen Blick auf Piste und Hangar hinunter, wo am Vortag der Austausch der Geisel gegen die Waffen erbärmlich gescheitert war. Grimmig schaute er nach vorne, entschlossen, die Wende herbeizuführen.

Die Maschine bog in eine Kurve, stieg über einen bewaldeten, spärlich mit kleinen Häusern besetzten Hang, dem Ceneri Pass entgegen.

Eine bekannte Stimme schallte aus dem Lautsprecher. »Ken, hier Ponte. Kommen.«

»Hier Ken, ich höre.«

»Gut. Passen Sie auf. Das Fluchtfahrzeug ist scheinbar im Tunnel bei Grancia in einen Unfall verwickelt. Wo sind Sie?«

»Unterwegs«, hielt sich Ken kurz angebunden. Er schaute auf die Uhr. »Ich schätze, wir könnten in zehn dort eintreffen. Sie meinen den Autobahntunnel, der in Melide wieder rauskommt, richtig?«

»Ja. Aber wir brauchen keine Unterstützung, Ken. Bleiben Sie standby, wo Sie gerade sind.«

»Habe die Meldung verstanden.«

»Gut. Noch etwas. Kurz vor dem Banküberfall ereignete sich eine Explosion in einem Shopping Center.«

»Verstanden. Wo?«

»Lugano Süd.«

»Wo sind Sie, Jessica?«

»Auf der Piazza, vor der SBC, wo denn sonst? Wir treffen uns später. Ende.«

Eine überwältigende Aussicht bot sich, als der Heli über den Pass flog. Der See bildete eine große Bucht, an der die Stadt lag, stolz bewacht von den Hausbergen Monte Bre und Monte San Salvatore, deren Schatten dem Wasser in der Bucht eine dunkle, tiefblaue Farbe verliehen, während der offene See weiter draußen hellblau verblasste. Westlich erhoben sich Bergkuppen des Malcantone bis zum dominierenden Gipfel des Monte Tamaro. In der Ferne schimmerte als blassblauer Schild ein Streifen See. Der Lago di Como grüßte herüber. Lugano ist die größte Stadt im Tessin. Tourismus, Finanzen und Handel sind die Hauptpfeiler ihrer Wirtschaft.

Ken schaltete auf Intercom. »Captain Hammer, folgen Sie der Autobahn bis zum Tunnel.«

»Verstanden.«

Die A2 schwang sich elegant durch die Vororte Luganos, industrielle Anlagen lösten sich ab mit schönen Wohnlagen, mitten drin der hohe Bettenturm des Ospedale Civico.

Sie sahen die Rauchsäule von weitem. »Das ist das große Einkaufscenter Lugano Süd«, wusste Michael, der das Funkgespräch mit Ponte mitgehört hatte. Als die Maschine sich absenkte, das Autobahnkleeblatt Lugano Süd überflog, bot sich ihnen eine chaotische Situation. Rote Tank- und Leiterwagen der Feuerwehr standen auf dem Platz vor dem Shoppingcenter, behelmte Männer rollten Schlauchleitungen ab. Ken zählte drei Ambulanzen und mindestens ein halbes Dutzend Polizeistreifen. Orangefarbene, blaue, rote Warnlichter blinkten die akute Gefahrensituation zum Helikopter hinauf. Der Wind verwehte die graue Rauchsäule, die aus dem flachen Versorgungsbau qualmte, zu Schleiern, die über die Rettungsmannschaften Richtung Osten zogen.

»Schau, das Chaos auf der Autobahn«, rief Michael, als der Pilot eine Schleife über das Shoppingcenter zog.

Der Verkehr auf der A2 hatte sich vor dem Tunnelportal auf beiden Fahrstreifen kilometerlang gestaut.

»Captain, wir landen vor dem Tunnelportal«, sagte Ken, dann rief er Ponte auf der ihm zugeteilten Frequenz auf. »Jessica. Lagebericht, bitte. Wie sieht es aus im Tunnel?«

»Verstanden. Wir sind schon dran, Ken. Feuerwehr und Sanitäter sind im Einsatz. Ein Helikopter wird Spezialkräfte in Melide absetzen, auf der Südseite des Tunnels. Ein anderer patrouilliert die A2 bis Chiasso. Die Grenzwache ist in diesen Minuten dabei, alle Grenzübergänge dicht zu machen. Wir haben einen mobilen Kommandoposten etabliert, auf der Piazza, vor der Bank. Ich informiere, wenn Sie bei mir eintreffen. Antworten.«

»Verstanden. Wir kommen zur Piazza. Ende.«

»Willst du das wirklich?«, fragte Michael, als der Pilot die

Maschine langsam absenkte. »Landung in zwei, rechts auf Werkplatz«, meldete er.

Ken spähte nach vorn. »Mach dich bereit.« Grinsend fügte er an: »Ponte kann warten. Sie weiß nicht, dass wir hineingehen.«

Der Landeplatz, auf dem der Pilot den Eurocopter Staub aufwirbelnd absetzte, hatte als Bau- und Maschinenplatz für die Totalsanierung des Tunnels vor ein paar Jahren gedient und war gut von der Kantonsstraße erschlossen, die ins Dorf Grancia hineinführte. Jetzt lag er ziemlich verlassen in unmittelbarer Nähe des Tunneleingangs. Ken bemerkte zwei Camper und ein paar Autos, die am nördlichen Rand im Schatten von Bäumen standen. Eine Kolonne von Fahrzeugen staute sich auch auf der Ausfahrt, die Grancia an die A2 anschloss. Nur mühsam floss der Ausweichverkehr in die Hauptstraße, wo eine Schar Neugieriger auf die gestauten Blechkolonnen hinunterschaute. Sie sahen, wie die Autofahrer in der Mitte zwischen den Fahrstreifen eine Gasse geöffnet hatten, auf der gerade ein Rettungswagen gefolgt von einer Streife jaulend heranfuhr und im Tunnel verschwand.

Ken und Michael rannten über die Fahrbahn der Ausfahrt, kürzten über die mit niederem Buschwerk begrünte Böschung ab, überwanden den Wildschutzzaun und rannten in den Tunnel hinein. Die Strecke lief unter einem bewaldeten Bergrücken durch und kam nach 1,7 Kilometern in Melide wieder ans Tageslicht.

***

Sie trabten auf dem Pannenstreifen an leuchtenden Schlusslichtern der gestauten Fahrzeuge vorbei, kamen gut vorwärts.

Nach etwa vierhundert Metern sahen sie die Rauchschwaden, die von großen Ventilatoren in die Abluftschächte gesaugt wurden. Ken lief aus, ging ins Schritttempo über. Michael stieß pustend die Luft aus. »Ein Brand. Fehlte gerade noch.«

Ken beschleunigte den Schritt. »Vielleicht unser Glück. Wenn die Gangster im Stau stecken … Komm. Geh vor, ich gebe dir Deckung.«

Sie eilten nach vorn, wo der Qualm immer dichter wurde.

Nach gut hundert Metern standen sie keuchend vor dem Fluchtwagen. Er stand quer über die beiden Fahrbahnen. Mindestens ein halbes Dutzend Personenwagen waren ineinander verkeilt. Die Massenauffahrkollision hatte ebenfalls den Pannenstreifen blockiert. Geduckt hetzten Reisende in beiden Richtungen, hektisch nach einem Eingang zum Fluchtstollen suchend.

Cooper blieb hustend vor dem verlassenen Kastenwagen stehen, steckte seine SIG Sauer zurück in den Holster. »Guter Trick«, schrie er zu Michael herüber, der seine Waffe mit gestreckten Armen in die offene Fahrertür streckte, die Fäuste jetzt sinken ließ. »Raffiniert«, knirschte er.

Sie schauten in den offenen Laderaum. Gähnend leer. »Hallo?« rief er zu einer Gruppe von drei Polizisten, die mit aufgesetzten Schutzmasken um ein verkeiltes Fahrzeug herumstanden. »Hat jemand etwas gesehen?«

Niemand antwortete. Weiter hinten rief jemand. »Wo bleibt der Rettungswagen, ich hab doch einen Rettungswagen gesehen. Sie blutet, hat jemand einen Verbandskasten?«

Michael gab Ken einen Wink. Sie hatten genug gesehen. Vor dem die Straße blockierenden Fluchtwagen war die hell beleuchtete Autobahn gähnend leer. Eine Rettungsbucht öffnete sich nur wenige Meter weiter vorne. Offensichtlich hatten die Gangster die Blockade und den Brand absichtlich inszeniert, um mit einem bereitgestellten Ersatzwagen zu entkommen.

»Verdammt geschickt gemacht«, kommentierte Michael, als sie zügig zurückliefen. »Die haben genügend Vorsprung. Sind vermutlich bereits über alle Berge. Wir müssen Ponte informieren.« Sie trabten keuchend zurück zum Helikopter.

»Ich weiß nicht, etwas irritiert mich an ihr, Mike. Ich komme nicht dahinter. Wir werden sehen. Wir fliegen zum Rendezvous auf der Piazza.«

***

Freitag, 17:45 Uhr, bei Lugano

Die Interventionseinheit der Tessiner Kantonspolizei, genannt *Reparto Interventi Speciali*, bestand aus zwanzig mit Spezialwaffen auf Angriff gut trainierten Männern. Muller alias Charon wusste darüber dank seiner Informanten aus dem islamistischen Untergrund der Schweiz gut Bescheid.

»Helikopter? Wie viele?«, fragte Youssef.

»Einer, vielleicht zwei, mehr haben sie nicht einsatzbereit. Sie rechnen ja nicht mit Verlusten. Die Spezialeinheit ist primär für Geiselbefreiungen trainiert. Das müssen wir im Auge behalten.«

»Verstehe«, grummelte Youssef, der als Stabschef des designierten Statthalters Muller im Bild sein wollte. Doch der Durchblick fehlte ihm. Deshalb stellte er die Frage, die ihn beschäftigte: »Der Banküberfall, Charon. Wie viel glaubst du, haben wir erwischt? Vielleicht nicht viel, Banken haben dieser Tage immer weniger Noten im Tresor.«

Sie hatten nach dem Fahrzeugtausch im Tunnel die A2 beim Damm von Melide verlassen. Die Ambulanz mit italienischen Kennzeichen mit der gesamten Beute im Behandlungsraum fuhr zügig, aber nicht zu schnell auf der Kantonsstraße den See entlang zurück nach Lugano. Der spärliche Verkehr wich gehorsam aus, sobald sie die blaue Kennleuchte blinken sahen und das grelle Ambulanzhorn hörten.

Muller hatte das Steuer des Rettungswagens übernommen. Youssef saß neben ihm. Hinten, wo in der Regel die Verwundeten lagen, duckte sich Halit Ghashi auf der Pritsche, fasste mit einer Hand den Haltegriff seiner Micro Uzi-MP, schob mit der anderen das Magazin mit 32 Neunmillimeter-Patronen ein. Zwei Männer streiften ihre Vermummung vom Kopf und klatschten sich grinsend ab.

Der Kommandeur machte sich nicht die Mühe, seinen Stabschef aufzuklären. Charon hatte gründlich recherchiert, die Informationen seiner Kontakte laufend ausgewertet. Er wusste, dass sie gute Beute gemacht hatten.

Es ist nirgendwo sonst so viel Cash im Umlauf wie in der Schweiz. Punkt eins. Der Notenbestand hat in dieser kapitalistischen Hochburg jedes Jahr etwa um sechs Prozent zugenommen. Punkt zwei. Dies obschon sich Umsätze mit Kreditkarten verdoppelt haben. Bei Jungen ist Cash nicht mehr King. Der Bargeldumlauf wächst in der Schweiz trotz allem schneller als in den USA. In New York zahlen Oligarchen ihre Millionen-Appartements an der Park Avenue mit Dollarnoten. Eine solche Prunkwohnung zu erwerben, war ein sehnlichst gehegter Wunsch Mullers, der bald in Erfüllung gehen könnte. Gemäß Weltbankstatistik hortet jeder

Schweizer durchschnittlich achttausend Kröten Bargeld. Das ist weltrekordverdächtig. Die Tausendernote ist die teuerste der Welt. Man kann damit in den Städten sogar an der Supermarktkasse zahlen. Die Note ist populär. Die Nationalbank hat die Zahl der violetten Scheine um zwei Drittel auf vierzig Millionen Stück erhöht. Charon hatte auch erfahren, dass die Bank auf einen externen Bargeldtresor greifen kann, aus Sicherheitsgründen, wie sie sich vorgaukelt. Wenn er am Hauptsitz zu wenig Beute vorgefunden hätte, wäre er vorbereitet gewesen. Aber in der SBC hatte Cash im Überfluss gelegen.

»In der Schweiz ist Bankräuber ein Beruf der Zukunft«, sagte er laut, dann, »nochmals, Youssef, der Zeitplan ist verdammt wichtig.«

Jassir Youssef nickte grinsend. »Okay. Die Polizei halten wir auf Trab. Bis jetzt läuft alles wie am Schnürchen.«

***

Als Mullers Vertrauter kannte Youssef die Einsatzplanung. Der Kommandant hatte eine starke Gruppe von Schläfern oder einsamen Wölfen in den Südkanton eingeschleust. Rund fünfzig Männer, verteilt auf sichere Unterkünfte, welche Helfer des islamischen Vereins der Schweiz in Biel besorgt hatten. Dort wo sie gesehen wurden, hielt man sie für Flüchtlinge, die man im Land von Henri Dunant, Gründer des IKRK, nicht verdammte.

Etwas anderes waren die Stoßtrupps. Sie bildeten den Kern der Operation und hatten sich an der Grenze bereitgestellt. Ihr Auftrag lautete, Zerstörung, Chaos und Entsetzen zu verbreiten. Dadurch würden Polizei, Grenzschutz und Militär engagiert, und Kommandeur Muller hatte Handlungsfreiheit, sein Ziel zu erreichen. Ziel? Muller hatte sich darüber stets bedeckt gehalten. Er werde es früh genug erfahren, es komme darauf an, wie sich die Lage entwickle, hatte er ihn mehrmals abgewimmelt.

»Mein Bestand ist geschrumpft«, warnte Youssef. »Drei hat's erwischt. Wo willst du, dass ich die Truppe einsetze?«

»Sie tauchen vorläufig unter. Taktische Reserve. Führe sie zur Basis. Dort können sie die Bereitschaft wiederherstellen, Waffen und Munition fassen.«

»Das alte Sägewerk liegt ziemlich weit im Nordwesten und abgelegen«, gab Youssef zu bedenken. »Am Arsch der Welt. Es ist sicher wie eine Festung, aber wenn die Polizei dahinterkommt, wo der Heli gelandet ist …«

»Unser Problem heißt Cooper«, kam Muller unvermittelt zur Sache. »Ist er uns auf der Spur?«

Youssef bedachte ihn mit einem leeren Blick. Im Behandlungsraum räusperte sich Ghashi, schaute von seiner Micro Uzi auf. »Cooper tappt im Dunkeln.«

»Ich will alle Argumente hören«, sagte Muller.

»Coopers Leute wissen nur, dass der Heli nach Italien abgeflogen ist«, sagte Youssef. »Wir wissen, dass die Flugverkehrskontrolle die Spur in Italien verloren hat.«

»Das lässt sich nicht mit Sicherheit feststellen«, widersprach Ghashi. »Die Chance besteht, dass Cooper weiß, wo wir das Material hingebracht haben.«

»Minimale Chance«, sagte Youssef.

»Sie werden nichts mehr vorfinden, wenn sie das Sägewerk entdeckt haben«, sagte Muller. »Aber wir dürfen kein Risiko eingehen.«

»Was heißt das?«, fragte Youssef.

»Wir müssen nach unserem Menu vorgehen.«

»Menu?«, fragte Ghashi perplex.

Muller nickte. »Ablaufplan, Trottel. Wir halten die Überwachung aufrecht, das ist die Vorspeise.«

»Wie viele Gänge hat das Menu?«, grinste Youssef.

»So viele wie nötig.«

Ghashi streichelte den Lauf seiner Micro Uzi. »Ich bin bereit.«

»Wie geht es Bonz und den zwei anderen?« spottete Muller.

Ghashi schoss das Blut in den Kopf. »Nun, eh … wir hatten Pech. Cooper kam auf dem Campingplatz unerwartet dazwischen …«

»Noch so ein Pech, Ghashi, und ich mache Fischfutter aus dir.«

»Bonz wird nichts ausplaudern«, meinte Youssef wenig überzeugend.

»Auch das ist Wunschdenken, Youssef. Bonz wird alles verraten, was er weiß. Der junge Cooper ist ein hartgesottener Verhörspezialist. Was wir können, kann der nicht schlechter. Er wird ihm mit

Guantanamo drohen oder anderen Orten, wo schlimme Sachen passieren. Bonz wird sich am Schluss so verzweifelt einen Ausweg wünschen, dass er schneller aufgeben wird, als sein Herz in den Hosen schlägt.«

»Was sieht das Menu für diesen Fall vor?«, wagte sich Youssef ein letztes Mal vor.

»Wir locken die Schweine in eine Falle, dann werden wir Ruhe haben.«

»Wir hecken etwas aus«, machte sich Ghashi bemerkbar.

Muller lachte höhnisch. »Du etwa? Dann geht es bestimmt wieder schief. Aber ich habe bereits meine Anordnungen getroffen. Cooper wird schon bald Geschichte sein, wie man so schön sagt.«

Sie passierten den Vorort Paradiso. Eine Ambulanz kreuzte sie. »Schon wieder eine«, brummte Youssef. »Muss schon sagen, das war ein guter Trick, die Ambulanz.«

Muller blieb stumm. Seine Rechnung ging auf. Der Anschlag im Supermarkt als raffiniertes Ablenkungsmanöver hatte vermutlich den ganzen Bestand von Rettungswagen der Stadt mobilisiert. Mit ihrer Ambulanz passten sie momentan hervorragend ins Straßenbild.

Muller dachte voraus, an die Arrangements in Propokiews Villa. Sein Onkel? Er grinste hämisch. Ein sicherer Rückzugsort mit allen erdenklichen Ressourcen. Propokiew hatte als prominenter Magnat im Kanton so etwas wie den Status eines Unberührbaren. Bis die Behörden wagten, seine Villa zu durchsuchen, musste vorher einiges passieren.

Alles sah nach einem guten Plan aus.

Mit einem Rascheln zog Youssef ein Papier aus der Innentasche. »Ich habe noch neue Ziele erkundet. Willst du sie hören?«

»Etwas Spezielles?«

»Nein, immer nach dem gleichen Muster. Gut verteilt, möglichst weit auseinander. Es hat wieder ein Armeedepot darunter. Ach, und hier, beinahe vergessen.«

»Was?«

»Wie sagt man? Ein Kulturgut?«

Muller entriss ihm die Liste, blickte darauf. »Wo ist Riva San Vitale?«

»Unten, wo der See aufhört. In Richtung Mendrisio.«

Muller runzelte die Stirn. »Eine alte Kirche in die Luft sprengen? Wozu?«

»Es ist die älteste weit herum. Christliches Wahrzeichen. Das fährt ein.«

»Mmm.«

»Du bekommst noch zwei Kämpfer zugeteilt«, sagte Muller, als er dem Wegweiser folgte, der die Umleitung signalisierte, da die Seestraße im Bereich der Piazza wegen des Banküberfalls gesperrt war. »Sie sind als Späher unterwegs. Zwei Usbeken. Nicht die Hellsten, aber gefürchtete Killer. Sie haben Verbindung nach Oberitalien und können Verstärkung organisieren, falls notwendig.«

»Nicht die Hellsten? Hoffentlich wissen sie, wo es langgeht.«

Muller sagte nichts. Ihn irritierte, dass eine Rückmeldung der Patrouille überfällig war. Er schaute mit geschürzten Lippen nachdenklich auf das Funkgerät, das er zwischen den Oberschenkeln festhielt. Besser nicht, sagte er sich. Er hatte Funkstille befohlen und wollte sie nicht wegen eines unbestimmten Gefühls brechen.

Es war Groll, der im Unterbewusstsein nagte. Vermutlich gegen die beiden Deppen, weil sie sich nicht an die Regel hielten und es unterließen, das Signal pünktlich zu übermitteln.

Muller war trotzdem nicht unzufrieden. Bis jetzt war alles gut verlaufen. Was ihm behagte, waren die Früchte der guten Vorbereitungen, die er lange im Voraus getroffen hatte. Die Kontakte, die ihm die muslimischen Brüder in der Schweiz verschafft hatten, bildeten das Rückgrat. Ohne die Ressourcen, die ihm jetzt offenstanden, wären seine Aktionen unvorstellbar. Schon in seiner Afghanistan-Zeit hatte er den Mudschahedin fortwährend sein Leitmotiv eingebläut: »Du musst den Feind besser kennen als dich selbst.« Trotzdem. Beim ersten Schuss war der schöne Plan meistens schon Makulatur. Dann aber wirkten sich die sorgfältigen Vorbereitungen aus, die präzisen Absprachen und die Fähigkeit, sich vorausschauend rasch einer neuen Situation anzupassen.

Muller entfuhr ein Seufzer. Hier in der Südschweiz herrschten leider andere Verhältnisse als am Hindukusch. Positiv fiel der vorläufig schwache Widerstand in die Waagschale. Auf der anderen Seite drückte seine zusammengewürfelte Truppe die Bilanz negativ nach unten. Zwar konnte er sich auf die Söldner verlassen. Die waren geübt. Aber sie mussten sich mit Amateuren herumschlagen. Mit einem Haufen Hergelaufener …

Im Süden hatten sich schwarze Gewitterwolken zusammengeballt.

»Aufgepasst«, rief er nach hinten. »Wir sind bald da.« Er bog auf eine rötlich gepflasterte Straße ab. Die große, flach gebaute Villa mit blendend weißen Mauern und alten roten Ziegeln auf den Dächern lag am See. Dahinter reihten sich ein paar Mehrfamilienhäuser aneinander. Die Hauptstraße, die er verlassen hatte, führte weiter vorne in einen Tunnel. Darüber lag eine breite Wiese, die weiter östlich in einen leicht ansteigenden Obstgarten überging. Das weitläufige Gelände hatte sich Propokiew im Gegenzug gesichert, als vor Jahren die neue unterirdische Straßenführung aktuell wurde und das *Municipio* von ihm Zugeständnisse verlangte. Weiter oben lag der Betrieb eines Landschaftsgärtners mit Maschinenschuppen, Pflanzbeeten und einem Feld mit Zierbüschen und Topfpflanzen aller Art.

Muller verlangsamte beim Schild, das vor unbefugtem Zutritt warnte, betätigte die Fernbedienung. Das mannshohe metallene Tor schob sich geräuschlos zur Seite. Die Ambulanz fuhr hinein in den rund angelegten Vorplatz, hielt vor dem gedeckten, säulenbewehrten Eingang.

Die Männer luden die Beute aus, schleppten sie ins Innere. Muller reichte Ghashi den Autoschlüssel. »Du fährst an den vorgesehenen Standort, wo der Pick-up bereitsteht.«

Ghashi nickte unterwürfig, wiederholte die Anordnungen: »Wie abgemacht, Charon. Wir lassen die Karre stehen und fahren mit dem Pick-up zum Treffpunkt.«

Muller entließ die drei mit einer unwirschen Handbewegung. Das Wegschaffen der Beute war ihm wichtig, hatte indes längst nicht mehr oberste Priorität. Sein großer, nein sein größter Coup stand erst noch bevor. Morgen, Samstag, ziemlich genau in vierundzwanzig Stunden, würde die Welt den Atem anhalten …

Während Youssef die Taschen auf einen vierrädrigen Trolley lud, um im Reduit der Villa zunächst Noten und Goldbarren zu zählen, dann für den Weitertransport vorzubereiten, nahm Muller aus dem Kühlschrank der modern gestylten Bar eine grüne Halbliterdose Bier. Der Verschluss ging mit einem Zischen auf, Schaum strömte über Mullers Finger. Er lehnte sich lässig an den Tresen und schaute auf den breiten Bildschirm. Das futuristische Design der Bar bestand nur aus einem langen, weiß lackierten Brett, das von schwarzen Rohren, die bis zur Decke griffen, gestützt war. Wo die Bar sich abwinkelte, hing an der Wand eine Imitation von Hoppers *Nighthawk*. Der Mann mit Hut starrte bedrückt auf den Bartresen irgendwo in Amerika.

Der Bildwechsel mit neuen Bewegungen auf dem TV ließ Muller aufblicken. Ein Polizeisprecher führte gerade einen Stab tippend auf einer Karte herum. Sein Mund bewegte sich ohne Ton. Muller schloss aus den markierten Kartenstellen, dass es um die Aktivitäten seiner Truppe ging, da alle Punkte, die der Sprecher antippte, im südlichen Zipfel des Kantons lagen. Muller kümmerte sich lieber um seinen Drink. Er war froh, dass Onkel Propokiew scheinbar für ein paar Tage verreist war. In seinen Gemächern fühlte sich der Kommandeur der Killertruppen so sicher wie das Gold in Fort Knox. Er schaute auf die Uhr. »Wann kommt der Knochenschlosser?«

Doch Youssef hörte ihn nicht, was keine Rolle spielte, denn in diesem Augenblick ertönte der Gong der Hausglocke. Den hatte Youssef im Untergeschoss allerdings gehört, aber Muller war vor ihm an der Tür.

Dr. Birgin Madisch hielt den glänzenden, integralen Motorradhelm unter den Arm geklemmt, trat wortlos ein. Irgendwo schlug eine Turmuhr dumpf sechs Mal.

***

Freitag, 18:00 Uhr, an der Grenze

Die Söldner im Allradfahrzeug waren tatsächlich nicht die Hellsten. Dumm wie Bohnenstroh allerdings auch nicht. Was die Tschetschenen antrieb, war nicht Vernunft, sondern Instinkt. Ihr Killerinstinkt löste auch einen permanenten Abwehrreflex aus, der sie wachsam auf dem Posten hielt. Aber manchmal war die Triebhaftigkeit stärker, dann waren sie nicht mehr auf der Hut. Trotz dieser Schwächen waren sie bis jetzt allerdings gut über die Runden gekommen.

Ein Gewitterregen prasselte gegen die Windschutzscheibe. Die Wischer hatten ihre Mühe, die Wasserschwaden wegzufegen. Plötzlich drehte der Geländewagen von der Straße ab.

»Wo willst du hin?« Der Scherge auf dem Beifahrersitz mit abgetrenntem Ohr, einer Stirnnarbe und zerrissener Kampfjacke schob dem Fahrer ein schlecht rasiertes Gesicht unter die Nase. »He, was soll das?«

Der Fahrer trug eine Brille mit dunklen Gläsern und hatte schwarze Haare, die dank viel Gel fest am Schädel klebten. Er korrigierte mit dem Lenkrad die scharfe Kurve, damit die Räder auf der schmalen Zufahrt blieben, machte eine unwirsche Kopfbewegung, die auf das stattliche Bauernhaus deutete. »Bauern haben guten Fraß, Maruf, Brot, Käse, Hähnchen. Bier.« Er rieb sich mit der flachen Hand kreisend den Bauch. »Hast du keinen Hunger?«

Maruf mit einem Ohr und Stirnnarbe spähte nach vorne. »Sieht verlassen aus.«

»Eben. Und weißt du was? Vielleicht finden wir noch Pussy. Eine fesche Bäuerin mit Titten wie … wie …« Seine Hirnwindungen rangen vergeblich nach einem Vergleich. Herüber grinsend griff er sich ruckelnd in den Schritt.

Maruf schaute skeptisch auf die Uhr. »Wir dürfen uns nicht lange versäumen. Sonst kommen wir zu spät.«

»Ach …« Der Fahrer mit dunkler Brille bremste auf dem Vorplatz, nahm seine Knarre in die Hand und stieg aus.

***

Es goss jetzt in Strömen, Blitze zuckten, die Wiese hinter dem Stall glich immer mehr einem Teich, auf dem die schweren Regentropfen herumtanzten. Franz Maurer hatte keinen Blick dafür; keine Zeit, sich um das Wetter zu kümmern. Er trieb die Rinder die Rampe hoch in den Viehtransporter. Als er ein paar Schritte ins Feld hinaus machte, um dort den Viehzaun zuzuziehen, und zufällig durch die Regenschwaden zur Kantonsstraße hochschaute, sah er sie kommen. Ein Pick-up war gerade auf die asphaltierte Zufahrt zum Hof abgebogen.

Obschon Franz keinen Anlass hatte, sich Allradfahrzeuge, die tagsüber ab und an auf den Hof abbogen, näher anzusehen, ließ ihn der fremde Jeep zweimal hinschauen. Zum Glück, denn als er die ausländischen Autokennzeichen, die sich von den schweizerischen deutlich unterschieden, erspähte, schrillten in seinem Hinterkopf die Alarmglocken. In den letzten achtundvierzig Stunden hatten sich die schlimmen Nachrichten von Brandstiftungen und Raubüberfällen brutaler Killerbanden überstürzt. Franz hatte Mühe, sich eine Übersicht zu verschaffen. Es gab kaum offizielle Verlautbarungen, was genau im südlichen Zipfel des Kantonsgebiets passiert war. Eine Polizeisprecherin bat die Öffentlichkeit, Ruhe zu bewahren. Franz hatte den Kopf geschüttelt.

Im Nachbardorf hatten sie einen Hof in Brand gesteckt, die Leute zusammengetrieben. Ein Junge, der auf dem Fahrrad flüchten konnte, hatte Franz aufgeregt berichtet, Vermummte hätten einen Mann geköpft und Frauen misshandelt. Franz konnte es nicht glauben. Bevor er dem Jungen weitere Informationen entlocken konnte, war der schon wieder auf und davon. »Geh zur Polizei«, hatte er ihm nachgerufen.

Franz war schon lange vorher auf der Hut gewesen. Sein Hof lag nicht weit vom kleinen Dorf entfernt, wo sich Füchse und Hasen nicht mehr gute Nacht sagten, weil sein mechanisierter landwirtschaftlicher Intensivbetrieb sie vertrieben hatte. Milch, Fleisch und Gemüse bildeten für Franz, der vor Jahren mit seiner Familie aus der deutschen Schweiz hierher gezogen war, eine solide Einkommensbasis. Das Dorf war ein Grenzort im Mendrisiotto, wie das südlichste Gebiet der Schweiz heißt. Der schmale Zipfel, witzeln Spötter, hänge wie die Zitze am Euter der Kuhschweiz nach Italien hinunter, und werde dort auch kräftig gemolken.

Franz machte sich Sorge um seine Familie. Deshalb wollte er auch das restliche Vieh wegbringen. Seine Frau hatte am frühen Morgen die Kinder in den Jeep gepackt und war losgefahren, zu ihren Eltern in der oberen Leventina, am Fuß des Gotthards. Auf dem Hof war einzig Vater Josef zurückgeblieben.

Franz ging vom schlimmsten Szenario aus, überlegte vorausschauend, was die Ankömmlinge im Schild führen könnten. Sein Gefühl sagte ihm, definitiv nichts Gutes. Was hatte er für Möglichkeiten? Sein Sturmgewehr mit abgefüllten Magazinen lag unter dem Bett im Schlafzimmer. Er musste also irgendwie rüber ins Wohnhaus und hinauf in den oberen Stock gelangen. Das war nicht ideal.

Im Stall lag hingegen die Schrotflinte, die Franz bereitgelegt hatte, um frühmorgens die Füchse zu erlegen, die immer noch rund um den Hof nach Futter suchten. Er rannte jetzt durch die Stalltür und hatte im Nu die Pump-Action vom Haken geholt. Er legte zwei Schrotpatronen ein. Dann rannte er geduckt zum Haus und ging auf der anderen Seite vorsichtig um die Ecke, bis er gute Sicht hatte.

Er sah einen Mann mit dunkler Brille und schwarzen Haaren aus dem Allradauto springen und zur Haustür rennen. Dort angekommen, versuchte er, sie mit einem wuchtigen Fußtritt einzutreten. Sein dummer Fehler war, dass er einheimische Zimmereiarbeit unterschätzte. Die massive Eichentüre gab keinen Zentimeter nach. Wohl aber vermutlich sein Knöchel.

Der Anstürmende wandte sich mit schmerzverzerrter Miene fluchend ab, humpelte auf einem Fuß, gab seinem einohrigen Kumpel ein frustriertes Handzeichen. Franz legte die Flinte sorgfältig auf den gefleckten Tarnanzug an, nicht auf das Gesicht, weil es kein sicheres Ziel bot. Er zielte auf die Brust unter der schwarzen Gesichtsmaske, die an einer Schlaufe baumelnd unter dem Kiefer lag. Der Schuss traf den unschlüssig Verharrenden im Oberkörper. Das Magnum-Geschoss riss rund zehn Meter entfernt ein faustgroßes Loch in die Brust. Mit einem Schwall Blut übergossen fiel der Getroffene hintenüber. Die Beine grotesk verdreht, einen Arm nach dem Geländewagen ausgestreckt, blieb er auf dem Hartplatz liegen. Blut vermengte sich mit Regenwasser zu einer grässlich dunkelroten Lache. Der Einohrige mit Stirnnarbe brauchte volle zehn Sekunden, um sich in der Fahrerkabine vom Schrecken zu erholen. Dann stürzte er mit der Waffe in der Hand aus dem Allrad. Franz gab sogleich den zweiten Schuss auf den Mann ab, glaubte gut gezielt zu haben, doch er verfehlte knapp. Das war Glück für den Einohrigen, der laut aufschrie, nach seinem Bein fasste, dann aber wütend den Lauf hochriss.

Franz warf sich zu Boden, bemerkte, wie der andere das Gewehr, das wie eine Maschinenpistole aussah, anhob, aber Franz wusste, er hatte verloren. Er sah noch die ovale Mündung des Laufs, kurz bevor sie seinen Kopf erfasste.

Ein Schuss krachte. Franz zuckte zusammen. Wie ein Wunder spürte er keinen Schmerz. Dann begriff er, dass der Schuss nicht vom Fahrzeug kam. Er sah aus dem Augenwinkel, wie der zweite Terrorist mit verworfenen Armen torkelte, hinfiel und mit dem Gesicht hart aufschlug.

Der Präzisionsschuss war vom Hausstock neben dem Hofgebäude gekommen. Im ersten Stock stand Vater am offenen Fenster, hatte den Karabiner auf den Sims gelegt. »Der macht keinen Mucks mehr«, rief er.

Franz stieß den Atem aus. »Donnerwetter«, keuchte er. »Das war knapp.« Es war, wie sich herausstellen sollte, der erste heftige Widerstand gegen die Mörderbanden.

Franz machte sich keine Illusionen. »Es werden noch mehr kommen«, rief er seinem Vater zu.

Der Regen hatte nachgelassen. »Wir müssen die Leute im Dorf alarmieren«, sagte Vater Josef, als er mit dem Karabiner unter dem Arm über den Hof herbeieilte. Gemeinsam untersuchten sie die Toten, dann inspizierten sie den japanischen Allradjeep. Sie fanden in der Kabine eine schwarze Fahne, auch das Funkgerät. »Siehst du, die haben Funk«, stellte Franz fest. »Vermutlich handelt es sich um einen Spähtrupp. Es wird nicht lange dauern, bis die andern merken, dass was schiefgelaufen ist.«

Vater versetzte dem Toten einen Fußtritt. »Was machen wir jetzt?«

Franz trocknete sich mit den Händen die patschnassen Haare. »Ich mache Meldung an die Kantonspolizei. Du telefonierst ins Dorf. Du weißt schon, was sagen. Dann legen wir uns in den Hinterhalt und warten ab. Die werden bestimmt kommen. Dann werden sie was erleben.«

***

Freitag, 18:15 Uhr, Lugano

In der Villa von Igor Propokiew bemerkte Muller, wie der Bildschirm seines Mobiltelefons aufleuchtete. Er nahm den Anruf des Usbeken entgegen.

»Sie wollten mich sprechen, Charon?«

Muller hatte den Söldner vor Augen. Ein breitschultriger Fleischberg, über ein Meter achtzig, Arme wie Keulen, Beine wie Säulen, kahler Schädel, kleiner Goldring am Ohrläppchen.

»Es gibt neue Instruktionen.«

»Das gefällt mir. Meine Jungs sind kaum zu halten.«

»Diesmal ist es etwas anderes. Du musst mit der Gruppe verreisen.«

»Wohin?«

»Nach Frankfurt. Dort kriegst du weitere Anweisungen. Einstweilen musst du eine Nummer anrufen.«

Der Usbeke schnaubte, was Muller als eine Form der Erregung interpretierte.

»Ich gebe dir jetzt die Nummer. Schreibe nichts auf. Bereit?«

»Schießen Sie los, Charon.«

Muller gab ihm die Zahlen langsam durch, ließ sie vom Usbeken wiederholen. »Es ist eine direkte Nummer in Biel. Das Passwort lautet ›Merkel Ferkel‹.« Raues Lachen schlug ihm entgegen. »Sie werden dir sagen, wie es läuft. Sie organisieren den Transport bis über die Grenze.«

Der Usbeke griff sich vermutlich unschlüssig an sein Ohrläppchen, bevor er antwortete: »Wann geht es los?«

»So rasch wie möglich. In Frankfurt brauchen sie dringend Verstärkung. Der Kontakt in Biel wird dir das Nötige erklären. Noch eine Frage?«

»Ja, schon. Nehmen wir alles Material mit, auch die heißen Sachen?«

»Alles, ja.«

»Gut, Charon, Auftrag klar. Ich werde Sie nicht enttäuschen.«

»Das hoffe ich.«

Muller drückte das Gespräch weg und schenkte sich aus Propokiews Flasche einen Wodka ein. Dann rief er nach Youssef. »Wir hauen ab, sobald die Ware umgeladen ist.«

***

Man kann in den schmalen Gassen Luganos fast so wunderbar spazieren wie in Siena oder Florenz, dann hinaustreten auf die großzügig angelegte Piazza Riforma. Der Blick schweift über die rötlichen

Steinplatten des von Platanen gesäumten Platzes zum dunklen See und die grünen Hügel mit dem Zuckerberg Monte San Salvatore. Wer zur Schiffsstation will, geht geradeaus, gönnt sich vielleicht eine Pause im Café Vanini, genehmigt sich einen Espresso oder bestellt einen sorgfältig zubereiteten Campari. Gegenüber empfiehlt sich das Ristorante Olimpia mit weiß gedeckten Tischen unter breiten Sonnenschirmen.

Cooper, dessen trockene Kehle zwar nach einem Drink lechzte, dachte gar nicht daran, sich irgendwo hinzusetzen, sondern suchte mit forschendem Auge nach dem Wesentlichen. Doch auf einen Blick alles zu erfassen, war eher gesagt als getan.

Auf der sonst friedlichen Piazza herrschte chaotisches Treiben. Blaurot blinkende Streifenwagen der Stadtpolizei riegelten den Platz zum See ab, andere Streifen hatten Absperrschranken am Ausgang der Gassen errichtet. Uniformierte, Bewaffnete, anderes herumeilendes Personal der Untersuchungsbehörden, wahllos abgestellte Fahrzeuge boten ein Bild von Hektik und Durcheinander.

Es gab mehrere Banken auf der Piazza Riforma. Die Kreditanstalt, eine der Großbanken, lag vom See aus gesehen im Rücken des Platzes in einem weißen, noblen Bau, dessen Balkone mit dichten Reihen von roten Blumen geschmückt waren. Eine Arkade zog sich in die Gasse hinein. Jetzt drängten sich unter den Bögen Neugierige, die ihre Hälse reckten und miteinander spekulierten, was passiert sein könnte.

Neben dem weißen Gebäude bot sich dem Beobachter ein aristokratisches, rosafarbenes Haus mit weißen Stuckaturen. Hinter der Fassade italienischer Baukunst hatte sich die *Banco di Stato*, Kantonalbank, diskret etabliert. Die beiden Bankhäuser wären vom See her auch gut erreichbar gewesen, sagte sich Cooper. Haufenweise Bares hätte auch dort in der Kasse und den Tresoren gelegen. Doch die ausgeraubte Bank hatte für die Terroristen geradezu eine perfekte Lage: in Blickrichtung See vorne links am Anfang des Platzes und nur ein Katzensprung von der breiten Seestraße, *Riva Vincenzo Vela*, entfernt. Zudem war die SBC eine der zwei Großbanken und deshalb auch ein lohnendes Ziel mit gefüllten Tresoren. Allerdings musste Cooper genauer hinschauen, um die Bank zu erkennen. Das Logo der SBC leuchtete diskret an einem dunkel getönten, schmalen Fenster zwischen eleganten Butiken. Ob es sich um einen Eingang mit Schiebetüre handelte oder ob dieser in den seitlichen Arkaden lag, konnte Cooper nicht feststellen, war ihm auch egal. Die Sicht war zudem durch ein hastig aufgestelltes Zelt behindert. Jedenfalls boten Zufahrt und Fluchtweg den Gangstern keine Probleme. Nicht einmal Sicherheitspoller verhinderten den direkten Zugang vor die Bank oder das Durchschlagen der Glastür mit einem Fahrzeug. Kein Wunder, dass die Bankräuber die SBC ausgesucht hatten. Cooper hätte an ihrer Stelle gleich entschieden.

»Die wussten, wo es langging«, murmelte Michael, die Lippen anerkennend schürzend.

Einsatzkräfte der Kantonspolizei in schwerer Ausrüstung standen um zwei Mannschaftstransporter herum. Neben einem nicht markierten Volvo mit offenem Schlag und aufgesetztem Blaulicht diskutierte ein großgewachsener Zivilist in grauem Anzug und auffällig roter Krawatte mit einem Polizeioffizier. Daneben stand Jessica Ponte breitbeinig, die Hand auf das Koppel ihrer Glock 19 abgestützt. Sie schaute zu einer Gruppe von Bankangestellten hinüber, Männer und Frauen, die vor dem notdürftig aufgestellten Careteam-Zelt mit einer bebrillten Frau in weißem Ärztekittel sprachen.

»Psychologische Betreuung, wieso eigentlich?«, fragte Michael, der dem Blick von Ponte gefolgt war.

Polizisten kamen und gingen, eine Equipe lud Tatortkameras, Halogenlampen und Stative aus einem weißen Kastenwagen, bewacht von zwei grimmig dreinblickenden Polizisten mit Schutzweste, Helm und H&K-Maschinenpistolen.

Hinter den metallenen Gittern versuchten drängelnde Medienleute mit Kameras und Mikrofonen vergeblich, ein Interview zu ergattern. Wie üblich gab es Gaffer. Auf der Seeseite der Piazza streckten sie ihre Smartphones in die Höhe. Ein paar Jungs standen interessiert um den Eurocopter herum, den Captain Hammer auf der gesperrten Straße abgesetzt hatte.

Ponte löste sich mit einer erklärenden Geste vom diensthabenden Untersuchungsrichter und schlenderte zu den Coopers herüber. »Nach allem, was wir bis jetzt wissen, ging alles ziemlich schnell. Aus dem Kastenwagen, der zunächst vor der Apotheke anhielt, stiegen vier Männer, die mit Köfferchen und Taschen ruhig die Bank betraten. Etwa um fünf Uhr, kurz vor Schalterschluss.«

»Clever«, warf Cooper dazwischen. »Wochenendstimmung.«

»Mehr als clever, Ken. Verdammt raffiniert. Um halb fünf ereignete sich die Explosion im Einkaufszentrum. Terroralarm. Polizei- und Rettungskräfte rasten nach Lugano Süd, und als es hier in der Bank losging, musste sich das Kommando zunächst reorganisieren. Kostbare Zeit ging verloren.«

»Gibt es Angaben zu den Bankräubern?«

»Keine Vermummten. So weit, so gut. Wir haben den Film von den bankinternen Videokameras sichergestellt. Die Gesichtserkennung läuft. Dann, nach Augenzeugenberichten«, sie deutete auf die junge Frau, die ihre Einkaufstasche auf die Motorhaube des Volvo gelegt hatte und telefonierte, »fuhr das Fahrzeug plötzlich quer über die Fußgängerzone vor den Eingang der Bank, der Fahrer sprang heraus und öffnete die seitliche Schiebetür. Die Männer stürmten aus der Bank heraus, warfen ihren Krempel in den Innenraum, stiegen ein ... das war's dann auch schon.«

»Weiß man etwas über die Beute?«

Ponte schüttelte den Kopf. »Der Manager hielt sich bedeckt. Nach Gerüchten spricht man von drei Millionen. Die Banken hier auf dem Platz brauchen viel Bares, deshalb liegt auch viel Cash in der Bank selber.«

Cooper las eine sichtliche Ungeduld auf der angespannten Miene von Ponte. »Haben Sie uns deshalb gerufen?«

Sie warf einen skeptischen Blick zum Untersuchungsrichter. »Hier können wir nicht reden. Wir nehmen meinen Wagen. Folgt mir!«

Ponte machte eine ruckartige Kopfbewegung, ging voran, fand den Ausgang in der langen Reihe von Absperrgittern. Sie bahnten sich einen Weg durch die Medienleute und Gaffer. Sie wimmelte eine Reporterin ab. »Ein Communiqué folgt später.«

Doch ein anderer ließ sich nicht abwimmeln. Er stellte sich Ponte in den Weg, hob beide Hände vor die Brust und zog in typischer Manier die Brauen hoch.

»Hey, das ist Sacha Bloch, der lässt nicht locker«, sagte Cooper, um gleich die Faust des Hartnäckigen auf der Brust zu spüren. »Sie entkommen mir nicht, Ken. Wir müssen reden.«

Ken packte Sachas Handgelenk und schob den Arm zur Seite. »Es gibt nichts Neues.«

»Doch. Sie waren im Autobahntunnel. Habe Sie gesehen. Wem jagen Sie nach?«

Jessica Ponte wandte sich um. »Was gibt's? Können wir?« Sie deutete mit dem Kopf energisch in die Richtung, wo ihr Volvo parkte.

Bloch trat näher zu Cooper. »Es geht um etwas Geschäftliches«, sagte er laut, drehte sich zur Seite ab und raunte Ken etwas ins Ohr, das nur er hören konnte. Der fuhr überrascht zurück. »Sie sind absolut sicher? Es gibt keinen Zweifel?«

Michael gestikulierte weiter vorne, indem er die Hand kreiste, als kurbele er an einem Rad, was heißen sollte, beeil dich, Ken. Komm, lauf.

Ken nickte ihm bloß zu, denn er war zu sehr von der Mitteilung des Journalisten in Bann geschlagen.

»Sie hat das Interview vorgestern gemacht, irgendwo in den Bergen über Locarno.«

»Hat der Kommandant sich vermummt?«

»Nein, gar nicht, Sie werden sehen. Ich sende Ihnen das Video dann gleich per E-Mail. Alice hat sogar sein Gesicht herangezoomt, man sieht Lippen und Zähne.«

»Wahnsinn. Wir werden die Aufnahmen sofort in unserem HQ in Zürich analysieren. Es bleibt unter uns, sehe ich das richtig?«

»Wie schaffte es die Reporterin, den Kommandanten zu interviewen, Ken?«

»Kann nicht darüber reden, auch wenn ich es wüsste.«

Bloch wandte sich halb ab, zündete sich eine Zigarette an. »Alice Geller hat mir die Rechte am Video abgetreten. Ich will, dass Sie etwas dafür bezahlen, Ken«, sagte er, Rauch durch die Nase ausblasend.

Cooper schüttelte den Kopf. »Der Deal läuft anders, Sacha. Wir analysieren den Film, das Gesicht, werten dann die Informationen aus und Sie bekommen exklusiv die Resultate.«

»Schlechter Deal.«

Vom Bürgersteig der anderen Straßenseite machte Michael wieder die Geste mit der imaginären Kurbel.

»Nein. Guter Deal«, hielt Cooper dagegen. »Sie können mit dem Video ja sonst nichts anfangen. Im Moment, in dem sie es anderweitig verbreiten, ziehen Sie die Polizei an wie der Mist die Fliegen. Und kompromittieren Alice. Spiel mit dem Feuer. Das wissen Sie.«

Sacha rieb sich das Kinn, musterte Ken unter den Brauen hervor. »Gut, einverstanden. Wir treffen uns, wenn Sie Resultate haben, und Sie laden mich zum Nachtessen ein. Ins *Principe Leopoldo*.«

Cooper lief schon zum Eingang der schmalen Gasse. »In Ordnung, Schlitzohr«, rief er.

Pontes schwarzer Volvo stand in einer Seitenstraße im Halteverbot einer Bushaltestelle. Eine Polizeihostess hatte sich vor der Motorhaube postiert, fingerte an ihrem Ticketgerät herum. Ein heranfahrender Buschauffeur hupte genervt. Ponte winkte die Hostess barsch zur Seite. Als Cooper endlich auftauchte, stiegen sie rasch ein. Ponte fuhr ruppig aus der Bucht hinaus.

»Wohin geht's?«, fragte Michael.

»Ins Kommando nach Camorino.«

Cooper drehte sich überrascht nach Ponte um. »Ich dachte, wir hatten vereinbart, dass wir die Sache mit Pourtales' Tochter unter uns behandeln, ohne Polizei?«

»Keine Bange, das bleibt auch so. Das Kommando ist in der Geiselnahme nicht involviert. Es geht um etwas anderes.«

Cooper brummte Unverständliches, checkte sein iPhone. Ponte nahm die Abzweigung, die sie zur Via S. Gottardo und am Bahnhof vorbeiführte. Sie fuhr diesmal regelkonform, ohne Straßenrowdy-Allüren.

Eine Weile schwiegen alle, bis sich Jessica Ponte am Steuer zurücklehnte, eine widerspenstige Haarsträhne nach hinten wischte. »Die Lage ist total verschissen. Der Südkanton ist ein einziges Chaos. Wir sind überfordert. Rennen den Terroristen, die mit uns ein Spielchen treiben, nur noch hinterher.«

»Was ist denn mit der Spezialeinheit?«, fragte Michael.

Ponte schnaubte. »Dem *Reparto Interventi Speciali* sind die Hände gebunden. Verstehen Sie? Die sind trainiert für Zugriffe auf ein Gebäude, Geiselbefreiung zum Beispiel. Sie brauchen ein festes Ziel. Das fehlt momentan völlig. Wir haben nicht die geringsten Anhaltspunkte, wo sich ein Stützpunkt dieser Mörderbanden befinden könnte.«

Ken dachte an das Sägewerk, das sie verlassen vorgefunden hatten, zeigte mit Kopfschütteln sein Unverständnis an. »Die Polizei hat doch die Flugroute des Helikopters ab Magadino verfolgt, oder täusche ich mich? Das wäre ein Anfang gewesen.«

Ponte bremste hinter einem Lastwagen ab. »Die Polizei hat, wie gesagt, mit den Entführern nichts zu tun. Gemäß Ihren strikten Anweisungen.«

»Trotzdem, Sie wollten sich doch bei *Skyguide* über die Flugroute des Heli erkundigen.«

»Habe ich auch«, entgegnete Ponte gereizt. »Der Heli verschwand von Bildschirm auf italienischem Gebiet. Die Guys der Flugkontrolle hatten keinen Bock, sich bei den Italienern zu erkundigen. Trauen Sie mir nicht?«

»Nein, Vertrauen ist Charaktersache, ich kenne Sie zu wenig, Jessica.«

»Sie sollten mir auch nicht vertrauen, das wäre wenig professionell«, gab sie schnippisch zurück.

»Sonst noch Nachrichten, die wir nicht haben?«, entspannte Michael die Situation, als das Tunnelportal des Ceneri ihnen entgegenkam.

»Wenig bis nichts. Die Grenzwacht hat ein paar Typen geschnappt.«

»Aha, und?«

»Immer das gleiche, alarmierende Profil. Die meisten schaffen es unbehelligt in die Schweiz. Wissen Sie, wie es abläuft?« Ponte setzte zu einer Erklärung an. »Also ...«

... Einer der vielen Regionalzüge mit der Endstation Bellinzona fährt jeweils am Morgen in Milano ab, hält in Monza und Como San Giovanni. Drei Stunden und vierzig Minuten später sind die jungen Männer am Ziel ihrer Reise angelangt. Chiasso, die Schweiz, der Beginn einer neuen Aufgabe.

Senza frontiere – ohne Grenzen, steht sinnigerweise auf den Waggons, an denen sie vorbeischlendern. Der Ältere späht nach vorne, ob irgendwo eine Kontrolle zu sehen ist. Nichts. Minuten später stehen sie draußen erleichtert auf dem Bahnhofsplatz. Der Jüngere zündet sich eine Zigarette an, zieht den Rauch ein, bläst ihn geräuschvoll aus, als müsse er Ballast loswerden.

Die lombardische Metropole ist ihre letzte Zwischenstation

gewesen und Milano Centrale der Absprung in die nahe Schweiz. Ihr Weg hat sie an die Küste Libyens geführt, von dort weiter über das Mittelmeer nach Sizilien und schließlich den italienischen Stiefel hinauf bis nach Mailand. Rings um die Hallen des monströsen Mussolini-Bahnhofbaus finden sie die notwendige Infrastruktur, wie man es ihnen angekündigt hat. Lycamobile für die SIM-Karte, Western Union fürs Geld. Auch eine Quick-Foto-Zelle für echte Passbilder stünde zur Verfügung, doch sie sind beide bereits im Besitz gefälschter Dokumente.

Aus der Gruppe von rund fünfzig illegalen Einwanderern sind sie vermutlich die einzigen in diesem Zug gewesen, die Kommandant Muller auf diesem Weg in die Südschweiz schleuste. Sie haben genaue Instruktionen, wo sie sich nach dem Grenzübertritt einfinden müssen, um dort in den vorbereiteten Unterschlupfen stillzuhalten. Sie wissen auch, wie sie sich verhalten sollen, falls sie von der Schweizer Grenzwacht aufgegriffen werden. Das Zauberwort heißt »Asyl.« Das haben sie rasch gelernt. Sobald ein Einwanderer Asyl verlangt, sind den Grenzern die Hände gebunden. Sie nehmen brav die Personalien auf und überstellen die Ankömmlinge an ein Empfangszentrum für Asylbewerber. Dort erhalten sie Essen, Kleider, Geld und sogar gratis Rechtsbeistand. Da niemand erwartet, dass es die so betüddelten Migranten woanders hinzieht, braucht es keine große Anstrengung, aus den überfüllten Asylzentren wegzuschleichen, um abzutauchen.

»Die zwei Männer, die uns das erzählt haben, haben wir per Zufall in einer Pizzeria in Chiasso kontrolliert und festgenommen. Sie haben beide das unverzichtbare Mobiltelefon in der Hosentasche gehabt. Über das Handy wollten sie erfahren, wie ihre Reise weitergeht … Weiß der Himmel, wie viele von denen auf diese Weise in der Südschweiz untergetaucht sind und auf ihren Einsatz warten, was immer der auch sein mag«, schloss Ponte.

Als sich die Dunkelheit am Tunnelausgang lichtete, wollte Ken seine lang gehegte Frage loswerden. »Apropos Überfall auf unser Wohnmobil auf dem Campeggio. Was hat die Polizei eigentlich herausgefunden?«

Er sah ihr Stirnrunzeln bevor sie antwortete: »Die beiden Leichen sind in der Gerichtsmedizin. Das Identifikationsverfahren ist im Gang. Wissen Sie, was mit dem dritten Schützen passiert ist?«

Ken schluckte. »Der Dritte, ach so. Mmm. Michael hat ihn festgenommen und der Polizei übergeben.«

Ponte erhöhte ihre Stimme. »Das war eigenmächtig, Ken. Tatortverdunkelung heißt das. Hat man einen Namen des dritten Mannes?«

»Nein, noch nicht.« Ken schüttelte den Kopf, schielte zu Michael, der mit steinerner Miene auf die Straße blickte.

***

Ken wunderte sich, wieso das Kommando der Kantonspolizei in Camorino sich hinter einer rosafarbenen Fassade verbarg. Das Tor zum weitläufigen Komplex stand weit offen, kein Wachposten war zu sehen. »Die fühlen sich sicher hier«, raunte er Michael zu, als sie vor dem Haupteingang des Gebäudes parkten.

»Ein leichtes Ziel für Mullers Truppe.«

Immerhin trat ein voll bewaffneter Polizist aus dem Schatten des Eingangs und führte sie zu den Aufzügen. Im dritten Stock öffnete Ponte die Tür zu ihrem Büro. Ken ging hinein, trat ans Fenster. Sein Blick fiel hinunter auf den Hof, wo normalerweise Streifenwagen parkten. Ken sah keine. Offenbar waren alle verfügbaren Einsatzkräfte ausgerückt.

»Nehmen Sie Platz«, bat Ponte mit einer Handbewegung zu den Besucherstühlen. Sie setzte sich und kam gleich zur Sache. »Wir haben einen Verdächtigen im Mordfall von Peter LaSalle identifiziert. Sie drehte den Bildschirm. Die Coopers schauten auf ein sympathisches Gesicht, das ihnen im Großformat entgegenlächelte. »Dr. Birgin Madisch, Chirurg am Ospedale Civico in Lugano.«

»Schwarze Augen, unheimlich«, entfuhr es Michael.

Unbeirrt leierte Ponte ihre Erklärungen herunter. Ken fand, dass sie ihren Fahndungserfolg etwas zu sehr herunterspielte. Einmal mehr fühlte er die Irritation, die schon lange an ihm nagte. Das Profil, das sie ihnen gab, enthielt schwere Verdachtsmomente:

Birgin Madisch war Arzt, stammte aus Niedersachsen. Wie man am Bildschirm sah, ein etwas quirliger Typ mit dunklem Teint. Seine Eltern kamen vor dreißig Jahren aus Syrien nach Deutschland. Madisch arbeitete an einer App, DocGate genannt. Er lernte damals flüchtig Igor Propokiew kennen, der über einen seiner

Equity Fonds Madischs Start-up finanzierte. Ein Netzwerk für Wissenschaftler. Er verkaufte dann seinen Anteil und zog nach Lugano als praktizierender Chirurg. Wurde aus Zufall, wie man vermutet, Leibarzt von Propokiew, betreute angeblich seine Villa, wenn der Oligarch längere Zeit abwesend war, was oft vorkam. Madisch war als praktizierender Muslim Mitglied eines islamischen Vereins.

Ponte hielt inne, musterte ihre Gegenüber. »Sein Motorrad hat ihn vermutlich verraten«, sagte sie.

»Wie kam das?«, fragte Michael, während Ken noch überlegte. Arzt ist eine vortreffliche Tarnung. Gott in Weiß. Wer unterstellt einem angesehenen Chirurgen in einer renommierten Klinik schon verbrecherische Aktivitäten. Wenn die Killerbanden sich tatsächlich mit Ketamin aufputschten, wie Bonz erzählte, konnten sie es möglicherwiese von diesem Arzt beziehen ...

»Ein Galerist ging in der Mordnacht nochmals in sein Geschäft zurück, um ein Bild abzuholen«, hörte er Jessica erklären. »Als er draußen wieder auf sein Fahrrad stieg, das Bild unter dem Arm festklemmend, geriet er beim Losfahren ins Wanken. Der Biker brauste an ihm vorbei, brachte ihn beinahe zum Stürzen. Als er am nächsten Morgen vom Mord ganz in der Nähe erfuhr, meldete er sich auf dem Polizeiposten. Er konnte die Ziffern des Nummernschilds nicht zuverlässig angeben. Aber ein Taxifahrer, der weiter vorne angehalten und den Beinahe-Crash beobachtet hatte, konnte genauere Angaben machen. Er hatte sich aus lauter Gewohnheit zwei Schlussziffern des Nummernschilds gemerkt. Endziffern sind für die Fahndung nützlicher als die Anfangszahlen.« Jessica lehnte sich zurück, die Arme über der Brust verschränkend.

»Ist er in Untersuchungshaft?«, fragte Michael.

Ponte senkte ihren Blick, schüttelte den Kopf. »Flüchtig. Er ist nicht mehr im Spital erschienen, obschon er offenbar operieren sollte.«

»Sie verkehrten mit dem Arzt«, warf ihr Ken ins Gesicht.

Ponte gab ein Schnauben von sich, dass entweder Überraschung oder Indifferenz ausdrücken konnte. Sie hatte ja damit rechnen müssen, dass Ken über ihre Affäre im Bild war. »Verkehren? Meinen Sie Sex? So ein Blödsinn. Ich weiß, dass Sie wissen, dass ich Birgin Madisch kenne. Wir haben ihn schon einige Zeit unter

Observation. Meine Beziehung zu ihm ist rein professionell. Undercover Investigation …«

Michael kratzte sich in den Haaren. »Haben Sie ihn zur Fahndung ausgeschrieben?«

Sie sagte nichts.

»Wo ist er jetzt?«, stellte Ken die unvermeidliche Frage. Er stand auf. »Wo kann ich die Hände waschen?

»Am Ende des Korridors«, sagte Ponte. Ken ging hinaus, zückte sein Handy, rief eine abgespeicherte Nummer auf. Als er die Männertoilette erreichte, meldete sich endlich die ersehnte Stimme: »Florence de Pourtales.«

Als Ken das Gespräch beendet hatte und wenig später ins Büro zurückkam, schaute Ponte nachdenklich auf ihre Armbanduhr. »Madisch befindet sich dort, wohin wir gleich aufbrechen, Ken.« Sie zerrte einen Kartenausschnitt unter einem Papierstoß hervor, drehte ihn um und tippte mit einem Bleistift auf einen Punkt. »Sehr wahrscheinlich in der Villa von Propokiew.«

Cooper hob die Brauen bis zum Haaransatz. »Sehr wahrscheinlich?«

»Nun gut, sicher ist nichts. Aber ich lege die Hand ins Feuer, dass wir ihn noch vorfinden, wenn wir uns sputen.«

Cooper zog den Plan näher heran. Die markierte Villa lag weit im Osten von Lugano direkt am See. »Haben Sie einen Plan?«

Sie stand auf, ging zum Wandschrank, riss ein paar Schutzwesten von einem Bügel, warf zwei davon ihren Besuchern zu, legte eine an. »Wir müssen uns beeilen, ich erkläre den Plan unterwegs.« Sie öffnete eine Schublade und knallte ein paar Schachteln mit Munition auf den Tisch. »Bedienen Sie sich. Für die Verbindung brauchen wir die Handys. Noch eine Frage?«

Die Männer sammelten die Schachteln ein, zogen sich die Westen über. Ponte interpretierte diese Tätigkeiten als ein Nein, schritt zur Tür. »Wir nehmen meinen Wagen. Ich habe ihn volltanken lassen.«

***

Freitag, 21:05 Uhr
Ponte fuhr, Ken saß neben ihr. Michael auf dem Hintersitz warf von Zeit zu Zeit flüchtige Blicke auf sein Handydisplay. Sie hatten Camorino bereits hinter sich gelassen. Ponte hatte die alte Passstraße gewählt statt der A2, die Fahrt war kürzer, auch landschaftlich reizvoller. Die letzten Strahlen der Abendsonne strahlten in die von zerschlagenen Insekten übersäte Windschutzscheibe, beleuchteten noch die Spitzen der Tessiner Berge. Ponte betätigte die Scheibenwaschanlage. Als nach gut einer Viertelstunde sich die tiefer gelegene Stadt Lugano andeutete, schaute Jessica herüber und erläuterte Ken die Wegbeschreibung. Sie verließ die Hauptstraße. Der Volvo rollte in östlicher Richtung einem vornehmen Wohnquartier entgegen. Die Straße verengte sich. Sie schaltete die Scheinwerfer aus.

»Wie weit noch?«, fragte Ken.

»Etwa noch fünfzehn Minuten. Ich sage Ihnen, wenn wir nahe genug sind, um den Wagen stehenzulassen. Den restlichen Weg gehen wir zu Fuß.«

»Wo sind Ihre Leute, die uns decken, wenn es schiefläuft?«

»Sie sind östlich und westlich der Villa stationiert, aber weit genug weg, sie bilden einen Sicherheitsperimeter.«

»Wie viele sind es, falls wir Verstärkung brauchen?«, fragte Michael.

»Zwei Teams zu je drei Beamten.«

»Na schön, hoffen wir, dass wir sie nicht brauchen«, sagte Ken nachdenklich.

Ungefähr nach sieben Minuten hielt Jessica Ponte hinter einem Geräteschuppen eines Landschaftsgärtners an.

Sie stieg aus. Ihre Finger flogen über die Tastatur des Handys. »Komisch, Empfang ist beschissen hier«, beklagte sie sich.

»Ich habe praktisch kein Signal«, sagte Cooper, indem er ausstieg, das Handy vor die Augen hielt.

Ponte meinte, sie müssten sich damit abfinden, sie seien ohnehin in der Überzahl. Drei gegen einen.

Cooper hielt an, wandte sich zu ihr um. »Die Mission ist zu wichtig, um uns abzufinden. Wir brauchen verlässliche Kommunikation.«

»Wir bleiben so lange wie möglich dicht beisammen. Dann finden wir eine Möglichkeit zu kommunizieren.«

»Gefällt mir nicht, Jessica«, bemerkte Michael sarkastisch.

»Wollen Sie mir sagen, Mike, dass die Bedingungen im Gefecht immer perfekt waren?«

»Die sind nie perfekt.«

»Na, also, Soldat, was hast du dann jeweils gemacht?«

»Wir haben uns der Situation angepasst.«

»Genau was wir machen werden. Los, gehen wir.«

Die Männer folgten ihr. Die Villa lag etwas tiefer, ungefähr fünfhundert Meter entfernt. An der schmalen Sackgasse standen keine anderen Häuser. Dunstschwaden wehten hoch.

»Das Gelände ist nicht ideal«, sagte Cooper.

»Denken wir daran, dass unser Gegner Waffen hat. Und er weiß sie vermutlich zu handhaben«, bemerkte Michael.

»Vor allem ein Scharfschützengewehr langer Reichweite«, fügte Jessica grimmig an.

Cooper duckte sich, das Gelände überschauend. »Nun, wir dürfen ihm keine Gelegenheit geben, die Reichweite auszunützen.«

Jessica wählte die rechte Seite der Straße, wo die Böschung von Buschwerk bedeckt leicht abfiel und sich zu einem Obstgarten öffnete, der dem Anschein nach zum weitläufigen Komplex der Villa gehörte. Cooper bemerkte, wie Ponte auf ihr Handy starrte. »Abschalten, Jessica, das verdammte Phone wirkt wie ein Zielerkennungsstrahl, der direkt auf Ihre Brust zielt.«

Sie nickte, warf einen letzten Blick darauf. Sie waren zweihundert Meter vorgerückt, als Ponte ein Zeichen gab und hinter einer stacheligen Schutzhecke anhielt. Sie deutete nach vorn. In der Entfernung konnten sie das schwache Licht hinter einem großen Fenster auf der Ostseite der Villa sehen.

»Das ist die Villa. Ringsum sind keine anderen Gebäude, vorne liegt der See«, erklärte Ponte.

Cooper blickte zu Michael: »Was meinst du, Junior?«

Ponte schielte zu Cooper, aber der war auf das Ziel fixiert. »Was ich denke, Boss? Die Annäherung ist von allen Seiten weit offen, der Boden flach. Keine Deckung. Da braucht es keinen Scharfschützen, um uns umzunieten.«

»Aber es ist schon dunkel und dunstig«, wandte Ponte ein.

Michael rieb sich das Kinn. »Wenn mir das Haus gehörte, hätte ich eine Rundumsicherung installiert. Wir stolpern darüber und sitzen da wie lahme Enten. Madischs Nachtsichtgeräte funktionieren bestimmt auch bei Nebel. Ich wette, er setzt sie ein, und wir haben keine.«

»Nun gut, wir können jedenfalls nicht hier rumsitzen«, gab Ponte scharf zurück. »Das ist Ihre Spezialität, Mike. Stellen Sie sich einfach vor, Sie seien in Kandahar, im Begriff ein Talibannest zu säubern. Was täten Sie?«

Michael studierte die Umgebung ein Minute lang. »Okay, was wir tun müssen, ist uns trennen und von drei Seiten angreifen.« Er zeigte nach vorn und erklärte den Plan. »Sofern Madisch nicht noch einen Haufen Schützen um sich schart, kann er nur eine Seite gleichzeitig verteidigen.« Er zeigte auf Ken. »Du umgehst, Ken, und näherst dich von Westen. Ich werde von Norden kommen, wo sich die Vorfahrt befindet, und Jessica, Sie gehen von Osten hinein, am Pool vorbei.«

Cooper nickte zustimmend. Ponte duckte sich in Kauerstellung. »Also, dann schlagen wir zu, kommt schon.«

»Wie halten wir die Verbindung offen? Wir sollten die Phones nicht benützen, auch wenn wir Empfang hätten«, bemerkte Mike.

»Wir sind nahe genug beisammen«, antwortete Cooper. »Wenn wir in Position sind, geben wir einander ein kurzes Lichtzeichen mit dem Handy, nachher, wenn ich bereit bin, vorzustoßen, gebe ich zwei Leuchtzeichen. Dann beginnt der Countdown: nach sechzig Sekunden greifen wir an.«

Ponte lächelte ihn im Dunkeln an. »Sehen Sie. Sie passen sich schon gut an die Geländebedingungen an.«

Er ignorierte dies und fragte. »Haben wir die Bestätigung, dass er im Haus ist?«

»Sein Motorrad steht in der Vorfahrt, es ist bestätigt.«

»Okay, dann los«, sagte Michael. »Kopf runter, bewegt euch langsam und methodisch. Und achtet auf Kens Signal.« Er schaute auf seine Uhr. »Fünf Minuten, um die Positionen zu erreichen. Du hast den längsten Weg, Ken.« Ein paar Schritte machten sie noch eng zusammen, bevor Ponte in ihre Richtung abschwenkte. Ken benutzte die Gelegenheit, Michael an der Schulter zurückzuhalten. »Boner hat getextet«, flüsterte er. »Franchini, du erinnerst dich. Franchini von SPLIT hat Bilder geschickt.«

»Klar, die Handykäufer«, sagte Michael fast unhörbar.

»Richtig. Das Prepaid, auf das Peter LaSalle angerufen hatte, wurde von einer Frau gekauft. Das andere, halt dich fest, ist eindeutig. Der Käufer war Louis de Pourtales.«

Michael warf den Kopf in den Nacken. »Scheiße hoch zwei.«

»Was ist?«, fuhr Ponte alarmiert herum.

»Nichts, mein Fuß, bin blöd gestolpert.«

»Das Gesicht der Frau ist vielleicht in der Zwischenzeit identifiziert worden«, raunte Ken. »In der Villa hat's WiFi, da kannst du die Daten runterladen, wenn Boner in Zürich schon so weit ist.«

Michael gab ein stummes Okay-Zeichen, war plötzlich in der Dunkelheit verschwunden.

Ken schaute sich ein letztes Mal um. Ihm gefiel so ziemlich nichts an der Operation. Er hatte schon viele potentielle Gefechtsfelder eingeschätzt, und sein Kampfinstinkt hatte sich in hohem Grad verfeinert. Alles rund um die Villa war problematisch. Die Informationen über das Ziel waren rudimentär, die Verbindungen unterbrochen. Sie hatten keine Ahnung, was sie im Innern der Villa erwartete. Für Ponte schien festzustehen, dass sie Dr. Madisch dort drinnen vorfanden, aber für Ken gab es keine Gewissheit.

Als alter Fuchs im Geschäft kletterte er nicht gern auf morsche Äste. Doch der Plan stand fest, die Kräfte waren verteilt, die Nachrichtenlage war wie sie war, genau so wie das Gelände, dem sie gegenüberstanden. Er checkte seine SIG Sauer und legte los. Rasch erreichte er den ihm bezeichneten Ausgangspukt, hockte zusammengekrümmt ins hohe Gras. Die Stelle lag ungefähr dreißig Meter vom Haus entfernt. Er studierte die Fassade. Ein Raum war schwach beleuchtet. Er lag nicht weit vom Haupteingang entfernt. Nichts bewegte sich im Innern. Ein schweres Motorrad stand unter der gedeckten Vorfahrt. So viel war immerhin bestätigt. Was Ken am meisten beunruhigte, war die Frage, wie Madisch dazu kam, in dieser prominenten Villa Zuflucht zu suchen. Passte irgendwie nicht ins Bild. Dabei nahm er doch ziemlich sorglos in Kauf, verfolgt zu werden.

Die Situation schien aus dem Gleichgewicht zu sein, aber sie waren bereit einzugreifen. Er schaute auf die Uhr. Der Sekundenzeiger näherte sich der Fünf-Minuten-Marke. Er zückte sein Telefon und gab ein kurzes Leuchtzeichen. Es dauerte ein paar

Sekunden, dann sah er das Aufblitzen von den anderen Positionen und startete sogleich den Countdown von 60 Sekunden auf seiner Uhr. Nach 58 Sekunden spannte er die Muskeln, bei 60 begann er seinen Zickzack-Vorstoß an die Westfassade, geduckt, möglichst seitlich, ohne jemals voll in eine Schusslinie vom Haus zu geraten.

***

Das Licht im Haus ging nicht aus. Andere Lichter gingen nicht an. Immer noch keine Umrisse, die sich irgendwo schattenhaft bewegten. Ken hörte keine Geräusche, nur ein Zirpen aus dem Gebüsch – und sein eigenes Herz.

Dann stand er auf der Terrasse, den Rücken flach gegen die Mauer gedrückt, prüfte die Fenstertür. Die Klinke war verriegelt, aber schien behandelbar. Keine Sicherheitstür, seltsam. Er schaute um sich, hinauf zur Traufe. Er sah die kleine Überwachungskamera, aber ein Alarm blieb aus. Sie musste deaktiviert sein. Er stellte sich vor der Tür auf, und trat heftig mit dem Fuß auf die Stelle, wo das Schloss im Rahmen lag. Die Tür flog krachend auf, er schlüpfte durch die Öffnung. Seine SIG Sauer machte vor seinen Augen präzise, breite Schwenkungen.

Er hörte Glas splittern. Der Lärm kam aus der Richtung, wo er die große Halle vermutete, dann Schritte.

Sekunden später erschien Michael links von ihm.

»Gib mir Deckung«, raunte er ihm zu.

Beide hielten auf die rechte Seite zu.

Sie rannten los, als sie Schüsse hörten.

»Ponte!«, rief Ken.

Sie traten Türen auf und sicherten Räume, bevor sie Sekunden später ein letztes Zimmer erreichten. Die Tür war angelehnt, Licht brannte.

Ken stieß die Tür auf. Er und sein Sohn füllten die Türöffnung, die Waffen in den Raum hinein gerichtet.

Zerbrochenes Glas lag am Boden vor dem Fenster zum Pool.

Dr. Madisch saß mit gequälter Miene in einem Chestersessel, grell beleuchtet vom Halogenlicht einer Stehlampe. Blut strömte an seinem rechten Arm herunter.

Ponte hielt ihre Glock 19 an die Schläfe des Mannes. Sie warf Ken einen Blick zu. »Ich fiel buchstäblich in sein Arbeitszimmer hinein«, erklärte sie.

Sie deutete mit dem Kopf auf die Pistole, die neben dem Sessel am Boden lag. »Er zog sie gegen mich und feuerte, aber ich bin der bessere Schütze, denke ich.« Sie bedachte Madisch mit einem höhnischen Blick, deutete auf das Einschussloch in der Wand neben dem Fenstersims.

»Hatte nie Zweifel«, sagte Ken grinsend.

Sie beäugte Madischs Arm. »Wollen Sie die Triage machen? Ich bin nicht gut in solchen Dingen.«

Ken senkte seine Waffe. Er trat zu Madisch hinüber, der hochschaute, aus Augen wie Steinkohle. »Sie wollte mich töten«, sagte er.

»Sicher hatte sie einen guten Grund.«

»Sie sind ins Haus eingebrochen.«

»Wieder mit gutem Grund.«

»Ich rufe die Polizei.«

Ponte schrie ihn an. »Was Sie tun werden, ist ein Geständnis ablegen.«

Madisch drehte sich um, starrte sie an. »Sie haben wirklich den klaren Blick verloren. Ich habe nichts zu gestehen.«

Ponte sagte schnippisch: »Es ist aus, Madisch. Die Schlägertypen, die Sie ins Campeggio geschickt haben, sind erledigt. Ihre Leichen gefrieren in der Gerichtsmedizin. Der Anführer ist in sicherem Gewahrsam. Er erzählt den Bullen alles über Sie. Ihre beste Option, Madisch, ist, für eine mildere Strafe zu kooperieren. Aber Sie werden immer noch lange, sehr lange im Knast schmachten.«

Madisch spähte zu Michael Cooper, der seine Waffe immer noch auf ihn gerichtet hielt. »Sie sollten sich aus der Sache raushalten.«

»Wie denn? Sie sandten drei Killer, um uns zu töten.«

»Schade, dass es nicht geklappt hat.« Er grimassierte, drückte die Hand gegen seinen Arm. »Scheiße, der Knochen ist getroffen.«

»Sorry«, sagte Ponte, obschon ihre Stimme nicht danach klang. »Ken, Sie binden die Wunde besser ab, bevor er verblutet.«

Ken trat neben Ponte. »Es lief leichter ab, als ich dachte.«

»Für mich auch«, meinte sie.

Ken begann, Madischs Wunde zu untersuchen, indem er dessen Ärmel hochkrempelte. Er runzelte die Stirn, weil er nichts sehen konnte. »Ponte, wo zum Teufel schlug das Projektil ein –«

»Ken!«, schrie Michael.

Ken wirbelte herum. »Was ist …«

Er verharrte wie versteinert.

Die Waffe seines Bruders war von seinem Hüftgürtel verschwunden. Sie lag jetzt in Pontes Hand und zielte auf Kens Kopf. Mit der anderen Hand presste Jessica Ponte ihre Glock gegen Michaels Schläfe.

Sie lächelte entschuldigend. »Ich sagte Ihnen ja, dass Sie mir nicht trauen sollen.«

***

Dr. Madisch rollte den Ärmel herunter und stand auf. Er nahm die Beretta Neunmillimeter, die er hinter seinem Rücken versteckt hatte, in die Faust. Ken war aufgestanden, starrte in die Laufmündung der Waffe.

Ponte warf dem Arzt ein Handtuch zu, mit dem er die rote Farbe an seinem Arm wegwischte. Als er fertig war, schaute er triumphierend zu den Coopers.

»Kleines Theater«, mokierte er sich.

»Also, Madisch, warum LaSalle?«, fragte Michael. »Warum haben Sie ihn umgebracht? Er war doch völlig harmlos. Ein Tourist.«

»Ist er nicht. Er gefährdete unsere Operationen.«

»Terroranschläge? Sie machen gemeinsame Sache mit diesen Massenmördern?«

»Es ist an der Zeit, die Gewichte etwas zu verschieben, meinen Sie nicht? Unser Anführer weiß, was er tut. Den Menschen unter seiner Herrschaft geht es laufend besser. Sie haben sauberes Wasser, Arbeit, genug zu essen, um ihre Familien zu ernähren. Eines Tages werden wir auch über Atomwaffen verfügen, dann wird der Islamische Staat die Weltordnung bestimmen.«

»Geht in die Kategorie schöne Scheiße«, gab Michael zerknirscht zurück. »Sie stehen auf der Seite eines ruchlosen Killers, der mit abscheulichen Gräueltaten nur seine eigenen Interessen verfolgt. Wer sich ihm in den Weg stellt, auch nur kritisch etwas hinterfragt, wird gemeuchelt. Ein solcher mieser Hund soll Ihr Vorbild sein, Dr. Madisch?«

»Wer denn sonst? Schauen Sie sich um. Der Westen ist korrupt, gottlos, regiert von gierigen Milliardären, die mit ihrem geklauten Geld alles fertigbringen, Macht und Einfluss kaufen.«

Ken räusperte sich. »Sie sind verblendet, Madisch. Nochmals, warum LaSalle?«

Madisch stand barfuß vor ihm. Er schlüpfte in Slipper, die vor dem Fenster auf dem Boden lagen. »Zunächst, müssen Sie wissen, Cooper, ich habe nicht im Sinn, mit Ihnen eine ideologische oder geopolitische Diskussion zu führen. LaSalle war im Begriff, mich aufzudecken, zum Glück war er ein naiver Trottel …« Er setzte sich wieder und begann zu erzählen.

Rückblick: Ospedale Civico, Lugano, ein paar Tage zuvor

In Dr. Sigonas Wohnung stand Peter LaSalle am nächsten Morgen früh auf. Ungern löste er sich von Sigonellas geschmeidigem, warmem Körper, der in seine Arme passte wie die Brille ins Futteral. Rasch war er angezogen, schnappte sich in der Küche einen Apfel aus der Früchteschale, tappte auf leisen Sohlen zur Haustür.

»Wo willst du hin?« hörte er ihre verschlafene Stimme.

Er umklammert ihren Autoschlüssel. »Bin gleich zurück, Liebling. Muss etwas besorgen. Bringe dann frische Brötchen.«

Das Ospedale Civico lag etwas oberhalb an der Via Tesserete. Das letzte Stück der Strecke führte über eine lang gezogene Kurve an einer Baustelle vorbei. Die Notfallstation des Kantonsspitals leuchtete ihm grell entgegen, als er auf die Vorfahrt einschwenkte und auf einem der gelben Felder parkte, die an dieser Stelle nach dem unübersehbaren Schild strikt für Rettungsfahrzeuge reserviert blieben. LaSalle stieg aus, legte den Kopf in den Nacken. Das Bettenhochhaus bestand aus zwei riesigen, aneinandergefügten Türmen, die sich in den blauen, mit leichten Schlieren überzogenen Himmel reckten. Wer dort oben leidend in einem Zimmer lag, konnte sich wenigstens an der fantastischen Aussicht laben, auf das bunte Häusermeer der Stadt, den See und die sanften Berghügel, wo Zahnradbahnen hinauffuhren.

Er fühlte sich im weißen Honda von Sigonella in guter Gesellschaft mit den andern Kleinwagen, die offenbar Ärzten gehörten.

Er ging hinein, setzte sich auf einen Besuchersessel und wartete. Andere Patienten saßen geduldig auf den harten, weißen Kunststoffsesseln. Ein älterer Mann, mit Infusionsgestell und dem Schlauch im Arm, sprach zu seiner Frau.

Die Disponentin am Empfang schien beschäftigt. Als sie den Telefonhörer ablegte, trat er auf sie zu. »Wo geht's zur Toilette?«, fragte er.

Sie schaute kurz auf, deutete mit der Hand die Richtung an.

»Danke. Ist Doktor Madisch schon da?«

Sie runzelte die Stirn, schielte auf den Monitor. »Scheint so, sein Töff steht auf dem Parkplatz.«

»Danke. Bin gleich zurück.«

Neben dem Eingang zur Toilette war ein Aufzug. *Nur für Personal.* LaSalle schielte zur Empfangsdame. Ihr Haarschopf war gerade noch knapp zu sehen. Als er näher zum Aufzug trat, war sie bereits aus seinem Sichtfeld verschwunden.

Im Lift orientierte ihn ein Lageplan über die verschiedenen Abteilungen. Er drückte auf den Knopf der Etage, in der die Chirurgie lag.

Auf dem Stockwerk angekommen, stand er allein auf weitem Flur. In Sichtweite zu den Aufzügen tat sich eine Nische auf, die er in wenigen Schritten erreichte. Helles Licht fiel auf mehrere Apparate, ein fahrbares Bett, weiße Tische und eine schmale Garderobe. Leise Musik klang aus einem offenen Nebenraum, die Zeiger einer Wanduhr standen auf zwanzig nach acht.

Kein Mensch zu sehen. In der Garderobe hing ein weißer Ärztekittel. Er streifte ihn vom Bügel, zog ihn über, dann machte er sich zielgerichtet auf den Weg. Hoffentlich wirkte der Bluff …

Nach hundert Metern bog ein junger Assistenzarzt um die Ecke, nickte ihm respektvoll zu.

Er fragte ihn nach Doktor Madisch.

»Immer geradeaus, Kollege, bis ans Ende des West-Korridors, dann sehen Sie gleich das Namensschild.«

Kollege! … Ein kurzes Grinsen. »Vielen Dank«, murmelte er.

Er fand die Tür. Zwei Namen von Ärzten standen auf dem Schild. Dr. med. Birgin Madisch war einer davon. Er war im Begriff auf die Klinke zu drücken. Erschrak.

»Wen suchen Sie?«

Eine resolut wirkende Schwester musterte ihn skeptisch.

LaSalle zauberte sein charmantestes Lächeln hervor.

»Birgin. Doktor Madisch …?«

»Man operiert um diese Zeit.« Sie furchte die Brauen, senkte den Kopf näher heran.

LaSalle folgte ihrem Sperberblick auf seine Brust, sah zu seinem Entsetzen das in der Hast übersehene Namensschild.

»Kein Problem«, fasste er sich, schaute auf die Uhr. Der Geistesblitz rettete ihn. »Dann eh.. ich lege ihm eine Notiz auf den Schreibtisch.«

Er drückte auf die Klinke. Der Piepser der Schwester summte. Wortlos machte sie kehrt. LaSalle murmelte ein Dankeschön, trat ein.

Zwei Tische standen am Fenster. Dahinter an der Wand je ein Regal mit medizinischen Werken. Er ging auf den Tisch zu, der näher lag und wo an einem Kleiderständer ein blauer Sakko am Bügel hing. Ein dünnes, grünes Aktenmäppchen lag neben dem Telefon. Zur Tür schielend zog er es heran, nahm ein Bündel Blätter heraus. Madischs Name stand auf der ersten Seite unter der Rubrik *Behandelnder Arzt*. LaSalle hatte keine Zeit zu verlieren. Hastig schoss er ein Bild vom Arbeitsplatz, trat etwas näher, drückte ein zweites und drittes Mal den Auslöser, dann steckte er das Handy weg. Der Blazer sprang ihm in die Augen. Er durchsuchte hektisch die Taschen, fand einen Fahrzeugschlüssel. Das rotweiße Logo auf dem Drücker verriet Ducati. Inwendig in der Brusttasche fand sich nichts. Aber vorne ragte ein weißes Einstecktuch heraus. Er steckte einen Finger hinein, fühlte eine Plastikkarte. Er fischte sie heraus, als er draußen helles Lachen hörte. Rasch sprang er zur Tür, öffnete sie und wäre beinahe mit dem Arzt zusammengeprallt.

Der Mann drehte ihm den Rücken zu im Bestreben, einen Trolley ins Zimmer zu schieben. Ein Stapel von Krankengeschichten lag darauf, die er versuchte, mit einer Hand zu stabilisieren.

»Ups«, entschuldigte sich LaSalle, hielt dem Pfleger galant die Tür auf.

Der hielt sein Wägelchen an, nahm zwei Dossiers vom Stapel. »Dr. Madisch?«

LaSalle lächelte freundlich. »Legen Sie es dort auf den Tisch.«

Dann ging er hinaus, eilte so schnell es ging zurück zu den Aufzügen. Auf der Fahrt nach unten riss er das Namensschild ab. Der Frauenname ließ ihm den Atem stocken. »Heute bist du eben weiblich«, murmelte er.

Möglichst gelassen verließ er unten die Notaufnahme, stieg in den Honda.

Die einzige schwere Maschine stand weiter vorne neben der Ambulanz. LaSalle notierte das Nummernschild der Ducati: TI 3489.

An der Baugrube neben der Straße hielt er kurz an, stieg aus, streifte den weißen Kittel ab, warf ihn in die Schuttmulde. Sein kariertes Holzfällerhemd fühlte sich nass an.

Nach der lang gezogenen Kurve atmete er aus, ließ den Honda die Straße runterrollen. Die Plastikkarte! Er hielt sie sich vors Gesicht, mit einem Auge den Verkehr im Blick. Nichts stand auf der weißen Plakette. Kein Name. Er drehte und wendete sie nachdenklich. Mit dem Daumen strich er über eine graue, ganz flache Rundung vom Ausmaß einer Zwanzigrappenmünze. Wie ein Datenträger auf einer Kreditkarte, schoss es ihm durch den Kopf.

Selbstgefällig klopfte er sich auf die Brust. Die Ausbeute seiner heimlichen Expedition hat ja wirklich alle seine Erwartungen übertroffen. »Ein wunderbarer Fischzug«, rief er munter, nach einem Brotladen Ausschau haltend.

Doch die Schlinge war bereits ausgeworfen. Sein improvisierter Ausflug ins Ospedale Civico sollte ihm zum Verhängnis werden.

Gegen Mittag fuhr Dr. Birgin Madisch im Lift ins Erdgeschoss, schritt in der Notaufnahme auf den Ausgang zu, als er seinen Namen rufen hörte.

Die Schwester am Empfang lehnte sich über den Tresen. »Heute Morgen wollte Sie jemand sprechen, Doktor Madisch.«

Er schüttelte verständnislos den Kopf. »Ach so?«

»Ich dachte, ich sag es Ihnen. Könnte ja ein Patient sein.«

»Haben Sie seinen Namen?«

»Eben nicht. Plötzlich war er weg. Aber warten Sie.« Sie tippte auf der Tastatur des Monitors herum, während Dr. Madisch näher trat, sich lässig über den Tresen beugte, seinen Kopf zu ihr hineinsteckte.

»Er hat da draußen geparkt. Ziemlich dreist. Hier seine Autonummer, wenn es Sie interessiert.«

Er zuckte gleichgültig die Schultern. »Nicht der Rede wert.«

Aber sie schob ihm bereits einen Wisch zu. »Für alle Fälle.« Sie lachte ihn an. »Und sagen Sie dem frechen Kerl dann mal, wo es langgeht, wenn er hier parken will.«

Dr. Birgin Madisch steckte den Zettel in seine Brusttasche, rückte die weiße Pochette zurecht, zögerte verblüfft. »Danke, Schwester«, lächelte er und winkte ihr lässig zu …

***

… Im Arbeitszimmer der Villa trat Madisch ans eingeschlagene Fenster, blickte auf den See hinaus. »Ich merkte, dass die Zugangskarte mit dem Code-Chip für meinen Computer fehlte. Dank der Empfangsschwester wusste ich die Nummer vom Auto, mit dem der Schnüffler vorgefahren ist. Es gehörte dieser Schulleiterin. Rasch fand ich heraus, wo sie wohnte. Auf meinem Handy hatte ich am Vorabend einen verpassten Anruf notiert. Die Nummer des Festnetzes führte mich zur gleichen Adresse. Nun, der langen Rede kurzer Sinn: ich fand LaSalle, der mir mit der Polizei drohte, der Idiot.«

»Warum? Wie drohte er Ihnen?«, fragte Cooper, der fühlte, dass Madisch mit seinen detektivischen Fähigkeiten imponieren wollte.

»Er wollte wissen, warum sein Bruder, ein mieser britischer Spion übrigens, meine Handynummer hatte. Er zeigte mir die Notizen seines Bruders.«

Cooper nickte. Nur eine Kopie, hoffte er, denn die Originalnotizen hatte er in der Wohnung von Frau Sigona gesehen. Aber er behielt die Information für sich.

»Er meinte, sein Bruder Bill sei in Nahost an diese Nummern herangekommen. Wer sie dort benütze, sei für die Hinrichtung seines Bruders verantwortlich, und ich müsse mehr wissen darüber …«

»Und wissen Sie mehr?«, fragte Michael.

»Egal. Sie werden zwar nicht mehr lange am Leben bleiben, aber mir fehlt die Zeit, Ihnen zu sagen, was meine Rolle im großen Plan des Kalifen ist.« Er musterte sie skeptisch. »Wenn ich es mir überlege. Ich könnte Sie am Leben lassen, damit Sie alles sehen werden.«

Ponte richtete ihre Waffe auf Kens Fußgelenk. »Den Revolver. Geben Sie her. Halten Sie ihn schön am Lauf ... Gut, und jetzt zu Birgin hinüberschieben.«

Ken hob sein Hosenbein an, zog den kurzläufigen Revolver hervor und kickte ihn zu Madisch, der nach unten langte und ihn auffing.

Als Ken sich aufrichtete, fragte Ponte: »Wollen Sie mir noch etwas sagen, Cooper?«

Er starrte sie nur an.

Michael schaute zu Madisch. »Mich wundert, wie Sie das heute Abend alles orchestriert haben?«

Er zuckte mit den Schultern. »Simpel. Ich kam hierher, das Haus ist mir vertraut. Sagte Jessica Bescheid. Sie informierte mich, dass sie euch in der Hand hatte und zu mir bringen würde.«

»Wie lange arbeitet ihr zwei schon zusammen?«

»Eigentlich noch nicht sehr lange«, sagte Ponte. »Aber es ist denkwürdig.« Sie lächelte zu Madisch. »Er ist ein großer Motivator, hat Charisma ...«

Michael gab sich nicht zufrieden. »Ich wählte die Hausseiten aus, denen wir uns näherten. Wie wussten Sie, dass er in dem Raum war auf der Seite, wo Sie herkamen?«

Ponte schubste Michael gegen seinen Vater, steckte eine der Waffen in ihre Jackentasche, mit der andern hielt sie die Männer in Schach. Jetzt zog sie ihr Handy hervor. »Ich hatte genug Signalstärke. Ich rief Madisch an und sagte ihm, von wo ich kommen würde, nachdem Sie die Seiten für jeden von uns festgelegt hatten. Birgin kroch dann auf dem Bauch in das richtige Zimmer. Voilà.«

Michael nickte schweigend.

Madisch steckte sich nonchalant eine Zigarette an, beobachtete den langsam zur Decke kringelnden Rauch, senkte den Kopf, verzog die Lippen abschätzig. »Eure Schweiz, Cooper, ist recht hilflos, finden Sie nicht?«, spöttelte er.

Cooper blieb stumm.

»Ist doch so. Wo bleiben denn alle die jungen Männer im wehrfähigen Alter? Wo? Nirgends, Cooper. Sie genießen die Freiheit in vollen Zügen, haben Spaß, feiern Partys, beschimpfen die Polizei …« Rauchend hielt er eine Hand in der Tasche. »Sie scheuen Disziplin, rigorose Unterwerfung unter eine entschlossene Führung. Sie quatschen lieber auf Facebook, als ihr sorgloses Leben für eine gerechte Sache zu riskieren. Was sagen Sie dazu?«

Cooper schaute um sich. Ponte hatte die Augen niedergeschlagen. Michaels Brust schien vor Wut zu wogen. Ken hielt ihm eine beruhigende Hand entgegen. »Sie sind eloquent, Madisch. In der Schweiz sind wir zwar verletzlich, aber nicht schwach.«

Fluctuat nec mergitur, sie schwankt, aber geht nicht unter …

»Wenn Sie den Gegner lächerlich machen, kann mir das nur recht sein. Den Feind unterschätzen nur dämliche Amateure, wie Sie einer sind.«

Madisch sprach mit der Zigarette im Mundwinkel. »Wo nichts ist, kann man auch nichts unterschätzen«, höhnte er. »Wir haben fanatische Religionskämpfer. Sie riskieren ihr Leben, um die Ungläubigen auszurotten. Macht ist für sie eine Art Ruhm, die bei euch, hier in der gierigen Konsumgesellschaft, längst aus der Mode gekommen ist. Sie geben für das Kalifat alles auf, auch Studium und Wohlstand, und ziehen in den Krieg. Diese bedingungslose Hingabe an die gerechte Sache macht uns unbesiegbar.«

Cooper schüttelte den Kopf. »Sie sind eine Schande für die Moslems dieser Welt, Madisch. Millionen von denen erkennen im so genannten Islamischen Staat den krankhaften Wahn und nicht den Sinn.«

Der Arzt kniff die Augen zusammen. »Schön gesagt. Aber Sie begreifen eines nicht, Cooper. Unsere Kämpfer sterben, um zu leben. Als Helden leben sie weiter. Nicht nur im Paradies, in der Erinnerung. Wie der Prophet Mohammed. Er lebt in uns weiter, wie alle großen Dichter, Künstler, Wissenschaftler, auch Bösewichte wie Stalin … Ach, was soll das Gerede …«

»Tote leben länger«, bemerkte Ken sarkastisch. »Das wollen Sie doch sagen? Sie trösten damit die Jugendlichen, die Sie eiskalt in den Tod schicken.«

Michael räusperte sich. »Die Schweiz, die du verachtest, Madisch, wo du profitierst von Recht und Freiheit, diese Schweiz wird reagieren. Warte nur ab, du wirst noch dein blaues Wunder erleben, du elender Lump eines Quacksalbers, du, du … Hurensohn eines perversen Fundi …«

»Ach, ich kann es kaum erwarten«, lächelte Madisch mokant. »Nur schade, dass du nicht mehr erleben kannst, wie viele von euch vor uns im Dreck kriechen werden … Nun, genug der Worte.« Er stand auf und kam zu Ponte. »Wir sollten los.«

»Los, gehen wir«, befahl Ponte. Sie schob Ken voran, während Madisch seine Waffe auf Michael richtete.

Als sie durch die Tür hinausschritten, fragte Ken mit leiser Stimme, die nur Ponte vernahm: »Also, machen Sie es für Geld? Oder für den Kick? Beruflicher Hader? Keine rasche Beförderung? Oder Angst, das wahre Leben zu verpassen?«

»Vielleicht all dies zusammen.«

»Das glaube ich nicht.«

»Sie sind eben doch nicht so taff, wie Sie meinen.«

»Und sie nicht so schlau.«

»Nun, ich halte meine Waffe gegen Ihren Kopf.« Sie traten hinaus und schritten unter dem Dach der Vorfahrt durch. Pontes Stimme war lauter geworden. »Vorgestern im Auto, Sie begehrten mich. Ich spürte es. Flachlegen wollten Sie mich. Ich sah es in Ihrem Blick.«

Ken schüttelte den Kopf. »Eher schieße ich mir eine Kugel ins Bein, als nur einen Finger auf Sie zu legen. Im Übrigen haben Sie mich angemacht.« Er rieb sich den Bauch, den sie als Dad Bod bewundert hatte.

»Ich weiß, Sie wollen mich. Ich bin attraktiv.«

»Sicher sind Sie das. Mein Bauchgefühl war richtig. Ich konnte Ihnen nicht trauen, weil sie kein Rückgrat haben. Absolut keines.«

Plötzlich wich ihr überlegener Ausdruck einer finsteren Miene. Sie hielt an, drehte sich nach Michael um, drückte die Mündung ihrer Pistole an seinen Kopf. »Auf die Knie!«

»Was!?«

»Niederknien. Sofort!«

Michael tat wie geheißen. Ponte setzte die Mündung an seinen Hinterkopf an und blitzte Ken an. »Sagen Sie, dass Ihnen diese Bemerkung leidtut. Oder er kriegt die Kugel.«

Kens Blicke wanderten von ihr zu seinem Sohn. »Das wollen Sie wirklich tun?«

»Bessere Idee, ich erschieße ihn mit Ihrem Fußrevolver.« Sie ließ den Revolver aus der Tasche gleiten, spannte den Hammer, hielt den Lauf an Michaels Schädel.

»Sie haben drei Sekunden zu sagen, es tue Ihnen leid. Eins, zwei –«

»Es tut mir leid«, stieß Ken grimmig hervor.

Ponte schoss trotzdem.

Aber sie hatte den Lauf etwas abgewinkelt, sodass die Kugel Michael nicht traf. Er schrie auf und fiel hin, mit den Händen den Kopf umklammernd.

Ken wollte zu seinem Sohn springen, aber Madisch hielt ihn in Schach.

Michael saß auf, starrte Ponte finster an. »Ich glaube, Sie haben mir das Trommelfell beschädigt.«

»Besser als ihr Hirn.«

Michael mühte sich aufzustehen.

Die Garage neben der Vorfahrt stand offen. Madisch führte die beiden Männer zum Range Rover, legte ihnen Handfesseln an, stülpte Stoffhauben über ihre Köpfe. Sie mussten hinten zusteigen, während Dr. Madisch vorne Platz nahm. Sich halb umdrehend legte er eine Hand mit der Knarre auf die Schulter. »Keine dummen Bewegungen«, warnte er, mit dem Lauf fuchtelnd.

Ponte übernahm das Steuer und fuhr los.

Freitag, Lugano, Mitternacht

Sie bog in die Kantonsstraße ein und hielt auf das Stadtzentrum zu. Cooper hörte, wie Madisch ihr den Weg beschrieb. Später rollte der Range Rover die Rampe hinunter in eine Tiefgarage. Als Ponte an der Schranke anhielt, um den digitalen Schlüssel ans Kontrollgerät zu drücken, riss Madisch den Männern die Hauben von den Köpfen. Es war lange nach Mitternacht, und die Garage war voll von Wagen der gehobenen Klasse, weil es sich um ein Wohnhaus mit Eigentumswohnungen handelte.

Ponte benützte ein Messer, um den Männern die Fesselung loszuschneiden. »Wenn wir unterwegs einer Person begegnen und Sie machen irgendeinen Versuch einer Mitteilung, sind Sie tot und die Person auch.«

Sie fuhren im Aufzug ins Erdgeschoss, dann stiegen sie in einen privaten Lift um, der im neunten Stock anhielt, für den Madisch eine Schlüsselkarte besaß. Sie traten aus dem Aufzug in ein mit Granit und Edelholz ausgelegtes Vestibül. Ponte presste den Lauf ihrer Pistole in Kens Rücken. Sie gelangten am Ende des Vestibüls in einen großen Raum mit Fensterwänden, die einen weitschweifenden Blick auf die Stadt und den See eröffneten. Die Lichter im Raum waren gedimmt. Ken schaute herum, Michael und Ponte taten es ihm gleich. Doch Madisch war nicht befangen. Er starrte in eine der Ecken, wo ein Pult stand. Eine Gestalt saß dahinter. Nur ihre Umrisse waren sichtbar. Madisch wandte sich zu Ponte um. »Ich wollte Sie nicht hierher bringen, bevor Sie mit diesen Männern taten, was Sie getan haben.« Er zeigte auf die beiden. »Sie haben die Mistkerle zu Tode erschreckt und ihr Ego auf beschämende Weise gedemütigt, besser hätte es nicht laufen können.«

Ponte kniff die Augen zusammen, um die Figur hinter dem Pult besser zu erfassen. »Können Sie mich der Person vorstellen?«

Madisch machte Licht an. Es füllte den Raum spärlich. Alles war schattenhaft verwischt. Doch etwas konnten sie klar erkennen.

Ponte schnappte nach Luft. Ken machte einen Schritt vorwärts. Michael sagte nichts, starrte nur den Mann an, der steif hinter dem Pult saß.

Aus dem Schatten starrte Harry Steiner zurück, mit weit geöffneten, durchdringenden Augen. Ponte löste ihren Blick von Steiner und schaute zu Madisch. »Ich muss ihn Ihnen überlassen, Sie haben den Kontakt bis ganz nach oben.«

Madisch lächelte. »Wir haben ihn für unseren Plan gebraucht.«

»Jetzt kann ich Ihnen helfen, den Plan zu verwirklichen.«

»Aus diesem Grund sind wir hier. Aber das Wichtigste zuerst.« Er zückte seine Beretta, wie Michael feststellte, schraubte einen Schalldämpfer auf den Lauf, zielte auf Michael Cooper. »Auf diesen Moment habe ich gewartet.«

Bevor Madisch abdrücken konnte, schlug ihm Ponte die Waffe aus der Hand. Dann, herumwirbelnd, scherte sie seine Beine unter ihm weg. Der Arzt fiel hart auf den Boden. Nur Sekunden später, schleuderte Ponte zwei Waffen weg. Ein betäubt wirkender Ken erwischte eine, Michael die andere. Vater und Sohn schauten sich perplex an. Ken rief: »Jessica, was zum Teufel ...«

Ponte gellte »Ich erkläre es später. Checken Sie Madisch. Lassen

Sie ihn nicht aus den Augen.« Michael richtete seine SIG Sauer auf den Arzt, der immer noch am Boden lag.

Als Ken zum Pult hinüberblickte, hatte Harry Steiner keine Muskel bewegt. Er saß einfach dort. Kens Kiefer fiel herunter, als ihn die Erkenntnis traf.

Ponte richtete ihre Waffe auf Steiner: »Sie sind verhaftet. Stehen Sie auf. Jetzt gleich!«

»Jessica!«, rief Ken aus, »Etwas ist mehr als faul hier.«

Sie warf ihm einen Blick zu. »Was?«

Das Fensterglas hinter Steiner barst, als das Hochleistungsgeschoss es durchbrach. Die Coopers und Ponte warfen sich zu Boden. Ein zweiter Schuss zerschmetterte ein anderes Fenster.

»Die Schüsse kommen vom Nachbargebäude«, schrie Ken.

Dann zischten mehr Supergeschosse durch die Öffnungen, knallten in die Wände und den Fußboden. Eine Kugel traf die Beleuchtungsvorrichtung, die explodierte und den Raum in fast völlige Dunkelheit versenkte.

»Was um Himmels willen geht hier vor?«, schrie Ponte.

»Moment, wo ist Madisch?«

Sie schauten alle im abgedunkelten Raum herum.

»Ich glaube, ich hörte den Aufzug, als die Geschosse einschlugen«, sagte Michael. Sie spähten umher, ohne sich zu bewegen. Es fielen keine Schüsse mehr.

Ken kroch hinter Michael zum Pult hinüber, um nach Steiner zu sehen, der sich immer noch keinen Zoll bewegt hatte, selbst dann nicht, als der Geschosshagel einschlug.

»Ken«, rief Michael außer sich. Er kniete neben Steiner und hob dessen Jacke. Im gleichen Bruchteil einer Sekunde, als es Ken sah, riss er Michael weg, stieß ihn hinaus zu den Aufzügen. »Geh, lauf, lauf!«

Als nächstes rief er Ponte zu. »Lauf, Jessica, weg von hier.«

Zu dritt sprinteten sie zum Lift, doch als Ponte den Knopf betätigte, leuchtete das Licht nicht auf.

»Madisch muss den Lift deaktiviert haben«, sagte Michael, als Ken die Tür hinten im Vestibül erspähte. Sie war verriegelt, als er daran rüttelte. Er zog die SIG Sauer und zerschoss das Schloss.

»Was ist passiert?«, fragte Ponte, bevor Ken sie durch die Öffnung zur Treppe hinunter zum ersten Absatz stieß. Michael und

Jessica erreichten ihn zuerst, hetzten die Treppe hinunter auf den zweiten Absatz. Ken hatte den ersten Absatz fast erreicht, als eine heftige Detonation ihm die Sinne raubte. Die erschütternde Wucht warf die Türen zu den Treppen aus den Angeln, und die komprimierte Luft strömte mit gewaltsam potenzierter Kraft abwärts. Als die entfesselte Wucht den achtzig Kilo schweren Ken traf, warf sie ihn von den Füßen, als wäre er federleicht. Das letzte, was Ken Cooper merkte, war, wie er kopfvoran das Treppenhaus hinunterstürzte. Dann schlug er gegen etwas sehr Hartes.

Danach gab es nichts mehr.

Freitag, nach Mitternacht, in Lugano

Michael traf die Männer vor dem Schalter von EUROPCAR. Die Autovermietung lag unterhalb des Kreisels, der den Verkehr zur Stazione FFS und den Bahnhofparkplätzen verteilte. Als er sich dem hell beleuchteten Vorplatz näherte, sah er einen Mann von kräftigem Wuchs neben der Glastür stehen. Er trug beige, über schwarze Stiefel gestülpte Cargohosen, darüber ein Khaki T-Shirt, unter dem ein dunkelbrauner Gürtel stückweise hervorschaute. Die Beine hielt er leicht gespreizt, die Füße klemmten eine olivfarbene Kampftragetasche ein. Er drehte sich um, als er Schritte vernahm.

Special Agent Joe Bank strahlte über das ganze Gesicht, als er Michael sah. »Hallo, alter Junge …« Doch sein Lachen erstarb, sowie er Michaels Aussehen erfasst hatte. »Scheiße, was ist passiert, Mike?« Er umarmte ihn, trat zurück und musterte ihn mit besorgtem Blick. »Zum Teufel, geleckt siehst du nun wirklich nicht gerade aus. Ist das Blut an deinem Shirt?«

Mikes Miene blieb angespannt. Seine Lippen verzogen sich zu einem knappen Lächeln. Mit der Hand tastete er nach dem Pflaster an der Schläfe. »Ach, ist nichts. Wo sind die anderen?«, fragte er, kurz angebunden.

Die Schwärze in Joe Banks Gesicht war nicht zur Tarnung aufgetragen. Der Hüne mit der hohen Stirn und kurz geschnittenen Haaren war tatsächlich ein leibhaftiger Schwarzer aus dem Bundesstaat Alabama. Er begriff sofort, dass etwas Schlimmes passiert war. »Mark und Wolfgang holen die Wagen«, sagte er betreten. »Du nimmst den Honda, den wir gemietet haben. Ich habe meinen SUV dabei.«

Mike nickte und spürte Banks Hand am Ellenbogen. »Ken hat's übel erwischt, Joe.« Er biss sich auf die Lippen. »Ich bin geladen wie eine Splitterbombe. Keine Lust auf Small-Talk.«

»Schon klar, Mike. Höchste Zeit, dass du angerufen hast.«

Joe spähte zur Ausfahrt der unterirdischen Parkgarage, wo in diesem Moment das schwarze Ungetüm eines Hummer Geländewagens mit grell blendenden Scheinwerfern auftauchte. Dahinter folgte ein roter Japaner.

»Zwei Wagen sind von Vorteil«, erklärte Joe Bank, die Fahrzeuge heranwinkend. »Wir werden uns aufteilen müssen. Wir sind etwas knapp an Personal. Bernie und Fred mussten leider passen. Sie trainieren in Isone. Die Armee hat sie für einen *Sniper*-Einsatz aufgeboten.«

Die Antiterrorgruppe ATG hatte sich vor einem Monat auf einem Gebirgsschießplatz der Armee zum Training zusammengefunden, nicht weit vom Col des Mosses, um in erster Linie die optimierten Nachtsichtgeräte auf den bewährten H&K MP5-Maschinenpistolen zu testen. Sie übten auch Zugriffe in den Häuserkampfanlagen, maßen sich auf dem 25-Meter Stand im Combat-Schießen. In den drei Tagen und zwei Nächten erprobten die Gefährten die Grenzen der Leistungsfähigkeit auf Märschen mit Vollpackung im steilen Gelände, absolvierten Lauftrainings gegen die Uhr und perfektionierten die Waffenhandhabung unter erschwerten Bedingungen. Die ATG war eine verschworene Truppe. Mark war Schweizer, hatte Dienst in der Polizeisondereinheit *Enzian* geleistet, bevor er sich als Sicherheitsexperte selbständig machte. Wolfgang, ein deutscher Afghanistan-Veteran, aus der gleichen Brigade wie Oberleutnant Labitzke, hatte geschworen, den Deserteur und Verräter zur Strecke zu bringen.

Wolfgang winkte Mike lächelnd hinter dem Steuer des Hummers zu, hielt an. »Wir fahren zur Ausgangsstellung«, sagte Bank und stieg zu. Michael setzte sich neben Mark in den Honda. »Wo geht's lang?«, fragte er.

Mark reichte ihm die Karte. »Du siehst den rot eingekringelten Punkt. Stabio, unten an der Grenze. Dort ist das Waldstück, wo der Grenadierzug in Bereitschaft liegt. Joe will sich mit dem Zugführer absprechen. Ziel ist das Lagerhaus, wenn du die Karte umdrehst, siehst du eine Satellitenaufnahme …«

Michael erkannte die Position des Lagerhauses auf Anhieb. Südlich der Ortschaft Stabio lag die Gewerbe- und Industriezone. Das rot markierte Lagerhaus präsentierte sich aus der Luft als graues, rechteckiges Flachdachgebäude. Es lag unweit des Tanklagers, das mit Eni Suisse SA beschriftet war. Südlich davon erstreckte sich dichter Wald. Die Grenze zog sich nur ein paar hundert Meter entfernt als geschwungene Linie dahin.

Das Gelände war Michael vertraut. Die Stellung des Grenadierzugs lag etwas weiter westlich, wo eine schmale Waldstraße von Italien in die Schweiz führte. »Alles klar«, sagte er.

Mark folgte dem Hummer dicht aufgeschlossen. »Wir haben gesicherte Nachrichten, dass sich eine Gruppe im Lagerhaus eingenistet hat. Es gehört einem Transporteur aus Mailand. Er hat, wie er behauptet, einem Schweizer Interessenten ein Kompartiment vermietet, schon vor einiger Zeit. Sein Lager hat er abgebaut, angeblich hat er für seine Möbel etwas Größeres gefunden.«

»Wie bist du darauf gekommen?«

»Die Staatsschutzabteilung der Tessiner Kapo ist auf Draht. Lazzarini, der Abteilungschef, ist ein guter Freund von mir. Wir waren zusammen auf der Polizeischule, dann trafen wir uns wieder in einem Nahkampfkurs der Armee. Normalerweise gibt der Staatsschutz ja keine Infos preis. Seine Tochter war übrigens mit meinen Sohn in der gleichen Klasse am Gymnasium. Du siehst, nichts geht über Beziehungen.«

Michael schloss die Augen und versuchte, sich das Satellitenbild einzuprägen. »Hast du die Infos überprüft?«, fragte er nach einer Weile.

Mark beschleunigte auf der Autobahn. Es herrschte wenig Verkehr. Der Tacho zeigte schon bald 140. »So gut wie nur möglich. Die vom Staatschutz haben ein paar illegale Grenzgänger verhört, Handys beschlagnahmt, dann konnten sie Gespräche abhören, du weißt, wie das läuft.«

»Das klingt ja gut, aber warum hat die Polizei nicht zugegriffen?«

Mark zuckte die Achseln, überholte einen Camper. »Angeblich hat das Kommando andere Prioritäten. Sie wollen scheinbar Räume abriegeln und den Verkehr scharf kontrollieren. Eine Taktik, die das Handbuch für Aufstandsbekämpfung vorschlägt.

Zudem habe ich mich selber umgeschaut, Skizzen und Fotos gemacht. Es hat Leute im Lagerhaus. Kein Zweifel. Ich zählte ungefähr acht. Mein Partner hat fortlaufend Nachrichten ausgewertet. Auch solche von euch, Cooper Partners. Er hat einen der Besetzer des Lagerhauses identifiziert. Der Typ verkehrt im IZV in Biel und ist bei Fedpol auf der Warnliste.«

»Acht? Doppelte Überzahl.«

Mark nickte, schloss zum Heck des Hummers auf, schielte hinüber, kniff die Augen zusammen. »Was ist passiert? Du hast schon eine bessere Falle gemacht.«

Michael ballte die Fäuste. »Ich kann es kaum erwarten, es diesen Schweinen heimzuzahlen.« Sie blieben bis auf weiteres stumm.

Samstag, 02.30 Uhr, Lagerhaus bei Stabio,

Kommandant Muller lehnte sich hinter dem Metalltisch in den Bürostuhl, dessen Rückenlehne soweit nachgab, dass er seine Beine auf der Tischkante absetzen konnte. Er trug modische Scarpa Mojitos. Er hatte schon immer eine Schwäche für die neuesten Laufschuhe gehabt. Die zitronengelben, die er jetzt mit den Spitzen wippte, ließen seine Männer zusammenzucken, bevor sie sein Gesicht sahen. Er brauchte kein Rangabzeichen, seine Schuhe schreckten die Untergebenen.

Mitternacht war längst vorbei. Der große Platz vor dem Lagerhaus war hell erleuchtet. Doch nichts regte sich unter dem gleißenden Licht der auf Kandelaber montierten Halogenscheinwerfer. Nicht einmal der Marder schlich auf der Grasnarbe vorbei. Die Nacht war völlig ereignislos. Ganz normal. Youssef hatte das Lagerhaus geschickt gewählt. Es lag peripher, abseits der Hauptstraße, zum Teil verborgen hinter den bauchigen Tanks des Öllagers.

Die Männer unter der Büroplattform flüsterten. Respektvoll blickten sie hoch zu Muller, warteten geduldig ab.

Muller hatte nicht im Sinn, Zeit im Lager zu vertrödeln. Die Klimaanlage funktionierte schlecht. Es war schwül. Er war hergekommen, um die Neuen zu inspizieren. Youssef hatte die Einsatzpläne für die Söldner vorbereitet. Nach seinen Notizen kamen die sieben neuen Kämpfer aus Bosnien-Herzegowina. Sie hatten unterschiedliche Nationalitäten, was Muller nicht kümmerte. Was ihn interessierte, war ihre Leistung. Das geheime Ausbildungscamp befand sich hart an der kroatischen Grenze auf einem ehemaligen Waffenplatz der jugoslawischen Armee, wo heute bosnisch-herzegowinische Truppen übten. Die Spezialkräfte der Terrormiliz waren unauffällig integriert. Muller wunderte sich, dass weder die NATO noch westliche Geheimdienste genauer hinschauten. Offenbar gelang es seinen Kämpfern, sich geschickt zu tarnen.

Muller schaute einigermaßen zufrieden auf die Uhr, dann wieder auf den Monitor. Draußen lag der Platz still und leer. Muller nahm die Füße vom Tisch und stand auf. Sein Office befand sich auf dem oberen Niveau und bot einen guten Überblick über die Halle. Das gemietete Abteil hatte etwa die Größe eines halben Fußballplatzes. Unter der Office-Plattform hatten die Männer Pritschen eingerichtet. Ein Gitterzaun schloss ihr Lager, mit Container, Aluminiumbehälter und Holzkisten überstellt, von der übrigen Halle ab. Dort bot eine große Empfangsbucht mit geräumigem Logistikdock Platz für Fahrzeuge. Momentan parkten zwei Toyota Pick-ups nicht weit vom Tor. Um zu ihm hochzugelangen, mussten seine Leute zuerst die Halle passieren, dann einen der zwei Eingänge im Drahtgitterzaun öffnen. Schließlich führte eine Aluminiumtreppe zur Kommandoebene hoch. Das Büro stand gegen die Halle offen. Nur im hinteren Teil hatte es ein paar abgetrennte Räume – das so genannte Kommandantenzimmer, eine Kochnische, eine Dusche mit Toilette.

Die Kisten, die am Rand der Büroplattform standen, hatten eine doppelte Funktion. Sie enthielten Waffen und Sprengstoff. Zudem boten sie Sichtschutz.

Aus einem Kasten nahm Muller einen metallenen Laptop hervor, trug ihn mit sicherem Griff zum Tisch und setzte ihn sorgfältig ab, als müsste er ihn auf Eier legen. Er klappte den Deckel auf, hielt den Atem an und studierte die Anleitung.

Der Laptop war kein Computer. Sah nur so aus. Er war eine Sprengfalle. War sie mal scharf gemacht, genügte es, den Deckel zu öffnen. Das Letzte, was das Opfer sehen würde, war der Countdown. Wurde der Deckel angehoben, lief die Zeit herunter bis zur Explosion.

Der Laptop war eine Vorsichtsmaßnahme Mullers für den Fall, dass seine Männer das Lager überstürzt evakuieren mussten.

Muller trug ein schwarzes Hemd, hatte ein paar blonde Strähnen glatt nach hinten gekämmt. Das scharf geschnittene Gesicht hatte einen verschlagenen Zug, als es, auf den Monitor gerichtet, die Mundwinkel nach unten zog. Schritte kamen die Treppe hoch. Ein hagerer Bärtiger blieb oben an der Treppe stehen.

»Was ist?«, fragte Muller

»Alles ist vorbereitet. Die Verstärkung sollte etwa in einer Stunde eintreffen. Die Männer bleiben heute und morgen Nacht hier.«

Muller nickte. »Ich will sie sehen. Jeden einzelnen.«

Der Bärtige nickte und stieg die Treppe hinunter. Er hatte die ganze Zeit seine Micro-Uzi in der Hand gehalten.

Der Hummer verließ in Mendrisio die A2, fuhr auf der Hauptstraße in Richtung Stabio. Kurz vor der Ortschaft bog er zu einer verlassenen Scheune ab und hielt an.

»Materialausgabe«, sagte Mark, neben dem Hummer parkend.

Joe Bank stand an der offenen Hecktür des Hummers und zerrte Taschen aus dem Laderaum heran, öffnete sie und verteilte Schutzwesten.

Der Amerikaner sprach in gutem, aber stark akzentuiertem Deutsch. »Wir liegen gut in der Zeit. Wir fassen das *equipment.*«

Wortlos ging die Gruppe ans Werk. Sie standen im Halbkreis hinter dem SUV, jeder mit sich beschäftigt. Sie spannten die Klettverschlüsse an ihren schwarzen SWAT-Kampfanzügen, setzten den Helm mit der Spezialschutzbrille auf, stiegen in die Kampfstiefel, fassten die MP5, schraubten die Nachtvisiere fest, hoben die Waffe prüfend an, dann füllten sie die geschwungenen Magazine mit dreißig Neunmillimeter-Patronen ab, setzten eines in die Waffe, das andere in die Brusttasche über der Schutzweste. Am Schluss setzten sie die Halogenlampe mit Handschutz auf. Als sie fertig ausgerüstet noch die Trinkflasche abfüllten, waren sie in ihrer martialischen Aufmachung kaum voneinander zu unterscheiden.

»Wir haben zwei Frequenzen«, erklärte Joe Bank und teilte die winzigen Handfunkgeräte aus, die jeder individuell am Kampfanzug festmachte. »Ich werde mit dem Zugführer Verbindung aufnehmen, wenn wir den nächsten Fixpunkt erreicht haben.« Sie rückten näher zu Joe heran, schauten im Licht der Stablampe auf den Kartenausschnitt. »Von da gehen wir zu Fuß, wir werden von der Truppe eingewiesen.«

Ein Windstoß rauschte durch die Bäume, als sie in die Fahrzeuge stiegen. Nach dem verblassenden Mondlicht zu schließen, hatten sich dichte Wolken am Nachthimmel gebildet. Michael spähte nach den Sternen. Umsonst. »Es könnte regnen«, meinte er.

»Schlechtes Wetter ist zu unserem Vorteil«, kommentierte Mark, als die Ortstafel von Stabio vorbeiflitzte. Im menschenleeren Ort bog er hinter dem Hummer auf eine Quartierstraße ab.

Das Mendrisiotto ist dank der Entwicklung der Verkehrsinfrastruktur sowie der Nähe zu den Zentren Oberitaliens eine wichtige Transitzone geworden. Abseits der Autobahn stößt man jedoch auf ein üppiges Naturparadies: eine grüne Hügellandschaft, teils für den Weinbau kultiviert, weitläufige Naturparks und imposante Schluchten. Malerische Dörfer liegen inmitten der ländlichen Region und stehen im Kontrast zum urbanen Grenzort Chiasso. Die Grenze zu Italien ist kaum feststellbar. Zehntausende Grenzgänger strömen täglich in den Kanton Tessin zur Arbeit. Grenzkontrollen finden nur selten statt, im Gebiet von Stabio stellenweise überhaupt nicht. Die Agglomeration greift hier über die Staatsgrenze, auf beiden Seiten spricht man dieselbe Sprache.

Joe Bank schaltete die speziell eingebauten Tarnlichter ein. Mark fuhr mit dem Standlicht hinterher. Das Gelände war im Dunkeln kaum erkennbar. Immer wieder passierten sie Baumgruppen, einen abgelegenen Hof. Sie zweigten auf einen Feldweg ab, der sich zunehmend verengte.

Michael hörte Bank im Funk. »Die kleine Scheune, zwei Uhr am Waldrand. Parken und versammeln.«

Als sie sich in der Scheune neben einem mechanischen Heuwender niederkauerten, tippte Bank mit einem Stift auf die Karte. »Der Grenadierzug hat vorne eine Sperre eingerichtet. Eine andere Straße mündet hier ein. Offenbar ein beliebter Schleichweg. Die Grenze zu Italy ist ganz nahe.«

Michael hielt die Hand vor die Stirn. »Wie verschieben wir uns von hier zum Lagerhaus?«

»Allein. Nicht mit den Grenadieren, wenn du das meinst«, antwortete Bank. »Nach dem Plan bleibt der Zug in Stellung. Er kann uns im Notfall unterstützen, obschon ...«

»Was?« fragte Michael

»Obschon das Militär nicht offensiv eingreifen darf. Der Zug hat Auftrag zu sperren. Basta. Wir müssen das Vorgehen mit dem Zugführer koordinieren. Er kann uns vermutlich mit einer Gruppe helfen. Inoffiziell, hoffe ich. Kommt! Abmarsch!«

Sie rückten im Laufschritt auf dem Waldweg vor. In Einerkolonne. Regen setzte ein.

Der Zug an der Sperre bestand aus zwanzig Grenadieren und drei Piranha-Radschützenpanzern mit 12,7 Millimeter Maschinengewehren.

»Wie lautet unser Auftrag genau?«, wollte der gestandene Wachtmeister von seinem jungen Zugführer nochmals erfahren.

Der Leutnant blickte von der Karte auf, prüfte mit ein paar Handgriffen das Funkgerät des Schützenpanzers, bevor er antwortete: »Sperren und bereithalten. Eventuell die ATG mit Teilen beim Sturm aufs Lagerhaus unterstützen.«

»Puh«, machte der Wachtmeister. »Du weißt, wir sind knapp an Munition.«

»Ich weiß. Vielleicht brauchen wir sie nicht. Wir sind in der Überzahl. Die ATG macht den Zugriff. Wenn sie Erfolg haben, können wir zuschauen, andernfalls … wir werden sehen. Gruppe Walther bleibt in jedem Fall hier, hält die Stellung.«

Der Wachtmeister knabberte an einem Riegel Armeeschokolade. »Okay. Ich orientiere dann die Gruppen.« Er rutschte auf der Bank nach hinten. »Haben wir Verstärkung?«

Der Leutnant nickte. »Der zweite Zug liegt weiter nördlich. Der Kompaniechef kann ihn bei Bedarf einsetzen, wo es die Lage erfordert. Noch etwas, Wachtmeister: Wir haben es mit mordenden Terroristen zu tun. Islamistische Idioten. Wir schießen, um zu töten. Auftrag verstanden?«

»Verstanden«, quittierte der Wachtmeister, sich stirnrunzelnd durch die Hecktür hinaus in den stockfinsteren Wald zwängend.

Der Pick-up kam langsam auf dem holprigen Waldweg vorwärts. Im schwachen Licht der Standlichter sah der Fahrer knapp den Wegrand.

»Scheiße«, zischte der Usbeke am Steuer, als er das rote, hin und her schwenkende Licht sah. »Kontrolle!« Er hielt an, rief Befehle nach hinten. Sechs Bewaffnete stiegen hinten in die Dunkelheit hinaus, während der Usbeke mit der Lichthupe blinkte und langsam zur Straßensperre heranrollte.

Der Korporal kam auf der Fahrerseite zur heruntergelassenen Scheibe, richtete die Waffe mit dem Strahl der aufgesetzten Halogenlampe ins Gesicht des Fahrers. »Aussteigen! Hände über den Kopf!«

Der Fahrer nahm sich Zeit. Murrend öffnete er die Tür und trat auf den feuchten Waldboden, hob beide Hände in die Höhe.

In diesem Augenblick krachten Schüsse. Der Korporal taumelte getroffen rückwärts und blieb liegen. Aus dem Gebüsch hinter dem Gefallenen blitzte Mündungsfeuer auf. Die ohrenbetäubende Salve stammte vom Grenadier, der dem Korporal Feuerschutz gab. Der Usbeke hielt sich den Bauch, sank schreiend in die Knie, der Schütze feuerte am Pick-up vorbei nach hinten, wo er weitere Angreifer vermutete.

Das Maschinengewehr des Schützenpanzers hinter der Sperre spie dumpf knatternd Leuchtspurgarben aus. Sie durchschlugen den Pick-up. Der MG-Schütze feuerte ununterbrochen auf das Fahrzeug bis plötzlich eine gewaltige Stichflamme den Wald taghell erleuchtete. Die Explosion wuchtete den Pick-up in die Höhe, mit dem Heck voran krachte er in einen Baumstamm, blieb lodernd auf der Seite liegen.

Der Wachtmeister war auf der Flanke in Stellung gegangen. Im Feuerschein sah er zwei helle Gesichter, die sich ihm rasch näherten. Geschickt sprang er zur Seite hinter Buschwerk, in der Absicht, die vorpreschenden Angreifer aus dem Hinterhalt zu überraschen. Er hob die Waffe an. Es waren zwei schwarz gekleidete Gestalten, die jetzt innehielten, geduckt nach vorne spähten. Der Wachtmeister sah ihre Fratzen deutlich im Flackern des Feuers. Er wartete. Der Vordere griff in seine Jackentasche. Als er den Arm herauszog hielt er eine Granate in der Faust.

Der Wachtmeister reagierte blitzschnell. Er nahm den mit der Handgranate ins Visier.

Da knisterte sein Funkgerät. »Rabo due, kommen.« Der Zugführer! »Scheiße.« Die Männer fuhren alarmiert herum. Eine Handgranate flog in die Richtung des Funkgeräuschs, prallte an Ästen ab. Der Wachtmeister hatte sich in Deckung geworfen, presste sein Gesicht hart auf die feuchte Erde. Die Detonation traf ihn heftig, als wäre die Granate neben seinem Kopf losgegangen. Er spürte keinen Schmerz, rollte zur Seite. Dankbar sah er die kleine Erhebung zwischen seinem Körper und dem Krater der Granate. Sie hatte die Explosionswucht abgewiesen, über ihn hinweg gefegt. Er stand breitbeinig auf und feuerte in die Richtung, wo er die Männer zuletzt gesehen hatte. Er hörte noch einen Schrei, bevor er in die Stellung zurücklief.

Die Angreifer waren hartgesottene Söldner, die den Auftrag hatten, im Lagerhaus mit Kommandant Muller, alias Charon, Kontakt herzustellen. Sie waren vom geheimen Ausbildungslager in Bosnien durch Kroatien nach Italien gelangt. Der Fahrer war tot, das Fahrzeug zerstört, ein Tschetschene blieb verletzt liegen. Sie waren noch fünf. Schwer bewaffnet kauerten sie abseits hinter dicken Stämmen. Der Anführer prüfte die Uhrzeit: 03.15. »Wir sind spät dran«, knurrte er. »Frontal gibt es kein Durchkommen. Die haben Panzer. Es ist Militär.«

»Man hat uns gesagt, es gäbe nur Grenzwächter, höchstens eine Patrouille«, mäkelte ein anderer Tschetschene aufgebracht. An einem Cocablatt kauend spuckte er wütend in die Nacht hinaus.

»Halt die Klappe. Wir ziehen uns zurück, dann umgehen wir die Schweine. Los, folgt mir.«

Michael rückte mit seiner Gruppe dicht am Waldrand vor. Sie hatten den Rendezvous-Punkt fast erreicht, als sie den Feuerwechsel hörten, dann die Detonationen. Auf ein Handzeichen von Michael warfen sie sich flach auf den Boden. Der Feuerschein erhellte das offene Feld links von ihrer Vormarschroute lange genug, dass Michael einen Überblick gewann. Er sah sich nach der Gruppe um. Nach dem Gefechtslärm zu schließen, handelte es sich um starke Angreifer, und die plötzliche Stille konnte nur eins bedeuten. Michael versetzte sich in die Lage der Terroristen, die offensichtlich vom starken Widerstand überrascht wurden. Wie würde er sich verhalten?

»Was ist dein Plan?«, fragte Joe Bank, der zu ihm herangerobbt war.

»Also. Entweder zieht sich der Gegner zurück und versucht es an einem anderen Grenzübergang. Unwahrscheinlich, weil er damit rechnen muss, dass die Kontrollen überall verstärkt werden.«

»Richtig. Ich würde es nochmals hier versuchen«, sagte Bank. »Aber ich würde ein ... *bypass* machen?«

»Genau meine Schlussfolgerung«, nickte Michael. »Die beste Umgehung führt übers Feld. Wenn wir etwas zurückgehen, finden wir eine niedrige Buschreihe. Du kannst sie knapp erkennen. Sie führt einen kleinen Bachgraben entlang. Wir legen uns dort bereit. Einverstanden?« Er wartete keine Antwort ab, erhob sich und trabte geduckt davon, die Hand am Ohrmikrofon.

Keuchend gelangten sie nach zweihundert Metern ungefähr in die Mitte des Feldes und versammelten sich an der Böschung. »Der Zugführer ist informiert«, flüsterte Michael. »Er schickt eine Gruppe nach Westen für den wenig wahrscheinlichen Fall, dass die Angreifer es dort versuchen. Okay?«

Die Männer nickten und bezogen im Abstand von zehn Metern zueinander ihre Feuerstellung. Vier Augenpaare schauten hellwach durch die Infrarotnachtzielgeräte. Sie mussten nicht lange ausharren.

»Bingo! Da kommen sie«, rief Bank mit unterdrückter Stimme.

Michael sah zwei Gestalten schwerfällig durch das Feld stapfen. Etwas abgesetzt tauchten drei weitere auf.

Sie kamen ruhig, aufrecht daher, boten sich an wie Zielscheiben im Schießstand. Michael brauchte keine Befehle zu geben. Alle kannten den richtigen Zeitpunkt für die Feuereröffnung, jeder hatte seine Ziele.

Michael las die Entfernung in der Zieloptik: 100 Meter. Er drückte ab, hielt den Abzug durchgedrückt. Die ganze Wut und Frustration der letzten Stunden feuerte er mit seinen Garben los.

Der ohrenbetäubende, nicht enden wollende Schießlärm hallte in den Wäldern wider, starb urplötzlich ab. Wolfgang zündete eine Leuchtrakete. Die Schützen der ATG erhoben sich und rückten vor, untersuchten vorsichtig die Gefallenen. »Die waren mausetot, bevor sie wussten, wo die Schüsse herkamen«, sagte Mark. »Durchsucht sie nach Dokumenten, Pässen, Handys«, rief Joe Bank.

Eine halbe Stunde später versammelte sich die ATG bei der Scheune. »Lagerhaus. Einsatzbesprechung«, drängte Wolfgang. »Deswegen sind wir schließlich angerückt.«

»Der Zugführer wird die Leichen im Feld räumen«, informierte Michael, mit dem Funkgerät fuchtelnd. »Ein Unteroffizier wurde leider tödlich getroffen. Die Truppe rückt ab. Wir können mit keiner Unterstützung mehr rechnen.«

Im Lagerhaus, 03.30 Uhr

In weniger als einer Woche hatte Muller mehr erreicht, als er es in seinen kühnsten Erwartungen für möglich gehalten hatte. In Gedanken sah er sich oben in der Villa beim Feiern, am Pool, mit einem Drink in der Hand. Er hatte Geld, sichere Häuser, Waffen, eine gefürchtete Truppe ... Schon bald die Geheimdaten von Loréans vom autonomen Killer-Roboter, samt Prototyp ... eine Weltneuheit!

Es war kein Donnergrollen. Muller fuhr aus seiner Lethargie hoch, als er das Rumpeln hörte. Es waren Detonationen. Er schaute über den Rand der Plattform nach unten. Die Männer hatten es auch gehört. Sie standen neben den Containern und blickten zum Kommandanten hoch. Alle sechs waren versammelt. Der Bärtige machte mit der Micro-Uzi eine Bewegung, die nach draußen deutete.

Muller schüttelte den Kopf. »Keiner geht hinaus.«

Vermutlich hatte die Explosion aus der Ferne keinen Zusammenhang mit seinen Leuten, sagte sich Muller, setzte sich wieder in den Stuhl vor dem Monitor, öffnete eine Coca-Cola-Dose und nahm einen Schluck.

Die Anfangsphase war in Kürze abgeschlossen, sinnierte Muller. Die Strukturen standen bereit. Ungefähr siebzig radikale Schweizer Muslime waren bislang nach Syrien in den Krieg gezogen, ein Dutzend wollte sich in der Südschweiz an den Kämpfen beteiligen. Er hatte Geldmittel angehäuft, neue Verbindungen hergestellt. Von der Villa Capone aus würde er seinem Auftraggeber im HQ von Ar-Raqqa einen entsprechenden Rapport schicken. Was nachher kam, blieb sein Geheimnis ... ein gutes Leben, da gab es keinen Zweifel ...

Eine halbe Stunde war vergangen. Wieder hörte Muller Motorengeräusch. »Die Neuen kommen«, rief einer. Muller schaute verärgert auf die Uhr. »Schlamperei. Viel zu spät.« Dann drehte er den Monitor herum, erstarrte. Es war nicht der erwartete Pick-up mit Material und Söldnern, der auf den Platz fuhr. Muller sah einen schwarzen Hummer und einen roten Honda zum Lagerhaus heranpreschen.

»Alarm«, rief er nach unten, fasste nach seiner Jacke und dem kleinen, schwarzen Rucksack. Der Motorenlärm erstarb. Muller streifte die Jacke über, zog die Pistole aus der Tasche, prüfte sie. Sie war geladen. Siebzehn Schuss steckten im Magazin. In der andern Jackentasche fühlte er nach dem Reservemagazin.

Unten hörte er Befehle bellen. Zwei Männer kamen vollbewaffnet die Treppe hoch, kauerten sich hinter Kisten nieder. Ihre Gewehrläufe überwachten die Halle.

»Posten beziehen«, rief er.

***

Die ATG fuhr rasant über den weiten Vorplatz dicht ans Lagerhaus heran. Michael stoppte den roten Honda abrupt am Hauptportal, während der grimmige schwarze Hummer kreischend an der Schmalseite des Gebäudes zum Stillstand kam. Die Männer sprangen aus den Fahrzeugen. Mark beobachtete angespannt in Kauerstellung, indem er den Lauf der MP5 seinem Blick folgen ließ.

Der überfallartige Stellungsbezug hatte weniger als dreißig Sekunden gedauert.

Michael drückte sich mit dem Rücken an das grüne, doppelflügelige Stahltor, hielt das Funkgerät vor den Mund. »Norden bereit?«

»Bereit«, hörte er Joe Bank.

»Zugriff jetzt!«

Mark nickte Michael zu, dann stieß er das Tor auf. Sie stürmten mit angeschlagener Waffe in die Halle hinein. Schüsse krachten im hinteren Teil. Michael nutzte den heftigen Feuerwechsel, um rasch vorzustoßen und hinter einem Gabelstapler Deckung zu suchen. Geschosse schlugen ein. Glas klirrte, Querschläger sirrten, Lampen blitzten, Kisten krachten von Stapeln auf den Zementboden ... Der heftige Schusswechsel am Nordtor dröhnte ununterbrochen. Bank und Wolfgang hatten die Gegner, die sie oben auf der Plattform erkannt hatten, unverzüglich mit Serienfeuer eingedeckt. Pausenlos. Zielsicher. Michael nutzte die Ablenkung, um geduckt zum Abteilgitter nahe der Treppe zu rennen. Mark gab ihm mit kurzen Feuerstößen Unterstützung. Dann hielt Michael die hinter schweren Kisten nur als schwarze Köpfe umrissartig erkannten Gegner mit Garben nieder, während Mark zu ihm aufschloss. Michael wollte nach oben auf die Plattform gelangen, wo er Muller vermutete. Er gab Mark ein Zeichen mit der Hand, trat die Gittertür auf und sprang in die nächste Deckung hinter einen blauen, gut zwei Meter hohen Lagercontainer, holte Atem, winkte Mark heran.

»Labitzke!?«, hörte er Wolfgang schreien. »Labitzke, du Hund, zeig dich!«

Das Feuer setzte jäh aus. Die plötzliche Ruhe war unheimlich. Fast nichts mehr war zu hören, außer leichtem Scheppern von fallenden Trümmern.

»Wer bist du?«, rief Muller. Michael konnte ihn nirgends entdecken. »Siehst du ihn?« fragte er Mark.

Da erhob Wolfgang die Stimme. »Ich war im Camp Khilagay«, rief er brüllend. »Wie du, Labitzke, und all die anderen Kameraden. Und Fritz Neumann, der Hauptmann, den du umgebracht hast. Wir waren Kumpels. Du hast alle verraten.«

»Was wollt ihr?«, rief Muller. Die Stimme kam jetzt von einer anderen Seite, näher beim nördlichen Tor. In diesem Augenblick rannte Joe Bank die Treppe hoch, erreichte die Plattform, gab einen Feuerstoß ab. Mehr sah Michael nicht.

»Ergebt euch!«, bellte Wolfgang.

Heftiges Trommelfeuer war die Antwort. Die Garben kamen aus dem hinteren Teil, wo ein Jeep geparkt war.

Joe Bank stand geduckt oben am Pult, betrachtete den Laptop skeptisch, öffnete vorsichtig den Deckel einen Spalt breit.

»Bombe!«, schrie er plötzlich. Alles geschah gleichzeitig. Er sah den Countdown auf dem Screen, stieß den Laptop kräftig zur Seite, warf sich auf den Boden, rollte so weit wie möglich weg, fand hinter einem Metallkasten knappe Deckung.

Der Laptop blieb an einer mit Sprengstoff gefüllten Kiste hängen, als er explodierte. Sekundenbruchteile später flog die Kiste mit greller Stichflamme und gewaltiger Detonation in die Luft.

Die Plattform wankte und krachte seitlich zusammen. Trümmer prasselten nieder. Alle suchten Deckung. Joe Bank nutzte die Verwirrung, glitt auf der anderen Seite an einem intakten Pfosten auf die untere Ebene hinunter.

Da sah er Wolfgang schreiend herumrennen. Er brannte lichterloh am Rücken. »Ich verbrenne«, schrie er.

Joe wollte zu ihm, aber ein Drahtgitter stand dazwischen. Er rannte das Gitter entlang, fand aber keinen Durchgang.

Wolfgang rannte ziellos umher. »Ich verbrenne!«

Die Explosion hatte den meisten Schaden in der Empfangsbucht angerichtet. Die Pick-ups, die dort stationiert waren, lagen unter Trümmern. Im leichten Schrägdach über der Laufkranschiene klaffte ein Loch. Der Detonationsdruck hatte die Dachfenster weggepustet.

Michael rannte zum Gabelstapler zurück, während Mark das hartnäckige Widerstandsnest rechts vom nördlichen Tor mit Feuerstößen in Schach hielt. Michael sprang auf den Fahrersitz, startete den Motor und fuhr mit dem Gefährt ruppig los, walzte nach zehn Metern das Gitter nieder, das Wolfgang einschloss, sprang vom Stapler herunter. Planen lagen wahllos zwischen kleinen Containern und Kisten, die es herumgewirbelt hatte. Michael riss eine an sich, stürzte sich damit auf Wolfgang, der immer noch panisch herumlief. Die Flammen loderten an seinem Rücken. Michael musste sich mehrmals mit dem ganzen Gewicht auf ihn legen, bevor das Feuer endlich erstickte.

Keuchend erhob er sich. »Er muss ins Spital«, rief er.

»Der Jeep!« Der Ruf kam von Mark, während Bank aus dem Dunkeln der Lagerhausecke auftauchte. Die Plattform stand dort noch auf den Pfosten und hatte Mullers Männern eine gute Schießstellung geboten.

Bank hob den gestreckten Daumen. »Die sind erledigt!« Da sah er es auch. Muller rannte zum Jeep, feuerte andauernd aus der Pistole, warf sich hinter das Steuer, fuhr los, preschte durch das nördliche Tor hinaus. Michael war aufgesprungen, rannte zum Nordtor.

Bank hob seine MP5, senkte sie gleich wieder. Sinnlos und gefährlich. Michael war in seine Schusslinie gelangt. Die Hochleistungsgeschosse konnten abprallen, herumsirren und ihn treffen. Zudem war Muller bereits draußen, wo er quietschend wendete, um zur Ausfahrt des Vorplatzes zu gelangen.

»Mark! Zum Wagen!«, schrie Michael, als er sah, dass sich Bank um Wolfgang kümmerte.

Der Jeep hatte bereits Vorsprung, als Michael den Honda startete und mit quietschenden Reifen losfuhr.

Die Straße, auf der Muller davonraste, zog sich lange geradeaus, dann beschrieb sie eine große Schleife um das Tanklager herum.

Als Michael ebenfalls die Straße erreichte, sah er ein, dass der Jeep zu viel Vorsprung hatte. Er spähte kurz nach vorne, dann nach links, stoppte jäh, setzte, das Steuer herumwerfend, abrupt zurück. Das Manöver stellte den Honda quer zur Straße.

»Was zum Teufel hast du vor?«, fragte Mark.

Da gab Michael Vollgas. Der Honda zerschlug den massiven Lattenzaun und flog die Böschung hinunter. Mark begriff sofort. Michael schnitt Muller den Weg ab. Die Böschung ging weiter unten in eine Wiese über. Das Tanklager lag rechts davon. Muller hatte die große Schleife durchfahren und war im Begriff, in die Ebene hinaus zur Hauptstraße zu rasen.

Michael wollte ihn rammen. Die Absicht war klar. Es war machbar. Der Honda rumpelte und holperte, erreichte die Straße freilich den Bruchteil einer Sekunde zu spät. Der Jeep schien durchzukommen. Da riss Michael das Steuer herum. Etwas zu heftig. Aber immerhin. Der Honda streifte gerade noch das Heck des Jeeps. Muller konnte reaktionsschnell mit dem Lenkrad Gegensteuer geben. Der Jeep schlenkerte gefährlich, blieb auf der Straße, fuhr weiter.

Der Honda allerdings kippte durch das heftige Manöver auf die Seite und schlitterte über die Straße hinaus in die untere Wiese, wo eine alte Trauerweide die missglückte Fahrt stoppte.

***

Samstag, 04:00 Uhr, auf der Fahrt nach Isone

Muller war spurlos von der Bildfläche verschwunden. Michael vermutete, dass er den Jeep in einem Parkhaus im nahen Mendrisio gegen ein anderes Fahrzeug getauscht hatte. Es hatte keinen Sinn, die Polizei zu benachrichtigen, um eine Fahndung nach dem Jeep einzuleiten. Wichtiger war die Frage, wohin sich Muller in Sicherheit gebracht hatte. Es musste außer der Villa am See in Lugano einen anderen Ort geben, wo sich der Kommandant absolut sicher fühlte …

Wolfgangs SWAT-Kampfanzug hatte ihn vor schlimmen Verbrennungen geschützt. Einzig an den Handgelenken und im Nacken war die Haut beschädigt. »Lässt sich ambulant behandeln«, entschied Bank. Sie saßen schließlich zu viert im Hummer und fuhren nach Lugano zurück. Mark würde sich um Polizei und Behörden kümmern, Joe um den verletzten Wolfgang.

Das Radio empfing den DAB Nachrichtensender DRS4. Ein Sprecher sagte gerade: » … *die Schweiz beteiligt sich nicht an der internationalen Allianz gegen Terrororganisationen wie den »Islamischen Staat« (IS) oder Al-Qaida. Wie aus Bern verlautet, nimmt der Verteidigungsminister an der Konferenz in Washington nicht teil.*«

»Wieso ist die Schweiz nicht Mitglied der Allianz?«, fragte Bank, als er den Hummer über den Damm von Melide lenkte.

Michael prustete. »Keine Ahnung. Scheißpolitik.«

»Die Einladung nach Washington kam lange vor dem Angriff der Terrormilizen auf die Schweiz. Man müsste eigentlich zusammenstehen für die Verteidigung der zentralen westlichen Werte«, beharrte Bank.

»Vergiss nicht. Wir sind neutral«, bemerkte Mark.

… *das Baptisterium von Riva San Vitale wurde gestern Nacht durch eine Sprengladung zerstört. Es stammte aus dem 5. Jahrhundert und war das älteste christliche Bauwerk in der Schweiz …*

»Scheiße!« Michael schnaufte ein. »Jetzt fängt das hier auch an. Die Regierung müsste eiligst eine Strategie gegen die verheerende Terrorwelle finden.«

Das war schneller gesagt als getan. Das Land stand weltweit an dritter Stelle in der Rangliste des höchsten Bruttoinlandsproduktes pro Kopf der Bevölkerung. Doch der Schweiz als einem der reichsten Länder der Welt fehlte offenbar das Geld für eine wirksame Sicherheitspolitik. Die älteste Demokratie stand weltweit mit 0,8 Prozent ungefähr an zweitletzter Stelle punkto Verteidigungsausgaben gemessen am BIP. Weit hinter Kirgisistan und den Fidschi-Inseln.

»Jetzt haben wir die Quittung für den massiven Abbau im Sicherheitsbereich«, murrte Michael.

Mark schien nicht zu hören. »In der Kaserne Isone können wir alles besprechen«, sagte er. »Wolfgang, dort kann dich der Truppenarzt untersuchen.«

***

Samstagvormittag, bei Lugano

Wie oft an einem Samstagmorgen traf Maria ihre Nachbarin im Café auf der Piazetta des Dorfes, wo Propokiews Villa am See lag. Sie plauderten meistens über ihre Familien, das Wetter und allerlei. Doch heute entsetzten sie sich über die Vorfälle im sonst so friedlichen Kanton. »Hast du gehört, Olga?«

»Nein, was ist denn jetzt wieder passiert?«

»Unerhört. Gestern Nacht kam es in Mendrisio wieder zu einer Schießerei.« Sie zog ihr Handy aus der Handtasche. »Mehrere Personen sind erschossen worden, warte, hier steht's ... da, in einem Wohnquartier alarmierten Anwohner die Polizei. Als die Streifen eintrafen, fanden sie im Freien und in einem Wohnhaus mehrere leblose Personen.«

»Das sind diese ausländischen Mörderbanden, furchtbar.«

»Die Umstände des Verbrechens sind noch unklar«, wusste Maria.

»Die Polizei macht viel zu wenig«, wetterte ihre Freundin, als der Kellner elegant zwei Espressotässchen und Wassergläser servierte. »Wo bleibt eigentlich das Militär?«

Das Bistro mit Bar bot einen herrlichen Blick über den dunkelblauen Lago di Lugano, auf die sattgrünen Berge, dunkle Wälder auf dem gegenüberliegenden Ufer. Das friedliche Idyll war in den letzten Tagen von einer brutalen Realität eingeholt worden.

Maria wischte sich mit der roten Papierserviette die Lippen. »Haben wir denn noch eine Armee? Nun, apropos, fährt dein Emilio noch mit der Ambulanz?«

Olga schaute verwundert herüber. »Nein, das überlässt er den Jüngeren. Er ist meistens in der Einsatzzentrale. Wieso?«

»Ich dachte nur, weil gestern Abend eine Ambulanz in die Russenvilla gerufen worden ist. Ich war gerade auf dem Balkon, um die Wäsche einzusammeln. Vielleicht hätte ja Emilio am Steuer sein können.«

»Der Russe da unten? Wer ist der schon wieder?«

»Ach, das weißt du nicht? Ein Milliardär. Wie dieser Verwekselberg, der alles zusammenkauft.«

»Die Schweiz ist halt für die ein Schlaraffenland. Was soll mit ihm sein?«

»Nichts. Doch, hör zu Olga. Der Russe ist ein Promi. Vielleicht könnte Emilio ja herausfinden, was in der Villa passiert ist. Vielleicht hatte der Russe einen Herzanfall, oder etwas war los mit Weibern. Die machen ja heute so perverse Sachen.«

Olga zuckte mit den Schultern. »Emilio könnte ja schon etwas in Erfahrung bringen, aber wozu denn?«

Maria rückte den Sessel näher heran. »Weißt du, je nachdem könnten wir dem BLICK ein Mail schicken. Die zahlen dir als Leserreporterin etwas für eine süffige Story.«

»Mmm.«

Maria lachte. »Dann verprassen wir zusammen das Zeilengeld, ist doch nicht schlecht, oder?«

»Okay, wenn du meinst. Ich frage ihn, wenn ich noch dran denke. Aber du musst ihn aus dem Spiel lassen.«

»Aber klar doch, Olga.«

Luca, der junge Kellner aus dem Verzascatal stand im Schatten unter der Tür. Mit einem Auge beobachtete er seine Kundinnen, die jetzt angeregt die Köpfe zusammensteckten, mit dem anderen hielt er den Fernseher im Blick, wo Nachrichten liefen. Frauen, dachte er, die reden, reden und reden. »Sempre chiacchierare«, brummte er, trat ans Buffet, um sich um die nächste Bestellung zu kümmern.

Es ist gespenstisch. Auf dem Bildschirm, der von der Decke hängt, wiederholen sich in Endlosschlaufe dramatische Bilder. In großer Lautstärke erzählen aufgeregte Reporter die Ereignisse der letzten vierundzwanzig Stunden. Immer wieder das Gleiche. Eine junge Reporterin in Nahaufnahme, im Interview mit Augenzeugen. Im Hintergrund dröhnen Filmsequenzen von Polizei in taktischer Ausrüstung, Rauchsäulen über dem Einkaufszentrum, dann ein nachtschwarzes Bild, Gewehrsalven rattern aus dem Lautsprecher. Die Kamera zeigt ein Gebäude, das in der Nacht explodiert war, eine zerschossene Ruine, wie an einer Kriegsfront.

Dann der abrupte Wechsel, eine Schaltung ins Studio, ein tiefernster Moderator blickt in die Linse, und plötzlich füllt ein sympathisches Gesicht mit makelloser Zahnreihe und hellblauen Augen hinter randlosen Brillengläsern den Bildschirm. Der Abgeordnete Filippo Bolardi, ein Mann des Volkes, genoss seine Popularität als graue Eminenz, Medienunternehmer, Sportwagenschnellfahrer, NLA-Eishockey-Präsident und sonst als gewiefter Strippenzieher, der meistens kein Blatt vor den Mund nahm …

Luca lehnte sich interessiert an den Tresen. »Schau, Marco, der Bolardi …«

Der Barmann zuckte vor der Kaffeemaschine bloß mit den Achseln, aber schien der Stimme zuzuhören, die mit angenehmem Timbre die Bar füllte.

»… Es sind junge, gesunde Männer, die zu uns kommen, es sind Muslime aus einer anderen Kultur, und sie sind in patriarchalischen Strukturen aufgewachsen. Niemand kann seine Sozialisation an der Türschwelle ablegen. Sie bilden bei uns ihre Ghettos wie dort, wo sie herkommen. Unterdrücken die Frauen, verlangen, dass wir uns anpassen … wollen sich nicht von unserer Lebensweise infizieren lassen.« Bolardi hob in typischer Geste den Warnfinger. »Unser Land kann die Grenzen nicht einfach öffnen, ohne sich selbst zu schwächen. Ich bin für unsere Bevölkerung verantwortlich und nicht für die sogenannten Flüchtlinge.«

Die Regie erfasste jetzt die Lounge, wo die am Talk beteiligten Männer an einem Tisch saßen. Der Moderator stellte die nächste Frage: »Denken Sie an eine Zunahme der Terrorgefahr, *Consigliere?*«

»Das ist mit Sicherheit der Fall.« Die Kamera zoomte den Parlamentarier sogleich heran. »Wissen Sie, diese Männer suchen ihresgleichen«, sagte Bolardi. »Wer keinen Job hat, ist schneller bereit, irgendwo kriminell mitzumachen. Es wird subversive Zellen geben. Aber das Gefährliche ist die Radikalisierung der moderaten Gruppen. Ich hoffe nur, dass unser Staatsschutz nicht schläft.«

Der Barmann schob Luca die Kaffeetassen heran, als der Moderator fragte: »Die Armee? Was halten Sie von einem Truppeneinsatz?«

Luca hob den Blick wieder, sah Bolardi einen Schluck aus dem Wasserglas nehmen: »Absolut zwingend. Im Tessin müssen wir Truppen mindestens in Bataillonsstärke einsetzen. Rasche, bewegliche Eingreifverbände.«

»Stehen denn Truppen zur Verfügung?«, drang die skeptische Stimme des Moderators in die Bar.

»Gute Frage«, murmelte Luca, fasste das Tablett mit dem duftenden Kaffee und machte sich auf den Weg. »Ich weiß, Sie denken an all die Schrumpfkuren der letzten zwanzig Jahre«, rief ihm Bolardi nach. »Aber ich will mich zur Kampfbereitschaft der Armee nicht äußern. Das fällt in den Bereich der geheimdienstlichen Informationen.«

Die Einstellung wechselte auf den untersetzten, dritten Mann am Tisch. »Nun zu Ihnen, Signore Tarvel. Als Präsident der SP verlangen Sie die Abschaffung der Armee. Sind Sie immer noch der Meinung, dass es kein Militär braucht?«

Luca verharrte mitten im Lauf, wandte sich um, das Tablett in beiden Händen balancierend.

»Nun, schauen Sie«, sah er den Linken schwadronieren, »wir müssen die humanitäre Tradition wahren. Es sind Menschen in Not, die zu uns kommen … es braucht Verständnis und Toleranz …«

»Idiot«, fluchte der Kellner. »Toleranz? Fehlte noch. Keine Toleranz den Intoleranten!« Er schüttelte den Kopf. »Politiker …« Als er in beschwingtem Gang auf die Terrasse trat, war er bereits wieder voll auf seine Kundschaft konzentriert.

***

Samstagvormittag, oberhalb Locarno

In der Villa hoch oben am Berg stand Muller alias Charon auf, trat zum Tischapparat auf der gedeckten Terrasse und nahm den Hörer ab. Es war der erwartete Anruf aus Stuttgart. Muller setzte sich mit einer Pobacke auf die Tischkante, ließ den Blick über das hellblaue Wasser des Pools und hinunter ins Tal über imaginäre Punkte schweifen, während er der bekannten Stimme lauschte.

»Ich rufe aus einer Sprechzelle an«, begann sein Kontakt. »Auf dem belebten Platz vor einem Kaufhaus.«

Stuttgart kann sich vor allem mit Weinbergen brüsten, wo auf lieblichen Anhöhen süße Trauben reifen, und mit rund 70 000 Muslimen, die einst aus der Türkei, Bosnien und arabischen Ländern zugewandert der Hauptstadt von Baden-Württemberg einen multikulturellen Anstrich verleihen. Wie viele davon eine der einundzwanzig Moscheen der Stadt besuchten, war für Muller nebensächlich. Die Stadt bedeutete ihm nichts. Stuttgart fehlt der Glanz von München, die Architektur von Berlin, die Potenz der Finanzmetropole Frankfurt.

Aber in Stuttgart werden Mercedes gebaut, und Stuttgart ist das Zentrum der wichtigsten US-amerikanischen Kommandozentrale in Europa.

Dieser brisante Aspekt erregte Muller.

Das *United States European Command* USEUCOM liegt auf dem großen Gelände der *Patch Barracks* in Vaihingen. Im Zweiten Weltkrieg war dort in der Kurmärker Kaserne das 7. Panzerregiment der Wehrmacht stationiert, 1950 zog dann die 7th U.S. Army in das berüchtigte Quartier. Heute hat sich USEUCOM auf dem historischen Gelände über eine Fläche von mehreren Quadratkilometern ausgedehnt, eine Stadt innerhalb der Stadt, mit Wohnblöcken, Kinotheater, Schulen, Kinderhorten, Tankstellen, Sportplätzen, Lebensmittelmärkten.

Der U.S. Kommandant von USEUCOM, immer ein Vier-Sterne-General, ist gleichzeitig *Supreme Allied Commander, Europe*, SACEUR.

USEUCOM operiert in ganz Europa, in Afrika, Nahost und Afghanistan. Während der Golfkriege wurden die Operationen an das neu geschaffene *Central Command* CENTCOM delegiert.

Im Gegensatz zu anderen U.S. Militärbasen in Europa liegen in Stuttgart-Vaihingen keine Truppen. Panzerkolonnen, Kampfjets oder Hercules-Transporter und Truppenansammlungen sucht man vergeblich. Das Gelände ist mit Anlagen für Telekommunikation und Führungsunterstützung übersät. Die Sicherheit gewährleisten Spezialeinheiten. Da freilich außer einer Kompanie Marinefüsiliere keine Kampftruppen stationiert sind, hält sich der Aufwand in Grenzen.

»Es hat sich ein bestimmtes Muster eingespielt«, sagte der Kontakt. »Das HQ erhält regelmäßig Besuch. Nato-Offiziere aus allen Bündnisländern kommen zu Besprechungen. Kürzlich empfing der Kommandant eine Schweizer Delegation.«

»Was hat die Schweiz dort verloren?«

»Die Schweiz hat eine lose Verbindung zur Nato, Partnerschaft für den Frieden oder ähnlich. Angeblich diskutierten sie das amerikanische Reserveheer, das mit dem Schweizer Milizheer Ähnlichkeiten aufweist. Jedenfalls …«

»Was ist das Muster?«

»Betrifft die Besucher. Meistens gehen die Amis mit ihren Freunden auswärts zum Essen. Fast immer fahren sie hinauf zum Restaurant Wielandshöhe. Liegt über der Stadt in den Weinbergen. Dort parken sie die Mercedes-Kleinbusse, essen und kehren ins HQ zurück.«

»Sicherheitsmaßnahmen?«

Der Kontakt lachte kurz. »Sie fühlen sich dort oben sicher. Die Fahrer sitzen meistens an einem Tisch in Sichtweite der Fahrzeuge, ziemlich unbeschwert.«

»Du kannst dich an die Wagen heranmachen, richtig?«

»Genau. Heute Mittag konnte ich völlig unbemerkt die Ladung anbringen. Hinten rechts, in der Aussparung des Kotflügels des zweiten Fahrzeugs, in dem in der Regel der hohe Besuch chauffiert wird. Mit Handy-Fernzündung. Die Explosion reicht aus, um den Bus und alles in der Nähe zu zerstören, weil die Sprengung natürlich den Benzintank erwischt. Funktioniert hundertprozentig.«

»Scheiße. Nie funktioniert alles. Willst du die Schweizer treffen oder was? Warum?«

»Nein. Die nicht. Aber hör gut zu. Heute wird die israelische Armeedelegation erwartet. Scheinbar führen zwei Vier-Sterne der IDF die Delegation an.«

»Wo hast du die Info her?«

»Du weißt, dass du das nicht fragen darfst.«

In der Villa in der Südschweiz knurrte Muller ungehalten. »Dann lautet die Frage: Ist die Info zuverlässig?«

»Hundertpro. Und noch etwas. Der Kommandant von USEUCOM, der zugleich Oberbefehlshaber für Europa ist, SACEUR, trifft sich persönlich mit den Israelis. Vermutlich fahren sie wieder alle zusammen auf die Wielandshöhe in den Gourmettempel. Zum Abendessen, wie ich hörte.«

Muller konnte sich das Gelände des USEUCOM bildhaft vorstellen. Vor dem Afghanistaneinsatz im Rahmen der *International Security Assistance Force* ISAF erhielten Nachrichtenoffiziere der Bundeswehr in den *Patch Barracks* ein operationelles Briefing. Mullers Kontakt arbeitete schon damals für eine bundesdeutsche Telematik-Wartungsfirma, die sich hauptsächlich um die technischen Verbindungen nach Afrika kümmerte. Die Katastrophe, die seinem Zwillingsbruder am Hindukusch widerfuhr, veränderte das Leben von Mullers Kontakts dann diametral. Der unverbindliche

Freund der Amerikaner verwandelte sich in einen hasserfüllten Feind, als die CIA den Bruder zuerst ins Militärgefängnis nach Bagram verschleppte, dann an einen düsteren Ort in Litauen und ihn schließlich als Topterrorist in Guantanamo versenkte.

Muller kannte die Geschichte nur zu gut. Ein Talibankommando hatte den Mann mit afghanischen Wurzeln nach dem Überfall auf einen Außenposten gefangen genommen. Später konnte er fliehen und schlug sich zu den eigenen Linien zurück. Die CIA kaufte ihm die Story nicht ab. Warum haben sie ihn nicht getötet? Taliban machen keine Gefangene ... Also warfen sie ihm vor, den Posten eigenmächtig verlassen zu haben. LWA – *Leave Without Allowance*. Unerlaubtes Entfernen von der Truppe galt als schwerer Verstoß gegen die Dienstvorschriften. Ein Verfahren vor einem Kriegsgericht war so sicher wie der Morgenappell. Die CIA-Vernehmer behandelten ihn unerbittlich als Agent des Feindes. Zu allem Pech sagte später noch ein gefangener Taliban unter Folter gegen ihn aus.

Mullers Kontakt ließ sich durch diese Ungerechtigkeiten von Wut und Rache beherrschen, und als ihn Muller vor einem halben Jahr kontaktierte, war er reif, sich für einen Terrorangriff einspannen zu lassen. Ihm war egal aus welcher Ecke der Plan zur blutigen Tat stammte, wenn er nur dazu kam, den Amerikanern heimzuzahlen, was sie seinem Bruder angetan hatten. Auftragsgemäß hielt er all die Monate die Augen offen, hörte sich um, schwatzte mit den Marinefüsilieren und anderem Personal. Dabei nutzte er nicht nur sein professionelles Ansehen als Telematik-Spezialist, sondern merkte bald auch, dass seine gewinnende Art ihm zu unerwarteten Kontakten auf dem Stützpunkt verhalf.

»Bist du heute Abend auf dem Gelände?«, fragte Muller in der Villa auf dem Berg, den tiefblauen Lago Maggiore überblickend.

»Nein, geht nicht. An Samstagen lassen sie uns nicht arbeiten. Aber ...«

»Was? Was ist der Plan?«

»Es gibt in der Kurmärker Straße eine Stelle, wo ich das Gebäude des HQ einsehen kann. Wenn die Delegation heute Abend dort in die Busse steigt, sehe ich alles und werde bereit sein.«

Muller machte sich seine Gedanken. Die Sprengladung im Kotflügel konnte entdeckt werden. »Die Fahrzeuge werden vermutlich mit Sprengstoffdetektoren gecheckt«, gab er zu bedenken.

»Es sind ihre eigenen Fahrzeuge. Niemand kommt im Park an sie heran. Sie haben keinen Anlass, nach einem improvisierten Sprengsatz zu suchen. Habe ich freie Hand?«

»Ja, hast du. Operation genehmigt. Nach dem Angriff musst du dich absetzen.«

»Ich weiß. Ich habe vorgesorgt.«

»Gut. Ende.« Muller legte auf, rieb sich schmunzelnd die Hände, bevor er sich zufrieden in einen mit weichen Kissen gepolsterten Liegestuhl legte.

Da erschien Jassir Youssef unter der Tür, blinzelte ins Sonnenlicht, räusperte betont.

»Was ist?«, fragte Muller ungehalten. »Ich hasse Störungen, wenn ich denke.«

»Verstanden, Kommandant. Tut mir leid … aber der Oberst gibt keine Ruhe.«

»Was will der alte Sack?«

»Er bittet um eine Unterredung?«

»Wozu?«

Youssef trat verlegen von einem Fuß auf den andern. »Nun, er bietet Ihnen seinen Helikopter an …«

»Helikopter?«

»Er sagt, er könne Sie irgendwohin ausfliegen …«

Muller schüttelte verständnislos den Kopf. Doch in seinem Hinterkopf klopfte eine Stimme an, die ihm sagte, dass in den nächsten vierundzwanzig Stunden ein Fluggerät nützlich sein könnte.

»Er soll herkommen.«

»Sofort, Kommandant.«

Fünf Minuten später erschien Louis de Pourtales im verknitterten Nadelstreifenanzug unter der Tür, trat auf die Terrasse. Er hielt sich aufrecht, das Kinn vorgestreckt. Ein trotziger Blick traf Muller.

»Was habe ich von diesem Deal, Oberst? Ein Helikopter? Wozu?«

Pourtales rührte sich nicht von der Stelle. »Ihre Uhr ist abgelaufen. Sie tun gut daran zu verschwinden. Ich helfe Ihnen.«

»Aha, und was beehrt mich mit diesem Sinneswandel?«

»Ich habe Ihre Forderungen erfüllt, Charon … Waffen, Roboter … diese Villa … Jetzt will ich, dass Sie Ihr Versprechen einlösen. Lassen Sie meine Tochter frei.«

Muller machte ein paar Schritte zum Pool, verharrte dort, drehte sich auf den Absätzen um. »Sie verkennen mich, Oberst. Kann mir ja egal sein. Trotzdem, Sie sind Geschäftsmann, wie ich auch.«

Pourtales schüttelte den Kopf. »Ihr Business ist im höchsten Grad kriminell, Charon. Wir haben nichts Gemeinsames.«

Muller steckte die Sonnenbrille ins Haar, als er wieder in den Schatten der Terrasse trat. »Doch, schauen Sie. Religion ist mir ein Gräuel. Mein Geschäft ist Dienstleistung. Habe selber nichts mit diesen verblendeten Hasspredigern zu tun. In Syrien und anderswo hat es viele dieser bärtigen Bosse, die sich als Heilige aufspielen. Einer davon träumt von einem islamisierten Europa. Ich lass ihn träumen. Ich betreibe für ihn bloß eine Serviceorganisation. Er lässt gewisse Jobs auswärts besorgen. Outsourcing, das kennen Sie als Unternehmer. Diese bärtigen Kameltreiber brauchen für ihre Aktionen in Europa einen Strategen, Intelligenz, westliche Mentalität, Sprachen und Kontakte.« Er grinste. »Sie wissen, Oberst, Information ist alles. Oft ist Desinformation noch mehr … darin sind meine Auftraggeber meisterhaft. Wir sind den Geheimdiensten, die noch mit den Mitteln der achtziger Jahre operieren, eine Nasenlänge voraus.«

Er legte die Stirn in Falten. »Ich kann alles liefern. Dafür werde ich anständig bezahlt. Mehr als anständig. Die schwimmen dort unten im Geld. Wer und was dort gerade in Mode ist, lässt mich kalt. Ist mir schnurzegal. Hauptsache, sie wollen meinen Service und zahlen dafür.«

Er streckte den Zeigefinger vor. »Meine Leute sind hart gesottene Söldner, keine religiösen Eiferer. Davon hat es zwar auch ein paar in meinen Reihen. Es sind nützliche Idioten, wie die vom Islamischen Verein in Biel. Handlanger, die ich brauche, wenn sie mir nützen.«

Pourtales atmete schwer. »Sie sind der Handlanger, Charon. Was macht ihr Auftraggeber anderes als ganze Völkergruppen zu massakrieren, Städte bombardieren, Kulturen zu zerstören?«

»Pah. Das geschieht dort unten auch ohne mich. Weit hinten in der Türkei, gewissermaßen. Und es wird immer wieder passieren.«

»Sie sind ein skrupelloses Monster, töten, ohne sich um den Sinn Ihrer Tat zu scheren.«

Muller schenkte Pourtales ein mitleidiges Lächeln. »Profis, die nach den Gründen für den Kill fragen, sind bei Auftraggebern nicht beliebt. Sie sind bald einmal arbeitslos. Oder tot, was viel wahrscheinlicher ist …«

Pourtales schüttelte angewidert sein graumeliertes Haupt. »Sie sind am Ende, Charon. Da machen Sie mir nichts vor.«

Muller fixierte ihn durchdringend. »Vielleicht habe ich genug von diesem ganzen Scheiß. Da mögen Sie recht haben. Aber vorher habe ich noch ein paar Rechnungen zu begleichen. Das lässt sich gut mit meinem Auftrag kombinieren. Am Ende bin ich noch lange nicht. Ich pfeife auf Ihr Angebot mit dem Helikopter.«

»Sie besorgen Aufträge für Mörderbanden. Das ist widerlich.«

»Meinetwegen, aber über meine Auftraggeber rede ich prinzipiell nicht schlecht. Heute sind es die, morgen andere. Sie verschaffen mir Gelegenheiten. Versorgen mich mit Geldmitteln, Waffen, Informationen. Ich habe Macht, ein eigenes Business, *Charon Operations* … das müsste Sie eigentlich beeindrucken, Oberst.«

»Warum wollten Sie Informationen über den Besuch der Bundeskanzlerin?«

Muller schien nicht hingehört zu haben. »Was wollen Sie eigentlich? Genug der Rede. Youssef wird Ihnen sagen, wo und wann Ihre Tochter freikommt. Erst wenn alles vorbei ist, nicht vorher. Ich setze mich dann irgendwann zur Ruhe … Vielleicht …«

Er machte einen abschätzigen Handschlenker. »Zurück ins Haus, Oberst. Ich habe zu tun.«

***

Samstag, 13:00 Uhr, Waffenplatz der Armee, Isone

Alles, was Ken Cooper sah, als er die Augen öffnete, war Dunkelheit. Zuerst glaubte er, er sei tot, aber dann fragte er sich, warum er noch sehen konnte.

Er hörte eine Stimme, es wurde heller, er erkannte eine Silhouette. »Es scheißt einen an, in die Luft zu fliegen, nicht?«

Der Umriss wurde langsam schärfer, fester. Und vertrauter.

Jessica Ponte lächelte ihn zaghaft an, tupfte seine Stirn mit einem feuchten Tuch ab. Neben ihr sah er seinen Sohn, der besorgt dreinblickte, ohne Lächeln.

Ken lag auf einem Bett, der Raum war spärlich beleuchtet.

»Es hat Sie kalt erwischt, Ken.« Ponte streckte drei Finger vor sein Gesicht. »Wie viele?«

»Es geht schon wieder.«

»Wie viele Finger?«

»Drei.«

»Gut, Ihr Schädel muss härter sein, als ich dachte.«

Ken schaute um sich. »Wo sind wir?«

»Immer noch im Tessin, Ken. Madisch ließ den Range Rover in der Garage, und ich hatte immer noch die Schlüssel. Wir fuhren zurück, um meinen Volvo beim Schuppen zu holen. Ich ließ den Range Rover dort stehen. Dann fuhren wir hierher, wo wir ziemlich lange wartend herumsaßen, bis Sie erwachten.«

Ken rieb sich den Scheitel, zuckte zusammen, als er die große Beule fühlte.

»Wir waren nahe daran, Sie ins Spital zu bringen«, sagte Ponte. »Zum Glück blieb Ihr Zustand stabil.«

Er schaute zum Fenster. Er konnte sehen, dass es draußen grün und der Tag hell war. »Die ganze Sache passierte letzte Nacht?«

Ponte nickte.

»Was passierte genau?«, fragte er.

Ponte beugte sich besorgt vor. »Sie erinnern die Explosion?«

»Ich leide nicht an Gedächtnisverlust, wenn das hinter der Frage steckt.«

Ponte hielt Ken zurück, als er sich aufrichten wollte.

»Ich sah den Sprengstoffgürtel an Harry Steiner. Dann rannten wir ums Leben, ins Treppenhaus. Die Bombe ging los. Ich flog durch die Luft und schlug hart auf.«

»Das wäre die Wand gewesen, Dad«, sagte Michael.

»Es fühlte sich eher wie ein Leopard-Panzer an.« Er drehte den Kopf nach allen Seiten. »Was ist das für eine Bude?«

»Militärunterkunft. Einsatzkommando der Grenadiere und Spezialeinheiten. Offiziersquartier. Wir haben ein Arrangement mit der Armee.«

»Nun, wie sind wir aus dem Gebäude rausgekommen, in das uns Madisch verschleppt hat?«

»Zum Glück waren Michael und ich bereits auf den zweiten Treppenabsatz hinuntergeeilt. Sie bekamen viel mehr von der Druckwelle ab als wir, obschon es auch uns heftig herumschlug. Gut, dass wir Michael hatten. Er trug Sie auf den Schultern hinaus. Die Kraft hätte ich nie gehabt.«

»Kam die Polizei?«

»Sicher. Aber wir schafften es, vorher zu verschwinden.« Sie rieb erneut sein Gesicht mit dem Tuch. »Wie fühlen Sie sich, echt?«

»Besser als erwartet, nehme ich an.« Er schwang die Beine, setzte sich ächzend auf die Bettkante. Ponte lehnte sich auf ihrem Stuhl zurück, seufzte. »Beste Pläne ... haha ... Seit einem halben Jahr arbeite ich verdeckt an diesem Fall, gelangte endlich an den, von dem ich glaubte, er sei der dicke Fisch. Dann finde ich heraus, dass dieser Arsch mich gelackmeiert hat.«

»Er hat uns alle ganz schön verladen«, bemerkte Michael. »Offensichtlich traut er niemandem.«

»Aber ich lieferte euch schön bei ihm ab, spielte meine Rolle gut. Beinahe habe ich Michael taub gemacht, nur um Vertrauen zu gewinnen.« Sie berührte seinen Arm. »Tut mir Leid, Mike. Ich musste handeln wie eine Verräterin.«

»Ich verstehe. Mein Hörvermögen ist mehr oder weniger zurück.«

Ken stand auf, blickte finster drein. »Warum, Jessica, haben Sie uns nicht in die Info-Schlaufe genommen, bevor wir zu Madisch gingen?«

Sie schüttelte den Kopf. »Euch in aller Eile kurz vor der Op auf die Höhe zu bringen? Nie und nimmer. Ihr wäret nicht genügend vorbereitet gewesen, hättet etwas gesagt, gemacht ... einen falschen Eindruck. Madisch ist ein zu gerissener Hund. Er hätte Sie dabei erwischt. Ich musste euch genau so handeln lassen, wie ihr euch fühltet, überzeugt, dass ich euch verraten habe.«

»Schön. Ich fiel drauf herein«, sagte Ken mürrisch. »Aber Sie gingen ein Risiko ein, uns nichts zu sagen. Ich hätte Sie erschießen können.«

Sie legte die Stirn in ihre Hände. »Ich musste es riskieren. Habe viel zu hart an diesem Scheißkerl gearbeitet, kostete mich zu viele Nerven. Aber als ich Harry Steiner sah, war ich wie betäubt. Ich hatte ihn nicht auf der Rechnung. Und da saß er!« Sie warf Ken einen raschen Blick zu. »Aber es war nur Fassade. Ein Trick. Wie wussten Sie es?«

»Ich konnte es in seinen Augen sehen. Gläsern. Und er hat keinen Wank gemacht.«

»Er war bereits ausgeschaltet. Man hätte ihm den Blinddarm klauen können«, fügte Michael an. »Die gaben ihm vermutlich ein Betäubungsmittel. Mich traf der Schlag. Harry Steiner?«

Ken legte eine Hand auf Pontes Arm. »Madisch wollte offensichtlich Ihre Loyalität testen. Aus diesem Grund machte er sich daran, uns zu erschießen. Wären Sie wirklich auf seiner Seite gewesen, hätten Sie es geschehen lassen. Sie waren es nicht und taten es nicht.«

Ponte seufzte. »Somit hat er mich dazu gebracht, meine eigene Tarnung auffliegen zu lassen.«

»Ich bin froh darüber«, sagte Michael. »Sonst stünde ich nicht hier. Ich sah den Ausdruck in seinen Augen. Er war im Begriff abzudrücken.«

»Aber warum dann dieser massive Feuerüberfall durch die Fenster?« fragte Ponte, die gleich selber die Antwort gab. »Damit Madisch fliehen konnte?« Sie schaute betrübt auf das Tuch, das sie bedächtig faltete. »Er war mein einziger Trumpf, um an die Bosse zu kommen.«

Ken drückte ihr kurz die Schulter. »Erstaunlich, wie weit Sie gekommen sind. Wie fing es an mit Madisch?«

»Wie haben Sie ihn kontaktiert?«, präzisierte Michael.

Sie schüttelte den Kopf. »Habe ich nicht. Er kam auf mich zu. Wir hatten meine Tarnung ziemlich überzeugend aufgebaut. Kurz gesagt etwa so: Ich bin bei der Beförderung übergangen worden. Man warf mir vor, von einem Kunsthändler Schmiergeld angenommen zu haben. Wir stoppten den prominenten Galeristen an einer Kreuzung in Lugano. Missachten des Rotlichts. Ich brummte ihm die Buße auf. Er zahlte die 240 Franken auf der Stelle. Er war der Zollfahndung als notorischer Kunstschmuggler bekannt. Als ich seine Autonummer im System kontrollierte, fand sich der entsprechende Hinweis auf frühere Zolldelikte. Er ließ mich den Kofferraum öffnen, wo der Monet mit Plastikschutzfolie verpackt wie auf dem Präsentierteller lag. Mein Kollege hatte derweil mit einer Lenkerin zu tun, die glaubte, Rotlichter gälten nur für Lernfahrer.

Der Galerist erklärte mir, das Bild sei persönliches Hab und Gut, das er bloß vom Ferienhaus in der Toskana in seine Stadtwohnung in Lugano verlagere. Umzugsgut. Er ließ einen Umschlag auf meiner Tasche liegen, die ich hinten im Kofferraum abgelegt hatte … Ich notierte seine Personalien und ließ ihn laufen. Als er schon weg war und ich den Umschlag öffnete, lagen fünf Tausendernoten drin …«

»Madisch hat Ihnen diese Geschichte abgekauft?«, staunte Michael.

Sie nickte. »Er konnte sich die Informationen leicht beschaffen. Mein Chef inszenierte eine Disziplinaruntersuchung gegen mich, verbreitete ein kurzes Communiqué. Wir hatten alles gut vorbereitet. Aber für mich war es Scheiße. Die Kollegen, Sie wissen wie das läuft, sie distanzierten sich …«

»Aber wie ist es zum Kontakt gekommen?«

»Easy«, sagte Ponte mehrmals nickend. »Madisch ist ein fanatischer Biker. Ich fahre selber auch Motorrad. Eines Tages folgte ich ihm, die Leventina hoch, dann auf den Nufenenpass. Auf der Passhöhe parkte ich meine Maschine neben ihm, bückte mich, um das Getriebe zu inspizieren, dann nahm ich einen Lappen aus dem Werkzeugkasten, kniete auf der anderen Seite nieder. Er schlenderte herüber und schaute mir irgendwie belustigt zu. Ich zeigte ihm den nassen Fleck auf dem Asphalt und meinte, ich hätte das Gefühl, Öl zu verlieren. Noch so gerne spielte der den Kavalier und kniete neben mir nieder. Es sei nur Kondenswasser, befand er. Ein Wort gab das andere, es kam zum üblichen Biker-Talk. Er hatte eine Ducati, ich eine Honda. Wir fachsimpelten, dann gingen wir ein Bier trinken. Später rief er mich an, lud mich zu einem Drink ein. In der Nähe seiner Wohnung, wie sich herausstellte. Er koche gerne, schwärmte er nach dem zweiten Bellini, kurzum … ich willigte ein, seine Polenta zu probieren …«

»Er wusste also, dass Sie dienstliche Probleme hatten«, meinte Cooper.

»Ich sagte ihm, dass sie mich in die Gefängnisverwaltung versetzen würden, mit massiver Lohnkürzung, dass ich mir das nicht bieten lasse und den Bettel hinschmeißen wolle.«

»Wie konnten Sie sicher sein, dass er angebissen hatte?«, hakte Ken nach.

»Nun, wir trafen uns regelmäßig, zu kleinen Bike-Touren, in Restaurants, am See. Dabei interessierte ihn meine Polizeitätigkeit. Er wollte wissen, wie das Kommando organisiert ist, wie viele Leute wir in der Kriminalpolizei beschäftigen et cetera. Ich erzählte ihm von meinen Einsätzen. Was ihn besonders interessierte, waren die Beziehungen zur Grenzwacht, wie die aufgestellt sind und so weiter … Er wollte Namen von höheren Zollbeamten. Natürlich gab ich ihm die Informationen nur zögernd, stückweise, wie er es wohl erwartet hat.«

»Wie kamen Sie darauf, dass er ein militanter Dschihadist ist?«, fragte Michael.

Ponte hatte die Frage erwartet. »Mein Boss hat einen Draht zu den Deutschen, zum Bundesnachrichtendienst. Durch Zufall erfuhren wir, dass Madisch an einer Versammlung in Basel teilgenommen hat, wo so ein islamistischer Hassprediger aus Düsseldorf referierte. Das war das Schlüsselereignis. Warten Sie!«

Sie klappte ihr iPad auf und gab das WLAN-Passwort ein, das ihr der Feldwebel an der Pforte auf einen Zettel geschrieben hatte.

»Schauen Sie, das sind Aufnahmen von Memri-TV.«

Memri.org überwacht, analysiert und übersetzt seit Jahren Ankündigungen und Predigten von militanten Islamisten, die mit ihren Aufrufen zur Gewalt den Westen bedrohen.

Sie klickte auf ein Video. Ein Bärtiger zieht ein Schwert aus der Scheide, brüllt in ein Mikrofon: *»Mohammed hat gesagt, wir werden ein Blutbad über euch bringen, ja, wir werden die italienische Halbinsel reinigen … So will es Allah. Dann werden wir Rom und Andalusien erobern …«*

»Und jetzt passt auf«, warnte Ponte, ließ das Video zu einer Stelle zurücklaufen. »Hier, im Hintergrund, das Gesicht … Sehen Sie es? Ziemlich unscharf, aber wir haben es bearbeitet. Es ist Madisch. Er nahm an dieser Kundgebung teil, sie war illegal und wurde später von der Polizei aufgelöst.«

Michael hatte seinen Laptop aufgeklappt, schielte auf das Passwort auf dem Zettel. »Wann hat diese Veranstaltung stattgefunden?«

»Vor etwa einem halben Jahr. Wir hatten dann die Kontakte zum BND intensiviert. Was uns der BND mitteilte, war ziemlich ernüchternd.«

Madisch war Mitglied der gefährlichen Sauerlandgruppe. Es handelte sich um eine deutsche Zelle einer terroristischen Vereinigung, die im Grenzgebiet von Pakistan und Afghanistan aktiv gewesen war und vermutlich mehrere Deutsche rekrutiert hatte. Nach den bisherigen Erkenntnissen gingen die Ermittler davon aus, dass weitreichende Verbindungen zur deutschen Islamistenszene bestehen. Welche Rolle Madisch genau spielte, war konkret nicht aufzuklären. »Der BND vermutet«, fuhr Ponte fort, »dass er zu einer Gruppe zählte, die versuchte, die deutsche Zelle der Sauerlandgruppe zu reaktivieren.«

Michael beugte sich zum Bildschirm vor, hob die Brauen. »Warum wissen wir nichts davon?«

Ken zuckte mit den Achseln. »Vermutlich liegt die Info in der Datenflut unseres Systems. Wir hatten keinen Anlass, nach Madisch zu fahnden. Wer verdächtigt im Übrigen schon einen bewährten Chirurgen an einer renommierten Klinik?«

»Eben«, stimmte Ponte zu. »Genau deswegen hat mein Boss zunächst gezögert …«

Michael winkelte den Laptop ab, sodass Ponte den Bildschirm nicht mehr sehen konnte. Mit einer Kopfbewegung lenkte er die Aufmerksamkeit seines Vaters auf das Standbild eines Frauengesichts. Kens Stirn legte sich in Falten, er schaute hin, erhob überrascht die Brauen.

»Wissen Sie, Jessica, wie Madisch zu dem Prepaidhandy kam?«, fragte Michael, sich nachdenklich das Kinn reibend.

Ponte wandte sich nervös zu den Männern um. »Welches Prepaid?«

»Das Handy mit der Nummer, die LaSalle im Jemen eruiert hatte?«

Ponte schien vom Themawechsel überrascht. »Das Handy? Nun, das habe ich ihm besorgt … Warum?«

Ken stieß erleichtert die Luft aus. »Schauen Sie, Jessica, Sie sind beim Kauf im Shop gefilmt worden.« Er drehte Mikes Laptop herum.

Sie starrte mit offenem Mund auf ihr eigenes Gesicht. Es war das Bild, das Cooper Partners von Franchini erhalten hatte.

»Sie trugen Perücke und Sonnenbrille. Die schützten sie aber nicht vor der Identifikation durch unsere Software«, grinste Cooper.

Ponte schaute betroffen zu Michael auf. »Sie wollten mich verarschen.«

Michael zuckte unschuldig mit den Achseln. »Es war ein Test, ich musste es wissen.«

Ponte war immer noch verstimmt. »Was blieb mir anderes übrig. Wir haben die Nummer im Kommando aufbewahrt. Sie können es nachprüfen ... Dürfen die Provider überhaupt die Käufer von Handys filmen? Das ist doch ...«

Ken hob besänftigend eine Hand. »Test bestanden, Jessica.«

Sie grollte vor sich hin, während sie ein weiteres Video anklickte. »Das ist der gleiche Scheiß, schauen Sie«, sagte sie gefasster.

Untermalt von dramatischen Klängen sah man einen bärtigen jungen Mann, nachts auf einem beleuchteten Platz irgendwo in Spanien. »*Die Spanier feiern heute die Vertreibung der Muslime aus Andalusien, aus Spanien*«, rief er in ein hingestrecktes Mikrofon. »*Wir sind empört, weil die Moslems in diesen Gebieten herrschten, vor fünfhundert Jahren. Aber heute sind wir hier, um zu geloben, dass wir nach Andalusien zurückkommen, so Allah will. Gleich wie lange die Besetzung der Spanier noch dauert, wir werden Andalusien befreien, das ist das Gesetz Allahs.*«

Ohne einen Kommentar abzuwarten, ließ Ponte weitere Kurzvideos laufen. Hassprediger, Aufwiegler, aber auch andere gelobten, drohten, jubelten, dass Europa ein einziger islamischer Staat werde, das sei das Dekret Allahs. Die lauten und sanften Stimmen mit tödlichen Botschaften konnten einem das Blut in den Adern gefrieren lassen.

Ein Weile blieb es stumm im Offiziersschlag, bis Ken plötzlich ausrief: »Muller! Das ist genau seine Tonlage. Der Große Plan, den Madisch in der Villa erwähnt hat. Jetzt ist mir alles klar.« Er rieb sich die Augen. »Eroberung Italiens, die Fahne des Kalifats über dem Vatikan hissen. Muller ist in der Südschweiz, zieht die Fäden. Auf neutralem Boden, kein NATO-Gebiet, das Bündnis greift auf Schweizer Territorium nicht ein ... Die Terrororganisation baut hier ihre Strukturen auf, um in Italien, Deutschland, Frankreich, England zuzuschlagen ... Aber was ist sein großer Plan? Wir sind so nahe dran wie noch nie.« Er rieb sich mit beiden Händen die Schläfen.

Michael klappte den Laptop zu. Sein Blick starrte ins Leere. »Hat Ihnen Madisch irgendwelche Andeutungen über die Endphase gemacht?«

Ponte senkte den Blick. »Das ist der wunde Punkt. Keine Ahnung. Ich hoffte, gestern Nacht von ihm mehr zu erfahren. Aber dann hat er uns alle ausmanövriert.«

»Warum hat ihn die Polizei nicht schon vorher hops genommen?«, fragte Michael. »Es lagen ja genügend Verdachtsmomente vor.«

»Wenn wir zu früh abgedrückt hätten, wäre die Chance dahin gewesen, herauszufinden, was der Plan war.«

Cooper trat zum Fenster, schaute zwischen den Lamellen auf den Platz hinaus. Der Wachtmeister hatte seine Truppe im Halbkreis um sich versammelt. Jetzt stieben die Soldaten auseinander, stellten sich in einer langen Reihe auf. Ein scharfer Befehl bewirkte, dass die Gewehre präsentiert wurden. Ken sah, wie der Wachtmeister die Reihe abschritt und Patronenkammern und Magazine inspizierte.

Ponte hatte sich hinter Ken geschlichen, schaute an seinen breiten Schultern vorbei. »Der Leutnant liegt mit Schussverletzung im Krankenzimmer. Gestern Nacht verloren die Grenadiere einen Kameraden.«

»Wie kam das?«

»An der Grenze bei Stabio kam es zu einem Zwischenfall. Kurz darauf explodierte ein Lagerhaus in der Nähe. Eine kleine Sondereinheit hat das Lagerhaus beim Tanklager angegriffen.«

Ken stutzte, drehte sich zu Ponte um, das Thema wechselnd: »Als wir zusammen zum Flugplatz Magadino fuhren, um die Materialübergabe an die Entführer zu beobachten, muss die Gegenseite gemerkt haben, dass wir zusammenarbeiten.«

Jessica Ponte schlenkerte mit der Hand. »Ich weiß nicht. Aber ich sagte Madisch noch am gleichen Abend, dass wir ein Team gebildet haben. Das gefiel ihm.«

»Warum gefiel ihm das?«, fragte Michael stirnrunzelnd.

»Nun, Cooper Partners war Madisch ein Dorn im Auge. Das schloss ich aus seinen diversen Kommentaren, als wir über Polizei und andere Sicherheitskräfte redeten. Ihr seid ja berüchtigt, was Ermittlungen und gewagte Sondereinsätze anbelangt. Er hasste euch. Ihr stelltet für ihn Überlegenheit dar, die er so nicht hat. Deshalb wollte er, dass ich euch in die Falle locke, damit er euch ein für alle Mal erledigen konnte.«

»Vermutlich auf Anordnung von Muller«, spekulierte Ken. »Die zentrale Frage bleibt, was sie planen, und ob sie mit dem Plan vorwärts machen. Eins steht fest, Alice Goran bleibt das Pfand in Mullers Hand.«

Michael starrte geradeaus. »So lange die Geisel in seiner Gewalt ist, sind wir machtlos. Madisch müsste eigentlich wissen, wo Muller sie versteckt hält …«

Jessica stand auf, klopfte ihre Taschen ab, zückte ihr Handy, prüfte das Display. »Wie fühlen Sie sich, Ken?«

»Ich? Glänzend. Wie in der Zwangsjacke einer Irrenanstalt. Ich will raus hier.«

»Wir gehen runter, da hat's Besprechungszimmer. In der Messe trinken wir Kaffee, dann schauen wir weiter.«

»Tee trinken und abwarten«, spöttelte Ken, war aber bereits an der Tür. Wie wenn ihn Pontes Blick auf ihr Telefon an etwas Nagendes erinnert hätte, fummelte er in seiner Tasche nach dem Handy.

»Hier ist es«, sagte Michael hinter ihm. »Es fiel bei deinem Sturz aus der Tasche und kollerte die Stufen hinunter.«

»Gib schon her.« Ken schaute flüchtig auf das Display, nahm Michael am Arm beiseite. »Hast du Ponte etwas über deine Aktion von letzter Nacht erzählt?«

Michael schaute ihn verwundert an. »Nein, sicher nicht. Kein Wort. Warum?«

»Später«, sagte Ken. Unten in der geräumigen Offiziersmesse setzten sie sich auf niedrige Stühle mit Stoffpolsterung. Ein junger Soldat eilte heran und fragte nach ihren Wünschen.

Kens Telefon summte. Als er den Anrufer erkannte, schaltete er auf Lautsprecher. »Balsiger, der Filmregisseur«, sagte er, Aufmerksamkeit erheischend.

»Hallöchen, Ken, wo treibst du dich herum?«

»Was gibt's, Johannes?«

»Nun, neulich hast du dich nach Wim Wenders erkundigt … eben … ich sagte mir, Ken Cooper ist ja nicht zum Vergnügen im Tessin, wo der Krieg ausgebrochen ist …«

Ken rutschte ungeduldig im Sessel herum. »Was willst du mir sagen?«

»Dass du sicher wegen der Terrorattacken dort unten bist, nicht wegen dem Filmfestival, also …«

»Komm bitte zum Punkt!«

»Also, wie du willst. Ich habe mich etwas umgehört bei meinen Pappenheimern, die zur Zeit alle in Locarno am Festival von einer Party zur andern pilgern …«

»Und, etwas Wichtiges? Komm schon!«

»Wegen Wim Wenders. Er wird für sein Lebenswerk geehrt. Eine große Ehre nicht nur für ihn, sondern auch für den deutschen Film … Verstehst du?«

»Mmm«

»Pass auf, weißt du was man munkelt? Man munkelt, dass wer persönlich zur Preisverleihung anreist?«

»Mach's nicht so verdammt spannend.«

»Die Mutti soll kommen, als Ehrengast.«

»Angela Merkel?«

»Wer denn sonst? Man hält sich bedeckt. Niemand bestätigt es. Top secret scheinbar. Aber es sickert durch. Also, ich dachte, das interessiert dich womöglich. Den Streifen, den sie zu Ehren Wenders zeigen, heißt …«

»Danke, Johannes, danke … Super, dass du angerufen hast. Übrigens, du hast doch früher im Management des Festivals gesessen?«

»Ja, sechs Jahre lang, warum?«

»Ich denke, da kennst du den Laden. Wann findet es statt?«

»Was? Die Preisverleihung? Lest ihr keine Zeitung? Das Programm hängt doch überall. Heute, Samstagabend … Hallöchen, noch dran?«

Ken hatte das Gespräch weggedrückt, schlug sich die flache Hand vor die Stirn. »Scheiße, Michael. Wir waren blind. Dabei lag alles vor unseren Augen. Das Festival. Du hast es noch erwähnt …«

»Eine Massenveranstaltung mit viel Prominenz. Und jetzt angeblich noch mit der Bundeskanzlerin …« Michael stand erregt auf. »Wenn Muller es weiß, und wir müssen annehmen, dass er es wissen kann, dann ist es sein Showdown. Der frustrierte, verbitterte, rachsüchtige Bundeswehroffizier, der Superterrorist …«

Ponte stand auf. »Macht euch keine Vorwürfe, Männer. Hintersinnen bringt's nicht.« Sie durchquerte die Messe, ging auf eine Tür zu, öffnete sie einen Spalt, riss sie ganz auf und winkte die Coopers gebieterisch heran.

Im Raum, den sie betraten, stand ein langer Tisch, darauf lagen Telefonapparate, Computer, an einer Wand hingen Landeskarten, gegenüber war die weiße Mauer mit Flachbildschirmen bedeckt. »Der digitale Sandkasten«, bemerkte sie. Halogenstreifenlichter an der Decke erleuchteten den Situationsraum taghell. Vor dem einzigen Fenster zum Hof waren die Jalousien gezogen.

»Wir analysieren mal alles gründlich«, sagte Ken ruhig, als der Soldat, der ihnen gefolgt war, das Tablett mit einem Thermokrug, Kaffeetassen, Wasser und Sandwiches auf die weiße Tischplatte stellte. »Wenn es um das geht, was wir denken, haben wir noch vier Stunden Zeit.«

Michael stellte seinen Laptop neben Ken hin, setzte sich. »Muller ist eindeutig Andreas Labitzke«, raunte er, den Bildschirm aufklappend.

Ken erfasste sogleich die Vertraulichkeit der Situation, schaute stumm auf die E-Mail, die Michael angeklickt hatte:

Von: Bieri, HQ Cooper Partners Zürich

An: K.C. und M.C.

Betr. Video von A. Geller: Gesicht ist eindeutig Andreas Labitzke. Mundpartie und Zähne mit Wahrscheinlichkeit von 97% erkannt. Programm liefert nur ein (1) Resultat: Labitzke.

Ken nickte schmunzelnd, dann zog er die Tastatur heran, klickte auf Weiterleiten, gab die Adresse des Journalisten ein. Zu Michael flüsterte er. »Ein scharfer Hund, dieser Sacha, aber jetzt, wo es brodelt, könnten uns seine heißen Kontakte nützlich sein …«

***

Samstag 14:00 Uhr, Waffenplatz der Armee, Isone

Ken hatte zwei unbeantwortete Anrufe auf seinem Handy. Der erste stammte von Johannes. Erledigt. Er drückte auf den zweiten, der nur mit Nummer identifiziert war.

Florence de Pourtales helle Stimme rieb Kens Seele wie Balsam. »Ah, Gottseidank, jetzt hat es geklappt, wie geht's Ihnen?«

»Wie geht es Ihnen? Sie sind schwer zu erreichen, Mister Cooper. Ich habe Ihnen ja versprochen zurückzurufen, wenn ich neue Informationen habe.«

»Ja, ich weiß, wir waren eine Zeit lang ohne Verbindung. Haben Sie etwas herausgefunden?«

»Ich war im Büro von Louis am Geschäftssitz, wühlte in seinen Akten, checkte den Computer. *Vous comprenez?* Nichts. Die Daten im Computer waren verschlüsselt, und Harry Steiner, der ... nun ja ... der wollte mir nicht helfen. Es gehe um sensible Geschäftsdaten, ohne Louis' Zustimmung dürfe er mir nichts zeigen ... also, ich finde das die Höhe. Schließlich halte ich immer noch die Mehrheit an Loréans. *Alors* ... ich habe den Mistkerl gestern fristlos entlassen. Früh am Morgen, als er nicht mit mir rechnete ... habe ihn überrascht ...«

Cooper brachte nur ein »Aha«, hervor.

»Sind Sie noch dran, Cooper? Also, immerhin fand ich einen Vertragsentwurf, mit dem das Hotel verkauft werden soll. Ich bin perplex. Schon wieder so ein fieser Schachzug hinter meinem Rücken.«

Cooper versuchte, den Redeschwall zu unterbrechen. »Moment, Madame, Ihr Mann besitzt ein Hotel?«

»Natürlich, in Locarno, heißt sogar Hotel Florence. Das darf doch nicht wahr sein. Das Hotel ist ein Bijou, Dreisterne, ich ...«

Cooper war hellwach. »An wen sollte es verkauft werden?«

Sie schnaubte verächtlich. »An eine Firma natürlich. Sicher offshore ... Wer dahintersteckt, konnte ich nicht rausbringen. Ich kann Louis nicht erreichen. Können Sie ...?«

»Nein, eben nicht. Keine Verbindung mit Ihrem Mann.«

»Sehen Sie! Der Bastard schleicht sich aus der ganzen Affäre, wahrscheinlich ist er mit einer versauten Escort Lady in die Karibik geflogen ...«

»Das glaube ich eher weniger«, versuchte Ken. »Wie läuft Ihre Ausstellung?«

»Puh, Louis hat doch alles verbockt. Propowski hat die Einladung zum Dinner auch abgesagt. Zum Glück habe ich noch meine

Malerei. Sind Sie immer noch in Ascona, Cooper? Ah, schade … Also … *Au revoir, Monsieur.*«

Kaum hatte Ken aufgelegt, schnarrte das Telefon. Er sah, dass sie wieder anrief. Ihre Stimme klang erregt. »Mister Cooper, wie konnte ich nur? Ich bin ziemlich konfus. Etwas, das mir wichtig schien, wollte ich Ihnen noch sagen. Habe es vorhin glatt vergessen.«

Cooper räusperte sich. »Ist nie zu spät, Madame. Also, schießen Sie los.«

»Nun, also. Als ich Harry Steiner, dieses A-loch gefeuert habe, kam Amanda, seine Sekretärin oder Assistentin, egal, sein Flittchen … wie ich zu Unrecht glaubte, zu mir, als ich Louis Büro durchsuchte. Sichtlich aufgelöst. Sie ging ja mit ihm, schon lange, nun, *bref*, er hat ihr den Laufpass gegeben. Und, Respekt, Amanda ist ein heller Kopf, kein billiges … *bref*, sie öffnete mir eine Festplatte, auf die sie alle Daten von Harry Steiners Server heimlich abgesaugt hatte. Passwörter, Verschlüsselung, alles. Steiner, der elende Mistkerl, hat ja alle Geschäftsdaten und den Back-up gelöscht. Deshalb lächelte er mich so dreckig an, als ich ihn zur Hölle schickte. *Hélas*, nun habe ich den ganzen Salat hier bei mir. Amanda ist Gold wert, sie hilft mir, die Daten zu sichten.« Sie schien Atem zu holen.

»Vieles betrifft *Roboguard*, unser Robotergenie, das Louis erfunden hat. Das Gehirn seien die Source-Codes, erklärte mir Amanda. Also die ganze Software, mit den Algorithmen, ohne die nichts läuft. Geschäftsgeheimnis, Sie verstehen? Louis hatte mal versucht, mir die ganze *Chose* zu erklären. *Bien*. Was ich sagen wollte, Harry Steiner hat vermutlich nicht nur alle Kundendaten geklaut, sondern auch noch die Source-Codes. Die Codes sind nämlich sicher im Tresor aufbewahrt worden. Nun, sitzen Sie ab, Mister Cooper! Der Tresor ist leer …« Ken hörte Florence nach Luft schnappen. »Nun wissen Sie es. Ich hatte schon bei meinem ersten Besuch in Zürich den Verdacht, dass Harry meinen Mann hintergeht, ausspioniert und selber den großen Coup mit *Roboguard* lancieren will.«

Ken schwieg. Der Fall hatte eben eine neue, brisante Dimension angenommen. Es schien, als hätten sie die Endrunde erreicht, angeschlagen, ohne Power.

»Hat es Ihnen die Sprache verschlagen, Mister Cooper?«

»Ja, hat es, Madame. Hören Sie, wir müssen uns treffen. Sogleich. Wann können Sie hier sein?«

»Kommt darauf an, wo Sie sich befinden. Muss ich es etwa selber herausfinden?«

Cooper hüstelte. »*Excusez-moi, Madame.* Nein. Ja, Waffenplatz Isone, also, da fahren Sie von Ascona am besten ...«

»Für wen halten Sie mich? Ich weiß, wo die Grenadiere der Armee und die Jungs der Sondereinheit AdA ausgebildet werden. Und ich werde *nicht* hinfahren.«

»Mmm ... Ist aber dringend, Madame ... Wir müssen diese Daten in Sicherheit bringen.«

»Ich weiß, ich kann Situationen beurteilen. Darum fliege ich. Schließlich wusste Captain Hammer nicht, was er tun sollte, als Sie ihn in Lugano sitzen ließen. Er ist zurück in Magadino, er holt mich hier ab. Er fliegt ja meine Maschine.«

»Gut, ich verstehe.«

»Nein, Cooper, ich glaube nicht, dass Sie verstehen. Hören Sie, ich hab's mir gerade anders überlegt. Ich schicke Ihnen den Helikopter, dann treffen Sie mich im Hotel Florence. Ich habe den Verdacht, dass sich Harry Steiner dort mit dubiosen Geschäftsleuten eingenistet hat, bestimmt auf Kosten der Firma, vermutlich schleppt er sie noch in den Club Leopard zum Saufen und ... Das verwichste Sackgesicht, *excusez l'expression* ... der Mistkerl wird Augen machen, wenn ich ihm einen Strich durch die Rechnung mache.«

Cooper holte Atem. Bevor er etwas entgegnen konnte, hörte er: »Also dann, *à plus tard, mon colonel ...«* Sie hatte aufgelegt.

Baff starrte Cooper auf sein iPhone, neigte den Kopf. »Tja, eine charmante Lady, aber mit Haaren auf den Zähnen.«

Mike, der alles mitgehört hatte, hielt in typischer Pose die verschränkten Hände an den kahlen Hinterkopf. »Ich glaube, wir sind vom Regen unter Umgehung der Traufe direkt in die Scheiße geraten, oder etwas distinguierter formuliert: Jetzt wissen wir, was Louis de Pourtales auf dem Flugfeld in Magadino nicht geliefert hat. Die Source-Codes. Siehst du das auch so?«

Ken biss sich auf die Unterlippe. »Möglich. Was allerdings auch nicht erklärt, warum Steiner liquidiert wurde.«

»Madame weiß es noch nicht«, konstatierte Michael. »Du hast ihr bewusst nicht gesagt, dass Steiner ... richtig?«

Cooper schaute reglos zur Decke. »Wo ist Jessica? Wir müssen die Situation nochmals gründlich analysieren.«

»Sie ging rüber ins Munitionsdepot, ein paar Sachen holen, sagte sie.«

Michael setzte sich vor den Großbildschirm, drückte auf den Link von Google Earth. »Der einzige Hinweis der etwas verspricht, ist dieses Hotel … Albergo Florence …«

***

In diesem Moment platzte Jessica Ponte herein. »Boutique-Hotel Florence? Ich glaube, ich weiß, wo es liegt.« Sie hievte stark atmend zwei Gefechtsrucksäcke auf den Tisch. »Zum Glück kenne ich den Munitionschef. Der Oberfeldwebel hat mir und Kollegen vom Kommando in einem Sprengstoffkurs mal ein paar nützliche Dinge beigebracht.« Sie klopfte mit der Hand auf einen Rucksack. »Könnte heute Nacht eventuell nützlich sein«, keuchte sie.

»Der hat Sie einfach so ausgerüstet?«, staunte Michael, der sich erhoben hatte, um die Packungen zu inspizieren. »Wiegt gut zehn Kilo«, befand er und fummelte an den Riemen.

Ponte blitzte ihn an. »Es tobt ein Guerillakrieg im Kanton, Mike. Es ist Zeit zu handeln.«

Michael schielte zu Ken, schüttelte unmerklich den Kopf, setzte sich vor die Tastatur und gab Locarno ein. Die Erdkugel schrumpfte rasant auf Europa, auf die Südschweiz mit den Seen, und der ausgewählte Ort zoomte heran. Nach einem Moment der Unschärfe zeigten sich plötzlich die roten Dächer und Gassen von Locarno. »Da! Google kennt das Hotel. Schaut! Das ist die Piazza Grande, hier muss es sein.«

Ponte hatte den Telefonhörer abgehoben und sprach leise in die Sprechmuschel, wobei ihre Augen kurze Blicke zu den mit sich beschäftigten Männern schossen. Dann legte sie auf.

»Versuche es von allen Seiten heranzuziehen«, riet Ken. »Du kannst die Ansicht drehen und neigen.«

Michael machte eine stumme Geste mit gespitzten Fingern.

»Schon gut«, knurrte Ken.

Pontes Handy klingelte. Sie nahm ab und hörte mit steinerner Miene zu.

Die Männer diskutierten leise.

Eine Minute verstrich.

Ponte steckte das Handy ein, drehte sich auf dem Sessel herum. »Wir haben einen weiteren Hinweis.« Als die Coopers sie mit erhobenen Brauen musterten, fuhr sie fort. »Jemand hat eine Ambulanz bei der Villa von Propokiew gesehen. Gestern Abend, ein paar Stunden bevor wir dort den Zugriff vorbereitet haben. Der Disponent der Sanitätspolizei informierte uns. Eine Freundin seiner Frau hat beobachtet, wie der Rettungswagen zur Villa fuhr. Sie hat gemeint, es sei keine Ambulanz der Stadt gewesen.«

»Haben wir eine genauere Zeitangabe?«, fragte Michael

»Angeblich zwischen sechs und sieben Uhr abends. Das Kommando hat die Villa angerufen. Es hieß, ein prominenter Gast des Russen aus Como habe einen Schwächeanfall erlitten. Er habe insistiert, in Como behandelt zu werden, deshalb habe man von dort einen Krankenwagen herbeigerufen.«

Ken schüttelte ungläubig den Kopf. Bevor er seine Skepsis formulieren konnte, hieß ihn Ponte mit erhobener Hand schweigen. »Unser Beamte gab sich mit der Erklärung zufrieden, entschuldigte sich für die Störung.«

»Nicht schlecht«, murmelt Michael, der ahnte, wie die Geschichte weiterging. Ponte nickte zustimmend. »Wir holten beim UR einen Durchsuchungsbefehl. Heute in der Früh umzingelte ein Zugriffsteam der Sondereinheit die Villa. Sie brachen die Tür auf. Kein Mensch war anwesend. Der Russe war angeblich schon verreist.«

»Die italienische Ambulanz muss das Ersatzfahrzeug gewesen sein, das im Tunnel die Beute umgeladen hat. Raffiniert«, konstatierte Ken.

»Im Kommando sind wir zum gleichen Schluss gekommen. Aber man fand nicht viel. Einen Stapel Euros, etwa Hunderttausend, in einem Tresor. Aber die gehören vermutlich Propokiew. Die Spezialisten untersuchen die Nummerierung der Noten. Aber ich glaube, es war ein Schlag ins Leere.«

»Hat die Polizei eine Theorie, wie die Bankräuber die Beute wegschaffen konnten?«, fragte Ken.

Ponte neigte resigniert den Kopf. »Wenn die Beute tatsächlich mit der Ambulanz in die Villa gelangte, was nicht erwiesen ist, dann, ja, dann läge es auf der Hand …«

»Was?«

Ponte ließ sich Zeit mit der Antwort. »Nun, die Villa verfügt über ein Bootshaus. Aber das große Rivera Boot, das Propokiew dort vertäut, war weg. Somit haben sie die Beute vermutlich auf dem Wasserweg fortgeschafft. Ziemlich klare Sache.«

»Es muss passiert sein, nachdem wir mit Madisch die Villa verlassen haben.«

»Wir konnten den Durchsuchungsbefehl nicht früher bekommen, leider«, murmelte Ponte.

»Gibt es sonst noch Informationen?«, löste Ken die beklemmende Stimmung.

»Nichts, was uns weiterhelfen könnte«, sagte Ponte. »Es gab unten im Mendrisiotto eine Schießerei. Man fand in der Nähe des Grenzübergangs von Arzo vier Leichen. Die Toten waren diesmal Vermummte. Eindeutig Terroristen. Erschossen. Mehrere Kopfschüsse. Niemand will etwas gesehen haben. Einem der Hingerichteten hing ein Pappkarton am Hals: *Die Eidgenossen*, war mit dickem Filzstift darauf geschmiert. Wir vermuten Bürgerwehren.«

»Es ist an der Zeit, dass die Bürger das Heft selber in die Hand nehmen. In der Bevölkerung herrscht Zorn und Verunsicherung«, sagte Michael.

»Unsinn«, erwiderte Ponte scharf. »Das ist dumme Selbstjustiz. *Die Eidgenossen* zeigen sich in Tarnanzügen, tragen ihre Waffen zur Schau und spielen sich als private Sicherheitstruppe auf. Der Bauer Franz Maurer ist einer von ihnen, vermutlich ihr Anführer.«

»Ich finde es gut«, beharrte Michael. »Ich meine, den Widerstand aus der Bevölkerung. Schließlich haben die meisten Schweizer das Armeesturmgewehr mit Munition zu Hause, unter dem Bett oder weiß ich wo. Also, warum es nicht hervorholen?«

»Was haben Sie jetzt vor?«, fragte Ponte. »Die Zeit läuft uns davon.«

Ken nickte, stand auf. »Bevor der Heli landet, sollten wir versuchen, ein paar Schlussfolgerungen aus dem Attentat auf uns von gestern Nacht zu ziehen.«

Die große Digitaluhr an der Wand neben dem Eingang schaltete auf 15:05.

Ein Soldat betrat den Raum. »Entschuldigen Sie bitte die Störung. Ich habe da die Zeitungen, die sie gewünscht hatten«, sagte er zu niemand Bestimmtem und legte die Boulevardblätter auf den Tisch. »Ausgaben von gestern und heute.«

»Danke«, sagte Cooper aufstehend, nahm die Zeitungen an sich und begann in der neuesten Ausgabe zu blättern.

»Da steht's im BLICK von heute«, sagte er nach einer Weile, »großer Titel.« Er las vor: »SCHWEIZER WAFFEN FÜR HIZBOLLAH? GEHEN DIE WAFFEN AN DEN »ISLAMISCHEN STAAT«? von Sacha Bloch. Während sich die Polizei zu den neuesten Mordanschlägen im Tessin bedeckt hält und sich Angst unter der Bevölkerung breitmacht, liegen BLICK Informationen vor, dass es sich bei den Aktivitäten in der Südschweiz um feindliche Sonderkommandos handelt, die sich offenbar in der geschützten Schweiz festsetzen, um Anschläge in Europa zu planen. Warum die Südschweiz? Schauen wir auf die Landkarte. Das Mendrisiotto ist das ideale Einfallsgebiet mit unbewachten Grenzen zu Norditalien. Da die Schweiz auch nicht Mitglied der NATO ist, ist nicht mit militärischen Interventionen des Bündnisses zu rechnen. Wo bleibt unser Militär? Der Chef der Armee verlautete auf Anfrage, dass ein wirksamer Einsatz von Truppen zur Grenzsicherung zurzeit geprüft werde. Die Armeeleitung wies gleichzeitig darauf hin, dass die benötigten dreitausend Soldaten noch nicht zur Verfügung stehen ...« Cooper legte die Zeitung weg. »Und so weiter, dann spekuliert Bloch über Waffenlieferungen an Hamas und andere Terrorgruppen.«

»Harry Steiner hat als Operationschef von Loréans S&C die Waffenlieferungen organisiert und überwacht. Er konnte easy eine krumme Tour machen, wenn du mich fragst«, meinte Michael. »Würde mich nicht wundern, wenn er die Waffen auf Umwegen an Terrormilizen lieferte ...«

Die Bemerkung blieb im Raum stehen. Das Team wandte sich den dringenden Problemen zu.

***

U.S. Luftwaffenstützpunkt Ramstein, Samstagnachmittag
Die zivile Boeing 737-700 der El Al war auf dem U.S. Luftwaffenstützpunkt Ramstein gelandet, wo die israelische Delegation in zwei Transporthelikopter der Heeresfliegertruppen der Bundeswehr umstieg.

General Uri Lewi musterte mit Kennerblick die dunkelgrünen, mittelschweren NH90, als er auf die offene Kabinentür zuging, wo er den Gruß der strammstehenden Besatzung, bestehend aus Pilot und Co-Pilot, erwiderte.

»Beide Maschinen sind *zero-hours* gewartet«, erklärte der Heeresflieger Hauptmann, der Mühe hatte, mit dem General Schritt zu halten. »ETA in Stuttgart-Vaihingen zirka 15 Uhr.«

General Lewi nickte zufrieden. Bei schlechtem Wetter hätten sie auf der A8 und B10 über Karlsruhe und Pforzheim mehr als zwei Stunden benötigt, um auf der USEUCOM Basis einzutreffen.

»Wir haben Glück, optimale Sicht«, sagte der Hauptmann, das Kinn zum Himmel rückend. »Wie war das Wetter in Israel? Hatten Sie einen guten Flug?«

Der General grinste. »Das Wetter? Schön und heiß. Wissen Sie, Captain, das meteorologische Klima ist wohl das einzige, was uns derzeit keine Sorgen macht.« Er blieb an der Kabinentür stehen und sah, wie sich ungefähr die Hälfte seiner Offiziere auf die zweite Maschine verteilte, dann stieg er ein, schnallte sich an, zog aus der Aktentasche einen Laptop, klappte ihn auf und klickte auf ein Dokument, das die Tagesprogramme enthielt.

Neben ihm schnallte sich ein Major der Luftabwehr an, spähte hinüber auf den Bildschirm.

»General Bradley erwartet uns um 16 Uhr zur Eingangsbesprechung. Genügend Zeit, um Quartier zu beziehen.«

»Hoffentlich nicht in der alten Wehrmachtkaserne«, murrte der General.

Der Adjutant schüttelte grinsend den Kopf. »Negativ, General. Wir werden den neuen Gästetrakt beziehen.«

»Abendessen?«, fragte Lewi.

»Auswärts. Angeblich ein feiner Schuppen. Geplanter Abmarsch zum Restaurant ist um 21 Uhr. Im HQ haben sie eine kleine Bar mit anständigen Drinks, da sind die Amis ja nicht zu übertreffen.«

»Gut, ich habe schon befürchtet, wir müssten mit ihrem Kommissfraß in der Messe Vorlieb nehmen.«

Des Adjutanten Lachen ging im anschwellenden Lärm des Rotors unter. Der General lehnte sich zurück, überlegte seinen Speech vor den amerikanischen Partnern. Der IDF hatte letztmals vor zwei Jahren das *Juniper Stallion 13* Manöver durchgeführt, dann ein Jahr später die Ergebnisse ausgewertet. Die gemeinsamen Luftkampfübungen in Israel mit F-15 und F-16 hatten Lücken in der Bewaffnung und Koordination aufgedeckt, die es auszumerzen galt. General Lewi wünschte auch eine verbesserte Unterstützung mit modernen Mitteln für die Luftabwehr – und sein ceterum censeo lautete: fünfzig neue Kampfjets.

Nach dem katastrophalen Atomwaffendeal der Obama-Administration mit den iranischen Mullahs fühlte sich nicht nur General Lewi von den Amerikanern im Stich gelassen. Die ganze Nation Israel als wichtigster Verbündeter der USA kam sich verschaukelt vor.

Der U.S. Präsident hätte die Israelis mit der Lieferung der neuesten Kampfbomber nicht nur besänftigen können, sondern hätte ihnen ein effizientes Mittel in die Hand gegeben, um notfalls selbständig im Iran zu intervenieren, falls dort entgegen allen gegenteiligen Versprechen und Schalmeienklängen der Mullahs nukleare Abschussrampen entstehen sollten …

General Lewi schloss die Augen, hämmerte sich wirkungsvolle Sätze ein, mit denen er seine Rede würzen wollte. Erst als der Pilot die Annäherung auf USEUCOM meldete, richtete sich General Lewi auf, spähte nach vorne, sah die Umrisse einer großen Stadt näherkommen. Stuttgart.

»Wir müssen nochmals unsere Verhandlungsstrategie besprechen, Major. Wir versammeln uns sogleich nach der Ankunft in unserem Meeting Room.«

Der Major streckte bestätigend den Daumen der rechten Hand in die Höhe, während der NH90 Helikopter seinen Sinkflug fortsetzte.

***

Lugano, Ospedale Civico, Samstag, 15:45 Uhr

»Was die Lage betrifft«, sagte Ponte, »haben wir einen taktischen Vorteil. Die Polizei hat mit Gerichtsmedizinern und Sprengstoffexperten das Appartement gründlich untersucht. Es ist total zerstört. Die Wohnungen darüber und darunter ebenfalls. Zum Glück scheint es keine Kollateralverluste gegeben zu haben. Die Behörde hat Steiners Namen bis jetzt nicht bekanntgegeben. Möglicherweise ist er noch nicht identifiziert. Doktor Madisch glaubt vermutlich, dass es uns auch erwischt hat, in tausend Fetzen zerrissen. Wenn er denkt, dass er von uns nichts mehr zu befürchten hat, wird er seine Mission fortsetzen.«

»Und er könnte seine Wachsamkeit vernachlässigen«, ergänzte Cooper.

»Genau.«

»Das gibt uns die Chance, die wir dringend brauchen«, sagte Michael.

Ken erhob sich unvermittelt. Eine jähe Anspannung kerbte tiefe Linien in seine Mundwinkel.

»Was ist?«, fragten Michael und Ponte wie aus einem Mund.

»Wir müssen zu einem bestimmten Ort aufbrechen, jetzt gleich.«

»Wohin?«, fragte Ponte.

»Doktor Madischs Büro im Ospedale Civico.«

»Warum?«

»Weil mir gerade in den Sinn gekommen ist, das ich etwas in seinem Büro gesehen habe, was die Decke von der mysteriösen Geschichte lüften könnte.«

Ponte schaute verblüfft hinüber. »Sie sind in seinem Büro gewesen?«

»Nein, bin ich nicht. Aber Dottoressa Sigona hat mir in der Nacht, als Peter LaSalle ermordet wurde, in ihrer Wohnung das Smartphone von LaSalle in die Hand gedrückt. Routinemäßig habe ich es gecheckt und dabei seine letzten Aufnahmen gesehen. Fotos von einem Arbeitsplatz. Los, wir dürfen keine Zeit verlieren.«

Die Frage, wie er gedenke, dort hinzukommen, lag groß auf Jessica Pontes Gesicht geschrieben. Mike räusperte sich. Aber das rasch näher kommende Knattern von Helikopterrotoren erübrigte eine Diskussion über wie und wann. Ken deutete mit vorgerücktem Kinn zur Digitaluhr. »Wir haben noch Zeit. Der Heli kann auf dem Dach der Klinik landen.« Er stand schon an der Tür. »Packt eure Sachen. Ich bin sicher, LaSalle hat Madischs Arbeitstisch fotografiert.«

Ponte verharrte mit starrer Miene im Sessel.

***

Der Flug des Eurocopters von Loréans S&C dauerte nur wenige Minuten. Das *Ospedale Civico* lag an der Via Tesserete im Nordwesten der Stadt in erhöhter Lage. Von weitem konnte Captain Hammer die für den Flugverkehr bestimmten roten Warnlichter erkennen. Abgesehen von der Rettungsflugwacht, die regelmäßig Patienten einflog, führte eine Anflugschneise nahe am Ospedale vorbei zum Aeroporto di Lugano in Agno.

Ponte hatte die Notaufnahme des Spitals telefonisch informiert. Als der Pilot die Maschine in die Kurve legte, um die Landung vorzubereiten, flammten Scheinwerfer auf, das flache Dach über den gut zwanzig Stockwerken mit grellem Licht flutend. Zwei Männer in roten Overalls standen mit Signalkellen bereit. Als Captain Hammer aufsetzte, schoben zwei Pfleger im Laufschritt eine Rollbahre heran. Im Luftwirbel der Rotoren flatterten ihre dunkelroten Polo-Shirts. Aus der Tür des niedrigen Aufbaus trat ein Mann in weißem Visitenmantel über schwarzen Hosen und hellem Hemd, hielt eine Hand schützend vor die Augen.

Jessica Ponte stieg als erste aus, rannte geduckt zu ihm, zeigte ihm ihren Polizeiausweis, machte ein paar erklärende Gesten, dann winkte sie Ken und Michael heran, die den Arzt, der sich als Porcellini vorstellte, begrüßten. Während die Rotoren ausliefen und die Pfleger entspannt neben der Bahre stehenblieben, hatte Porcellini mit den Besuchern bereits den Aufzug erreicht. Ein stämmiger Bursche in schwarzem Anzug, weißem Hemd ohne Krawatte lehnte sich gegenüber dem Lift an die Wand und drückte Gummi kauend den Mikrofonknopf fester ins Ohr.

»Unser Sicherheitschef«, erklärte Porcellini kurz angebunden. »Ein üble Sache. Katastrophal für meine Klinik. Wer hätte das gedacht?«, sagte er kopfschüttelnd, den Aufzug betretend. »Doktor Madisch war in unserem Haus sehr beliebt.«

Der Lift kam auf der fünften Etage zum Stehen. »Madisch ist noch nicht verurteilt«, mahnte Ponte professionell. »Die Ermittlungen laufen. Deshalb habe ich heute zwei Kollegen mitgebracht.« Sie trat in den Flur hinaus. »Hier lang«, rief sie über die Schulter.

Rotweiße Tatortbänder waren kreuzweise über die Tür des Ärztezimmers gespannt. Auf einem Aluminiumschild las Ken Dr. med Birgin Madisch, Spezialarzt für Chirurgie FMH. Ponte löste eines der Bänder. Der Sicherheitschef öffnete mit seinem Passepartout die Tür. »Niemand hat den Raum betreten, seit die Polizei abgesperrt hat«, informierte er.

»Madisch wird ihn auch nicht mehr betreten«, flachste Michael, als Ponte die Tür weit aufstieß. Bevor sie eintrat, wandte sie sich zum Arzt. »Danke, dass Sie uns so rasch empfangen haben, Dr. Porcellini. Bitte warten Sie draußen, Sie verstehen doch?«

»Passt gut«, erwiderte der Arzt. »Habe sowieso noch zu tun. Wir transplantieren eine Niere. Wünsche viel Erfolg.« Er drehte sich auf den Absätzen um. Der Sicherheitschef nahm im Flur vor der Tür Aufstellung. Ken Cooper stand bereits am Arbeitstisch von Madisch, hatte einen rechteckigen, gerahmten Fotoständer von der weißen Tischplatte genommen. Er schaute lange darauf, dann hielt er ihn Michael und Jessica vors Gesicht. »Das ist es, was an mir nagte. Darum geht es mir.«

Ponte rückte den Kopf vor. »Was ist damit?«

Ken fuhr mit dem Finger über die Reihe von Männern. »Erkennen Sie jemanden?«

Ponte zeigte auf einen jünger wirkenden Madisch, der in einem dunkelblauen Sakko und beigen Hosen neben drei Männern unterschiedlicher Statur stand. »Der rechts neben Madisch ist Harry Steiner, der andere, der Stämmige mit der grauen Mähne …«

»Propokiew«, wusste Michael. »Der Russe, der an Loréans S&C beteiligt sein soll.«

Ponte nahm den Rahmen in die Hand, schürzte die Lippen. »Na und? Das wissen wir doch. Die Connection Madisch, Steiner … nichts Neues.«

Michael trat nervös von einem Fuß auf den andern. »Immerhin haben wir die Bestätigung, dass die drei sich kennen …«

Ken ignorierte die Bemerkung. »Erkennen Sie den vierten in der Reihe?«, fragte er Jessica.

Ponte nahm sich das Bild vor. Sie schaute einen nach dem andern genau an. Ihr Blick blieb auf dem vierten Mann haften. Er war groß, hatte ein fein geschnittenes Gesicht, trug weißen Kittel, die Takke, eine weiße Gebetsmütze, und einen dunkelbraunen Schal am Hals. »Der kommt mir bekannt vor.«

Ken hatte sein Telefon hervorgeklaubt und brachte ein Bild auf das Display. »Ich schoss dieses Foto von einem Computerschirm.«

Als Ponte auf das Bild auf dem Display starrte, dann wieder auf den Fotorahmen, schnappte sie nach Luft. »Verdammt und zugenäht. Das ist er!«

»Romano Francho, der Imam des Islamischen Zentralvereins in Biel«, ergänzte Ken grimmig. »Aber es geht mir noch um etwas anderes.« Er nahm Ponte das Bild aus der Hand. »Schaut genau hin. Wo ist die Aufnahme gemacht worden? Das ist die entscheidende Frage.«

Jessica und Michael steckten die Köpfe zusammen. »Da im Hintergrund, das ist der Lago Maggiore«, wusste Jessica.

»Es hat eine Terrasse, einen Pool, Gläser auf einem Servierboy«, kommentierte Michael. »Vermutlich eine Villa über der Stadt.«

»Sehr scharfsinnig«, kommentierte Ken mit in Öl getauchter Ironie. Er schüttelte den Kopf, legte den Zeigfinger auf einen Punkt auf dem Bild. »Das ist das Entscheidende, hier. Seht genau hin. Die Kabel.«

Michael blinzelte. Er bemerkte drei dicke Kabel, die deutlich im Vordergrund die Fläche des Sees durchschnitten. »Eine Seilbahn«, platzte er heraus. »Da, die beiden starren Führungskabel, und das dritte, das ist das Zugseil. Ist es das, was du meinst, Ken?«

Ken nickte. »Wenn du flüchtig hinschaust, siehst du nur die Männer. Willst nur sie sehen. Niemand kümmert sich um den Hintergrund. Also, Jessica, wo hat es in der Nähe von Locarno eine Seilbahn?«

Ponte hielt das gerahmte Bild wieder vor ihre Augen. »Es gibt einige davon. Die Villa ist schwierig zu identifizieren.« Mit einem Achselzucken gab sie Ken das Bild zurück.

Michael schaute ihm über die Schulter. »Es hat am rechten Bildrand so etwas wie einen Schatten. Eine Mauer? Wir bräuchten eine Lupe …«

Ken drehte den Rahmen um und löste auf der Rückseite die Klammern, dann zog er die Fotografie heraus, hielt sie unter das Licht der Tischlampe. »Es ist eine Mauer. Schau, der Rahmen hat einen Teil davon verdeckt. Und die Kabel verschwinden, das heißt, sie gehen nicht vor der Mauer durch, sonst würde ich sie noch erkennen. Schau bitte genau hin, Mike.«

Michael studierte das Foto, drehte es, betrachtete es aus verschiedenen Distanzen. »Was wir als Mauer vermuten, Ken, könnte die Kante des Gebäudes der Bergstation sein. Die Kabel scheinen dort hineinzulaufen. Schauen Sie, Jessica.«

Ponte warf nur einen flüchtigen Blick auf das Bild.

»Das würde heißen, die Seilbahn endet neben der Villa, wo die Männer stehen«, folgerte Michael.

»Richtig.«

»Villa mit eigener Luftseilbahn.«

Ponte setzte sich lässig auf die Tischkante, bewegte ihre Stiefelspitzen auf und ab. »Es hat eine solche Anlage. *Villa con funicolare.*« Sie klopfte ihre Uniformtaschen nach einer Straßenkarte ab. »Ich zeige euch, wo sie liegt.«

Doch Michael hatte sich bereits vor den Bildschirm gesetzt, tippte auf der Tastatur herum. »Es klappt«, murmelte er, als das GPS-Programm farbenprächtig und rasant Locarno heranzoomte. Ken stand angespannt hinter ihm. Ponte tippte mit dem Finger auf den Screen. »Da, oben rechts.«

Michael vergrößerte den Standort, Ponte korrigierte, bis es alle sahen: Die Seilbahnstation, daneben angegliedert eine weiße Villa, schwarze Nebengebäude, ein blauer Pool, Bäume, rote Dächer. »Das ist sie. Villa Capone. Kein Zweifel«, nickte Ponte bestimmt.

»Die Villa steht allein auf dem Berg. Man sieht keine Straße«, sagte Ken.

»Die Seilbahn ist strikt privat«, erklärte Jessica. »Die Strecke hinauf zur Bergstation gehört ausschließlich zur Villa. Kein Zutritt für Unbefugte.«

»Es gibt nichts, was es nicht gibt«, brummte Michael. »Weiß man, wem sie gehört? Al Capone …? Ich könnte wetten, dass sich Muller dort oben mit der Geisel verschanzt …«

Ken hatte genug gesehen. »Mach einen Screenshot, Mike, dann ziehen wir Leine. Wie viel Uhr haben wir?«

»Halb vier«, sagte Jessica, die bereits an der Tür stand und die Faust auf die Klinke legte.

Ken steckte das aus dem Rahmen entfernte Bild in die Innentasche seines Jacketts. Michael zog das Blatt mit dem Ausdruck der Villa aus dem Drucker, reichte es Ken.

»Komm, Mike«, drängte Ken. »Die Vorstellungen auf der Piazza Grande beginnen um 20 Uhr. Ich rechne, so gegen fünf Uhr sollten wir im Hotel Florence sein. Alles weitere besprechen wir im Heli.«

Vor den Aufzügen reckte Cooper nervös sein Kinn. »Wo bleibt Mike?«

Michael stand noch unter der Tür des Ärztezimmers, das Mobiltelefon am Ohr. Er machte Ken ein paar ungeduldige Gesten mit der freien Hand. »Ich komme schon«, signalisierten seine Lippen.

Der Sicherheitschef begleitete sie, bis sie oben auf dem Dach standen, und kehrte ihnen erst den Rücken zu, als sie eingestiegen waren.

»Wegen der Seilbahn, Mike«, sagte Jessica in der lärmgedämpften Kabine. »Die Zivilschutzorganisation der Stadt Locarno kann helfen, wenn wir zur Villa hoch wollen. Der *Servizio Salvataggio*, Schutz und Rettung, hat im Notfall Zugang zu Betriebszentrale und Maschinenraum und kann die Seilbahn laufen lassen. Wir können auch den *Reparto Interventi Speciali* alarmieren. Unsere Sondereinheit kann uns aus der Luft abseilen. Ich glaube nicht, dass ein Heli oben landen kann. Auf den Satellitenbildern habe ich jedenfalls keinen Landeplatz gesehen.«

***

Der Eurocopter hatte kaum vom Dach des Ospedale abgehoben, als Coopers Mobiltelefon zirpte. FLORENCE, zeigte die gespeicherte Nummer an. Sie kam gleich zur Sache.

»Was ich Ihnen noch sagen wollte, Mister Cooper. Als ich mit Amanda nochmals die kopierten Daten auf ihrer Festplatte durchforschte, stieß ich auf Folgendes. Hören Sie mir zu?«

»Selbstverständlich.«

»Schön. Sie erinnern sich, Steiner hat die brisanten Source-Codes mitsamt den Algorithmen gestohlen.«

»Ja, schlimme Sache.«

»Es kommt noch schlimmer, Ken. Steiner hat auch alle Konstruktionspläne und Quellcodes für den Mini-Nuke-Roboter mitgenommen.«

Cooper verspürte einen Stich im Herzen. »Habe ich richtig gehört, Nukes? Nukleare Sprengsätze im Micro-Format?«

»Ja, Sie haben richtig verstanden, Ken. Mein Mann hatte das

Projekt zusammen mit Ingenieuren der U.S. Army entwickelt. Es ging um Gefechtsfeld-Nukes. Die Amerikaner hatten tragbare Kleinst-A-Waffen ja schon vor über zwanzig Jahren einsatzbereit. *Davy Crockett* hieß damals die im Rucksack transportierbare A-Waffe.«

»Davy Crockett, der Held von Alamo«, murmelte Cooper.

»Was haben Sie gesagt? Die Entwicklung in meiner Firma war keine Heldentat.«

Cooper schluckte. »Der Einsatz von Kleinst-A-Waffen durch automatisierte Roboter ist natürlich ein riesiger Sprung nach vorne. Robotik und Automation werden in allen Bereichen eine massive Auswirkung in unserem Jahrhundert haben.«

»Genau, das hat Louis mir auch gesagt. Er hat das Projekt dann aber begraben.«

»Warum?«

»Ich war dagegen. Man muss die Entwicklung von Killer-Robotern verbieten.«

»Ja, ich sehe das auch so«, pflichtete Cooper höflich bei, obwohl er es anders sah.

Das größte Missverständnis, das bei Diskussionen über Killer-Roboter aufkommt, liegt im Glauben, dass die Entwicklung nur im Rahmen von militärischen Kontrakten möglich ist. Doch anders als zum Beispiel beim Tarnkappenbomber werden autonome Waffen durch Konsumententechnologie befähigt, wie sie etwa Google oder Amazon oder Drohnenhersteller verwenden. Wir denken an Robotertechnologie für Drohnen, mit denen auf Rebellen geschossen wird und übersehen dabei die gewaltige kommerzielle Verbreitung der zugrunde liegenden Technologien in der ganzen Welt. Experten sind sich einig, dass Terrororganisationen oder Schurkenstaaten Killer-Roboter herstellen können, sobald die Grundlagen dieser Technologie dank der kommerziellen Verwendung günstig und zugänglich werden.

»Es dürfte allerdings schwierig sein, ein Verbot durchzusetzen«, wandte Cooper ein. »Und ein Rüstungswettlauf zwischen den Großmächten wird unvermeidlich sein, wenn sie mit der Entwicklung dieser Art Waffen weitermachen.«

Eine Weile hörte Cooper nichts, dann hüstelte Florence. »Es gab noch einen anderen Grund, weshalb Louis die Entwicklung einstellen wollte. Die Amerikaner machten inakzeptable Auflagen. Sie wollten die elektronische Kontrolle über die Firma, um jederzeit festzustellen, mit wem wir über irgendetwas verhandelten. Zudem mussten wir einen ständigen U.S. Inspektor in der Firma dulden, der seine Nase in alles hineinstecken durfte. Damit wollten die Amis sicherstellen, dass der Nuke-Roboter für alle Zeiten exklusiv eine U.S. Waffe bleibt.«

Offenbar arbeiteten die Amerikaner weiter an der Entwicklung von Killer-Robotern, obschon das U.S. Verteidigungsdepartement eine gegenteilige Direktive erlassen hatte. Das Militär schien sich offenbar nicht darum zu scheren. Es begeisterte sich seit jeher für Automatisierung von Waffensystemen, weil es damit Geld und Leben sparen konnte.

»Aber wie Sie mir eben sagten, sind Pläne und Source-Codes für die Mini-Nukes in der Firma geblieben.«

»Natürlich. Zum guten Glück. Die Entwicklung war praktisch zur Produktion gereift, als Louis den Stopp verfügte. Er gab Daten und Pläne den Vertretern der U.S. Army heraus. Sie konnten ihn allerdings nicht daran hindern, von allem eine Kopie anzufertigen und aufzubewahren.«

Cooper überlegte, ob er Florence über Steiners Tod informieren sollte. Besser nicht, entschied er.

»Cooper?«, hörte er ihre gereizte Stimme. »Haben Sie begriffen? Ich habe die geheimen Daten sichergestellt. Ich hüte sie wie meinen Augapfel.«

Cooper erschrak. »Moment. Habe ich Sie richtig verstanden? Sie haben die Daten bei sich? Ist das nicht etwas riskant?«

Sie lachte. »Ihnen ist wohl entgangen, dass dies mein Problem ist.«

»Okay, schon klar.«

»Die Daten sind bei mir sicher aufbewahrt. Ich zeige Ihnen alles, wenn wir uns sehen.«

»Aber es wäre eine Katastrophe, Madame, wenn die sensiblen Daten in falsche Hände gerieten.«

Obwohl Cooper die Sache nicht halb so schlimm sah, äußerte er sich nicht weiter darüber. Wenn die U.S. Army die Source-Codes kontrollierte, konnte sie diese auch verändern und verhindern, dass die Waffe funktionierte, sollte sie in falsche Hände geraten. Die

USA kontrollierte ohnehin schon das GPS-System, etwa die Software in den F/A-18 Kampfjets und die dafür geeigneten Amraam-Lenkwaffen. Damit konnten sie jederzeit erwirken, dass Flugzeuge und Lenkwaffen in die Irre geleitet wurden. Es sei denn, Loréans programmierte die Codes selber neu … Oder, was wiederum katastrophal wäre, Muller könnte mit den gestohlenen Unterlagen eine Neuprogrammierung vornehmen lassen …

Er räusperte sich. »Haben Sie eine Ahnung, mit wem Steiner Kontakte gepflegt hat?«

Einen Moment blieb die Leitung stumm. Ken hörte einen Seufzer. »Steiner ist weltweit verbandelt. Hauptsächlich mit unseren Kunden. Er reist deswegen auch sehr viel. Theoretisch kann er mit irgendwelchen Schurken Geschäfte angerissen haben. Stellen Sie sich nur vor … Wie viel, glauben Sie, ist ein Schurkenstaat oder eine Terrororganisation bereit zu zahlen? Auf dem Schwarzmarkt des Schreckens? Der autonome, mit künstlicher Intelligenz gesteuerte Roboter von Loréans ist eine Weltneuheit, und das Modell mit der Mini-A-Bombe eine Sensation. Weiß Gott, wie viel da bezahlt würde? Milliarden …«

Coopers Stimme nahm einen scharfen Klang an. »Madam, ich denke, Sie müssen diese Informationen strikt für sich behalten. Das gilt auch für Angestellte der Firma, die davon wissen können.«

»Gut, Mister Cooper, und ich denke, Sie sollten dieser Bande endlich das Handwerk legen.«

Cooper schmunzelte, bevor er sprach. »Ihnen ist wohl entgangen, dass dies mein Problem ist. Übrigens, die Killer-Roboter waren doch der wahre Grund, dass Sie mich in Zürich aufgesucht haben? Oder irre ich mich?«

Die Stille, die folgte, interpretierte er als Zustimmung. Als er sich verabschieden wollte, war die Verbindung bereits abgebrochen.

Ponte und Michael sahen ihn fragend an. Cooper steckte das Handy in die Jackentasche. Dann nahm er aus der Armeepackung ein Kampfmesser, prüfte es kritisch, machte es über dem Knöchel mit dem Klettverschluss fest. »Langsam nimmt das Puzzle Formen an«, sagte er. »Es ist kaum zu glauben, Leute … Florence de Pourtales trägt die brisanten Entwicklungsdaten des Killer-Roboters mit sich herum.« Er schüttelte ungläubig den Kopf.

Ponte machte große Augen. »Hat sie das wirklich gesagt? Die ist wohl nicht mehr ganz bei Trost. Sie trägt das Zeug mit sich herum? Lässt es womöglich im Hotel herumliegen? Mein Gott ... das ist ... Sprengstoff.« Cooper ging voraus. Ponte sah nervös zur Seite, zog ihr Mobiltelefon aus der Jackentasche. Mit vorgerückter Schulter sich abwendend tippte sie flink einen Text. »Ich orientiere das Kommando«, sagte sie leise.

Ken schenkte ihrem Gemurmel keine Beachtung. »Ich denke, wir müssen uns aufteilen«, entschied er. Während die Maschine bereits im Tiefflug den Ceneri in Richtung Locarno überflog, erklärte er seinen Plan.

***

Locarno, Samstag, kurz vor 17.00 Uhr
Als Florence das Gespräch mit Cooper beendet hatte, schaute sie gedankenvoll auf ihre Notizen. Der gelbe Schreibblock mit den dünnen roten Linien enthielt nur gerade eine kurze Zeile in Handschrift: *Dr. Madisch, Tel. 076 045 345.* Florence hatte das fiese Verhalten von Steiner keine Ruhe gelassen. Am Firmensitz hatte sie deshalb nochmals Steiners Büro durchstöbert. Dabei war sie in seinen Kontakten, die der Engel Amanda vom Computer ihres Chefs kopiert hatte, auf die Adresse von Dr. med. Birgin Madisch, Ospedale Civico, Lugano gestoßen.

»Ein Arzt«, murmelte sie. »Bestimmt Steiners Arzt.« Wenn es darum ging, den Mistkerl ausfindig zu machen, konnte ihr sein Arzt eventuell Anhaltspunkte geben, überlegte sie. Ärzte wissen einiges über ihre Patienten, kennen nicht nur die Krankengeschichte. Florence' Mutter war Ärztin gewesen mit eigener Praxis und hat ihr oft erzählt, wie sie allerlei Geschichten anhören musste. »Weißt du, Florence«, sagte sie eines Tages, »wir Ärzte sind auch Seelenklempner. Wir hören geduldig zu. Meistens hat eine Krankheit psychische Ursachen, deshalb lasse ich meine Patienten reden und reden ...«

Florence hatte die Telefonnummer für alle Fälle notiert. Dann hatte sie sich im Ospedale Civico unter einem Vorwand nach Dr. Madisch erkundigt. »Ja, er arbeitet hier, in der Chirurgie«, sagte die freundliche Stimme am Telefon. »Er ist gerade am Operieren, können wir ihm etwas bestellen?«

Nach der Unterhaltung mit Cooper packte Florence plötzlich die Gewissheit, dass sie Madisch anrufen musste. Die Möglichkeit, dass er über nützliche Informationen über den Verbleib von Steiner verfügte, hielt sie für gering, aber sie durfte die Chance nicht auslassen, dass er ihr helfen konnte. Ein Arzt am Ospedale Civico war schließlich eine Vertrauensperson, die Verständnis für ihr Anliegen haben müsste. Trotzdem hätte sie ihn kaum belästigt, wäre da nicht dieser verpasste Anruf auf ihrem Telefon gewesen. Sie rief die unbekannte Nummer impulsiv zurück, weil sie hoffte, es könnte ein Interessent für ihre Bilder sein. Das Rufzeichen erklang endlos monoton. Sie wollte schon abbrechen, da hörte sie: »Hallo?«

»Hier Florence de Pourtales. Mit wem spreche ich?«

Seine Stimme klang hellwach. »Doktor Madisch. Wo haben Sie diese Nummer her?«

»Das fragen Sie? Sie haben mich eben angerufen! Zudem habe ich Ihre Handynummer von Harry Steiner erhalten, Doktor. Habe mir gerade überlegt, ob ich Sie anrufen sollte, da sah ich … Wenn das nicht Gedankenübertragung ist! Sie wissen, Doktor, Harry arbeitet in unserer Firma, Loréans …«

»Ich weiß. Deshalb wollte ich Sie ja auch sprechen«, klang er etwas verlegen.

Florence räusperte sich. »Nun, es ist mir ein wenig peinlich. Sie sind doch sein Arzt, oder nicht?«

»Mmm.«

»Also, Harry ist … wir … eh … wissen nicht, wo er sich befindet. Er nimmt das Telefon nicht ab. Ruft nicht zurück. Das passt überhaupt nicht zu ihm. Schon seit einiger Zeit. Ich dachte, vielleicht ist ihm etwas passiert, und als sein Arzt haben Sie vielleicht …«

Madisch unterbrach eine Tonlage freundlicher. »Sie machen mir einen besorgten Eindruck, Signora. Geht es um etwas Dringendes?«

Florence holte tief Luft, bevor sie antwortete: »Kann man wohl sagen. Es geht um Interna in der Firma. Wir haben gewisse Unterlagen gefunden, die sehr brisant sind, und wenn Harry etwas geschehen ist … Sie verstehen? Was wollten Sie mir denn sagen?«

Madisch wusste genau, was er wollte, denn seine Antwort kam wie aus der Pistole geschossen. »Wir müssen uns treffen, Signora.

Jetzt, wo Sie Andeutungen machen, erinnere ich mich an etwas, das mir Harry anvertraut hat. Nichts Medizinisches, das könnte ich nicht verraten, aber …«

»Ich verstehe. Wir könnten uns in Locarno treffen. Ich bin frei bis sechs Uhr. Geht das?«

»Bin zufällig auch in der Stadt. Kommen Sie doch in das Hotel, das Ihren Namen trägt. Scheint mir angebracht.«

Sie hörte ein kurzes Lachen. »Um fünf? In zwanzig Minuten?«

»Um fünf bin ich dort. Noch etwas, Signora.«

»Ja?«

»Dass wir uns treffen, sollte unter uns bleiben. Es ist wegen Harry, meinem Patienten. Sie verstehen doch?«

»Natürlich. Ein Geheimtreffen.« Sie kicherte wie ein Teenager vor dem ersten Date. »Also, bis später.«

***

Locarno, Hotel Florence, Samstag, 17:15 Uhr

Es war ein altes, stattliches Tessiner Patrizierhaus, ursprünglich eine Posthalterei, wo nachts die Pferde zur Ruhe kamen. Die Stallungen waren längst einem grauen Anbau gewichen, wo kürzlich eine schicke Modeboutique direkt an der Piazza aufgegangen war. Die alte Post hatte drei Stockwerke und ein mit alten, braunen Ziegeln bedecktes Mansarddach. Die vordere, der Piazza zugekehrte Fassade war blassgelb verputzt wie auch die westliche Seite, die sich über einem kleinen Garten erhob. Alle drei Stockwerke hatten auf beiden Seiten drei gleichmäßig ausgerichtete Fenster mit hellgrünen Läden. Die Gebäudeecken säumten helle Sandsteinplatten. Das Erdgeschoss war gegen die Piazza mit einem geschmiedeten, schwarz lackierten Gusseisenzaun abgegrenzt. Am Ende der kunstvoll gefertigten Gitterstäbe ragten scharfe pfeilförmige Spitzen empor, als wäre das Hotel eine wehrhafte Bastion. An der ehemaligen Eingangstür klebte ein Schild: GESCHLOSSEN. Im Dachgeschoss waren ebenfalls drei Fenster mit grünen Läden eingelassen. Die Zinne auf dem Dach war von der Piazza aus nicht zu sehen. Sie nahm gut die Hälfte des Daches ein und war mit einem Gerüst für einen Sommergarten ausgestattet. Vor den drei Fenstern im dritten Stock auf der Piazza-Seite zog sich ein langer Balkon durch, der mit einem fein geschmiedeten, wie Girlanden wirkenden Geländer gesichert war.

In früheren Zeiten standen den Reisenden in den oberen Etagen Zimmer zur Verfügung. Sie konnten dort die Nacht verbringen, bevor sie am nächsten Tag mit der Gotthard-Postkutsche weiterreisten. Im Erdgeschoss waren damals die Posthalterei, der Gepäckraum, eine kleine Bar und der Speiseraum eingerichtet.

Von Pferdebetrieb und Poststelle war natürlich nichts mehr zu sehen. Höchstens ein altes, als Posthorn geformtes Namensschild erinnerte an die längst verflossene Epoche. Das Gebäude war zu Beginn des letzten Jahrhunderts von einem Abkömmling des jenseits der Berge im Oberwallis geborenen Hoteliers César Ritz gekauft worden. In den sechziger Jahren erwarb dann Jean-Jacques Loréans das Hotel, modernisierte und benannte es nach seiner einzigen Tochter Florence.

Ihr Range Rover war auf der gekiesten Vorfahrt des großen Hinterhofs geparkt. Florence ging auf den unscheinbaren rückwärtigen Eingang zu, gab an der Tastatur des Lesegeräts den Code ein, öffnete die Tür und betrat den dunklen Vorraum. Es roch nach abgestandener Luft, einer Mischung aus Küchengerüchen und undefinierbarem Moder. Es war eine Weile her, seit sie das Hotel das letzte Mal betreten hatte, und sie musste sich zuerst wieder zurechtfinden. Sie tastete nach dem Lichtschalter. Eine an einem Draht baumelnde Glühbirne flammte auf und beleuchtete die drei Holzstufen, die zu einem Office neben der Küche hinaufführten.

Normalerweise waren Angestellte im Haus, die tagsüber für die Gäste sorgten, und ein Koch für den Abend, aber heute wurde niemand benötigt. Das Hotel stand seit einigen Wochen wegen Renovation der Zimmer leer, und Florence war die einzige Anwesende. Sie ging durch die Küche, erreichte die mit bequemen Ledersesseln ausgestattete Lounge. Sie schaute sich um. Ein paar Gläser standen neben einer unberührten Wasserflasche auf einem niedrigen Tischchen. Sie schritt an der Rezeption vorbei zur Tür des Haupteingangs, drehte den Schlüssel im Schloss, öffnete und trat in den Garten hinaus.

Rechts, von einem Gewirr von Topfpflanzen eingerahmt, lag die Bocciabahn. Sie bemerkte die Gestalt zuerst nicht. Grelle Scheinwerfer der Bühnenbeleuchtung blendeten sie. Es war noch hell, aber offenbar probten die Beleuchter für die Abendvorstellung. Die Bühne reichte an einer Stelle praktisch ans Hotel heran. Da trat plötzlich ein Mann aus den Pflanzen hervor, verharrte, kam rasch umherspähend mit ausgestreckter Hand auf sie zu.

»Madame de Pourtales, nehme ich an?« Sein Lächeln schien ihr gekünstelt.

»Oh, haben Sie mich aber erschreckt. Doktor Madisch?«

Er machte eine Geste zur Piazza, wo sich das Publikum bereits tummelte. »Gehen wir ins Haus, zu viel Betrieb hier draußen.« Er beugte ehrerbietig den Nacken, küsste respektvoll andeutungsweise ihre dargebotene Hand.

Etwas verlegen zog Florence die Hand zurück. »Ja, gehen wir doch in die Lounge«, sagte sie steif.

Drinnen setzte sich Madisch nicht gleich. Er trat ans Fenster und schaute prüfend hinaus in den Hinterhof. »Ah, Sie fahren einen neuen Range Rover. Coole Karre.«

Florence sank in das Sofa, richtete sich gleich wieder auf, legte ihre Computertasche und die Autoschlüssel auf den kleinen Tisch. »Darf ich Ihnen etwas zu trinken anbieten, Doktor Madisch?« Sie musterte ihn kritisch. Er trug blaue Jeans, ein locker geknöpftes weißes Hemd und schwarze Ferragamos ohne Socken. Den blauen Sakko hatte er mit einer Hand über die Schulter geschwungen.

Der Arzt schüttelte den Kopf, schaute auf die Armbanduhr. »Danke, nein danke, sehr liebenswürdig.« Er setzte sich in den Sessel vor dem Fenster, schaute auf die Regale, die den holzgetäfelten Raum mit bunten Bücherrücken belebten. »Ich mag Bücher«, sagte er, »habe selber auch ein paar geschrieben.« Er machte einen Handschlenker. »Haben Sie alle gelesen?«

Sie schätzte ihn knapp fünfzig, bemerkte seinen muskulösen Körper, den braunen Teint. »Natürlich«, lächelte sie. »Haben Sie meine Ausstellung in Ascona schon besucht?«

Ihr Lächeln war warm, neckisch und verblüffend suggestiv. Trotz der Anspannung, die ihn nicht losließ, spürte Madisch ein Rinnsal der Lust von seinem Nacken das Rückgrat hinunter prickeln.

Er stand auf und trat zum Sideboard. »Doch, ich mag einen Drink.« Er warf ein paar Eiswürfel in zwei Kristallgläser und füllte sie mit dem Getränk aus der einzigen Flasche, die er vorfand. »Campari Soda?«, fragte er.

Sie machte eine nachgebende Geste. »Meinetwegen.«

Als er die Gläser auf den Tisch stellte, fragte sie ihn nach dem Verbleib von Harry Steiner. »Deswegen haben wir uns getroffen, nicht? Oder haben Sie andere Absichten?«

Er schien die Bemerkung zu würdigen. Ihr schwarzer Rock bedeckte ihre vollen Oberschenkel nur knapp, und der feine Stoff ihrer halb offenen, dunkelroten Bluse ließ ihre straffen Brüste erahnen. Sie bemerkte seinen begehrlichen Blick. »Zuerst das Geschäftliche, Doktor Madisch.«

»Hören Sie auf mit dem Doktor … Birgin.«

Sie sagte nichts.

Sein Gesicht nahm plötzlich einen harten Zug an. »Harry Steiner hat mir etwas gestanden, das Sie wissen sollten, Florence.«

Sie führte das Glas an die roten Lippen, nippte daran. »Schießen Sie los. Ich vermute, worum es geht. Wissen Sie, wo der Mistkerl sich versteckt?«

Madisch stand immer noch, schwenkte das Glas in der Hand, schüttelte den Kopf. »Nein. Weiß ich nicht. Harry war eine Nummer für sich. Er wollte eine gründliche Untersuchung, verstehen Sie. Ein Check-up, Belastungs-EKG und so weiter. Er meinte, er müsse die nächsten Jahre in Form bleiben …«

Florence zog die Computertasche näher heran. »Hat er eine Erklärung abgegeben?«

Madisch nickte mehrmals. »Um eine Erfindung gehe es, sagte er. Er habe eine epochale Erfindung gemacht … in der nächsten Zeit werde er märchenhaft reich werden … Nun, ich fand es sonderbar.«

»Warum?«

»Nun, er arbeitet ja in Ihrer Firma, da gehören Erfindungen, die er macht, so viel ich davon verstehe, nicht ihm persönlich …«

Florence beugte sich vor. »Eben. Genau darum geht es. Er hat alles gestohlen. Die Daten, die Codes unserer neuesten, brisanten Entwicklung. Deshalb müssen wir ihn finden, Doktor … eh … Birgin. Helfen Sie mir?«

Madisch trat zum Fenster, lehnte sich mit dem Rücken an die Brüstung, nahm einen Schluck Campari.

»Sicher helfe ich Ihnen, aber wenn ich Sie richtig verstehe, ist er mit allem, was der Firma gehört, getürmt?«

»Der Schweinehund«, seufzte sie, mehrmals nickend.

»Wollen Sie mir sagen, dass die Firma alle Daten et cetera verloren hat? Es gibt doch Kopien?«

Florence schüttelte langsam den Kopf. »Die Entwicklung ist zu heikel, um davon Kopien anzufertigen. Wir haben alles auf dem speziellen, sicheren Firmenserver abgespeichert. Dort hat Harry alles abgeräumt, ich sage ja, ein jämmerlicher Mistkerl …«

Madisch rieb sich nachdenklich das Kinn.

»Haben Sie einen Plan?«, fragte sie hoffnungsvoll.

Er leerte das Glas in einem Zug. »Ich denke nach.« Er deutete auf ihre Tasche. »Was haben Sie mitgebracht?«

Irritiert folgte sie seinem Blick. »Ach, so, da drin in der Tasche? Da habe ich, wie sagt man, eine Disk. Festplatte?« Ihre Augen blitzten kurz triumphierend. »Wissen Sie, wir sind auch nicht blöd.« Sie klopfte mit der Hand auf die Tasche. »Es mag Zufall sein, oder kluge Voraussicht …«

Madisch beugte sich vor. »Was?«

»Seine Assistentin hat aus irgendeinem Grund alle Daten von Harrys Server abgesaugt und … ja … da sind sie jetzt. Hier in meiner Tasche. Alles komplett. Zum Glück.« Sie stieß erleichtert die Luft aus.

Madisch starrte sie an. Sah sie Bewunderung in seinen Augen? Oder war es Verschlagenheit? Hatte sie ihm zu viel verraten? Das Mantra von Louis schoss ihr ins Gedächtnis. »*Never TMI – Too Much Information.*« Florence nestelte nervös an ihrem Rock.

»Hervorragend«, hörte sie ihn sagen. »Lassen Sie mich etwas klarstellen. Ich habe Absichten.«

Sie furchte ihre Brauen. »Fantasieren Sie ruhig weiter, Birgin.«

Er schüttelte den Kopf. »Ich war richtig aufgeregt, als Sie mich vorhin angerufen haben. Wissen Sie, Harry war eigentlich ein guter Kerl. Er muss in seinem Job brillant gewesen sein. Ich wusste von seiner brisanten Erfindung.«

Er ließ den Satz einwirken. Sie starrte ihn zunehmend verunsichert an. »Sie wussten davon? Na, so was! Er hat also aus der Schule geplaudert?«

Madisch lächelte kurz. »Natürlich. Wir wissen alles über die *Robo-Nukes*, die Loréans mit der U.S. Army entwickelt hat. Wir haben Harry ein fantastisches Angebot gemacht …« Er hielt inne. »Ist Ihnen nicht gut?«, fragte er watteweich.

Florence sank leichenblass ins Sofa zurück, ihre Hand mit dem Glas zitterte.

»Wir sind eine mächtige Organisation. Wir werden die Welt verändern. Die *Robo-Nukes* werden den entscheidenden Unterschied ausmachen. Stellen Sie sich vor, der Roboter kann die Mini-A-Bomben an einen bestimmten Ort bringen, dann, wenn es Zeit ist …« Er schloss mit einer erklärenden Geste.

Florence hörte nur noch mit halbem Ohr zu. Sie spürte eine heftige innere Wallung hochkommen. Mühsam richtete sie sich auf, fasste nach der Tasche, drückte sie fest an den Leib. Ihre Stimme klang eiskalt. »Sie stecken also mit Steiner unter einer Decke. Wer ist Ihre Organisation?«

»Die ganze Welt spricht von ihr, zittert vor ihr«, lächelte Madisch höhnisch. Florence musste sich beherrschen, doch es war zu viel des Guten. Sie packte das Glas, schleuderte es ihm entgegen, ein Aufschrei kam tief aus ihrer wunden Seele. »Sie mieses Stück Scheiße, Sie …«

Das Glas traf seine Brust, befleckte das Hemd camparirot, zerbrach am Boden. Er wischte kurz den Fleck mit der Hand weg. »Der Islamische Staat wird das Abendland zurückerobern. Den Vatikan, Andalusien, Deutschland. Das sind die ersten Stationen im Westen … Wir haben den einzig wahren Gott, der uns leitet, Allah ist groß.« Er nahm den Blazer von der Schulter, griff in die Innentasche, zog eine schwarze Pistole heraus. Mit der anderen Hand klaubte er einen Schalldämpfer hervor und schraubte ihn behände auf den Lauf der großkalibrigen Waffe.

Er bedachte sie mit einem stechenden Blick unter getrimmten Brauen hervor. »Machen Sie keine Dummheiten, Florence. Es läuft jetzt wie folgt ab.«

Die Waffe zielte auf ihre Brust. »Sie geben mir jetzt die Tasche. Ja, gleich jetzt, machen Sie schon.«

Florence löste sich aus der Erstarrung. Mit geballten Fäusten schob sie die Tasche ruckartig über die Tischplatte, so dass sie vor Madischs Beinen auf den Fußboden prallte.

»Gut so«, grinste er. »Und jetzt gehen wir zusammen nach draußen. Schön ruhig. Wir steigen in den Range Rover. Sie werden da lang fahren, wo ich Ihnen sage.«

Florence stand langsam auf, schüttelte den Kopf. »Fällt mir nicht im Traum ein.«

Madisch zog erstaunt eine Braue hoch, hob den Lauf bedrohlich an.

Florence blickte wie in Trance an ihm vorbei hinaus in den Hof. Als wollte sie seinem Tun Einhalt gebieten, hielt sie eine Hand hoch. »Lass uns reden.« Sie musste Zeit gewinnen.

»Wovon müssen wir denn reden?«

»Wo ist mein Mann? Wo ist seine Tochter? Sie sind an Entführung, an Geiselnahme beteiligt, stimmt's?«

Madisch rührte sich nicht von der Stelle. »Sie haben recht. So ist es.« Er hielt die Mündung der Waffe auf ihre Brust gerichtet. »Nun gut! Louis hat uns verprellt. Beschissen, wäre treffender ...«

»Ach, nein ...«

»Doch. Er sollte uns den Prototyp des *Roboguard* liefern. Es war abgemacht. Zusammen mit den anderen Waffen. Übergabeort war der Flugplatz hier ganz in der Nähe. Alles wäre gut zu Ende gegangen. Doch der Idiot hat sich geweigert. Wollte uns den Wunder-Roby nicht ausliefern. Planänderung. Wir nahmen Louis dann ebenfalls fest. Was blieb uns übrig? Wir gaben ihm noch eine Chance ... Doch er blieb störrisch. Er lebt, aber nur weil er uns noch nützlich sein kann.«

»Wo?«

»Nun ... Er befindet sich in einer Villa auf dem Berg. Wo seine Tochter ist, verrate ich, wenn wir im Range Rover unterwegs sind. Nicht vorher.«

Florence starrt reglos vor sich hin.

»Alles hätte einfacher ablaufen können, aber Ihr Mann ist ein sturer Bock. Den *Roboguard* haben wir trotzdem bekommen. Harry Steiner hat ihn geliefert.«

Wutentbrannt starrte sie ihn an. »Was wollen Sie mit dem *Roboguard?*«

»Roby ist ein Wunderwerk. Autonom. Einer unserer Kämpfer hat es am eigenen Leib erfahren. Roby entscheidet unabhängig, wer Feind und Freund ist, und tötet, ohne dass wir von ferne einen

Finger rühren müssen. Genial. Und wenn wir noch den *Robo-Nuke* produzieren … ja, dann …«

»Was habt ihr mit Roby vor?«

»Vielleicht ein kleines Feuerwerk. Zum Beispiel heute Nacht. Ein Probeschießen.« Er fuchtelte mit der Waffe. »Nun, wir haben geredet. Das reicht. Los, vorwärts, Bewegung. Später haben wir vielleicht mehr Zeit füreinander …« Er schaute unverhohlen auf ihre gespreizten Beine.

Florence zog den Jupe etwas an. »Vielleicht können wir einen Deal machen, Birgin?«, sagte sie mit bewusst lasziver Stimme.

»Aha.« Er presste die Lippen zusammen. »Wie sähe denn so ein Deal aus?«

»Sie führen mich zu Ihrem Chef. Sie sind ja nicht der Boss, dazu fehlt Ihnen das Talent zum Leader, das habe ich längst gesehen. In meiner Firma kämen Sie nicht einmal als Türsteher in die Kränze.«

Madisch neigte belustigt den Kopf. »So gefallen Sie mir, Florence. Nicht übel. Aber zum Boss geht's heute Abend nicht. Er ist bei Ihrem Alten. Wir verhandeln noch … Später vielleicht, wenn …«

»Und Harry? Führen Sie mich zu Harry!«

Madisch schüttelte mit bedrücktem Blick den Kopf. »Geht leider nicht. Harry hat gelogen, betrogen, wo er konnte, hat die brisanten Daten unterschlagen, wollte allein Kasse machen … und wäre beinahe damit davongekommen. Wir mussten ihn eliminieren.« Sein Mundwinkel verzog sich abschätzig. »Haben Sie von der Explosion in dem Gebäude in Lugano gehört … ha, Harry, dieser Schmierlappen eines Unterhändlers hat dort seine gerechte Strafe erhalten. Wer sich uns in den Weg stellt, den trifft das gleiche Schicksal.«

Florence schloss die Augen. Sie sah den Retter vor ihrem geistigen Auge. Verzweiflung packte sie. Die ganze ausweglose Situation, in die sie sich hineinmanövriert hatte, raubte ihr beinahe den Verstand. Sie konnte nicht mehr klar denken. Sie wusste nur, sie musste ein Zeichen geben. Hätte sie dummes Huhn doch nur Cooper von diesem Treffen mit dem Terroristen-Arzt erzählt …

Madisch zog mit einem Fuß die Computertasche heran. »Zum letzten Mal, kommen Sie! Jetzt bin ich Herr und Meister über den autonomen Killer-Roboter, jetzt verfüge ich über die Daten und

Source-Codes des *Robo-Nuke.* Ich allein … und Sie können sich immer noch mir anschließen, Florence. Verbünden Sie sich mit mir! Stellen Sie sich vor, was wir gemeinsam erreichen können. Sie mit der Firma, ich mit Macht … Ein Flugzeug steht bereit. In ein paar Stunden können wir in Beirut landen … Dann beginnt ein neues Leben. Sie bekommen Kinder …«

Sie trat abrupt zur Seite. »Ich brauche einen stärkeren Drink, um dies alles zu verkraften.«

Madisch beobachtete scharf, die Waffe punktgenau auf ihren Kopf gerichtet. »Ich will eine Antwort, Florence. Jetzt. Wenn Sie für mich arbeiten, kann ich Ihre Wünsche erfüllen, auch Louis und seine Tochter freilassen. Andernfalls muss ich die Gesetze der Scharia durchsetzen … wäre doch schade, so eine schöne Frau zu opfern …«

Nervös hob Florence das Glas in die Höhe, wandte sich um. Einen Augenblick später brach eine Kugel durch das Fenster hinter Madisch, schlug in seinen Hinterkopf. Madisch fiel nach vorne über die Stuhllehne, plumpste auf den Fußboden, blieb in seiner Hirnmasse liegen.

Entsetzt erstarrte Florence für den Bruchteil einer Sekunde. Dann packte sie geistesgegenwärtig die Tasche, schritt über Madischs Leiche durch die Küche ins Office, öffnete eine Geheimtür und sank auf das Bett, das sie seit Jahren nicht mehr benutzt hatte.

***

Locarno, Hotel Florence, Samstag, 18:30 Uhr

Cooper geht umsichtig durch die Küche nach hinten. In der Faust hält er die SIG Sauer schussbereit.

»Ist jemand da? Madame Pourtales?«

Er öffnet die Tür zum Office. »Hallo?« Sein Blick wandert umher.

Da geht die Wand vor ihm auf. Aus einer Tür, die nicht sichtbar gewesen ist, tritt Florence, völlig aufgelöst. Ihr schulterlanges Haar ist seitlich gescheitelt.

»Oh, mein Gott … Cooper … Sie sind mein Retter!« Sie umschließt sein Gesicht mit ihren Händen und küsst ihn. Seine

Arme umfassen ihre Schultern. Genussvoll schließt sie die Augen, seufzt leise. »Als ich Sie durchs Fenster sah, draußen im Hof, dachte ich, einen Geist zu sehen.«

Er schaut in ihre schönen Augen. »Nun, ich wollte früher feuern, da hoben Sie die Hand … Ich deutete es als Zeichen: Nicht schießen!«

»War es auch. Madisch begann zu reden …«

»Ich verstehe. Dann hoben Sie das Glas in die Höhe. War das Absicht?«

»Ja, war es.«

»Es war rechtfertigender Notstand, ich musste schießen. Ich konnte die unmittelbare Gefahr für Ihr Leben nicht anders abwenden. Madisch war im Begriff, Sie umzubringen.«

Sie legt ihre Handflächen auf seine Brust. »Natürlich. Aber Sie brauchen sich doch nicht zu erklären. Ich musste die Ablenkung riskieren. Dann, als es knallte, war mir, als wäre ich getroffen, ich musste weg … mich hinlegen … Kommen Sie!« Sie zieht ihn am Jackett ins Zimmer zurück. »Hier sind wir ungestört.« Sanft drückt sie ihn aufs Bett.

Cooper sitzt auf der Bettkante. »Das war ein Schock für Sie. Wir müssen …«

Sie drückt ihm einen Finger auf die Lippen. »Psst. Sie haben Entspannung verdient«, flüstert sie mit aufreizender Stimme. »Machen Sie es sich bequem.«

Cooper legt sich etwas widerwillig zurück, den Kopf auf das Kissen ohne Anzug, verschränkt die Hände hinter dem Kopf. »Wir müssen los, Florence. Wir haben noch zu tun.«

Sie beugt sich über ihn, küsst ihn flüchtig auf die Wange, öffnet neckisch einen Knopf an seinem Hemd, schiebt die Hand hinein, streichelt seine behaarte Brust. Ein Knie presst sich an seinen Schenkel.

Plötzlich schwingt er sich auf die Bettkante zurück. »Florence, es geht nicht. Es ist noch nicht vorbei.« Er steht auf.

Sie schmiegt sich an ihn. »Gehen Sie mit mir essen?«

»Essen. Einen Snack?«

»Nein, richtig schön essen.«

Er blickt verdutzt drein. »Mit Kerzenlicht und Pianomusik?«

»Nicht unbedingt.«

»Dann vielleicht ein Geigenspieler und Rosenverkäufer?«

Sie schiebt das Knie zwischen seine Beine. »Ja, wenn's passt, warum nicht?«

»Also wie bei einem Date?«

Sie nickt schmunzelnd.

»Wollen Sie eine ehrliche Antwort?«

»Immer.«

»Angenommen, Ihr Mann ist wohlbehalten zurück, Muller ist dingfest oder kaltgemacht, ja, dann ... dann würde ich Sie zum Diner einladen, jetzt gleich. Aber wie es aussieht, qualifiziert sich die Lage nur halbwegs dafür.«

»Nur halb? Wegen Louis?«

»Wir haben ihn nicht gefunden. Also bleibt es bei einem Snack.« Er drängt zur Tür.

»Aber Sie würden mich zum Diner einladen?«

»Natürlich.«

»Warum?«

Er mustert sie amüsiert. »Sie sind der Typ, mit dem ich ausgehen möchte.«

Einen Moment bleibt sie still. Spielerisch nestelt sie an seinen Hemdknöpfen, schaut ihn liebevoll an. Bevor es unangenehm wird, sagt sie: »Ich hätte aus den gleichen Gründen angenommen. Ich mag Sie.«

Er zieht sie an sich. »Hervorragend.«

»Dann gehen wir dorthin, wo es einen Schnellimbiss gibt«, haucht sie, klapst ihm leicht auf den Hintern, schlingt den Arm um seine Hüfte und führt ihn langsam Richtung Küche. Langsam, doch Cooper wusste, was passieren würde. Es hatte keinen Sinn, Widerstand zu leisten. Der Schock, haarscharf der Lebensgefahr entronnen zu sein, kann in der Psyche eines geretteten Opfers vieles auslösen: Erstarrung, Lähmung, Unfähigkeit, vernünftig zu handeln, bis hin zum puren Gegenteil: Euphorie und Umarmung der Welt. Florence bewahrte die Vernunft, aber der gewonnene Kampf mit Madisch hatte die Leidenschaften zu ihrem Retter entfesselt. Cooper spürte das Phänomen, das er künftig *Locarno*-Syndrom nennen würde ...

In der Küche geht es dann weniger langsam. Sie entwindet sich ihm plötzlich, springt zu einem glänzend polierten Edelstahltisch, wo der Koch üblicherweise Fleischhappen bereitlegt. Sie stemmt sich behände hoch, wirbelt um die eigene Achse und setzt sich auf die Kante.

»Das ist die Anrichte, ich habe Hunger«, keucht sie erregt, zieht ihre Knie an, schiebt mit einer Hand auch gleich den Slip vom Schritt weg. »Komm, fick mich«, haucht sie, fasst mit der andern nach seiner Hose, nestelt an den Knöpfen. »Nimm ihn raus!«

Cooper kann nicht widerstehen. Warum auch? Geilheit ist menschlich. Er greift nach unten, macht sich frei, spürt ihre Hand am harten Schaft, führt ihn heran, fühlt ihre feuchte Grotte. Alles um ihn herum ist vergessen. Dann gleitet er plötzlich in sie hinein. Sie gibt einen unterdrückten Schrei von sich, hebt ihr Becken an ... »Oh mein Gott ... ja ... oh ...«, wirft den Kopf zurück ... Er legt eine Hand sanft auf ihren Mund, um ihre ekstatischen Laute abzudämpfen ...

Minuten später ist der Vulkan der Leidenschaft erloschen, die kalte Umgebung der verlassenen Küche bringt langsam Ernüchterung zurück.

Sie lächelt ihn an, streicht liebevoll über seine Wangen. »Warum hat Liebe immer mit Mord und Tod und Polizei zu tun?«, fragt sie mit flehenden Augen.

Er schmunzelt, stopft sein Hemd in die Hose, schnallt den Gürtel enger. »Weiß es auch nicht. Aber ich hatte noch nie einen besseren Schnellimbiss ... Komm, Florence, wir haben zu tun. Bist du allein im Haus?«

Sie nickt.

»Ich glaube nicht«, widerspricht er.

»Wieso?«

Er blickt hellwach um sich, neigt den Kopf, um zu lauschen. »Hörst du? Da ist es wieder.«

Zärtlich streicht sie über sein Kinn. »Was ist wieder, Liebling?«

»Das Geräusch. Jemand ist irgendwo im Haus.«

Da hört sie es auch. Ein Schleifen, dann zwei Mal ein dumpfes Holpern.

»Jemand klopft«, sagt sie alarmiert.

»Wo kann das sein?«

Sie dachte kurz nach. Dann nickte sie bestätigend. »Da hinten. Da hat es früher ein Angestelltenzimmer gegeben. Jetzt ein Abstellraum.« Sie tappte auf leisen Sohlen in der angegebenen Richtung voran. Blieb stehen, lauschte. Wieder war ein dumpfes Klopfen zu hören. Drei Mal.

Coopers Miene war voll konzentriert, die Augen weit geöffnet. »Alice? Die Geisel?«

Wenige Sekunden später standen sie vor der Tür. Oder dort, wo die Tür sich befinden musste. Ein alter Schrank stand davor.

»Alice? Hallo? Wir sind Freunde«, rief Cooper halblaut.

Als Antwort hörten sie das Klopfen mehrmals deutlich.

»Sie ist es«, flüsterte Florence. »Los, wir müssen aufschließen.«

Cooper zögerte. »Was befindet sich in den oberen Etagen?«

Sie zuckte mit den Schultern. »Zimmer. Aber niemand ist da.«

Cooper zweifelte an dieser Aussage. Aber es blieb ihnen keine andere Wahl. Mit vereinten Kräften schoben sie den Schrank beiseite, standen vor einer alten Tür aus massivem Tannenholz.

Florence zeigte nach oben. »Der Schlüssel.«

Er lag auf einem kleinen Vorsprung des Türrahmens. Cooper angelte ihn herunter, steckte ihn in das Schloss und drehte. Es knirschte, dann schnappte der Riegel auf. Mit gezogener Pistole trat Cooper über die Schwelle. Florence leuchtete mit dem Licht ihres iPhones, fand den Lichtschalter.

Eine Frau lag auf dem Fußboden, nahe der Wand, die Beine hatte sie angewinkelt, um die Füße gegen die Holzwand zu stoßen.

Sie war an Händen und Beinen gefesselt. Cooper beugte sich über sie. »Alice? Alice Pourtales?« Er entfernte das braune Klebeband, das ihren Mund knebelte.

Er zog das Kampfmesser aus dem flachen Schaft am Unterschenkel hervor, schnitt ihre Fesselung auf. Florence kam mit einer Wasserflasche zurück, reichte sie der völlig Erschöpften. Sie trank gierig, hustete, keuchte, brachte kein Wort hervor.

Sie halfen ihr auf die Beine und führten sie gemeinsam hinaus in Florence' Zimmer, legten sie auf das Bett. »Alles wird gut«, beruhigte Cooper.

»Ich hole Ihre Sachen«, sagte Florence. »Koffer und Tasche? Mehr habe ich nicht gesehen.«

Alice nickte. »Danke. Wo ist mein Vater? Die haben ihn auch«, stammelte sie.

Florence hatte in der Küche Crackers aufgetrieben, riss die Packung auf und reichte sie Alice. »Essen Sie etwas!«

Cooper ging hinaus. Mit leisen Schritten stieg er die mit einem grauen Spannteppich belegte Treppe hoch. Sie führte in die obere Etage, wo eine verriegelte Tür den Weg in den Flur mit den Gästezimmern versperrte. Er legte sein Ohr lauschend an das Holz. Nichts zu hören. Er machte kehrt. Unten im Erdgeschoss hörte er Wasserrauschen. Florence stand vor der Toilette. »Es hat einen Waschtisch«, erklärte sie. »Was ist dein Plan?«

Ken schaute skeptisch auf sein iPhone, das er unschlüssig in Händen hielt. »Wir warten ab. Ich denke, wir richten uns vorläufig hier ein. Oben ist abgesperrt. Wie kommen wir hinein?«

»Kinderspiel«, sagte Florence entwaffnend, hob ihre Tasche. »Ich gehe vor. Wenn Alice fertig ist, kommt hoch.«

Alice brauchte Polizeischutz. Sie müsste ärztlich untersucht werden, brauchte neue Kleider. Jessica Ponte könnte alles Notwendige arrangieren. Er war im Begriff, sie anzurufen, aber zögerte. Ponte war mit Michael oben am Berg, hatte andere Prioritäten. Wozu sie mit organisatorischen Aufgaben von ihrer Mission ablenken? Zudem hatte Ken keine Lust, der Polizei zu erklären, warum in der Lounge eine Leiche lag.

Florence konnte mit der Situation klarkommen, sagte er sich. In diesem Moment trat Alice in den Flur hinaus, strich sich mit der Hand durch die Haare, lächelte ihn an. »Danke.« Sie hielt einen Knäuel Wäsche in der Hand. »Ich brauche neue Sachen«, sagte sie mit einem verlegenen Kopfwippen. Er schaute sie interessiert an. Sie trug nichts mehr darunter. Ihre Formen zeichneten sich unter Hose und Bluse geradezu anbietend ab. »Florence kann es richten«, lächelte er verständnisvoll, fühlte die Anziehungskraft, die von ihr ausging.

Als sie vor ihm die Treppe hochging, blieb sie stehen, wartete, bis er neben ihr stand.

»Es ist schön mit Florence, nicht?«, sagte sie, ihn voll auf dem falschen Fuß erwischend.

»Was meinen Sie?«, stammelte er stirnrunzelnd.

Sie lächelte. »Wände haben Ohren. Es war nicht zu überhören.« Sie streifte ihn wie zufällig mit den Brüsten, dann ging sie weiter.

Florence hatte das Lesegerät an der Sicherheitstür bedient. Sie stand sperrangelweit offen.

»Seit heute Morgen herrscht Grabesstille im Haus«, erklärte Alice eintretend. »Dann hörte ich plötzlich die Stimmen, danach einen Schuss.« Sie steckte einen Cracker in den Mund, zerkaute ihn geräuschvoll.

»Ich dachte, die Polizei kommt, und da versuchte ich, mich bemerkbar zu machen. Gut, dass Sie und Florence … eh … sich geküsst haben …« Sie lächelte ihn errötend an. »Sonst wären Sie womöglich fortgegangen, ohne mich zu hören.«

Cooper sagte nichts, fühlte, dass die junge Frau ihn mochte.

***

Locarno, Piazza Grande, Samstagabend

Die Dämmerung senkte sich langsam über die Piazza Grande. In den Häusern gingen Lichter an, die Cafés, Läden und Verkaufszelte waren bereits hell erleuchtet. Ein Glockenturm schlug acht Mal dumpf. Die Uhr auf dem Handy zeigte 19:58, als Dottoressa Sigona aus Lugano anrief.

Auf Coopers Display leuchtete SERENELLA auf. Er setzte sich erwartungsvoll auf einen klassischen Landhausstuhl am Fenster, drückte auf Empfang.

Serenella kam direkt zur Sache. »Ich glaube, das sollten Sie wissen, Ken«, begann sie mit gehetzter Stimme. »Ich wollte Jeff Barker, den Geheimdienstler in England erreichen, aber es klappte nicht …«

Cooper war hellhörig. »Betrifft es …«

»Nein«, unterbrach sie und erzählte in abgehackten Sätzen, dass ihr die Britische Botschaft in Amman, wo Peter LaSalle als verdeckter Agent gearbeitet hatte, eine E-Mail geschickt habe.

»Die Sache ist die: Bill hatte aus Jemen einen verschlüsselten Text an die Botschaft in Amman gesandt, dann nach Bills Tod, er wurde in Libyen von den IS-Schergen enthauptet, Sie wissen … blieb der Text auf dem Server liegen. Jemand in der Botschaft fand später zufällig eine Anweisung, diese E-Mail an mich weiterzuleiten, dann …« Cooper hörte, wie sie Atem holte.

»Sie haben die Mail erhalten?«, warf er dazwischen, stand auf und schritt das Zimmer ab.

»Ja, habe ich. Ich musste sie zuerst entschlüsseln. Ich bin nicht so geübt, obschon mir Peter den Caesar-Code beigebracht hatte, mit dem er mit Bill geheim verkehrte, wir haben ein bisschen zum Spaß geübt in der kurzen Zeit als wir zusammen waren …« Ein Seufzer.

»Und was stand im Text?«

»Also, im Bericht steht, dass ein … eh … gewisser Muller, vormals Bundeswehroffizier soundso, in die Südschweiz abkommandiert wurde, um neue Kämpfer zu rekrutieren und … warten Sie … ja, und um Geldmittel zu beschaffen.«

»Ein Anwerber von Terroristen?«

»So ungefähr steht es da. Bill hat herausgefunden, dass es eine Kriminalbeamtin gibt, die als Doppelagentin für Muller arbeitet.«

»Was!? Was haben Sie gesagt?«, fragte Cooper scharf.

»Eine Polizistin, sie heißt … Moment …«

»Jessica Ponte?«

»Ja, genau … so stand es in der E-Mail. Kennen Sie die Frau?«

Cooper hatte Mühe, die Ruhe zu bewahren. »Finden sich sonst noch Infos in diesem Mail?«

»Nur ein Hinweis auf IZV, weiß nicht, was …«

»Kein Name?«

»Nein, es heißt, Moment: ›Muller hat über Dr. M. einen Kontakt zum IZV hergestellt, in Biel … Was bedeutet IZV?‹«

»Islamistenvereinigung«, schnappte Ken. »Ist es möglich, Serenella, dass Sie mir diesen Text mailen? Jetzt gleich?«

»Kann ich. Mache es gleich. Wir sollten uns treffen, Ken. Ich will nicht in Schwierigkeiten geraten. Eine unserer Kriminalbeamtinnen als feindliche Agentin … das schmeißt mich richtig um.«

»Sicher, machen wir. Danke, dass Sie sofort angerufen haben. Gut gemacht. Ich rufe Sie an, ich muss jetzt leider los.«

***

Auf das verstummte Handy starrend stapfte Ken zum Fenster. Sein Puls raste. »Verdammt. Ich muss Michael warnen«, rief er. »Er ist mit Ponte oben in der Villa. Der läuft ihr voll ins Messer. Dieser verdammten, miesen Bullen-Schlampe drehe ich den Hals um!«

»Was ist passiert, Ken?«, fragte Florence, die einen Teil des Gesprächs aufgeschnappt hatte.

»Es geht um Ponte, die Polizistin, die mit uns arbeitet … Sie ist eine Spionin …« Er murmelte vor sich hin: »Ich hätte es früher merken müssen. Sie wusste Bescheid über den Angriff der Sondereinheit beim Lagerhaus, das hat sie verraten … sie konnte die Geheimaktion nur von Muller erfahren haben …«

Florence schlug die Hand an den Mund. »Nein! Du hast mir gesagt, sie sei mit Michael hoch zur Villa Capone gegangen?«

Ken nickte grimmig.

»Vorausgesetzt, es gelingt ihnen, hineinzukommen …«, sagte sie betreten.

Ken schaute sie verblüfft an: »Du sagst es. Das ist der Tatbeweis, Florence.«

»Wie meinst du das?«

»Wenn Ponte tatsächlich für die Terrormiliz arbeitet, kommt sie spielend in die Villa rein, nicht?«

Florence nickte langsam.

»Sie tut vermutlich so, als ob es schwierig sei, die Sicherheitsschranken zu überwinden, aber die Wachen spielen mit … und Michael tappt in die Falle … hurenverdammte Scheißlage!« Er schritt erneut das Zimmer ab. »Ponte braucht somit auch den Zivilschutzingenieur nicht, um die Bahn in Betrieb zu setzen … raffiniertes Weibsstück«, murmelte er.

Florence trat hinter ihn, legte ihre Arme um seinen Bauch. »Um Himmels Willen, Ken. Michael ist in Lebensgefahr!«

Frustriert schaute Ken auf das Handy. »Er nimmt nicht ab.«

Florence machte ein paar Schritte, um ihn herum, legte die Fingerspitzen auf seine Brust. »Alice hat uns gesagt, ihr Papa sei oben auf dem Berg. Hast du das auch gehört?«

»Ja, habe ich …«

»Und Madisch hat mir noch verraten, dass sie mit Louis verhandeln wollen. Deshalb lebe er noch. Es ist furchtbar, Ken.« Sie schmiegte sich an ihn.

»Immer vorausgesetzt, Bill LaSalles Bericht stimmt … aber die Art, wie er kommunizierte, erklärt alles. Er traute niemandem, außer Serenella«, sagte Ken knirschend zu sich selbst, schaute auf die Uhr. Es war zwanzig nach acht.

Florence schien seine Gedanken zu erraten. »Du willst hinauf zur Villa? Sei vorsichtig, Ken.«

Er schüttelte den Kopf. Sein Gesichtsausdruck spiegelte wilde Entschlossenheit.

»Nein. Ich gehe nicht hoch. Muller kommt zu mir, wo immer er auch ist, da bin ich sicher.«

»Warum muss er zu dir kommen?«

»Deshalb: Um 20 Uhr oder wenig später tritt unten auf der Piazza die Bundeskanzlerin auf die Bühne … Muller hat einen Plan. Er will sie umbringen.«

Florence schlug die Hände an ihre Wangen. »Was?! Angela Merkel?« Sie starrte mit von Entsetzen geweiteten Augen auf Cooper. »Will die Mutti etwa vor ihren Flüchtlingen in die Schweiz fliehen? Ist sie noch im Amt?« Zwei Finger flogen auf ihre Lippen. »Sorry, das war fies … Aber Ken … wir müssen sie warnen!«

»Habe auch daran gedacht. Geht nicht. Es ist nur eine These von mir. Auf wackligen Füßen. Weder Polizei noch Sicherheitsdienst reagieren in der Regel auf vage Andeutungen. Sie erhöhen höchstens die Bereitschaft. Ich habe ja keine Beweise für meine Theorie, es gibt keine schweren Verdachtsmomente.« Er kratzte sich den Hinterkopf. »Die Kanzlerin würde trotzdem auftreten. Sie beugt sich nicht so leicht irgendwelchen Drohungen. Vor allem ist ihr Auftritt ja ein Überraschungscoup, den lässt sie sich nicht so leicht nehmen. Das Publikum weiß nicht, dass sie kommt, um Wim Wenders zu ehren.«

»Was willst du denn tun?«

»Auf der Hut sein. Also, pass auf, das ist mein Plan. Komm!«

Doch Cooper verharrte plötzlich wie angewurzelt, starrte auf sein Handy, das er immer noch in der Hand hielt.

»Was ist?«, drängte Florence.

Ken rollte die Schultern, als wolle er eine Last abwerfen, als er den Anrufer erkannte. »Es ist wieder Bloch, die Nervensäge«, murrte er und ertappte sich dabei, dass er sich unnötig enervierte.

»Der Kerl ist gut vernetzt«, gab Florence zu bedenken.

Ken drückte auf die Annahmetaste. »Was gibt's, Sacha?«, fragte er, einen Hustenreiz unterdrückend. Er schirmte das Mikrofon ab, schritt erregt das Zimmer ab.

»Hör gut zu, Ken. Du kannst mir sagen, was du willst. Ich habe eine heiße Spur.«

»Ich höre.«

»Also, ich habe einen Kontakt in Beirut, vermutlich Mossad. Er hat einen gewissen Steiner beschattet.«

Cooper war hellwach. »Harry Steiner?«

»Genau der. Er hat iranische Typen getroffen. Merkst du etwas?«

Die Information war im Licht der jüngsten Ereignisse brisant. Steiner in Beirut? Waffengeschäfte. Hat nicht Pourtales davon gesprochen, dass er mit Igor Propokiew im Geschäft sei?

»Ich habe deinen BLICK-Artikel gelesen.« Husten. »Krrr … Was hast du herausgefunden?«

Florence hatte ihr Smartphone jetzt auch am Ohr, umkreiste Cooper telefonierend mit gelegentlichen Schritten, gestikulierte mit der freien Hand.

Cooper presste sein Gerät fester ans Ohr, Sachas Stimme schien zwischendurch abgehackt. »Nun, ich habe herausgefunden … Steiner sich mit iranischen Geschäftsleuten getroffen hat … die mit … Russen in Beirut ein Tauschgeschäft verhandeln: Getreide aus Russland gegen Lebensmittel, Fleisch, Fisch und Käse …«

So ein Käse, war Cooper geneigt zu antworten. Stattdessen sagte er: »Loréans verkauft den Russen Waffen und Munition, die Geschäfte laufen über den Libanon, jedenfalls hat mir Pourtales in diesem Sinn Andeutungen gemacht.« Er hustete kratzend, was Sacha zur Bemerkung hinriss, er vertrage ja das Rauchen nicht. »Du schnaubst wie ein Pferd, kotzt dir gleich die Lunge raus, Ken.«

»Du krepierst noch an deinen Belehrungen, Sacha.«

»Also, hör zu, wir glauben, dass die Iraner die Strippenzieher sind und den Getreidedeal mit den Russen als Cover-up benützen, um Waffen für die Hisbollah einzukaufen.«

»Von Loréans S&C? Bist du auch sicher?«

»So sicher wie der reife Apfel vom Baum fällt. Wozu trifft sich Steiner denn mit den Mullahs? Und die Russen spielen dabei eine trübe Rolle. Kennst du Steiner?«

Cooper rieb sich unschlüssig das Kinn. Er versuchte Ordnung in die wirre Information des Journalisten zu bringen. Offenbar lief über Beirut ein Lebensmittelgeschäft mit den Russen, das die Iraner benutzten, um an Stelle des russischen Getreides die von Pourtales legal gelieferten Waffen zu übernehmen, was nur funktionierte, wenn Steiner für die Iraner arbeitete …

»Wann fand das Treffen statt?«, fragte er.

»Vor ein paar Tagen. Dann sah man Steiner die Audi Bank in Beirut betreten. Vermutlich kassierte er vorerst mal ab.«

»Steiner ist tot, Sacha. Man hat ihn kaltblütig liquidiert. Du erinnerst die Explosion des Apartmenthauses in Lugano?«

Die Verbindung blieb still.

»Noch dran?«, fragte Ken.

»Sicher. Du meinst? Das war doch gestern. Scheibe! Dann hat man ihn gezielt ausgeschaltet. Vermutlich nachdem die Lieferung über die Bühne gegangen ist. Mein Kontakt wusste von der Löschung von Containern. Nach Informationen aus dem Umkreis des Hafenmeisters lauteten die vorgelegten Frachtbriefe für die Waffen-Container auf die iranischen Fischlieferanten. Was sagst du jetzt?«

Cooper riss die Folie eines Schokoriegels auf. »Das könnte passen.«

»Warum meinst du?«

Ken biss ein Stück ab, kauend erklärte er, dass Steiner offensichtlich die Seite gewechselt habe. »Er hat bei Loréans alle sensiblen Daten gestohlen und ist damit abgehauen.«

»Dann stimmt es also«, keuchte Sacha, »Waffen aus Pourtales' Bude landen bei der Hisbollah.«

»Spekulation, Sacha. Sei vorsichtig. Verrenn dich nicht. Ich glaube nicht, dass der Oberst etwas darüber weiß, dass sein Operationschef eine dreckige Hand im Spiel hatte. Steiner hat ihn auf perfide Weise hintergangen.«

»Für eigene Rechnung das große Geschäft durchgezogen, willst du das sagen?«

»Möglich, dann muss etwas schiefgelaufen sein. Steiners Doppelspiel kam raus und jemand hatte ein Interesse, mit der grausamen Liquidation ein Exempel zu statuieren.«

Ken hörte ein Schnaufen. »Es ist der lange Arm der Hisbollah. Die Waffen werden gegen Israel eingesetzt.«

Ken zögerte. Wie viel sollte er von seinen Vermutungen dem durchtriebenen Journalisten weitergeben? Im Grunde genommen zogen sie beide am selben Strang. »Ich denke, Steiner wollte die Waffen dem Höchstbietenden andrehen … Wir haben da so unsere Theorie. Die Explosion in Lugano trägt die Handschrift einer Terrormiliz.«

Ken stellte sich die gefurchte Denkerstirne Blochs bildhaft vor. »Ich werde diese Information meinem Kontakt weitergeben. Etwas dagegen?«

Ken grinste innerlich. »Einverstanden, vorausgesetzt, du zahlst mir etwas dafür.«

»Zahlen? Komm schon, Ken«, keuchte Bloch sichtlich aufgebracht.

»Doch, ich meine es ernst. Wie wäre es mit einem Diner im Principe Leopoldo?«

Sachas Grinsen war unüberhörbar. »Du schuldest mir ja eins. Dann gehen wir zweimal essen oder nie. Wir sind quitt, denke ich.«

»Schön, mit dir Geschäfte zu machen, Sacha. Halte mich auf dem Laufenden, wenn du auf die nächste heiße Spur stößt.«

»Gilt auch für dich, Ken. Also, dann. Wir werden uns sicher bald wieder in die Haare geraten.«

Coopers Hand zuckte vor sein Gesicht »Sacha? Moment. Hallo? Heute Nacht ... in Locarno ... heiße Spur ...«

»Was? Warum?«

Doch Cooper hatte bereits abgeschaltet.

***

Als sie die Terrasse verließen, stellte Florence die unvermeidliche Frage. »Und Michael? Du lässt ihn einfach im Stich?«

Kens Kiefer mahlten. »Ich bin selber in dieses Scheißdilemma gestolpert, Florence. Ich muss es zu einer radikalen Lösung bringen. Die Würfel sind schon früh gefallen, als ich vor ein paar Stunden entschieden habe, dass wir uns trennen. Michael und Ponte auf den Berg, ich zum Hotel ...«

»Gut, Ken, dass du zum Hotel gekommen bist. Was wäre sonst mit mir geschehen?«

Er nickte langsam mit zusammengepressten Lippen. »Ich vertraue Michael ... die Entscheidung, Muller auf der Piazza abzufangen, ist die einzig richtige. Wenn nichts passiert, umso besser ...«

Florence blieb stehen, rieb sich das Kinn, hob ihre gepflegten Brauen.

»Was ist?«, fragte Ken

»Nun ja, erkläre mir, warum Muller wissen soll, dass die Kanzlerin kommt? Du hast eben selber gesagt, es sei eine Überraschung, niemand wisse Genaues.«

Er legt einen Arm um ihre Hüfte, schob sie sanft vorwärts. »Louis, dein cleverer Mann, ist der Schlüssel. Er ist ja Chef dieser Verbindungsstelle in Bern, zwischen Geheimdienst und Armee. Und der NDB, also der Schweizer Geheimdienst, ist mit Sicherheit über den Besuch der Bundeskanzlerin informiert worden. Dies geschieht routinemäßig etwa zehn Tage im Voraus. Also ...«

»Dann hat Muller die Information aus Louis rausgepresst. Dieses Nazi-Schwein ...«

»Klar. Vermutlich sprach Madisch auch deswegen von ›verhandeln‹. Wenn Louis diesen Schurken genug gibt, lassen sie ihn vielleicht frei ...«

Florence' Antlitz verzog sich zu einer grimmigen Miene. »Ich habe Angst, Ken. Gib mir eine Waffe.«

»Das gehört zum Plan«, meinte er, als er schon auf dem Flur stand. Er hielt zwei Pistolen in der Hand. »Hier, nimm die da, meine Glock. Ich glaube, der Showdown hat bereits begonnen.«

***

Oberhalb Locarno, Villa Capone, Samstag, etwas früher, 18:00 Uhr

Jessica Ponte hatte zwei Streifenwagen zum Sportplatz bestellt, wo der Eurocopter um halb fünf Uhr aufsetzte. Ein junger Polizist salutierte Michael, öffnete ihm den Schlag, sank hinter das Lenkrad und chauffierte ihn zur Drahtseilbahnstation. Ponte hatte, wie verabredet, Ken in der anderen Streife in Zentrumsnähe gebracht, wo er das Hotel Florence in wenigen Minuten zu Fuß erreicht hatte.

Michael musste nicht lange vor dem abgesperrten Eingang der Talstation warten. Er sah ein graues, elegantes Gebäude mit einem zum Berg geöffneten schrägen Dach, wo dicke Stahlseile hineinliefen. Ein massiver Betonboden verankerte den Maschinenraum, der sich hinter einer Stahltür mit gelbschwarzem Starkstromwarnsymbol andeutete. Michael nutzte die Zeit, um nochmals den Inhalt der Armeepackung zu kontrollieren, die der Oberfeldwebel des

Waffenplatzes zusammengestellt hatte. Er füllte zwei Magazine seiner Glock mit je siebzehn Schuss Neunmillimeter-Patronen, prüfte die Klinge des Kampfmessers, schnallte es am Gürtel fest, knöpfte die Tarnjacke zu. Als er das Handy nach Mitteilungen checkte, fuhr der Streifenwagen heran. Ponte war allein. Sie stieg aus, grinsend ein kleines Gerät in der Hand schlenkernd. »Sesam-öffnedich!« Es sei besser, die Bahn ohne Anwesenheit des Zivilschutzingenieurs in Betrieb zu setzen, erklärte sie. »Diskretion ist wichtig. Er hat mir genaue Instruktionen gegeben, ich denke, das kriegen wir allein hin. Komm!«

Sie ging am Haupteingang und der Maschinenraumtür vorbei, blieb auf der abgekehrten Seite vor einer anderen, massiven Tür stehen, auf der STAFF ONLY stand. Ponte rieb sich die Stirn, dann drückte sie den knopfartigen Schlüssel an ein modern designtes Lesegerät, das über dem Knauf angebracht war. Sofort löste sich der Riegel mit einem Klacken. Sie stieß die Tür auf.

»Das muss die Betriebszentrale sein«, sagte sie und ging zu einem roten Kasten, der an der Wand neben einem Arbeitstisch mit Telefon hing. Sie öffnete den Deckel und studierte kurz das auf der Innenseite befestigte Merkblatt. »Das müsste der Anlageschalter sein«, murmelte sie und drehte den Griff in die senkrechte Stellung.

Kontrolllichter blinkten auf. Der Starkstrom strömte tief summend ein, man hörte ein paar Schaltungen klicken, dann leuchtete eine grüne Lampe auf. »Betriebsbereitschaft, das hätten wir.« Ponte machte eine elegante Handbewegung. »Darf ich bitten?«

Michael öffnete die Tür, sie betraten die Plattform. Die rote Kabine mit silbergrau gespritztem Dach hing an zwei armdicken Tragseilen. Das Laufwerk bestand aus einer Rollenbatterie mit einem Dutzend Rollen, wie Michael feststellte. Das Gehänge war eine Stahlkonstruktion, welche die Kabine mit dem Laufwerk verband. Um das Längspendeln bei wechselnden Steigungen zu ermöglichen, war es oben am Laufwerk drehbar gelagert. Michael blickte skeptisch zum Berg hoch, während Ponte das Absperrgitter zur Seite schob und mit dem Handgerät, das sie im Kontrollraum gefunden hatte, die Kabinentür öffnete. Drinnen schaute sich Michael um. Die Kabine fasste maximal zwölf Personen, wie das Schild neben einem Rauchverbot verkündete. An der Decke bemerkte er den Notausstieg.

Ein Signalton schrillte kurz, dann setzte sich die Kabine in Bewegung. Ponte wandte sich vom kleinen Schaltkästchen ab. »Wir müssen damit rechnen, dass sie oben die Betriebsaufnahme feststellen. Wir sollten uns geschickt verhalten, falls wir beim Aussteigen konfrontiert werden.«

»Wie lange dauert die Fahrt?«

»Sechs Minuten.«

»Da haben unsere Gegner wenig Zeit, zu reagieren«, befand Michael, als die Kabine über den ersten Mast glitt.

»Es wird schon schiefgehen«, grinste Ponte, aber Michael fand ihr Verhalten etwas zu locker. »Wie stellen Sie sich den Ausstieg vor?«

»Also, ich sehe es wie folgt: Sie legen sich auf den Kabinenboden, ich stehe an der Kabinentür, wenn wir einfahren. Man sieht nur mich, eine Frau in Polizeiuniform. Ich steige aus, und erkläre irgendetwas, das mir noch einfallen wird. Wer uns empfängt, wird sich zunächst mit mir unterhalten wollen, dann, je nach Lage, müssen wir improvisieren. Mehr als zwei Typen sollten wir kaum antreffen. Die können wir überwältigen, oder was denken Sie?«

Michael hatte ein ungutes Gefühl. »Ich denke, was uns definitiv fehlt, ist der Überraschungseffekt. Das Empfangskomitee kann uns abknallen wie Schießbudenfiguren. Wir müssen blitzschnell handeln.«

»Sie schießen nicht so schnell auf einen Polizisten«, widersprach Ponte.

Der zweite Mast stand nahe an der Bergstation. Als die Kabine leicht pendelnd darüber glitt, hatte Michael bereits eine ziemlich gute Übersicht gewonnen. Am Boden kauernd spähte er über den Fensterrand. Rechts neben der Bergstation lag ihr Ziel. »Eine Megavilla«, staunte Michael. »Futuristisch anmutend. Die hat ein Vermögen gekostet.«

Von der Kabine aus gesehen präsentierte sich der Bau von der guten Westseite. Hinter Palmen deutete sich der Garten mit Terrasse an. Vermutlich mit einem Pool olympischen Ausmaßes, dachte Michael. Von der Villa sah er zwei Stockwerke hinter blendend weißen Mauern. Der Komplex bestand aus einem schwarzen Würfel, der in den klassischen Landhaustil mit Zirbelholz und Walmdach aus Röhrenziegeln in venezianisch-rot überging. Weiter hinten vermutete er den Schlaftrakt und weitere Räumlichkeiten. Als die Kabine einfuhr, kam ein modernes, kubisches Nebengebäude mit Flachdach zum Vorschein. Es stand zwischen der Villa und der Station, lehnte sich an den Hang, der auf der Rückseite steil emporstieg. Das Tor unter einer Reihe von Fenstern mit schwarzen Scheiben war zu.

Vor dem Tor sah Michael jetzt den Vorplatz, der groß genug angelegt war, um darauf Fußball zu spielen. Bevor er sich überzeugen konnte, dass er tatsächlich schwarzweiße Torpfosten gesehen hatte, verringerte sich das Fahrttempo. Das leichte Pendeln erlahmte, die Kabine fuhr langsam ein, kam an der Plattform sanft zum Stillstand. Michael lag angespannt am Boden, die Beine leicht angezogen, dass er jederzeit hochspringen konnte. Die Hand in der Jackentasche umklammerte seine Neunmillimeter.

Es lief alles zunächst einfacher ab, als Michael erwartet hatte. Ein großer Kerl mit olivfarbenem Teint kam entgegen, als Ponte die Kabinentür zur Seite gleiten ließ und hinaustrat. Mehr konnte Michael nicht sehen. Er hörte eine unterdrückte Unterhaltung, dann schien Ponte näher zu kommen; denn er hörte laut und deutlich. »Es hat eine Kiste in der Kabine, helfen Sie mir?«

»Verdammt plump«, war Michaels erste Regung. Aber der Trick funktionierte. Er schnellte hoch, als der Kerl die Kabine betrat, hieb ihm die Faust in den Solarplexus, packte den sich Krümmenden am Kopf und wuchtete ihn Kopf voran gegen das harte Gestänge, das den Fahrersitz vor dem Fahrtkontrollkasten umgab. Der Mann blieb liegen. »Ziemlich einfach«, wunderte sich Michael, die Fäuste reibend, als er den stämmigen Körper musterte. Ponte sprang heran und fesselte dem Bewusstlosen die Handgelenke, hatte ein Tuch zur Hand, das sie ihm als Knebel um den Mund wickelte. »Sollte genügen«, keuchte sie.

Die nächste Aktion verlief alles andere als einfach. Sie standen am Ausgang und schauten über den Vorplatz zum schwarzen Kubus, dessen moderne Formen sich architektonisch stilsicher an die alte Bausubstanz schmiegten. Die schwarzweißen Stangen waren nicht als Fußballtor gedacht, sah Michael. Sie hatten den Zweck, einen Landeplatz zu markieren. »Die Sondereinheit kann hier landen«, flüsterte er, aber Ponte rannte bereits über den Platz. Sie hielt ihre Pistole in der ausgestreckten Hand. Auf der anderen

Seite angelangt, presste sie sich mit dem Rücken an die Wand des Würfels, winkte. Michael rannte los.

Da ging das Tor des Nebengebäudes auf. Zwei Bewaffnete traten heraus.

»Auf den Boden!« bellte einer, der andere sprang heran.

»Waffen niederlegen! Hände hochhalten!«

»Scheiße«, fluchte Michael und schaute ohnmächtig zu, wie die Männer die Pistolen einsammelten.

»Aufstehen, vorwärts«, schrie der eine. Michael beobachtete ihn näher. Das Gesicht kam ihm vertraut vor, aber da spürte er den Stoß eines Gewehrlaufs im Rücken und taumelte hinter Ponte um die Hausecke zur Terrasse.

Der Pool war in der Tat riesig. Das kristallklare Wasser floss über den Rand in eine tiefer gelegene Rinne, sodass es aussah, als sei das Becken randlos, wie ein lieblicher See. Auf der Bergseite grenzte ein niederer Glasbau an das Wasser. Der Pool verengte sich dort und zog sich im Innern weiter.

In der Mitte der weiten Terrasse stand ein hagerer, aber kräftig wirkender Mann. Sein Gesicht war scharf geschnitten, sonnengebräunt. Er trug den Bart kurz getrimmt, durch die glatt nach hinten gekämmten braunen Haare zogen sich hellblonde Strähnen.

Die Männer schubsten Michael vor den Befehlshaber, der ihn mit hochgerecktem Kinn spöttisch musterte. »Was haben Sie hier verloren, Cooper?« fragte er mit höhnischem Unterton.

Michael drehte den Kopf, schielte nach allen Seiten. Von Ponte sah er nichts. Dagegen sah er den Kerl herankommen, den er in der Kabine zusammengestaucht hatte. Ein hasserfüllter Blick traf ihn.

»Youssef«, sprach ihn der Befehlshaber an. »Die Frau und den da … separat wegsperren. Ghashi soll sich mal mit seinen Instrumenten bereithalten.«

»Verstanden, Chef.« Er zuckte mit den Fingern ostentativ vor Michaels Augen. »Ich werde Ghashi assistieren, und dir deine Eier …«

Youssef verstummte, als ihn der Befehlshaber mit einer barschen Handbewegung fortschickte.

»Sie sind Andreas Labitzke«, sagte Michael. »Alias Charon, alias Scheiße. Was ich verloren habe? *Sie* habe ich hier gesucht. Sie sind ein fieser Deserteur, ein Henker und feiger Mörder.«

Michael spürte in seinem Rücken Bewegung, doch Labitzke hob gnädig eine Hand. »Schon gut. Lassen wir ihn plaudern.«

»Wo haben Sie Pourtales? Wo ist seine Tochter?«

»Man nennt mich hier Muller. Ich bin erwählter Kommandant dieser Region. Sie platzen in unsere Party und beleidigen mich. Was stellen Sie sich vor, wie das ausgehen soll? Ich mag es, wenn Köpfe rollen, und Ihre arrogante Fratze werden wir unten auf der Piazza Grande aufhängen. Der Oberst ist mein Gast.« Er drehte den Kopf über die Schulter: »Pourtales! Wir haben Besuch«, rief er und lachte.

Louis de Pourtales sah gezeichnet aus. Doch er schritt erhobenen Hauptes am prächtigen Kamin vorbei über die Terrasse. Michael staunte über den Nadelstreifenanzug, sicher auf Maß, über weißem Hemd ohne Krawatte. »Ich bin nicht Ihr Gast, Muller«, protestierte der Oberst. »Die Villa gehört uns.«

»Jetzt nicht mehr«, grinste Muller. »Bring mal das Steuergerät, alter Sack, dann verdienst du heute vielleicht deinen Drink noch.«

Pourtales wandte sich zögernd um, als einer der Schergen schon mit einem aufgeklappten Laptop heraneilte. Andere rückten einen Tisch und Sessel heran, Youssef brachte seinem Meister ehrerbietig einen bequemen Stuhl. Muller sank in die üppigen Kissen und hieß Pourtales beginnen. Michael blieb stehen.

Der Oberst klickte ein paar Tasten an. »Roby steht im dritten Stock hinter der offenen Balkontür. Er hat Sicht auf die Piazza.« Sichtlich zerknirscht drehte er den Bildschirm, damit Michael besseren Einblick hatte. Auf dem Screen sah man ein Bild. Michael erkannte ein fein gegliedertes Balkongeländer, dahinter in der Distanz Häuser, Fenster, Dächer.

»Hotel Florence«, informierte der Oberst geschickt. »Er geht jetzt auf den Balkon hinaus.«

»Ja, ja … Zeig schon, was unser Roby kann«, herrschte ihn Muller an.

Das Bild bewegte sich. Eine Menschenmenge kam in Sicht, unzählige Stuhlreihen unten auf der Piazza. Jetzt schwenkte die Kamera in Robys Kopf auf eine große Leinwand, dann zurück auf die Menge, zoomte ein paar Köpfe heran.

»Weiter, weiter«, drängte Muller.

Plötzlich erschien ein hellgrünes Fadenkreuz auf einem Kopf, den Roby ins Visier genommen hatte. »Ziel erfasst, feuerbereit«, erklang eine metallische Stimme aus dem Laptop.

»Abbrechen!«, befahl Muller.

Michael sah, wie das Fadenkreuz verschwand, die Perspektive änderte. Man sah wieder die Fassaden der Häuser gegenüber, dann das Balkongeländer. »Roby ist zurück in der Ausgangsstellung«, knurrte Pourtales und bedachte Muller mit einem feindseligen Blick.

»Großartig, oder nicht? Was denken Sie, Cooper?«

Michael sagte nichts. Schaute sich um. Automatisch sondierte er die Lage. Neben Muller befanden sich offenbar drei oder vier Männer auf dem Sitz, der scheinbar dem Oberst gehörte. Der sich Youssef nannte war mit einer Pistole am Gürtel bewaffnet. Die beiden anderen, die Zigaretten rauchend etwas abseits am Pool standen, hatten die israelischen Micro-Uzi locker vor die Brust gehängt. Pourtales wirkte bedrückt. Resigniert wechselte er mit Michael einen Blick.

»Wo ist die Polizistin?«, fragte er, sich zu Muller wendend.

Muller zögerte mit der Antwort. »Geht dich wohl einen Dreck an. Gut aufgehoben ist sie allemal, oder nicht, Youssef?«

Der Angesprochene grinste dreckig. »Wir sorgen für sie.« Er machte mit den Händen eine anzügliche Geste, indem er einen Zeigefinger in die Öffnung der anderen Hand steckte.

Muller trat näher zu Michael. »Du hast gesehen, zu was Roby imstande ist. Fantastisch. Heute Nacht kann er der Mutti, wenn sie unten auf der Piazza ihre Rede hält, so richtig Feuer unter ihren … eh … wie sagte schon wieder Berlusconi … Egal. Der Höhepunkt meiner Mission ist nur noch Stunden entfernt.«

Michael schaute ihm in die graublauen Augen. »Mission? Seit wann sind Morden, Enthaupten, Flugzeuge vom Himmel Sprengen … diese Barbarei eine Mission?«

Muller warf den Kopf in den Nacken, lachte laut heraus. »Ha, meine Mission hat erst begonnen. Wir rekrutieren für meinen höchsten Gebieter neue, frische Kämpfer. Es lebe der Kalif.« Er blickte einen Moment sinnierend hinauf zu den Palmenspitzen. »Eine Schlacht ist im Gang, Cooper. Nordeuropa wird zur Kampfzone. Die Südschweiz ist es schon.«

Michael spuckte auf seine Füße. »Sie morden und stehlen.«

Unbeeindruckt fuhr Muller fort. »Diese Aktionen sind haarscharf geplant. Du verstehst doch etwas von Führung und Motivation, oder täusche ich mich? Also, die Aktionen meiner unerschrockenen Gotteskrieger verschaffen uns Respekt. Das zieht neue Männer und Frauen an. Sie strömen uns in Scharen zu. Seit Mitte letzten Jahres sind zwanzigtausend Ausländer zum Kalifat gestoßen. Sie wollen die Taten unserer mutigen Kämpfer nachahmen, verstehst du? Spaß, Konsum, Arbeit reichen vielen nicht zum Leben. Sie wollen Action, ja ... sie wollen Heldentum, Selbstaufgabe für unsere Sache. Himmelslohn, und sie wollen für eine gerechte Sache kämpfen.« Er machte eine ausschweifende Armbewegung. »Die jungen Leute hier im Westen haben keine Ziele mehr. Sie sind leer. Desillusioniert. Ohne Ideale. Wir geben ihrem Leben ohne Perspektive einen neuen Sinn.«

Michael wollte etwas entgegnen, doch die Worte blieben ihm im Hals stecken, als er das Knattern eines Helikopters vernahm. Seine Gedanken rasten. Kommt Propokiew? Hat der Russe den Köder geschnappt?

Er sah sich im Geist im Ospedale Civico aus dem Ärztezimmer treten. Ken stand bereits bei den Aufzügen, winkte ungeduldig. Aber Michael musste telefonieren. Aus einem spontanen Einfall heraus hatte er die Villa von Propokiew angerufen. Und der Russe hatte gleich abgenommen. Dieser phänomenale Glücksfall war für Michael mehr als Zufall gewesen. Wenn dir solche Einfälle in den Schoß purzeln, musst du sie am Schopf packen, wenn sie denn einen haben ... er hatte unter lebensbedrohenden Situationen gelernt, solche Spontansignale seines Geistes sofort ernst zu nehmen. Sogar seine erstaunlich fantasievollen Träume hielt er immer öfter für einen Fingerzeig, wie er handeln könnte. Was er Propokiew alles berichtete, wusste er nicht mehr so genau. Nur, dass er ihm erzählte, was sich in der Nacht zuvor in seiner Villa abgespielt hatte. Über den Bankraub informierte er ihn, dass die Beute vermutlich in seinem Haus versteckt wurde. Dann verriet er ihm, dass sie die Villa Capone auf dem Berg ausfindig gemacht hatten und vermuteten, dass sich Muller, ein Terroristenboss, dort oben eingenistet hatte ... er wolle ein dreckiges Spiel mit ihm spielen ... die Reaktion des Russen war ernüchternd gewesen. Michael hörte nur Fluchen auf Russisch, das so laut in sein Ohr dröhnte, dass er das Telefon in die Luft streckte. Als er wieder hinhören wollte, war die Verbindung tot. Er hielt seinen Anruf für eine blamable Pleite, deshalb behielt er die spontane Intervention beim Oligarchen für sich. Weder Ken noch Ponte erfuhren davon. War es die Möglichkeit, dass Propokiew reagiert hatte?

Die Antwort ließ nicht lange auf sich warten. Die Männer auf der Terrasse schauten ihren Chef stirnrunzelnd an. »Erwartest du Besuch«, fragte ein belämmerter Youssef.

Muller machte erstmals einen verunsicherten Eindruck. »Geh nachschauen, Youssef. Du, Ghashi, du gehst mit dem Oberst ins Haus. Los, Bewegung.«

Da brach die Hölle schon los.

Laute Knalle von Schüssen durchbrachen die eben noch entspannte Atmosphäre. Stimmen bellten Befehle.

Youssef fiel als erster im Kugelhagel der aus dem Helikopter springenden Männer. Die Garbe aus einer Kalaschnikow zerfetzte seine Brust. Der zweite aus Mullers Team, der mit angeschlagener Uzi zum Vorplatz rannte, hatte nicht die geringste Chance. Eine kurze Garbe mähte ihn nieder.

Michael spähte nach dem Rucksack, den sie ihm abgenommen und an die Hauswand geschmissen hatten. Muller verharrte wie gelähmt. Pourtales hatte sich abgesetzt und saß geduckt unter dem Vordach am massiven Kirschbaumtisch.

Dass die Hölle los war in der Villa Capone, war leicht untertrieben.

***

Der Russe stapfte heran, rot vor Wut im Gesicht, seine Mähne wallte. Das aufgeknöpfte schwarze Hemd entblößte die behaarte breite Brust – ein Panzer im Angriff. »Du hast mein Gastrecht missbraucht, du Scheißkerl.« Seine Pranken packten Muller an beiden Oberarmen, schüttelten ihn. »Das lasse ich mir nicht gefallen, du Schleimer, hast wohl gedacht, ich kaufe dir das mit der Verwandtschaft ab. Onkel! Dass ich nicht lache.« Er ließ von ihm ab, wohl etwas erstaunt, dass Muller keinen Wank machte. Mit stoischer Ruhe ließ er den Wutausbruch über sich ergehen. Michael bemerkte, wie seine Augen ein paar Mal hin und her zuckten, als sei ihm das, was er offenbar sah, wichtiger als der aufgebrachte Russe.

Jetzt blickte Muller mit herablassendem Lächeln auf Propokiew, den er um einen Kopf überragte. »Es war dieser Kurpfuscher Madisch, der in deinem Haus wütete, Igor. Ich war nicht dabei, als die Schießerei losging. Die Bullen kamen wegen deinem Lieblingsdoktor, der sich einfach so hatte festnehmen lassen. Tut mir leid wegen der Hausdurchsuchung …«

Propokiew trat zurück, wandte sich mit ausgebreiteten Armen seinen Männern zu, die mit wachen Augen über ihre Kalaschnikows schauten. »Habt ihr das gehört? Es tut ihm leid, ach nein … Die Polizei macht eine Razzia in meiner Villa, nein eine Verwüstung macht sie, Männer … und der Mistkerl da, dieses Terroristenschwein, markiert den Unschuldsengel. Festnehmen!«

Der vorderste seiner Männer hängte sein Gewehr über die Schulter. Er war ein Hüne, trug eine schwarze Mütze mit einem roten Stern über dem Schild. Er schlenkerte höhnisch Plastikhandschellen in seiner rechten Hand, als er vor Muller hintrat.

Michael hatte eine böse Vorahnung. Mullers Verhalten war suspekt, stank zum Himmel. Eine raffinierte Ablenkung. Trotzdem sah Michael die Gefahr ein paar Sekunden zu spät. Im Augenwinkel erspähte er den Umriss einer schwarzen Gestalt. Sie kam auf dem seitlichen Balkon, der von der Hausecke zur Hälfte abgeschirmt war, zum Vorschein. Warf eine Granate in hohem Bogen auf die Terrasse, wo Propokiew gelassen zuschaute, wie der mit der Sternenmütze gerade eine Hand von Muller packen wollte.

»Auf den Boden«, schrie Michael und rannte los. Er hechtete mit voller Wucht in den stämmigen Körper des Russen, umfasste ihn mit beiden Armen. Die plötzlich miteinander verkeilten Körper torkelten ein paar Meter, fielen auf die rötlichen Granitplatten. Michael presste seinen Kopf so gut es ging seitlich an den massiven Körper des Russen, drückte eine Hand schützend auf sein Gesicht. Im selben Augenblick zerriss der Knall der Explosion die Luft um ihn herum. Sekunden blieb er benommen liegen. Ein Schmerz stach in seinem Rücken, er fühlte sich wie ein einziger Scherbenhaufen, verharrte sekundenlang auf dem Russen, dessen Hinterkopf hart aufgeschlagen war. Der typische Geruch von Trinitrotoluol biss in seine Nüstern. Schüsse knallten. Vorsichtig hob er den Kopf, blickte über die Schulter. Das erste, was er zu erspähen suchte, war Muller. Der Mistkerl war verschwunden!

»Ponte«, rief er. Keine Antwort. Er rappelte sich mühsam hoch, kauerte über dem Russen, der sich den Hinterkopf reibend auf den Bauch drehte.

Einer von Propokiews Männern lag ein paar Meter weiter reglos in einer Blutlache. Ein zweiter erhob sich fluchend hinter einem umgekippten Liegestuhl, tastete seinen Körper ab. Der Hüne eines Anführers rannte um die Hausecke, die Kalaschnikow im Anschlag.

Michael stand, verdrehte sich mit schmerzhaftem Gesichtsausdruck, kämpfte mit dem Gleichgewicht. »Ponte!«, schrie er wieder.

Hinter dem Tisch unter dem Vordach der Terrasse rappelte sich Louis de Pourtales hoch. Seine Stirn blutete. Er streckte einen Arm aus. »Sie ist davongerannt. Hinter Muller her. Der Laptop ist weg.«

Die unheimliche Stille, die über der Szene lag, wurde plötzlich von einer Garbe von Schüssen zerrissen. Der Anführer mit der Schirmmütze kam breitbeinig um die Hausecke, suchte die zum Garten zugekehrte Fassade ab, wobei der Lauf der Waffe seinem wachen Blick folgte. »Den habe ich erwischt«, rief er, dann rannte er zu Propokiew.

»Es waren vier im Ganzen«, keuchte Pourtales heranhumpelnd. »Einer ist noch im Haus.«

Propokiew hatte sich unter das Vordach begeben. Die beiden Männer, die den Angriff überlebt hatten, näherten sich ihm, die Terrasse und den Garten aufmerksam im Auge behaltend, jederzeit bereit, aus ihren Waffen das Feuer zu eröffnen.

»Scheiße. Juri hat's erwischt«, fluchte Propokiew. »Durchsucht das Haus!«

»Der Laptop ist weg«, wiederholte Pourtales konsterniert.

In diesem Augenblick hörten es alle: Motorenlärm.

Michael reagierte zuerst. »Das sind Motorräder!« Er schleppte sich mühsam über die Terrasse zum Pool. Das Schwimmbecken war am äußeren Rand des Gartens angelegt. Eine Mauer fiel steil zur Böschung ab. Der große, rechteckige Pool grenzte mit der Breitseite daran. Michael stützte sich ans Geländer und schaute hinunter. Er marterte sein Gehirn. Wo zum Teufel konnte man hier Motorradfahren? Das bis zum trockenen Bachbett steil abfallende Gelände hatte ihn von der Seilbahnkabine aus betrachtet unbegehbar angemutet. Wo war Ponte? Lag sie irgendwo getroffen in ihrem Blut?

Da kam der Motorenlärm plötzlich näher. Zuerst sah er die Maschine mit hellgrünen Kotflügeln. Im Sattel saß geduckt Muller. Unverkennbar. Er steuerte die Motocross Maschine über einen holprigen Trampelpfad, federte die Buckel ab, korrigierte mit der Lenkstange. Der Motor heulte auf, klang ab, dröhnte erneut. Er verschwand hinter einer Baumgruppe.

Michael wandte sich um, gab Propokiews Männern ein hektisches Handzeichen. »Bringt mir den Rucksack! Macht schon!«

In der zweiten Maschine mit roten Schutzblechen stand Ponte, die Bikerin! »Gottlob, sie lebt!«, rief Michael, verfolgte fasziniert, wie die Frau die Maschine kontrolliert über das ruppige Gelände lenkte. »Ponteee!« schrie er, zuckte zusammen, als ihn ein heftiger Schmerz in die Brust stach.

Sie war bereits verschwunden. Michael beurteilte erstmals näher das abfallende Gelände, sah den Pfad, der sich in der Falllinie weiter unten zwischen Bäumen und Sträuchern hellbraun hervorschimmernd hinunterschlängelte.

Der ihm den Rucksack an den Arm drückte, trug eine Schildmütze mit dem Logo Levski Sofia. »Bulgare?«, fragte Michael.

Der Fußballfan nickte. »Sie bluten«, sagte er. »Ich hole den Verbandskasten.«

»Nein«, widersprach Michael. »Keine Zeit. Hören Sie gut zu.« Er öffnete den Rucksack und gab ihm hustend Instruktionen. Der Bulgare begriff sofort. Grinsend packte er den Sack, schwang sich über das Geländer.

Im Hausinnern wurde geschossen. Michael duckte sich reflexartig. Wieder Schüsse. Dann Stille. Michael stand breitbeinig am Geländer, die Uhr in der Hand. Mit halbem Auge sah er wie Propokiew aus dem Haus auf die Terrasse wankte. Hinter ihm folgte sein Anführer, die Schirmmütze saß jetzt umgekehrt auf seinem Kopf. Er hatte die Kalaschnikow umgehängt und schleppte einen Körper rückwärts über die Schwelle.

Die Lage schien unter Kontrolle, registrierte Michael, als er die Stimme unter ihm hörte. Er beugte sich über das Geländer. »Bereit«, wiederholte der Bulgare grinsend. Er strich mehrmals zärtlich mit der Hand über die Haftladung an der Mauer, als wäre es eine schnurrende Katze. Die zweite Sprengladung klebte zwei Meter daneben am Beton. Die Zeitzünder blinkten rot.

»Ladung bereit«, rief Michael zur Terrasse. »Geht in Deckung. Es wird Splitter regnen.« Der Bulgare stand bereits wieder neben Michael, der ein kleines Gerät in beiden Händen hielt. Ein rotes Licht blinkte am Gehäuse.

»Ladung zünden!«, schrie er und eilte hinkend neben dem Bulgaren, der ihn am Ellenbogen stützte, unter das Vordach.

»Was soll das?«, protestierte Pourtales. »Was heißt da Ladung …« Entsetzt brach er ab. Der enorme Luftdruck und die Wasserfontäne verschlugen alle Geräusche, als die Mauer durch die gebündelten Sprengladungen in Stücke gerissen wurde. Der tosende Lärm war ohrenbetäubend. Steinbrocken, Erdklumpen und Wasser prasselten auf Haus und Terrasse.

Michael hatte den Inhalt des Pools grob geschätzt. Zweihundert Kubikmeter mindestens. Benommen eilten die Männer nach vorne, reihten sich neben dem Krater auf, starrten hinunter ins Tal. Zweihundert Tonnen Wasser donnerten den Hang hinunter, rissen Bäume, Sträucher und Erde mit sich, stürzten sich im Tal in das vertrocknete Flussbett. Nach einer Minute war der Spuck vorbei.

Propokiew klopfte Michael auf die Schulter. »Genial. Sie sind mein Mann! Donnerwetter, diese Idee muss man erst mal haben.«

»Sie wollten die Motorradfahrer erwischen, stimmt's?«, fragte Pourtales misstrauisch, ein Fernglas in der Hand.

Michael nickte. Er hatte ein mulmiges Gefühl im Magen. Muller hatte Vorsprung. Wenn ihn das Wasser erwischte, konnte Ponte hoffentlich noch ausweichen …

Der Oberst senkte sein Fernglas. »War alles umsonst, fürchte ich.«

Propokiew starrte ihn an.

»Schauen Sie selber. Das Wasser kam zu spät. Dort unten preschen sie davon.« Er reichte dem Russen den Feldstecher. »Der zweite Fahrer hat aufgeholt«, knurrte er.

Michael war es egal. Vielleicht besser so … Ponte lebt … Aber warum hat sie nicht geschossen? Sie war die geübtere Fahrerin, holte zu Muller auf – ohne von der Schusswaffe Gebrauch zu machen …

Da wurde ihm schwarz vor Augen. Er klammerte seine Hände an die Brust. »Wer ist der Typ im Haus?« fragte er noch, dann spürte er nichts mehr.

»Sie nannten ihn Halit oder Ghashi«, antwortete Pourtales sich umdrehend. »Um Himmels Willen, helft ihm …!«

Propokiew war der erste, der sich um den Bewusstlosen kümmerte. »Er muss sofort ins Spital«, befahl er, nahm einen Druckverband aus dem Erste-Hilfe-Kasten, den der Anführer schon geöffnet hatte.

***

Locarno, Samstagabend, Piazza Grande

Florence hatte die Idee gehabt, auf das Dach zu steigen. »Du hast von ganz oben die bessere Übersicht, glaub es mir.«

»Früher war hier alles schön begrünt«, sagte sie entschuldigend, als sie auf die mit Unkraut überwucherte Terrasse hinaustraten. Florence machte das Bodenlicht an und dimmte die hellen, in die Platten eingelassenen LED-Leuchten gleich stark ab. »Wir hatten schöne Blumen, Tomaten, Schattenpflanzen. Da siehst du noch den Kiwi-Strauch über dem Tisch.«

Sie schritten unter der Pergola durch. Cooper wischte sich ein Spinnennetz aus dem Gesicht. Florence blieb stehen.

»Hier saßen wir oft abends bei einem Glas Rotwein. Seit Cariget verstorben ist, sieht es hier oben furchtbar aus«

»Cariget?«

»Ach so, der taubstumme Gärtner. Er pflegte alles liebevoll, machte die Zinne zu einem idealen Rückzugsort.«

Sie traten an den Rand des Daches.

»Während des Filmfestivals schauten wir manchmal von hier oben die Filme. Mit Operngläsern konnten wir die Promis in den vorderen Reihen beobachten.«

»Cervelat-Prominenz«, sagte Cooper abschätzig.

»Meistens, aber heute Abend sind ein paar Filmgrößen anwesend, wegen Wim Wenders, dem Altmeister … und die Kanzlerin wird bestimmt von einem Schweizer Regierungsmitglied begleitet.«

Cooper nickte abwesend. Sein Blick fiel auf die dicht gedrängten Zuschauerreihen, wanderte dann zur Bühne unter der großen Leinwand, die mit der Oberkante bestimmt bis zum zweiten Stock des Hotels reichte. Er lehnte sich hinaus. Das Dach fiel ungefähr vier Meter schräg ab. Drei Gauben, die man im Tessin *abbaini* nannte, ragten vor und spendeten den Mansarden Licht und Aussicht.

»Das Festival ist ziemlich bedeutend«, verteidigte Florence den lokalen Anlass. »Sie zeigen gegen dreihundert Filme.«

»Mmm.«

»Siehst du etwas?«

Cooper schüttelte unbehaglich den Kopf. Der Aussichtspunkt war zwar gut gewählt, aber er fühlte sich in der Handlungsfreiheit eingeschränkt. Florence trat neben ihn. »Die vorderste Reihe ist noch leer. Acht Uhr ist vorbei. Sie hat Verspätung. Vielleicht kommt sie gar nicht.«

Wie um sie Lügen zu strafen, kam Bewegung in die Zuschauer. Ein Raunen drang bis zur Zinne hinauf, dann setzte begeistertes Klatschen ein. Der freundliche Applaus galt der untersetzten Figur, die elegant die paar Stufen zur Bühne nahm und zielstrebig zum Podium schritt. Es war ohne Zweifel die deutsche Bundeskanzlerin. Sie trug ein hellrotes Jackett, weiße Hosen. Die hohen Absätze ihrer hellgrauen Pumps ließ sie größer erscheinen. Was macht sie zur mächtigsten Frau der Welt, fragte sich Cooper. Vielleicht ist es wirklich ihr Gesicht, das so treuherzig lächeln kann, wie jetzt, als sie freundlich in die Menge blickt, und bisweilen erschöpft und traurig die Mundwinkel fallen lässt …

Sie schaute breit lachend ins Publikum, hob den Blick kurz zu den Fenstern der geschmückten Häuser, winkte mit der Hand, eine dunkelblonde Strähne fiel in ihre Stirn. Der Applaus nahm erst ein Ende, als das Feuerwerk begann.

Es begann mit lautem Knallen. Alle Köpfe fuhren überrascht hoch, schauten hinauf zum Hotelbalkon. Rufe der Verblüffung, verzückte Schreie ertönten in den Pausen zwischen den Feuerstößen. Cooper blickte in eine Unmenge heller Gesichter, und ihm schien, als hätte das Publikum ihn entdeckt.

Die Bundeskanzlerin lächelte die etwas beängstigende Unterbrechung freundlich weg. Die Gabe dieser Frau, dass sie ihrer Umgebung stets das Gefühl vermittelt, alles im Auge, im Sinn, unter Kontrolle zu haben, löste die Spannung, ließ Unruhe gar nicht erst aufkommen. Ruhig Blut, da ist nichts passiert, ich bin ja da und rede, schien sie zu sagen. Wie eine Mutti eben, die ihre Zöglinge besänftigt.

Cooper sah es anders. Er erfasste die Lage augenblicklich. Es waren Leuchtspurgeschosse, die in hohem Bogen über die gegenüberliegenden Dächer in den See hinaus schweiften. Kein pompöses Feuerwerk. Aber Cooper machte sich keine Illusionen. Die Schüsse kamen vom Balkon unmittelbar unter der Dachkante. Und es waren tödliche Geschosse. Die nächsten Garben konnten hinunter in die Menge streuen und ein Blutbad anrichten.

Er packte Florence am Arm. »Geh nach unten zu Alice. Versperre die Eingangstür. Lasse niemand herein. Ich komme nach.«

Den letzten Satz warf er ihr entgegen, als er bereits mit den Beinen voran neben der Dachgaube das Dach hinunterrutschte.

Er stoppte die Abwärtsbewegung rechtzeitig, indem er seine Absätze in die aus massivem Kupfer gefertigte Dachtraufe stemmte. Dann lehnte er sich zur Seite, bis seine Hände die Rinne fassten, ließ den Körper über die Dachkante gleiten und baumelte über dem Balkon im Freien. Er entdeckte den Roboter, eine der menschlichen Gestalt nachgebildete Leichtmetallkonstruktion. Bunte Lämpchen blinkten in Kopf und Brust, was vermutlich unten auf der Piazza den Eindruck einer Show-Einlage verstärkte. Sein Arm war in einem stumpfen Winkel nach oben gerichtet. Als wieder eine Garbe aus der eingebauten Waffe in den Nachthimmel schoss, pendelte Cooper ein paar Mal, dann ließ er sich fallen. Er landete hart auf dem Balkonboden, erhob sich und sprang zum Roboter. Entschlossen packte er ihn an den mit Drehgelenken versehenen Schultern, riss ihn herum. Dann trat er ans Geländer, schaute beide Arme ausbreitend nach unten, als wäre er der Zeremonienmeister. Ein Scheinwerferstrahl glitt über sein Gesicht. Die Menge applaudierte prompt. Doch der Roboter war im Begriff, sich zu wenden. Cooper sah, wie die Maschine langsam den gefährlichen Schussarm zu ihm herüberschwenkte. Autonomes Killerverhalten, schoss ihm ins Gedächtnis. Da bemerkte er den gusseisernen Pflanzentopf nur ein paar Meter von ihm entfernt. Das Gefäß war verrostet, leer und stand vermutlich seit ewiger Zeit vergessen an der Hauswand neben der Balkontür. Cooper duckte sich, um der Ziellinie des Roboters auszuweichen, umfasste mit beiden Armen seine sich kalt anfühlenden Beine und riss ihn zu Boden. Dann packte er den Topf, hievte ihn über den Kopf und schmiss ihn mit aller Kraft auf den metallenen Leib des gestrauchelten Roboters. Er hörte Piepsen, Zirpen, ein wie eine Trauermelodie abklingendes Klimpern, Oh- und Ah-Rufe aus dem Publikum.

Die Kanzlerin klatschte höflich. Die Menge applaudierte spontan. »Das war ein interessanter Auftakt«, sagte die Kanzlerin. »Viel Lärm um nichts, wie bei uns im deutschen Bundestag.« Herzliches Gelächter schlug ihr entgegen, erregtes Stimmengewirr setzte ein.

Aufmerksam beobachtete Cooper die Piazza. Die Menge klatschte. Der Applaus galt dem Mann mit wildem Haarschopf und Brille, der sich aus der ersten Reihe erhob und über die Stufen auf die Bühne trat. Die Kanzlerin machte ein paar Schritte auf ihn zu, streckte ihm die Hand entgegen. Auf der Bühnenseite, wo die Treppe angebaut war, entdeckte Cooper den Bodyguard. Großgewachsen, den typischen Knopf im Ohr, wandte sich der Glatzkopf gerade um, schien zum zweiten Mann zu sprechen, von dem Cooper nur undeutlich den Oberkörper sah.

Sein Blick schweifte auf die andere Seite der Bühne. Im Schatten der Beleuchtung entdeckte er die Reihe blauweißer Toilettenhäuschen. Die Aufschrift TOI stand unverkennbar auf allen Seiten, die sich Cooper zuwandten.

Aber was ihn alarmierte, war die sich öffnende Tür. Ein Mann trat aus dem ersten TOI hinaus. Groß, hager. Er trug eine schwarze Jacke. Eine Hand steckte in der Tasche.

»Muller!«, entfuhr es Cooper. Er sprang zum Balkonende, beugte sich über das Geländer. Ihm war augenblicklich klar, dass die Zeit nicht reichte, ins Haus hinein und die Treppen hinunter zu stürzen. Zudem war die Tür der Balkonetage in den Flur vermutlich versperrt.

Kurz entschlossen schwang er sich über das Geländer, hielt sich auf der Außenseite daran fest, schaute in die Tiefe. Die scharfen Spitzen des Gitterzauns vor dem Erdgeschoss, die ihn aufspießen wollten, ließen ihn fester Griff fassen.

Die Aufmerksamkeit der Zuschauer richtete sich voll auf die Kanzlerin. Cooper sah, dass die Hausecke mit dem Abflussrohr im Schatten lag und ihm Sichtschutz bot. Er verschob sich tastend mit den Füßen auf der Balkonkante bis er die Sandsteinzierplatten an der Hausecke fühlen konnte. Er lehnte sich hinüber, fasste das Rohr mit beiden Händen und schwang sich vom Balkon weg.

Das massive Rohr war von der Fassade leicht abgesetzt montiert, was Cooper erlaubte, mit Händen und Füßen rundherum guten Griff zu fassen. Vorsichtig kletterte er hinunter. Zwei Meter über dem Boden ließ er sich fallen, federte hinter einem Zelt ab. Das quadratische Zelt bot ihm Deckung. Er schob eine Plane mit dem Pistolenlauf zur Seite. Er sah eine Bahre, einen Faltstuhl und zwei Uniformierte, die zur Bühne schauten.

»Security«, sagte er und ging rasch an den erschrockenen Sanitätern vorbei, gebot ihnen mit Handzeichen Stille.

Neben dem Erste-Hilfe-Zelt beobachtend, versuchte er, den Überblick zu gewinnen. Von seinem Standort sah er knapp den hellen Haarschopf der Kanzlerin. Der Bühnenrand versperrte den direkten Blick ins Publikum. Er hörte die Bundeskanzlerin sprechen.

Sie ist ja keine große Rednerin.

Da sah er ihn. Begriff augenblicklich, er würde zu spät kommen.

Muller stand hinten an der dunklen Bühnenecke, stieg jetzt auf eine Materialkiste. Er hielt die Waffe in der rechten Hand. Jeden Moment konnte er sich auf die Bretter hinaufschwingen.

Wo blieben verdammt nochmal die Bodyguards? Natürlich, die Deppen schauten nur flüchtig in die Menge, spähten zu den Dächern und Fenstern hoch. Rechneten nicht damit, dass auf der von Material versperrten Bühnenseite Gefahr drohte. Geschickt gemacht von Muller …

Der Filmemacher stand jetzt zur Rechten der Kanzlerin und hörte mit demütig gebeugtem Kopf ihre Laudatio an. »Bitte rede weiter, Angela«, hörte Cooper sich wünschen, denn der geehrte Regisseur stand genau zwischen ihr und Muller. Der Attentäter hatte keine freie Schussbahn. Wenigstens vorläufig nicht.

Cooper lief los.

»Und nun, lieber Herr Wenders, darf ich Ihnen das Große Bundesverdienstkreuz an Ihre Brust heften«, sagte die Bundeskanzlerin. Der Regisseur trat näher, wandte sich halb zur Menge, halb zur Kanzlerin. Diese machte ein paar Schritte auf den Geehrten zu, veränderte dadurch ihre Position mit Bezug auf Muller. Sie bot sich ihrem Attentäter als perfektes Ziel an.

Cooper sah, wie Muller breitbeinig auf der großen Metallkiste stand und die Waffe anhob. Noch zehn Meter trennten Cooper von dem Schützen.

»Muller, stopp!«, schrie er.

Andreas Labitzke, alias Charon, fuhr herum. Auf seinem Gesicht stand Verblüffung, die sich rasch in eine Mischung aus Ärger und Hohn verwandelte, als er Cooper erkannte. Ruhig schwenkte er den Arm mit der Pistole herum. Ein Schalldämpfer war auf den Lauf geschraubt.

Aber Muller hatte nicht mit der Geistesgegenwart seines Gegners gerechnet, der eine auf Holzpaletten hingestellte, metallene Halogenlampe mit losem Kabel packte und sie in Richtung von Muller schleuderte. Der Überrumpelte duckte sich, die Lampe krachte hinter ihm in einen Stapel Reservestühle. Die Ablenkung von ein paar Bruchteilen einer Sekunde genügten Cooper allerdings.

Mit einem Satz stand er neben Muller, umfasste seine Hüfte mit beiden Armen und riss ihn von der Materialkiste herunter. Die Männer torkelten über Kisten, Stühle, Lampen und fielen hart auf den gepflasterten Boden. Der Lärm, den der Kampf verursachte, ging im tosenden Applaus unter, als die Kanzlerin dem Regisseur mit beiden Händen die Hand drückte und die Zeremonie für beendet erklärte.

Cooper drückte Mullers Kopf mit aller Kraft zu Boden. Was er dabei aus dem Lautsprecher hörte, tönte wie Hohn in seinen Ohren.

»Ich wünsche Ihnen, liebe Filmfreunde, noch viel Vergnügen beim Film, der jetzt gezeigt wird. EVERYTHING WILL BE FINE ist ein wahres Meisterwerk von Wim Wenders.«

Sie winkte lächelnd, als sie über die Bühne davonschritt. Wieder brandete Applaus auf.

Everything will be fine …

Muller gelang ein Unterzug. Er hatte einen Arm zwischen Coopers Beine gebracht, packte nun mit der Hand im Schritt zu, zog ruckartig und wuchtete Cooper heftig zur Seite. Gleichzeitig drehte er sich blitzschnell und stieß ihn mit beiden Beinen, sodass der halb Aufgerichtete mit dem Kopf in eine Stange des Beleuchtungspfostens krachte und benommen liegen blieb.

Muller tastete nach seiner Waffe, suchte im Halbdunkel den gepflasterten Boden ab. Vergeblich. Er fluchte laut. Der Kampf hatte ihm die Pistole aus den Händen gerissen. Vermutlich lag sie irgendwo unter der Bühne. Er blickte kauernd auf Cooper, der sich zu regen schien und ihm plötzlich einen Fuß ins Gesicht stieß. Er torkelte, rappelte sich hoch und versetzte Cooper einen heftigen Tritt in die Seite, bückte sich über ihn, packte ihn an der Gurgel. Einen Moment verharrte er. Sollte er ihn ein für allemal erledigen? Wo hatte der Scheißkerl seine Waffe? Er tastete ihn mit einer Hand ab, fuhr aber alarmiert hoch, als er die Stimme hörte.

»Was ist passiert?« Der Sanitäter schaute ihn mit großen Augen an. »Können wir helfen?«

»Ja, der Idiot ist von der Bühne gefallen. Wollte sich die Mutti näher anschauen.«

Muller war schon verschwunden, als die Sanitäter sich über Cooper beugten. »He, Mann, Sie sind doch der von der Security?«, sagte er, sich den Schnurrbart reibend. »Was ist passiert?«

Cooper stand mit schmerzverzerrtem Gesicht auf, hielt sich die Hüfte mit beiden Händen. »Ach, nichts. Wir übten nur einen Stunt. Schließlich dreht sich hier alles um Film, oder nicht?«

Er ließ die verdutzten Männer stehen und lief zum Hotel zurück.

***

Locarno, Samstagabend, Hotel Florence

Mit Unbehagen stellte Ken sofort fest, dass etwas nicht stimmte, als er durch den Garten auf die Eingangstür des Hotels zueilte.

Die Tür war nur angelehnt. Florence hat nicht abgesperrt, wollte er schimpfen, als ihm das aufgebrochene Schloss in die Augen sprang. Er griff nach seiner SIG Sauer, fasste ins Leere. »Scheiße«, zischte er, als er begriff, dass er die Pistole im Kampf mit Muller verloren hatte.

Vorsichtig stieß er die Tür auf, machte ein paar Schritte zur Rezeption, als er den Schrei hörte. Der gellende Schrei einer verletzten Frau. Oder einer gequälten. Florence? Alice?

Er verspürte eine unglaubliche Wut in seinem Inneren kochen. Er griff nach seinem Schenkel. Das Kampfmesser war über seinem Knöchel mit Klettverschluss festgemacht. Er zog es aus der Halterung, umfasste den Griff fest mit der Faust und ging rasch vorwärts. Er erreichte die Lounge, als ihn die Stimme in seinem Rücken erstarren ließ.

Jessica Ponte hatte sich hinter dem Rezeptionstresen erhoben, zielte mit ihrer Dienstwaffe auf ihn.

»Messer fallen lassen«, befahl sie.

Cooper drehte sich langsam um, starrte in den Pistolenlauf, der knapp fünf Meter entfernt auf seinen Kopf zielte. Wortlos ließ er die Klinge fallen, stieß sie mit dem Fuß weg. Sie schepperte gegen die Wand, blieb unter einem Sessel unsichtbar liegen.

»Vorwärts in die Lounge«, befahl Ponte.

Cooper ging langsamen Schrittes in den Aufenthaltsraum hinein. Dort erhob sich Muller von einem am Boden gekrümmten Körper. Er hielt ein Messer, das wie ein Skalpell aussah, in der Hand. Mit einem Blick erfasste Cooper die aussichtslose Situation. Alice war eine der gefesselten Frauen. Sie blutete am Hals. Deshalb der Schrei. Neben ihr lag gefesselt und geknebelt Florence.

Ponte stand hinter ihm. Sie hielt geschickt Abstand, um zu verhindern, dass er ihr herumwirbelnd die Waffe entwinden konnte. »Umdrehen. Hände schön auf den Rücken«, befahl sie, während Muller näher kam und ihm mit einem Strick die Handgelenke brutal zusammenschnürte. »Auf den Boden.«

Muller fesselte seine Fußgelenke. Er benutzte dazu eine Vorhangkordel. Eine solche hatte er vermutlich auch für seine Hände benutzt, begriff Cooper, der versuchte, seinen Oberkörper aufzurichten, was ihm nur schlecht gelang. Immerhin sah er Muller, der die Computertasche von Florence triumphierend in die Höhe hielt. »Wir haben, was wir brauchen, Cooper. Es ist das letzte, was Sie in ihrem erbärmlichen Leben noch zur Kenntnis nehmen können. In der Tasche sind alle geheimen Daten der Loréans-Entwicklung. Nicht nur die vom autonomen Killer-Roboter, den Sie oben auf dem Balkon vernichten wollten, sondern auch die brisanten Pläne und Source-Codes für die Konstruktion des *Robo-Nuke*. Ja, Cooper, das Blatt hat sich gewendet.«

»Wenn es Ihnen um diese Technologie geht, warum verbreiten Sie dann Angst und Schrecken in der Südschweiz?«

Muller blickte ihn mitleidig an: »Ich dachte, Sie verstehen etwas von Kriegskunst. Die Schreckenstaten meiner Söldner und Dschihadisten dienen dazu, mein Territorium zu markieren. Dem Gegner die Pläne zu durchkreuzen, ist die beste Strategie, dann die Allianzen zerstören … ich weiß, wovon ich rede, aber genug davon!«

Ein Geräusch ließ Cooper zur Seite blicken. Ponte klaubte aus einer Armeepackung einen Gegenstand heraus, legte ihn auf den Fußboden, packte zwei weitere ähnliche Objekte aus und reihte sie aneinander auf.

Sprengladungen, begriff Cooper, was ihm einen kalten Schauder das Rückenmark hinunterjagte. »Gestohlene Armeemunition«, stieß er sarkastisch hervor.

Ponte drehte den Kopf und grinste. »Klar. Der Feldwebel hatte mir zwei Packungen bereitgestellt. Michael hatte eine mitgenommen, als wir auf den Berg hinauffuhren. Ich glaube, er braucht sie jetzt nicht mehr.«

Cooper fühlte einen Stich im Herzen. »Was wollen Sie damit sagen?«

»Ach nichts, Sie werden es leider nie erfahren.«

Während Ponte die Ladungen eine nach der anderen an verschiedenen Orten im Raum anbrachte, räusperte sich Muller. »Wir holen jetzt *Roboguard*, Cooper. Wenn Sie meinten, Sie hätten ihn zerstört, irren Sie sich gewaltig.«

Am Boden kauernd grinste Ponte erneut herüber. »So viel wir in Erfahrung gebracht haben, ist die Elektronik gegen Feuer und Beschuss hermetisch geschützt. Der doofe eiserne Kübel hat vermutlich bloß die Hülle etwas zerbeult.«

Sie stand auf und trat neben Muller. Gemeinsam überschauten sie die Gefesselten, schienen von dem, was sie sahen, befriedigt.

Muller machte eine stumme Kopfbewegung. Danach verließen sie die Lounge, um im dritten Stock den Roboter zu bergen.

Sobald die Schritte verklungen waren, fühlte Cooper einen Stoß in seinen Beinen. Florence rutschte zu ihm heran. Mit dem Kinn und den Augen machte sie verzweifelte Zeichen. Cooper begriff zuerst nichts. Da schob sich Alice heran, drehte sich herum, sodass ihre Beine den Leib von Florence erreichten. Sie tippte mit den Füßen an Florence' Schoß. Nickte dabei heftig, die Augen weit aufgerissen, auf den Unterleib starrend. Stirnrunzelnd richtete Cooper sich mühsam in eine Sitzposition auf, rückte mit dem Gesäß ruckartig an Florence heran. Mit den Händen tastete er ihren Schoß ab.

Zuerst fühlte er nichts, nur den schön geformten Unterleib. Unterdrückte Laute aus Florence' Kehle ermunterten ihn, weiter zu tasten. Er fuhr über den Oberschenkel. »Mmm, mmm«, signalisierte sie. Er fuhr hinauf in ihren Schritt und stieß gegen etwas Hartes. Seine Finger prüften den Fund. Es war eine Waffe. Offensichtlich steckte sie in einem Straps. Nach der Größe zu beurteilen, musste es die kleine Browning sein, die er in ihrem Zimmer auf dem Nachttisch gesehen hatte. Von Florence' Zärtlichkeit abgelenkt, hatte er der Waffe keine Beachtung geschenkt. Jetzt gelang es ihm endlich, die kleine Pistole aus der Halterung zu zerren. Sie fiel auf den Boden.

Dann rutschte Ken mit dem Hintern gegen Florence' Kopf. Sie begriff, was er wollte und suchte mit ihrem Mund nach seinen Fingern. Er schob den Lappen, der sie knebelte, zu ihrer Nase hoch, bis der Mund halbwegs frei lag.

Sie keuchte. »Die Waffe ist schussbereit.«

Sie hörten schwere Schritte. »Die kommen. Zurück. Versteck die Waffe, Ken! Ich habe einen Plan.«

Zuerst kam Muller in Sicht. Er betrat den Raum rückwärts. In den Händen trug er die Beine des Roboters. Ponte hielt die Stahlfigur unter den Drehgelenken der Schultern fest. Sie durchquerten den Raum in die Rezeption, wo sie, nach dem Geräusch zu schließen, den *Roboguard* abstellten.

Muller kam zurück, streckte den Autoschlüssel von Florence' Range Rover in die Höhe. »Eine flotte Karre«, grinste er. »Wir leihen ihn eine Weile aus, wenn Sie nichts dagegen haben, Madame.« Seine Stimme triefte vor Ironie. »Keine Bange, man wird ihn irgendwo am Stadtrand wiederfinden. Schade nur, dass Sie ihn nie mehr fahren werden können.«

Ponte war hinter ihm in die Lounge gekommen. Bemerkte mit Stirnrunzeln das verschobene Mundtuch, obschon Florence versuchte, ihr Gesicht abzuwenden. »Was haben wir denn da?«, höhnte sie. »Wollten Sie schon wieder mit Cooper knutschen.« Sie riss Florence an den Haaren, straffte das Tuch brutal, danach kontrollierte sie Cooper und Alice. Beide waren rechtzeitig in ihre Position zurückgerutscht. Misstrauisch schaute sie Cooper in die Augen. »Was haben Sie jetzt vor, Sie Schlitzohr?« Sie riss ihm den Knebel weg. »Wollen Sie mir nicht wenigstens anständig Adieu sagen?«

Cooper hustete ein paar Mal. »Ich wusste die ganze Zeit, dass ich Ihnen nicht trauen konnte, Jessica.«

»Ihr Pech, dass Sie erst jetzt dahinterkommen.« Sie wandte sich ab und kauerte vor einer Sprengladung nieder. »Ich mache die Bomben scharf, Ken. Der Sprengstoff reicht, um das ganze Haus in Schutt und Asche zu verwandeln.« Sie bewegte sich geduckt zur nächsten Ladung.

»Sie machen es nur für das Geld. Ich wusste, dass Sie kein Rückgrat haben«, sagte Cooper. Einen Moment glaubte er, sie würde die Beherrschung verlieren, wie in Propokiews Villa, als sie die gleiche Bemerkung zur Weißglut brachte. Doch sie grinste nur. »Lieber kein Rückgrat, als mit einem im Sarg liegen, was Ihnen blühen wird, Cooper, sofern etwas von Ihnen übrig bleibt.« Sie schien mit den Vorbereitungen fertig zu sein, stand auf und zog ein Gerät aus der Uniformtasche, schwenkte es ein paar Mal mit der Hand vor Coopers Gesicht. »Das ist die Fernzündung, Armeeordonnanz«, lächelte sie.

»Sie kommen nicht weit«, zischte Cooper.

»Warum denn nicht? Ich trage die Uniform der Kantonspolizei. Die Flucht ist ein Kinderspiel. Dann, wenn wir weit genug weg sind, drücke ich auf dieses Knöpfchen hier, sehen Sie? Und bumm …«

Cooper brauchte noch eine Bestätigung. »Wo haben Sie die Beute, Jessica?«

Sie schenkte ihm einen triumphierenden Blick. »Sicher versteckt, was glauben Sie denn? Ich habe das Kommando nach dem Bankraub auf eine falsche Fährte gelenkt, Ken. Wir schifften das Geld mit dem Boot hinüber nach Campione, die italienische Enklave. Dort, in einem Bootshaus des Spielcasinos, werden wir das Geld abholen. Die Seepolizei war in jener Nacht anderweitig beschäftigt, dank meiner Ablenkung … *clever, simple and stupid*, oder nicht?«

»Man hätte Sie längst aus dem Polizeikorps entfernen müssen«, warf ihr Cooper ins Gesicht.

»Das hatten die Oberen auch vor, Sie Träumer. Das mit meiner Rückversetzung diente nicht nur dem Cover-up gegenüber Madisch. Das Kommando hat mich effektiv verarscht, man wollte mich loswerden wegen einer Bagatelle … mich zur Chefin der

Fundstelle degradieren … Jetzt bin ich frei, zahle es allen heim. Der Islamische Staat gibt meinem Leben neuen Sinn. *Porca miseria!*«

»Eine Eintrittskarte ins Paradies? Lächerlich!«, konterte Cooper.

»Meinetwegen, aber ich habe eine Mission. Übrigens, der Arzt hatte keinen blassen Dunst, dass ich für Muller arbeitete.« Sie stapfte hinaus in die Rezeption. »Auf Nimmerwiedersehen, Cooper«, sagte sie, sich ein letztes Mal umdrehend.

Cooper hörte, wie sie den Roboter hinaustrugen.

»Los«, flüsterte er zu Florence, als das Türschloss klackte. »In der Rezeption unter dem Stuhl liegt mein Messer. Hole es, schnell!«

Florence brauchte keine zweite Aufforderung. Unglaublich behände robbte sie hinaus. Cooper dünkte, es dauere eine Ewigkeit bis sie zurückkam. Das Messer hielt sie in einer Hand auf dem Rücken. Cooper rückte heran, hielt seine zusammengeschnürten Handgelenke an die Klinge. Sie war zum Glück scharf. Florence mühte sich mit Erfolg ab. Die Vorhangkordel bot dem scharfen Messer keinen Widerstand. Cooper rieb sich ächzend die Handgelenke.

Draußen im Hof sprang der Range Rover mit tiefem Brummeln an.

Mit den freien Händen packte Cooper die Klinge, durchschnitt zuerst seine Fußfesseln, dann befreite er Alice von Fesselung und Knebel. Sorgfältig inspizierte er Florences Handschellen. Keine Kordel. Stahl, Polizeiausgabe.

Da begriff er, warum Florence wollte, dass er den Browning aus ihrer Wäsche hervorklaubte. Er nahm die Waffe vom Fußboden auf. »Streck deine Arme so weit es geht in die Höhe«, befahl er. »Es wird wehtun.«

Alice half Florence, die hinten gefesselten Arme gegen ihre Schultern hochzuziehen. Die Anstrengung spiegelte sich in ihrem Gesicht, aber sie gab selbst dann keinen Laut von sich, als Alice auf Geheiß von Cooper die Arme noch weiter nach oben zwängte.

»Aufgepasst«, warnte Cooper. Er legte die Mündung des Brownings satt unter das Schloss der Handschelle, überzeugte sich, dass die Kugel noch oben in die Decke schlagen würde. Er drückte ab. Florence schrie. Cooper sah zuerst Blut, dann die freien Hände. »Gut«, keuchte er. Das 6,35-Millimetergeschoss hatte das Metall aufgesprengt, von dort schlug es quer und sirrte in den Spiegel neben dem Bücherregal.

Florence hielt eine Hand vors Gesicht und saugte mit den Lippen Blut vom Finger, betrachtete die Wunde. »Nichts passiert, nur Schürfung«, sagte sie, entschlossen aufstehend.

»Was ist dein Plan?«, fragte Cooper. »Wir müssen raus hier.«

Zu seiner Überraschung zerrte Florence ihren Jupe hoch, bis der Bauchnabel entblößt war. Cooper blickte gebannt auf ihren schwarzen Slip, aus dem Florence jetzt ein Gerät von der Größe eines Smartphone herauszog.

»Was versteckst du noch alles da unten«, staunte Cooper. »Wen willst du anrufen? Louis?«

Sie schüttelte den Kopf. »Das macht Alice. Alice, ruf bitte in der Rezeption die Polizei an. Sie sollen die Piazza evakuieren.«

Die wilde Entschlossenheit von Florence beeindruckte Ken, aber er begriff immer noch nicht, worauf sie hinauswollte. Erneut deutete er auf das Gerät, das er für ein Telefon hielt.

Doch sie ignorierte ihn. Sie hielt es jetzt in beiden Händen, tippte konzentriert darauf herum. Nicht wahllos, wie es Cooper schien, der verblüfft zuschaute. Immer wieder schürzte Florence die Lippen, dann bewegte sich wieder einer der Daumen.

Computerspiel, spinnt sie denn …

»Wir müssen raus«, ergriff er die Initiative wieder, die ihm Florence geraubt hatte.

»Gleich«, sagte sie abwesend, voll auf das Display konzentriert.

***

Muller saß konzentriert am Steuer des Range Rovers. Sie fuhren mit normaler Stadtgeschwindigkeit durch die engen, gut beleuchteten Gassen, mussten ein paar Mal anhalten, sei es wegen Fußgängern, die in endlosen Kolonnen über Zebrastreifen bummelten, sei es wegen Staus an Kreuzungen.

»Haben wir alles?«, fragte Ponte leicht nervös, einem Kollegen vom Verkehrsdienst zuwinkend, der ihnen gerade freie Fahrt gegeben hatte.

»Sicher, zweifelst du daran? Wir holen uns das Geld in Campione, dann ab mit dem Heli nach Österreich. In Salzburg habe ich im Goldenen Hirschen gebucht. Vorher schauen wir uns noch die Nachrichten an.«

»Nachrichten«, fragte Ponte. »Wegen Stuttgart?«

Muller hielt knurrend vor einem Zebrastreifen an. »Sicher. Das wird ein Fest. Du weißt, das USEUCOM ist mit Abstand die bedeutendste Basis der Amerikaner in Europa. Und wenn mein Kontakt richtig informiert ist, erwischen wir den Kommandanten, der zugleich Oberbefehlshaber der Alliierten in Europa ist. Nicht nur, wenn die Bombe in den Fahrzeugen losgeht, erwischt es hoffentlich auch die israelischen Generäle. Zwei Fliegen mit einer Klappe.« Er grinste hämisch.

»Unglaublich«, stöhnte Ponte. »Du bist ein Genie, Andreas. Wann geht die Bombe hoch?«

»Jetzt dann gerade. Heute Abend.« Er schaute kurz auf seine Armbanduhr. »In einer knappen Stunde, um 21 Uhr circa, wenn alles nach Plan läuft.«

Ponte hielt die Fernzündung in der Hand. »Wir kommen da vorne auf die Umfahrungsstraße, da zünden wir die Ladungen. Wenn ich drücke, dauert es noch genau fünf Minuten. Soll ich?«

Muller nickte. »Ja. Genau nach Plan.«

»Gut.« Sie zögerte, starrte auf das Display.

»Was ist? Kalte Füße? Gib her, ich mach's.« Er riss ihr das Gerät aus der Hand und drückte auf den roten Knopf. Sogleich begann auf dem Display der Countdown zu blinken.

Sie zuckte mit den Achseln. »Genau nach Plan. Unwiderruflich …«

Muller konzentrierte sich auf den Verkehr.

»Hast du alles dabei?«, wiederholte sie.

Muller blickte überrascht auf sie. »Klar, was denkst du denn? Geld, den Roboter, Waffen, die neuen Pässe … alles bestens. Nichts kann uns mehr aufhalten.« Er tätschelte übermütig ihren Schenkel.

Da stoppte der Range Rover abrupt. Ponte drückte es in den Gurten hart nach vorne. »Hey, geht's noch. Warum hältst du an?«, schimpfte sie.

Muller schaute verwirrt auf die Armaturen, drückte auf das Gaspedal, kontrollierte den Hebel der automatischen Schaltung. »Ich habe nicht angehalten.«

»Erzähl keinen Blödsinn.« Sie warf eine Hand gebieterisch nach vorn. »Los, vorwärts. Wir haben keine Zeit für dumme Witze.«

Doch der Range Rover setzte sich plötzlich mit einem scharfen Ruck rückwärts in Bewegung, prallte gegen das hinten hupende Fahrzeug. Dann schnellte er wieder nach vorn, aber vollzog eine abrupte Drehung.

»Hör doch auf!«, schrie Ponte. »Spinnst du? Da vorne geht's lang!«

Auf Mullers Gesicht stand Ratlosigkeit. Er hob die Arme vom Lenkrad. »Ich habe nichts gemacht, gar nichts.« Auf seiner Stirn glänzten Schweißperlen.

Der Range Rover fuhr über eine Fußgängerzone mit Verkaufsständen für Souvenirs, dann in Richtung einer Seitenstraße. Passanten stieben auseinander, Fäuste erhoben sich im Protest.

»Das ist eine Einbahnstraße!«, schrie Ponte mit den Füßen stampfend. Sie wollte das Seitenfenster senken, um die Fußgänger zu beschwichtigen. Aber die Scheibe bewegte sich keinen Millimeter. Sie schaute jetzt wütend zu Muller, schrie ihn an: »Hör endlich auf mit dem Scheiß. Hörst du?!« Sie packte ihn aufgebracht am Oberarm, während der Range Rover durch die Einbahnstraße preschte, immer schneller. Es gab Autofahrer, die reaktionsschnell auswichen, als der massive SUV auf sie zukam, andere stoppten und betätigten die Lichthupe. Der Range Rover wich diesen Spießern über den Bürgersteig aus, krachte in einen Stand, wo ein erschrockener Türke seine Falafel fallen ließ, bog in eine für Fußgänger reservierte Ladenstraße. Ponte hielt beide Hände vors Gesicht, als ein Straßenreiniger entgegenkam. Seine Bürstenmaschine fuhr gerade an einem Café vorbei. Der Fahrer stoppte, konnte nicht ausweichen.

Aber der ferngelenkte Range Rover fand die Ausweichstelle, verlangsamte, hupte, raste plötzlich mit grellen Scheinwerfern auf die Bistrotische zu. Als die Gäste erschreckt hochsprangen, um vor dem Amokfahrer das Weite zu suchen, flogen die ersten Tische schon weg. Ein Stuhl prallte gegen die Windschutzscheibe.

»Um Himmels Willen halt endlich an. Du hetzt die ganze Polizei auf uns. Bist du noch bei Trost? Ich steige aus. Ohne mich!« Ponte rüttelte an der Klinke. Aber die Tür blieb verschlossen. »Mach die Tür auf«, schrie sie, als der Range wieder in eine Straße einbog. »Falsche Richtung, Muller, du Idiot. Das geht zurück zum Hotel!«

Muller rüttelte jetzt auch an seiner Tür, trat erneut mit Wucht auf das Bremspedal. »Ich kann nichts machen, die Karre läuft von selber.«

»Schalt die Zündung weg!«

»Habe ich schon probiert. Nützt nichts. Jemand steuert den Wagen von ferne …«

Ponte schaute entsetzt auf das Display der Fernzündung. Der Countdown war bei sechzig Sekunden angelangt. 59, 58, 57 … Sie saß wie versteinert im Beifahrersitz. Langsam sank die Erkenntnis ein. Der Range Rover raste wie von Geisterhand gesteuert zurück zum Hotel … 49, 48, 47.

Plötzlich griff sie ins Lenkrad, riss es herum, vergeblich. Die Räder reagierten nicht. Auch die Lenkung war von der Fernbedienung außer Kraft gesetzt.

30, 29, 28 …

***

Florence stand etwa hundert Meter vom Hotel entfernt an einer Hausecke und tippte weiter auf ihrer Fernsteuerung herum. Gleichzeitig hielt sie ein wachsames Auge auf die Recording App, die getreulich blinkend den Aufnahmevorgang bestätigte. Darunter leuchtete die Uhrzeit: 20:40. Sie lehnte sich trotz der vollen Konzentration lässig an das hell erleuchtete Schaufenster des Kleiderladens. Wer im Vorbeigehen nicht nur auf ihre attraktive Figur schaute, wenn überhaupt, hätte vielleicht gedacht, dass sie simste oder im Internet surfte.

Während auf der Piazza Grande Wenders Film zu Ende ging, drang von der anderen Seite wilder Partylärm herüber. Bässe wummerten in die stark frequentierten Gassen, Popmusik-Klänge schwappten zum Hotel herüber, man johlte, jubelte, rockte, tanzte zu einer Band ab, alles im Schein blitzender farbiger Lichter, untermalt von deftigen Videoshows auf einer Großleinwand.

Cooper schaute Florence über die Schulter. Endlich hatte er begriffen, was ihr genialer Plan war.

»Louis hat den Range Rover zu … einem selbstfahrenden Auto

gemacht«, sagte sie zwischendurch in abgehackten Sätzen. »Ähnlich wie *Roboguard* kann er eines Tages … autonom … aber besser geht es noch … mit dem da … Fernsteuerung.« Sie verkniff die Augen. »Da kommt die Bande. Zeit für die Abrechnung! *Redemption time.*«

Unbemerkt von Florence und Cooper hatte sich Alice die Lasche ihrer Sony Handycam um die Faust geschlungen und hielt den Full HD-Camcorder jetzt vor ihr konzentriertes Gesicht, blickte dabei angespannt nach vorne, dann wieder auf den ausklappbaren Sucher, wo ein rotes Licht ihr bestätigte, dass die Aufnahme lief. Sie mied bewusst die Gesichter ihrer Freunde, konnte aber nicht verhindern, dass der Ton lief und Florences Worte eben auf Band festgehalten worden waren. Alice würde sich später darum kümmern. Sie war im Schneiden und Kürzen der Videoaufnahmen gewandt. Als sie den Motorenlärm hörte, machte sie ein paar Schritte nach vorne, um eine totale Einstellung der Straße zu erhalten.

Der Range Rover kam ziemlich rasch herangefahren. Dann stoppte er. Genau vor ihrem Standort. Cooper sah die leichenblassen Gesichter von Muller und Ponte deutlich. Jessica starrte wie betäubt auf seiner Seite zum Seitenfenster hinaus. Florence winkte ihr spöttisch lächelnd zu. »Fahrt zur Hölle«, schrie sie.

Alice Kamera lief und erfasste die panisch verängstigten Gesichter in Nahaufnahme.

19, 18, 17 … Ponte spürte die Nässe in ihren Hosen, zitterte am ganzen Körper. Sie wollte Florence etwas zurufen, fuchtelte, schaute flehentlich auf Cooper, der sie mit unbeweglicher, kalter Miene betrachtete … aber Jessica Ponte brachte keinen Laut heraus. Der Range Rover beschleunigte mit einem Ruck.

9, 8, 7 …

Alice schwenkte die Kamera sorgfältig. Der schwere SUV fuhr geradewegs in den Hof hinein, prallte dort wuchtig in die Hausmauer des ehrwürdigen Hotels Florence. Die Fenster der Lounge barsten unter dem heftigen Aufprall. Alice zoomte den Schreckensmoment heran.

Die von Ponte gelegten Sprengkörper entfalteten eine doppelte Wirkung. Die heftigen Explosionen, die kurz nacheinander die Piazza Grande erzittern ließen, zerstörten das Fundament des

Hotels. Es stürzte in sich zusammen, in Zeitlupe, wie es schien. Die Explosionen hatten einen Dominoeffekt. Ein Geschoss nach dem andern brach ein, als hätte ein Sprengmeister den Einsturz mit komplizierten Berechnungen ausgetüftelt.

Die Trümmer allein hätten den Range Rover begraben und vernichtet. Eine Überlebenschance für die Insassen hätte kaum bestanden. Doch Florence' perfider Plan funktionierte bis zum Ende perfekt. Die erste Sprengladung traf den außen in der Fassade verkeilten Range Rover, entzündete den Benzintank. Mit einer Stichflamme, wie sie Cooper schon lange nicht mehr gesehen hatte, explodierte das Fahrzeug. Dann erst donnerten die Trümmer herunter, begruben alles unter einem meterhohen, staubigen, rauchenden Haufen von Steinbrocken, Holzsprießen und verbogenem Metall.

Eine unheimliche Stille lag über der Piazza Grande. Der Partylärm war abrupt verstummt. Dann ertönten Schreie und aufgebrachtes Stimmengewirr.

Alices Kamera war bis zum bitteren Ende gelaufen, hatte am Schluss den Zusammenbruch des Hotels in voller Perspektive erfasst. Jetzt trat die Reporterin in den Schatten eines Geschäftseinganges, wo ein hüfthoher Abfallbehälter mit Klappe stand. Sie schlang die Tasche, die sie über Brust und Rücken gelegt hatte, über den Kopf und stellte sie auf den Boden neben dem Behälter. Sie stellte die Handycam auf den Abfallkübel, spulte den Film zurück, drückte auf REPLAY. Die Bilder waren erschreckend deutlich gelungen. Im richtigen Moment hatte sie gezoomt, dann wieder eine Totale gefilmt. Sie schnitt rasch den Anfang mit der Stimme von Florence weg, prüfte die neue Version, nickte zufrieden und klaubte ihren Laptop aus der Tasche, fand das Ladekabel und legte beides auf dem Behälter ab. Dann rannte sie zu Cooper, der sich schon nach ihr umgeschaut hatte.

»Ihr iPhone bitte, Ken.«

Er runzelte die Stirn, aber ihr entschlossener Gesichtsausdruck ließ jede Widerrede im Keim ersticken. »Leihweise«, versuchte er einen Spaß, aber sie hatte das Telefon bereits in Händen, aktivierte in den Einstellungen den Hotspot und eilte zu ihrem Laptop zurück. »Datenübertragung«, murmelte sie, als sie bemerkte, wie Cooper ihr neugierig gefolgt war. Als sie die Netzverbindung feststellte, steckte sie das Ladekabel der Handycam in den Laptop und drückte auf Datentransfer. Der Vorgang dauert knapp dreißig Sekunden.

»Was soll das werden? Kann ich helfen?«, fragte Ken.

»Ja, bitte keine Fragen stellen.« Sie beobachtete auf dem Bildschirm wie der Transfer ablief. »Fertig«, sagte sie nach knapp einer Minute zu sich selbst, wählte die E-Mail-Adresse des Managers des Senders, lud das Video hoch, schrieb eine kurze Mitteilung und drückte auf SENDEN. Ein Zischen quittierte den Ausgang der E-Mail. Sie atmete erleichtert aus. »Geschafft.«

Das dramatische Video vom wuchtigen Aufprall des Range Rovers auf das ehrwürdige Hotel Florence ging fünfzehn Minuten nach der Katastrophe beim Sender ein. Alice hatte dem Manager geschrieben. »Bin wohlauf und wieder an der Arbeit. Bitte Eingang Video bestätigen.«

Es schien ihr eine Ewigkeit zu dauern, bis ihr Manager in typisch verhaltener Manier antwortete: »Video erhalten. Gute Aufnahmen. Danke. Wir werden es in einer halben Stunde in *Breaking News* bringen.«

Alice klappte den Laptop zu, gab Ken das iPhone zurück und verstaute ihre Ausrüstung in der Tasche.

Cooper hatte alles mitbekommen, aber Florence aus den Augen verloren. Er packte Alice schließlich ungeduldig am Arm. »Kommen Sie, wir verdünnisieren uns.«

Sacha Bloch hatte sich Minuten vorher unbemerkt etwa fünfzig Meter von Cooper entfernt an den Stamm einer Platane gedrückt, dem jungen Fotografen an der struppigen Mähne vorbei über die Schulter geschaut. Markus, wie das Jungtalent hieß, hatte die Canon Hochleistungskamera vor dem Gesicht, den Auslöser permanent gedrückt. In rascher Folge hatte die Kamera surrend die dramatischen Bilder der Katastrophe geschossen. Die heftige Explosion hatte sie gezwungen, sich zu ducken. Kauernd spähten sie scharf nach oben, um allfälligen Trümmern ausweichen zu können. Immer noch in Kauerstellung beugten sie danach ihre Köpfe über die Kamera, um die Bildwiedergabe rasch zu begutachten. Die Aufnahmen waren Markus fantastisch gelungen, vor allem ein Schnappschuss des Fahrers des Range Rovers entlockte Bloch einen unterdrückten Schrei. »Wau! Bingo! Der Mann am Steuer. Supernahaufnahme. Es ist das gleiche Gesicht wie auf dem Video von Alice.« Er hatte Kommandant Muller alias Andreas Labitzke eindeutig identifizieren können. »Komm, wir hauen ab, bevor hier alles von Polizei wimmelt. Wir machen die Auswertung in meinem Hotel.« Unbemerkt von Cooper und seiner Equipe hatten sie sich in die nächste Seitengasse verdrückt. Bloch stieß die Luft aus, klopfte dem Fotografen auf die Schulter. »Gut gemacht, Markus.« Hände reibend formulierte er im Geist bereits Text und Titel seiner Enthüllungsstory. Wie wär's mit dem? IS-TERROR-BOSS TOT. IN LOCARNO UNTER TRÜMMERN BEGRABEN …

Stuttgart-Vaihingen, Samstagabend
Im Situationsraum des HQ des USEUCOM zeigte die digitale Wanduhr 21:10, als Vier-Sterne-General Philip Bradley die Besprechung für beendet erklärte. USEUCOM machte mit den israelischen Streitkräften regelmäßig gemeinsame Manöver. Das Meeting, für das zwei Tage eingeplant waren, hatte Luftabwehrübungen mit Verbänden der U.S. Air Force und Luftabwehreinheiten der Israel Defense Forces IDF auf israelischem Territorium zum Thema.

»Für heute ist Schluss. Wir verschieben uns zum angenehmen Teil«, sagte General Bradley aufgeräumt. »Draußen stehen Busse zur Verfügung. Ist alles bereit?«

Der angesprochene Major, Aide-de-camp des Generals, stand bereits mit vorgestrecktem Bauch an der Tür und antwortete schneidig: »Alles bereit, Sir. Das Restaurant haben wir heute Abend für uns allein.«

Die Israelis, zwei Generäle, Nachrichtenoffiziere und das übliche Begleitpersonal sammelten ihre Papiere ein. Eine angeregte Unterhaltung setzte ein. »Ich kann einen Drink vertragen«, sagte einer.

Der Transportchef, ein groß gewachsener Afroamerikaner, die Haare kurz geschnitten, mit Rangabzeichen eines Oberstleutnants, stand draußen vor dem Eingang, wo drei Mercedes-Kleinbusse auf der Vorfahrt mit laufendem Motor bereitstanden. Er hatte die drei Fahrer versammelt und gab ihnen letzte Anweisungen. Die Schiebetüren standen offen.

In der Kurmärker Straße schaute Mullers Kontakt durch sein Binokular, das über eine Nachtsichtoptik verfügte. Er sah die

Fahrzeuge vor dem HQ jedoch auch ohne Restlichtverstärkung. Die Abendsonne sandte ihre letzten Strahlen über das weitläufige Gelände und bot ihm genügend gute Sicht. Das Handy mit der Fernzündung umklammerte er mit der rechten Hand in seiner Jackentasche. Er zog es jetzt heraus, als er die Umrisse von Gestalten auf den Vorplatz hinaustreten sah. Ein Uniformierter setzte sich von der Gruppe ab, näherte sich den Fahrzeugen, wo ihn der Fahrer des zweiten Mercedes höflich in den Passagierraum wies.

Der Kontakt mit Binokular und Fernzündung grinste hämisch in sich hinein. *Das zweite Fahrzeug … wo die Ladung unter seinem Arsch tickt … perfekt …*

Im Situationsraum klingelte das Telefon.

Der Adjutant, bereits beflissen auf dem Weg zum Ausgang, verharrte stirnrunzelnd, dann machte er rechts umkehrt, trat zum Tisch und hob ab.

Die Stimme, die er hörte, sprach ruhig, aber mit einem dringenden Unterton.

»Sind Sie sicher?« Der Adjutant rang nach Luft, spähte zum Ausgang, ließ den Hörer fallen und rannte los.

Entgegen aller militärischen Etikette fasste er General Bradley heftig an den Schultern, riss ihn zurück.

»Alle zurück in den Situationsraum, Sir«, rief er atemlos, rannte zur Tür, wo er zu seinem Entsetzen sah, wie die Offiziere unbeschwert plaudernd auf die schwarzen Mercedes Transporter zugingen. »Zurück ins Gebäude!«, schrie er. Schnell! Bombendrohung, los, zurück …« Er gestikulierte heftig.

Die Offiziere blieben wie angewurzelt stehen. Aus dem zweiten Mercedes starrte der israelische General kopfschüttelnd heraus.

Der Adjutant sprang zur unschlüssigen Gruppe heran, packte den erstbesten heftig am Arm, riss ihn zurück. »Weg von hier, sofort. Hinein ins Haus!«

Endlich wirkte der schreiende Alarm. Auf den eben noch entspannten Gesichtern der Offiziere mischte sich Unbehagen mit Entsetzen. Aber ihr militärisches Training ließ sie keinen Moment länger zaudern. Sie eilten ohne Panik zurück ins schützende Haus.

Mullers Kontakt in der Kurmärker Straße erkannte die plötzliche Wende im Verhalten der Männer. Zwar konnte er nicht genau erkennen, wer sich wo genau befand, nur dass plötzlich hektische Bewegung das beschauliche Bild veränderte.

Etwas ist schiefgelaufen … aber sie stehen noch alle draußen … ich muss es riskieren … jetzt …

Während die Gedanken in seinem Hinterkopf rasten, ließ er das Binokular fallen, zog das Handy vor sein Gesicht und drückte entschlossen auf die Sendetaste.

Das aufgerufene Mobiltelefon war neben den starken Magneten in der knetbaren Sprengstoffmasse eingebettet. Es dauerte höchstens zwei Sekunden, bis das Signal die Zündung auslöste.

Angespannt den Atem anhaltend, spähte der Kontakt zur Fahrzeugkolonne.

Die gewaltige Explosion überstieg seine kühnsten Erwartungen. Die Ladung ging am zweiten Fahrzeug hoch, wo, wie er glaubte gesehen zu haben, bereits ein hoher Offizier eingestiegen war.

Eine enorme, grelle Stichflamme schoss hoch. Die Detonation der Ladung und Explosion des Benzintanks erfolgten im gleichen Bruchteil einer Sekunde. Die Wucht der Sprengung warf das Fahrzeug in die Luft, als wäre es federleicht, dann krachte es in das vordere Fahrzeug, das augenblicklich in einem lodernden Inferno aufging, in tausend Teile desintegrierte.

Der Kontakt nahm sein Binokular auf, als stiebende Funken und brennende Trümmer auf das dritte Fahrzeug prasselten. Eine weitere heftige Explosion erschütterte die Erde, riss das letzte Fahrzeug erbarmungslos auseinander.

Von den Männern konnte er nichts mehr sehen. Er steckte Binokular und Handy ein, stieg von seinem erhöhten Beobachtungsstand herunter und schritt eilig davon, zog seine Strickmütze ins Gesicht, als er an Leuten vorbeiging, die hell entsetzt aus dem nahen Restaurant herauskamen.

Offiziere rappelten sich hoch, eilten geduckt ins Haus, versammelten sich mit steinernen Mienen im Situationsraum. Keiner sagte etwas. Fast alle hatten von Trümmern, Glassplittern und aufgewirbeltem Dreck beschädigte und verschmutzte Uniformen. Das kleinste Übel.

»Schadensbericht«, befahl der Kommandant von USEUCOM und Oberbefehlshaber der alliierten Streitkräfte in Europa SACEUR, als bereits Rettungswagen und Fahrzeuge der Stützpunktfeuerwehr mit Sirenengeheul heranpreschten.

Zwei Israelis bluteten am Kopf. Ein junger IDF-Major hinkte mit schmerzverzerrtem Gesicht, drückte sein Mobiltelefon ans Ohr.

»Wo ist General Lewi?«, fragte jemand. Es war ein israelischer Major, der mit der Hand ein Auge bedeckte, mit dem anderen betreten um sich schaute.

»Er war bereits in Wagen zwei, Sir«, keuchte der junge Fahrer in der Arbeitsuniform eines Marinefüsiliers, eine Hand auf die blutende Wunde am Oberschenkel drückend. »Es hat ihn … ich glaube … jede Hilfe kommt zu spät …«

»Alle Zugänge absperren, niemand kommt rein oder raus«, rief der Transportchef, den Rettungstruppen entgegeneilend.

General Philip M. Bradley stand im Situationsraum neben dem Tischapparat, hatte die Uniformjacke ausgezogen, inspizierte kurz den blutig rot angelaufenen Hemdsärmel, während er in den Hörer sprach. Die rechte Hand umklammerte seine Dienstwaffe, eine Beretta 92, Neunmillimeter.

»Die MPs sind unterwegs«, sagte er mit ruhiger Stimme. Den Hörer auf den Tischapparat knallend stellte er die unausweichliche Frage: »Wer hat angerufen, um uns zu warnen?«

Der Adjutant wusste es nicht. »Wir werden den Anrufer gleich identifizieren, Sir.« Ein Sanitäter eilte mit einem Verbandskasten heran.

»Ich will Namen, Adresse, Familie, Beruf wissen. Alles, ein Bild natürlich auch … ich will die Person persönlich kennenlernen … und ja, merken Sie den Helden oder die Heldin schon mal für die Ehrenmedaille vor«, knirschte der Oberbefehlshaber und wies den Sanitäter mit einem freundlichen Handschlenker weg. »Schauen Sie zu den anderen. Die kommen zuerst dran.«

»Aye, aye, Sir.«

***

Auf Sulpice, Sonntag, Mittagszeit

Das helle Bimmeln hätte auch eine alte, vergoldete Standuhr verklingen können, aber die fröhlichen Töne kamen von Florence' silbernem Tischglöckchen, das sie zwar nicht zwölf Mal anschlug, aber begleitet von einem charmanten Lächeln drei Mal in der Luft schwenkte.

Die Wirkung trat wie gewünscht augenblicklich ein. Die Männer stellten ihre Drinks auf dem Bistrotisch ab, Louis drückte seinen Zigarillo aus, nahm Ken am Arm. »Wenn Florence zu Tisch bittet, gibt es kein Pardon. Kommen Sie, mein lieber Freund!«

Sie traten aufgeräumt zur perfekt gedeckten Tafel im Schatten der großen alten Eiche. Alice stellte gerade einen kleinen Blumenstrauß auf das geblümte weiße Tuch, prüfte die Anordnung von Tellern und Tafelsilber, nickte zufrieden zum Butler, der im schwarzen Anzug und weißen Handschuhen heraneilte, Ken galant den mit weichen Kissen gepolsterten Stuhl hervorzog. »Danke, Nigel.«

»Das ist mein Platz«, scherzte Florence, indem sie Ken gegenüber den Stuhl rückte und Alice mit Fingerspitzen lächelnd auf die andere Tischseite schubste.

»Was für ein herrlicher Tag«, sagte Louis, gab Nigel einen diskreten Wink mit dem kräftigen Kinn, bevor er sich neben Florence niederließ.

Vögel zirpten im Blätterwerk. Ein kleines Motorflugzeug brummte in der Ferne den See entlang.

Der Butler nahm vom Servierboy die Flasche aus dem Eiskübel, hielt sie auf Brusthöhe, die andere Hand am Rücken.

»Ist gut, Nigel. Sie können einschenken. Nehmen alle Weißwein?«

Zustimmendes Gemurmel.

»Wie geht es Michael?«, fragte Louis, als alle mit Wein bedient waren.

Ken Cooper machte eine bedrückte Miene. »Nicht gut, leider. Er liegt immer noch im künstlichen Koma. Der Granatsplitter hat seine Lunge verletzt und starke innere Blutungen verursacht. Man hat ihn operiert.«

Der Oberst hob das Glas, schaute auffordernd in die Runde. »Wir wünschen Michael alles Gute.«

»Ja, gute Besserung«, murmelte Alice. Florence nickte bekräftigend. »Michael hätte den Orden verdient, nicht dieser Filmmensch.«

Ken nickte, nahm einen Schluck vom Weißen.

»Ich mag Epesses«, sagte der Oberst. »Die Rebstöcke im Epesses haben am meisten Sonne.« Er schnalzte mit der Zunge. »Igor Propokiew wollte auch zum Lunch kommen, sagte dann leider kurzfristig ab. Lässt alle grüßen. Er sei Michael zu ewigem Dank verpflichtet, lässt er bestellen.« Nach einer Pause fuhr er fort. »Ich werde nie im Leben vergessen, wie Michael sich in Todesverachtung auf ihn gestürzt hat, um ihn zu schützen.«

»Ich weiß«, sagte Ken, das Glas abstellend. »Sie haben mir die Szene ausführlich geschildert. Typisch Michael. Wenn er Gefahr erkennt, kann er nicht anders.«

Auf dem Servierboy schnitt Nigel mit Silberbesteck eine Saucisson Vaudoise auf, legte die Wurstscheiben neben Lauch-Kartoffelgemüse auf einen weißen Porzellanteller, servierte Ken zuerst. »Bitteschön.«

Die Sonne strahlte über Sulpice, im kühlen Schatten genoss die Tafelrunde den glücklichen Ausgang der dramatischen Ereignisse.

»Michael wird es schon schaffen«, meinte Louis nickend, während Nigel den zweiten Teller Florence hinstellte. »Das Geniale an der Sache war, wie der Range Rover ferngesteuert funktioniert hat. Man wird im Trümmerhaufen kaum noch Brauchbares von ihm vorfinden. Wahrscheinlich ist er total zerstört, sodass niemand dahinterkommt, wie es passiert ist. CC hat seinen Job phänomenal gemacht. Finden Sie nicht auch, Ken? Wir können in der Firma jederzeit ein neues Modell mit der Robotertechnologie ausrüsten. Wir nennen ihn CC, für *connected car.*«

Der Oberst sah, dass alle ihr Gericht vor sich hatten. »Dann wünsche ich guten Appetit.«

»Danke gleichfalls«, murmelten die Gäste.

»So einen CC muss ich mir mal näher anschauen«, bemerkte Cooper nach einer Weile. »Verkaufen Sie mir einen, Oberst?«

»Unverkäuflich«, lachte Florence. »Zudem ist Ken der Typ, der das Steuer nicht aus der Hand gibt.«

»Eben«, grinste Ken. »Wir müssen uns auf eine amtliche Untersuchung gefasst machen.«

»Schon klar«, bestätigte Florence, mit der Serviette den Mund wischend. »Aber was soll's? Man wird doch rasch zum Schluss kommen, dass Muller mit Ponte bewusst ins Haus gekracht ist.« Sie nahm einen Schluck Wein. »Der Aufprall, wird man folgern, führte zur Explosion des Wagens, und die Explosion hat dann die Gasleitung des Hotels entzündet. Einfache Kausalkette, oder?«

»Paps, hat sich die Polizei schon bei dir gemeldet?«, fragte Alice.

»Nein, warum?«

»Wegen der Untersuchung. Augenzeugen haben bestimmt die Autonummer des Amokfahrers fotografiert und Meldung gemacht. An Polizei oder die Medien.«

Cooper nickte. »Ohne jeden Zweifel. Nicht zu reden von den Videokameras, die den CC erfasst haben. Alice, wollten Sie nicht im Hotel die Polizei alarmieren?«

Sie schüttelte den Kopf. »Ja, schon, wollte ich. Aber der Apparat in der Rezeption war tot. Abgeschaltet oder defekt. Ich befürchte, die Polizei wird uns noch Fragen stellen.«

Florence kaute langsam, schluckte. »*So what?* Was will die Polizei von uns? Die Bande hat unseren Range Rover gestohlen, das steht fest. Wir waschen unsere Hände in Unschuld, nicht?« Sie schaute gelassen um sich, hörte zustimmendes Murmeln.

»Florence hat Recht«, meinte Cooper, das leere Glas drehend. »Die Polizei wird die Leichen finden, auch die von Doktor Madisch, und sie kaum groß untersuchen. Als offizielle Todesursache wird der Gerichtsmediziner die Explosion des Gebäudes erklären. Punkt.«

Nigel entkorkte mit einem satten Ploppen eine zweite Flasche Weißwein.

»Das einzige Geräusch, das mich nicht nervös macht«, flachste Louis, während Nigel zuerst Ken das Glas nachfüllte, dann dem Oberst und Madame Florence einschenkte.

»Sie sehen das richtig, Ken, denke ich«, sagte Louis. »Ich bin sicher, es bleibt bei der Version, dass Muller und Ponte die Explosion verursacht haben. Der CC bleibt unser Geheimnis. Prost!«

Florence räusperte sich. »Schade nur, dass meine schöne Tumi-Tasche mit den Daten des *Robo-Nuke* draufgegangen ist.«

Pourtales wischte sich mit der Serviette den Mund ab. »Nun, du wolltest ja ohnehin, dass wir das Projekt begraben. Jetzt ist es geschehen.« Cooper sah, wie der Oberst ihm zuzwinkerte, dann rasch einen Finger auf den Mund drückte.

Schlitzohr. Vermutlich hat der Schlaumeier im Tresor seiner Villa von allem eine Kopie versteckt …

Er hüstelte verschmitzt, ließ Nigel nachservieren. »Ausgezeichneter Lunch. Meine Leibspeise«, lobte er. »Eigentlich wäre es besser gewesen, Muller und Ponte lebend zu fassen. Besser, als den Feind zu vernichten, ist, ihn gefangen zu nehmen.«

Florence verharrte mit der Gabel in der Luft. »Was erzählst du da? Das sagt ausgerechnet Mister Cooper?«

Ihr Mann schmunzelte. »Nein, meine Liebe, das sagte Sun Tzu, in *The Art of War*, nicht wahr, Ken?«

Cooper kaute an einem großen Bissen Saucisson. Nickte diskret.

Florence hatte die Gabel abgelegt: »Das ist doch verdrehte Männerlogik. Das galt vielleicht mal vor tausend Jahren in China. Aber im Kampf gegen Terroristen sind Männer, die mitfühlend sind, Schwächlinge. Sie gewinnen diesen Krieg nie. Zeigt ein General Erbarmen, hat er bereits verloren. Das könnte auch von …«

»Sun Tzu …«, warf der Oberst ein.

»Ja, von ihm sein. Überleg doch mal, Ken, die beiden haben den Tod verdient. Weil Gefangene weiterleben. Tote nicht.«

»Logisch«, lächelte Cooper.

»Du nimmst mich nicht ernst. Egal. In unserem System können Serienkiller und brutale Schlachter, die Enthauptungsorgien feiern, die Menschenrechte anrufen. Psychiater geben dann nicht den Tätern die Schuld, sondern unserer Gesellschaft, die für die Verirrung der armen Seelen verantwortlich ist. Sie hatten eine schwere Kindheit, wurden in der Schule schikaniert, fanden keine Lehrstelle, blablabla … Es ist zum Kotzen … *excusez l'expression* … Eines Tages kommt dieser Abschaum wieder raus aus dem Knast oder der Psychiatrischen …« Sie nahm hastig einen Schluck Weißwein. »Nein, Ken. Mitgefühl ist fehl am Platz. Die Welt hat sich verändert. Nicht nur digital und global im Finanzbereich. Nein, wir haben es in Europa mit einer Invasion von islamistischen Gotteterroristen zu tun, die unsere Schwächen und all die Gutmenschen, die sie verstehen wollen, gnadenlos ausnützen. Ich drücke kein Auge zu, wenn es um diese Kriminellen geht, Ken. Niemals mehr seit letzter Nacht.«

Sie stellte das Glas heftig ab.

»Florence hat gesprochen«, sagte ihr Mann mit einem versöhnlichen Lächeln. »Ich sehe es eigentlich genau so.«

Alice räusperte sich, schaute erwartungsvoll in die Gesichter, ob auch alle ihr zuhörten. »Diese Verbrecher … Die Polizei würde sie Täter nennen, die Anwälte Klienten. Politiker würden sie Abschaum, Kriminologen Psychopathen und die Soziologen Unverstandene nennen. Und ich nenne sie zum Tode Verurteilte.«

Louis klopfte sich lachend auf den Schenkel. »Das trifft den Nagel auf den Kopf. Die Pointe musst du im Fernsehen bringen.«

Als sich das fröhliche Lachen gelegt hatte, fügte er an: »Schade um das schöne, alte Hotel. Ich wollte es ja Propokiew verkaufen, aber er feilschte noch um den Preis … Jetzt kann er ein neues bauen.«

Florence schüttelte den Kopf. »Steiner, der Schweinehund, hat Propokiew übel mitgespielt, Louis. Er hat den Verkauf sabotiert, um dort für Muller und Konsorten ein Versteck einzurichten, glaub es mir.«

»Ich habe Steiner zu lange vertraut«, gab Pourtales nickend ein. »Mir ist jetzt vieles klar. Muller wusste Bescheid über alles, was unsere Roboter-Entwicklung anbelangt. Steiner war es, der in meinem Namen das Prepaidhandy gekauft hat. Er wollte allen Verdacht auf mich lenken. Dann hat der Hund diesem Muller den *Roboguard* geliefert. Ich hatte mich ja geweigert, es zu tun, und musste deswegen büßen. Wer weiß, was mit mir und Alice noch passiert wäre, hätten Sie, Ken, mit Ihren Leuten nicht eingegriffen …« Er hob erneut das Glas. »Michael ist der Beste. Auf Cooper Partners!«

Nigel räumte die Teller ab, der Oberst zündete sich einen Zigarillo an, während Nigel die Brosamen wegwischte und den Tisch für die Nachspeise schön zurechtmachte.

Florence schlug mit dem Löffel an ihr Glas, um etwas zu verkünden, aber da brachte Nigel auf einem Tablett schon die Dessertschalen mit Crème Brulée.

»Nach einem alten Hausrezept von meiner Großmutter«, reagierte Florence schlagfertig.

»Aus dem Hause Loréans«, grinste der Oberst. »Sie werden noch zu tun haben, Ken.« Er paffte noch zwei Mal, dann drückte er das Rauchzeug in den Ascher, den ihm Nigel hinhielt. »Der Westen ist in Gefahr und müsste besser beschützt werden. Ich werde weiterhin eine Aufrüstung von Armee, Grenzwache und Polizeikorps fordern. Auch die Überwachung von Internet, E-Mails und Telefonaten müssen wir weniger zimperlich angehen. Nigel, hat's noch etwas vom Weißen?«

Nigel hob lächelnd eine neue, bereits entkorkte Flasche aus dem Eiskübel. »Sofort, Monsieur.«

»Guckt mal! Ganz Deutschland war doch viel zu lange von der humanitären Dimension geblendet«, ereiferte sich Florence. »Man war euphorisch, kommt nur alle, wir haben keine Feinde … war die Message. Wer vor Terrormilizen warnte, die unter den Flüchtlingen mitschwimmen, oder sonst die offenen Grenzen kritisierte, den hat man in eine rechtspopulistische Ecke gestellt …«

»Oder als Rassist mundtot gemacht«, warf Alice dazwischen. »Ich werde eine Reportage machen, wie die Entwicklung in der Südschweiz die deutschen Städte gefährden wird … aber die Deutschen wissen sowieso alles besser.« Sie hob resigniert die Hände.

Florence schlug im zweiten Versuch mit dem Löffel an ihr Glas.

»Achtung, eine Rede«, sagte ihr Mann.

Florence hatte sich aufgerichtet. »Habt ihr vom Anschlag gestern Abend auf den amerikanischen Stützpunkt in Stuttgart gehört?«

Sie wartete keine Antwort ab. »Ein israelischer General kam um, es gab Verletzte, aber ein Blutbad konnte verhindert werden … die sind mit dem Schrecken davongekommen.«

Sie schaute um sich. »Die Amerikaner werden dir, Louis, noch auf die Pelle rücken.«

Der Oberst warf ihr einen verständnislosen Blick zu.

»Doch, Louis, die Amerikaner werden dir den höchsten Orden verleihen, den sie haben, die Tapferkeitsmedaille oder ähnlich … oder … ja, der Präsident *himself* wird dich ins Weiße Haus einladen …« Sie lächelte, kostete die allgemeine Verblüffung genüsslich aus.

»Was soll der Quatsch, Florence«, fragte Louis verstimmt.

»Du hast auch schon bessere Witze erzählt«, drängte Alice.

»Na, schön. Folgendes ist der Witz. Ich habe dem U.S. Militäroberkommando für Europa deinen Namen angegeben, als ich gestern Abend nach Stuttgart telefonierte. Ins Kommando von USEUCOM.«

»USEUCOM heißt U.S. European Command«, erklärte Cooper. »Dort, wo gestern Abend die Bombe hoch gegangen ist.

Der Kommandant von USEUCOM ist gleichzeitig Kommandant der alliierten Streitkräfte in Europa.«

Louis de Pourtales hatte Mühe, seine Fassung zu bewahren. »Warum hast du angerufen, Florence? Was hat das verdammt noch Mal mit mir zu tun? Machst du dich lustig über mich, oder was?«

Als alle erwartungsvoll an ihren Lippen hingen, fuhr Florence sachlich fort. »Du lässt mich ja nie zu Wort kommen, Louis. Also du weißt, die Fernsteuerung, mit der ich den Range Rover gestern ins Verderben lenkte, hat eine Aufnahmefunktion. Man kann hören, was im Fahrzeug gesprochen wird. Ich ließ sie laufen. Alles was Muller und Ponte kurz vor dem verdienten Abgang ins Jenseits noch redeten, bekam ich auf meine App. Eine Recorder App.«

»Genial«, sagte Cooper.

»Eben. Ich hörte nachher, wie sie sich Muller und Ponte über den bevorstehenden Bombenanschlag auf den Stützpunkt der Amerikaner ergötzt haben. Zuerst begriff ich nichts. Aber plötzlich war alles klar. Ich konnte es kaum fassen, was ich hörte. Sie planten einen Bombenanschlag auf hohe Offiziere der USA und Israel, die offenbar um 21 Uhr in Fahrzeuge steigen sollten. Ich hörte den Begriff USEUCOM, fand rasch auf Google heraus, was er bedeutete, der Rest war einfach. Die Telefonnummer des HQ fand ich auf der Webseite des U.S. Kommandos. So ungefähr um neun Uhr hatte ich eine Verbindung. Ich sagte, ›hier ist die Nachrichtenzentrale von Oberst de Pourtales, Schweiz‹ … dann gab ich den Bombenalarm durch … ich glaube, ich kam gerade noch rechtzeitig.«

Sie nahm einen großen Schluck Epesses und lehnte sich mit einem triumphierenden Lächeln in die gepolsterte Stuhllehne.

Alice hatte auf ihre Online-Nachrichtenplattform geklickt. »Hört, da steht es. Der Tod des israelischen Generals ist tragisch … eine viel größere Katastrophe konnte in letzter Sekunde dank einem Telefonanruf verhindert werden. Der Oberbefehlshaber, General Bradley, ist erschüttert … die Basis machte keine Angaben zur Anruferin, sprach aber von einer zuverlässigen Quelle. Man vermutet einen befreundeten Nachrichtendienst.« Alice grinste zu ihrem Vater: »Da hast du es. Jetzt weißt du, was du bist. Nigel soll schon mal deine Uniform polieren. Die wollen dich bestimmt in Stuttgart mit allen Ehren empfangen.«

»Das ist nicht korrekt«, wehrte der Oberst ab. »Wir werden Florence in eine Generalsuniform kleiden und hinschicken. Nein, im Ernst, Florence, das war unglaublich …«

»Chapeau, Florence«, verneigte Cooper sein Haupt. »Ich habe mich die ganze Zeit gewundert, warum du gestern Abend abrupt verschwunden bist.«

»Die Zeit lief mir davon, Ken. Ich konnte nicht noch lange herumtelefonieren oder nach dir suchen …«

»Oberst, Ihre Frau hat außerordentliche Entschlusskraft und Courage«, sagte Ken.

Louis lächelte. »Sie ist eine Loréans an der Seite eines de Pourtales … voilà! Ein Dream-Team …!«

Florence verdrehte die Augen zum Himmel. »Deine Verdienste, lieber Louis, sind diesmal eher bescheiden.«

»Dann warten wir mal ab«, gab Louis Kontra. »Nigel, bringen Sie uns den alten Portwein. Ich kann weiß Gott etwas Stärkeres vertragen.«

»Die Amerikaner sind im Allgemeinen viel emotionsloser«, löste Cooper die leicht peinliche Situation. »Die sehen in der Flüchtlingskrise primär die Risiken für ihre Sicherheit. Völlig zu Recht, wie der gestrige Angriff auf ihren Stützpunkt beweist. Das Problem ist die Politik. Man hört nur allgemeine Phrasen. Gegen die Aufrüstung von Militär, Polizei und Geheimdiensten laufen die lieben Hüter der Privatsphäre Sturm. Sie denunzieren den Polizeistaat.«

Der Oberst schnaubte. »Polizeistaat ohne Polizei …«

Eine Weile lang war nur das Vogelzwitschern zu hören.

Florence lehnte sich zurück. »Ich habe nur gemacht, was jeder von euch auch getan hätte. Situatives Handeln. Aber reden wir von etwas anderem … vom schönen Tag, von der Liebe …«

Sie streifte einen Pumps vom Fuß, streckte das Bein unter dem Tisch und suchte mit der Zehe den Schritt von Ken. Ein leises Lächeln umspielte ihre Lippen. »Wir sollten uns öfters treffen, Ken. Sulpice steht dir weit offen.«

Ken hob überrascht eine Braue. Ihre Anspielung war berechenbar wie die Motte und das Licht. Bevor er die verführerische Situation überspielen konnte, surrte sein Handy. Anrufer nicht identifiziert. Nach kurzem Zögern drückte er auf Empfang, stand vom Tisch auf und begab sich etwas abseits auf den Rasen.

Florence schaute ihm mit sehnsüchtigem Blick nach. Alice schubste sie mit dem Ellenbogen. »Keine Bange, dein Lover wird schon zurückkommen …«

»Du bist eifersüchtig«, raunte Florence zurück. »Er gehört mir. Nimm dich in Acht.«

»Hallo … warum eigentlich? Er sieht gut aus, ist mutig, du hast kein Monopol«, hörte sie Alice nuscheln. Da kam Ken mit strahlendem Gesicht zurück. »Der Chefarzt hat aus Lugano angerufen. Doktor Porcellini. Stellt euch vor, Michael ist aus der Narkose erwacht. Es geht ihm den Umständen entsprechend gut. Er wollte schon wieder aufstehen …«

Louis de Pourtales erhob sich, über das ganze Gesicht strahlend. »Nachschenken, Nigel. Dann bring die Havannas! Das sind gute Nachrichten!«

PERSONEN DER HANDLUNG

Louis de Pourtales, Oberst, CEO von Loréans Systems & Components (S&C)
Florence Loréans de Pourtales, seine Frau
Nigel, der Butler
Harry Steiner, Operationschef von Loréans S&C
Amanda, seine Assistentin

Ken Cooper, Gründer und Inhaber von Cooper Partners
Michael Cooper, sein Sohn und CEO von Cooper Partners
Hans Bieri, IT-Chef von Cooper Partners
Bill Boner, Nachrichtenchef von Cooper Partners

Jessica Ponte, Kriminalistin, Polizia Cantonale – Repubblica e Cantone Ticino
Benedikt Bärloch, Fedpol-Equipenchef
Peter Scherrer, Fedpol-Agent
Captain Alain Hammer, Pilot der Luftwaffe
Jeff Barker, Operationschef im Government Communications Headquarters, GCHQ, Cheltenham
Joe Bank, Chef der Anti-Terrorgruppe ATG
Fillipo Bolardi, Abgeordneter

Dr. Porcellini, Chefarzt Chirurgie, Ospedale Civico, Lugano
Dr. Birgin Madisch, Chirurg

William (Bill) LaSalle, MI6 Agent
Peter LaSalle, sein Bruder, Diplomat
Dott. Serenella Sigona, Rektorin des Liceo Privato »Istituto Everest«, Lugano

Igor Propokiew, russischer Magnat

Andreas Labitzke, Oberleutnant der Bundeswehr in Afghanistan
Muller alias Charon, paramilitärischer Kommandant von Terrormilizen

Jassir Youssef, sein Stabschef
Nicolas Bonz und Halit Ghashi, Kader der Terrormiliz

Romano Francho, Imam des Islamischen Zentralvereins IZV, Biel
Isha Goran, Mitarbeitende im IZV

Aldo Franchini, Manager von SPLIT
Conte Bomorone, Galerist in Ascona

General Philip M. Bradley, Commander U.S. European Command (USEUCOM) and NATO Supreme Allied Commander Europe (SACEUR)
General Uri Lewi, General, Israel Defense Forces (IDF)

Sacha Bloch, investigativer Journalist
Alice Goran alias Geller, Fernsehreporterin
Johannes Balsiger, Regisseur und Filmproduzent

Franz Maurer, Landwirt
Pietro, Inhaber des Sägewerks